Ne crains pas la Faucheuse

Du même auteur

AUX ÉDITIONS CALMANN-LEVY

LA TRILOGIE NUITS NOIRES À SEATTLE
Né pour être sauvage
Pour le bien des enfants
Charité bien ordonnée

LA TRILOGIE RIVER FALLS
Un Noël à River Falls
Un automne à River Falls – Prix Polar 2009, Festival Polar de Cognac
7 jours à River Falls

AUX ÉDITIONS DU TOUCAN

Canyon Creek
Stone Island
Le secret de Stone Island
Les disparues de Louisiane

ALEXIS

AUBENQUE

Ne crains pas la Faucheuse

J'AI LU

1

Dimanche 5 juillet

— Papa, quand est-ce qu'on arrive ? demanda Penny.

Au volant de sa Jeep Cherokee, Gregory Davis jeta un œil dans le rétroviseur intérieur et croisa le regard de sa petite fille de huit ans.

— Bientôt. On y est presque.

19 h 35. Ils avaient quitté San Francisco deux heures plus tôt. Le soleil se couchait sur l'océan qui bordait la route du littoral.

Shoreline Highway longeait toute la côte californienne jusqu'à Los Angeles. Un des plus beaux panoramas de l'Amérique. L'océan Pacifique sur la gauche, des collines verdoyantes sur la droite.

Davis avait le sourire aux lèvres. C'était le grand jour. Il venait de récupérer ses deux enfants qu'il avait laissés à ses propres parents, le temps d'un week-end. Ils étaient prêts pour leur nouvelle vie.

— Tiens, regarde, dit Davis en montrant un panneau.

— « Pacific View », lut Penny.

Davis avait passé les quatre derniers jours dans la cité balnéaire. Des journées marathon durant lesquelles il avait réussi son ultime entretien d'embauche, pris possession de leur nouvelle demeure et commencé à ranger une partie des nombreux cartons de déménagement.

— Pas trop tôt ! ironisa Raphael, assis côté passager.

Dix-sept ans. Il avait vu d'un très mauvais œil ce changement de vie. Même s'il savait que c'était une des conditions pour avoir l'héritage d'Oncle Terry, il aurait mille fois préféré rester à San Francisco où il avait tous ses amis.

— Il ne tenait qu'à toi de rester chez tes grands-parents, le reprit Davis.

Aussi adorables soient-ils, Davis savait que Raphael ne les supportait pas. Il avait l'impression de n'être qu'un bébé à leurs yeux.

— Très drôle ! J'espère au moins qu'on a chacun notre chambre, répondit Raphael.

Pas question que leur nouvelle habitation soit plus petite que l'appartement dans lequel ils avaient vécu ces six dernières années. Raphael, qui s'était toujours plaint de l'exiguïté de sa chambre, se demandait maintenant s'il n'allait pas la regretter.

— Tu verras, je t'ai dit que c'était une surprise.

— Moi, j'adore les surprises, dit Penny, en venant passer sa frimousse entre les dossiers des deux sièges avant.

Davis tourna la tête et fit la moue.

— Tu veux bien remettre ta ceinture, je t'ai déjà dit mille fois de...

— Papa, attention !

Davis reporta son regard sur la route. Un énorme camion fonçait droit sur eux. Un klaxon retentit. Par réflexe, il rectifia la course de sa voiture et crut sentir son cœur s'arrêter lorsque son rétroviseur explosa quand les deux véhicules se croisèrent.

Davis ralentit et s'arrêta sur le bas-côté de la route. Penny pleurait.

Raphael, sorti le premier, jura en voyant le camion continuer sa route comme si de rien n'était.

Davis déverrouilla la portière arrière et alla chercher sa fille qu'il serra très fort dans ses bras.

— Pardon, papa, pleurnicha Penny.

— Ce n'est pas ta faute, tout va bien.

Il avait eu la peur de sa vie. Il se mit à rire bêtement et embrassa sa fille sur la joue.

— Tout va bien, ce n'est rien. Regarde, on est arrivés, dit-il.

Ils étaient au sommet de la colline qui bordait l'océan. Pacific View s'étalait enfin devant eux.

Une petite ville balnéaire des plus chics. Toute la bonne société de San Francisco possédait une résidence secondaire dans cet îlot paradisiaque. Des bateaux de plaisance mais aussi d'immenses yachts mouillaient dans la large marina. La longue plage était peu fréquentée en ce début de soirée.

Le soleil était bas sur l'horizon et Davis aperçut une silhouette qui jouait avec un chien à proximité d'une caravane.

— Il n'y a que des riches dans cette ville. On va avoir l'air de clochards, se plaignit Raphael.

Il avait fait son enquête sur internet, et tout ce qu'il avait découvert ne l'avait pas vraiment motivé.

— Je t'ai dit qu'on avait hérité d'Oncle Terry, et en plus, il y a aussi des gens normaux. Il y a un quartier plus populaire juste après. Tu n'as pas à t'en faire. Tu vas te plaire ici, je te le promets.

— Des gens normaux, le reprit Raphael en écho. Je pourrais enfin savoir combien il nous a légué ?

Davis ne s'était pas étendu sur le sujet tant qu'il n'était pas certain de pouvoir répondre à toutes les clauses du testament. Avec leur installation à Pacific View, la dernière était enfin remplie. Mais pour autant Davis n'avait pas envie de tout révéler à son fils.

— Suffisamment pour que tu puisses passer un bel été et faire la fête sans avoir à te soucier de l'argent.

Cela avait été le meilleur argument pour faire venir Raphael. Le garçon avait travaillé comme employé dans un fast-food l'été précédent et il avait détesté cela.

— Allez, on y va.

Penny et Raphael remontèrent dans la voiture. Davis grimaça en voyant son rétroviseur pendre mollement. Mais après s'être assuré qu'il tiendrait jusqu'à destination, il s'assit au volant et redémarra.

Dix minutes plus tard, il passait devant le panneau « Bienvenue à Pacific View, 42 351 habitants ».

— J'espère qu'ils ne comptent pas les touristes, ironisa Raphael.

Jamais il n'aurait imaginé vivre dans une ville aussi petite. Heureusement, il s'était renseigné, il y avait au moins un cinéma et un magasin de comics books.

Davis ne répondit pas et continua sa route. Ils passèrent devant les premières habitations. D'immenses propriétés qui donnaient sur la mer. Certaines possédaient un ponton privé où étaient amarrés les bateaux des propriétaires.

— C'est là qu'on va habiter ? demanda Penny.

— Oui. Ça te plaît ?

— Oui, mais elle est où notre maison ?

— Plus loin, on y est presque.

Raphael ressentit malgré lui une certaine excitation. Il voulait croire que tous les mystères autour de l'héritage d'Oncle Terry étaient plutôt de bon augure.

— Si jamais c'est plus petit que l'appart de Frisco, je te jure, je repars vivre chez Granny.

— Non, je te l'ai déjà dit : fais-moi confiance.

Ils dépassèrent les magnifiques résidences et entrèrent dans le centre de Pacific View, constitué d'immeubles à l'architecture classique mais de belle facture, hauts de trois à quatre étages. Les rez-de-chaussée étant réservés à divers commerces.

Raphael aperçut la devanture de son magasin de comics et le trouva ridiculement petit par rapport à celui de San Francisco. Puis ils longèrent la large promenade et ses quais qui bordaient l'océan. De nombreuses voitures de luxe y étaient garées. Attablés aux terrasses des restaurants, les touristes profitaient de la vue magnifique : palmiers, sable et soleil couchant sur la ligne d'horizon.

— Alors ?

— Pas mal, reconnut Raphael, fasciné par toutes les berlines hors de prix et autres voitures de sport garées en épi près de la promenade.

Davis sourit et reprit par le centre-ville.

— On n'habite pas près de la mer, n'est-ce pas ? demanda Raphael en voyant son père prendre la direction opposée à l'océan.

— Non, mais en vélo, il ne te faudra pas plus de dix minutes.

Raphael fit une petite mimique qui voulait tout dire.

Ils quittèrent le centre pour grimper la côte vallonnée de la ville bâtie sur une colline verdoyante. Ils prirent une petite route qui serpentait au milieu de propriétés qui devaient valoir une fortune, éparpillées au milieu de la végétation.

Soudain, ils distinguèrent le bout du chemin.

— Papa, mais c'est un cul-de-sac, dit Raphael sans comprendre.

Un immense manoir, dressé face à eux, en imposait de toute sa hauteur.

— Je sais, dit Davis qui continuait à rouler.

— Ne me dis pas que c'est ça ?

— Si je te dis oui, tu m'en voudrais vraiment ? s'enquit Davis faussement inquiet.

Raphael éclata d'un rire sidéré.

— Tu veux vraiment dire que cette baraque nous appartient ?

— Cette baraque est un manoir. Mille deux cents mètres carrés. Quinze chambres avec chacune sa salle de bains privative. Trois salons, une cuisine, une arrière-cuisine, et tout ce que tu veux.

— C'est vrai ? dit Penny qui tira sur sa ceinture pour se rapprocher d'eux.

— Oui, c'est notre maison.

— Mais elle est trop grande, non ? s'étonna-t-elle.

Raphael n'en revenait pas. Incroyable. Combien valait-elle ? Cinq, huit, dix millions de dollars ?

— Tu comptes la vendre après l'été, n'est-ce pas ?

— Non, à moins que vous ne vous y sentiez pas bien.

— Mais papa, on ne pourra jamais payer tous les frais d'entretien, les impôts. Tu imagines ce que ça doit coûter !

Davis ralentit alors que le manoir grossissait à vue d'œil. Construit au sommet de la colline, il dominait toutes les autres résidences situées en aval.

— Oncle Terry a pensé à tout. On a suffisamment pour voir venir.

— Combien ?

— Cela ne te regarde pas. Mais je te promets qu'on n'a pas à s'en faire.

Davis arrêta la voiture devant un immense portail. Il en activa l'ouverture automatique qui coulissa sans un grincement. Il fit avancer sa Cherokee dans l'allée et la gara sous un préau aux côtés de deux voitures. Un pick-up noir et une autre dissimulée sous une bâche.

— Elles sont à nous ? s'exclama Raphael en ouvrant de grands yeux.

— Disons que le pick-up est pour moi et toi tu as l'autre.

Raphael sortit de la voiture et, sans attendre son père, retira la bâche pour découvrir une Ferrari California rouge.

— Je le crois pas. Elle est à moi ?!

— Oui, mais à plusieurs conditions, répondit Davis qui le rejoignit, accompagné de Penny.

— Tout ce que tu veux.

— Primo : pas d'excès de vitesse, tu fais très attention à ta conduite et surtout tu devras m'aider pour la maison et avoir de très bonnes notes au lycée. Si tu redoubles tu la perds.

Raphael passa une main sur le carénage de la voiture. Même dans ses rêves les plus fous il n'aurait jamais imaginé ce qu'il lui arrivait.

— Papa, je ne sais pas quoi dire.

— Remercie juste Oncle Terry.

Raphael sourit et regarda le ciel en remerciant un oncle dont personne ne connaissait l'existence jusqu'à ce qu'un notaire la leur révèle, en même temps que sa mort.

Ils sortirent les bagages du coffre et remontèrent l'allée gravillonnée.

Raphael prit un instant pour observer le manoir. Plus haut que large. Trois étages, un toit pentu. De hautes fenêtres sans balcon. Tout bardé de bois, il semblait sorti d'un vieux film d'horreur ou plutôt...

— On dirait le manoir de la famille Adams, plaisanta-t-il.

Davis avait plutôt pensé au Rocky Horror Picture Show en la découvrant pour la première fois.

— La famille qui ? demanda Penny.

— Adams, c'est une vieille série télé, dit Davis.

Ils arrivèrent devant une porte à double battant en chêne massif. Davis sortit un trousseau de clés et inséra l'une d'entre elles dans la serrure avant d'ouvrir la porte sans un bruit.

Raphael était presque déçu de ne pas entendre un grincement angoissant.

Ils entrèrent dans la vaste demeure et découvrirent un impressionnant hall dont le plafond se perdait à plusieurs mètres au-dessus de leurs têtes.

Davis alluma aussitôt la lumière. Un lustre en cristal les illumina de toute sa splendeur.

— Waouh, c'est super grand ! dit Penny.

— Une fortune, chuchota Raphael.

— Suivez-moi, je vais vous montrer vos chambres.

Ils montèrent le large escalier central et prirent le couloir de gauche.

— Je nous ai tous installés au premier étage, mais il y a d'autres chambres au deuxième et au troisième étage. Si ça vous tente…

— Ça devrait aller, merci, dit Raphael.

Davis s'arrêta devant une première porte, l'ouvrit et appuya sur l'interrupteur.

— Ma chambre, déclara Davis.

Il posa sa valise et alla ouvrir les volets des deux fenêtres. Malgré la nuit qui commençait à tomber, la vue était de toute beauté. Pacifc View et la vallée qui l'entourait s'étalaient devant lui, jusqu'à l'océan.

— C'est trop joli, s'enthousiasma Penny.

— C'est sûr que ça change, confirma Raphael devant ce décor de carte postale.

Davis venait d'ouvrir en grand une porte située au milieu du mur adjacent.

— Venez voir.

Ils passèrent dans la chambre mitoyenne. La même que celle de Davis mais légèrement plus petite. Décoration rose bonbon, avec des scènes de films de Disney accrochées aux murs.

— C'est ma chambre ! dit Penny.

Elle retrouvait avec plaisir toutes ses peluches posées sur un petit lit à baldaquin.

— Je l'aime trop, elle encore plus jolie qu'avant.

Davis referma la porte qui séparait les deux chambres.

— Si tu as peur la nuit, tu n'hésites pas à venir me voir. D'accord ?

Penny acquiesça.

Même si elle faisait beaucoup moins de cauchemars depuis quelque temps, Davis ne l'aurait pas laissée éloignée, isolée dans ce grand manoir labyrinthique.

Il lui montra sa salle de bains, tout en marbre et accessoires de luxe.

Ils sortirent de la chambre par la porte principale et retrouvèrent le couloir qui, au bout de quelques mètres, faisait un coude leur permettant d'accéder à l'aile nord du manoir.

Davis s'arrêta devant une porte et laissa à Raphael l'honneur de l'ouvrir.

Plus grande que celle de son père, la chambre était meublée en partie d'objets personnels mais avait également conservé du mobilier ancien totalement vieillot aux yeux de Raphael.

— Ça te plaît ? demanda Davis.

— Mouais, disons que « ça » c'est juste pas possible, dit Raphael en désignant une commode de style Louis XV.

— À toi d'arranger comme tu le sens. D'autre part, tu verras, il y a un tas d'autres meubles dans les autres chambres. Choisis ce que tu veux.

Raphael alla à la fenêtre. Il avait une vue panoramique du paysage. À sa gauche l'océan et la ville, à droite la colline.

— Bien, je te laisse t'installer, je vais préparer le repas. Je reviens te chercher.

— OK.

Davis prit Penny dans ses bras. Au moment de quitter la chambre, Raphael l'interpella.

— Merci, papa, et désolé si je n'ai pas arrêté de râler, mais je te jure que je suis super content.

— Tant mieux. Tout ce que je fais, je le fais pour vous.

Il vit que son fils était gêné et le laissa seul. Il referma la porte derrière lui et, tenant toujours Penny dans ses bras, il refit le chemin inverse. Il n'avait pas atteint l'escalier qu'il entendit de la musique en provenance de la chambre de Raphael. Peut-être aurait-il dû le mettre au troisième ? pensa-t-il, amusé, tandis qu'il faisait attention en descendant les marches.

— Tu crois que maman nous regarde ?

— Bien sûr, Penny et elle te fait de gros bisous, dit Davis.

2

Lundi 6 juillet

Le réveil sonna. 6 h 30. Davis ouvrit les yeux. Même si les jours précédents, il avait déjà dormi dans le manoir, il avait l'impression que c'était sa véritable première nuit. Sa famille était à ses côtés. Une nouvelle vie pouvait commencer.

En simple caleçon, il alla ouvrir les volets. À la lumière de l'aube naissante, il ne se lassa pas de la vue incroyable qu'il avait sur Pacific View et l'océan.

Il resta de longues secondes à apprécier le paysage avant de se rendre dans sa salle de bains. Vingt minutes plus tard, il en ressortait et allait se choisir des vêtements pour sa première journée de travail. Costume classique, cravate obligatoire pour faire bonne impression.

Il jeta un coup d'œil au miroir sur pied et fut satisfait de son reflet, et regarda sa montre. 7 heures. Encore une heure avant sa prise de fonctions. Il ouvrit doucement la porte mitoyenne et entendit le paisible ronflement de Penny. Il avança à pas de loup et alla déposer un baiser sur le front de sa fille.

Raphael avait promis de s'occuper de sa sœur toute la journée. Il pouvait la laisser dormir.

Davis ressortit de la chambre, prit son attaché-case avec ses affaires personnelles et descendit au rez-de-chaussée.

Quel sentiment étrange de savoir que tout cet environnement lui appartenait ! C'était aussi improbable que miraculeux.

Le petit salon qu'il traversa, était meublé d'une façon désuète : hauts fauteuils imposants, mobilier sombre d'un classicisme absolu. Puis il se dirigea vers les cuisines.

La première fois qu'il les avait découvertes, il s'était cru dans celles d'un grand restaurant. Ici tout était fonctionnel. La pièce maîtresse était un imposant piano de cuisson. Mais du vaste évier à deux bacs profonds au plan de travail en granit, en passant par les appareils électroménagers luxueux, un ensemble de placards qui recelaient des ustensiles extrêmement variés : machine à trancher le jambon, à pétrir la pâte, à faire des glaces... rien ne manquait. L'arrière-cuisine n'était pas en reste. La vaisselle entreposée là était digne des plus grandes familles.

« Avec ça, j'espère qu'Oncle Terry recevait souvent », avait-il dit au notaire quand il était venu faire l'état des lieux. L'homme avait esquissé un simple sourire sans répondre.

Davis ouvrit un placard d'où il sortit un paquet de pain de mie, puis, dans l'imposant réfrigérateur, il attrapa un pot de confiture de fraises dont il tartina ses tranches. Cela fait, il prit une dosette de *Nespresso* et se prépara un café.

Quand il fut prêt, il mit le tout sur un plateau et retourna dans le petit salon qui donnait sur le côté ouest du jardin. Parfaitement entretenue, la pelouse scintillait de rosée en ce début de matinée.

L'image de Charleen s'imposa à lui. L'absence était toujours pesante, mais elle commençait à être moins douloureuse. Le fait de ne plus vivre dans l'appartement où ils avaient passé tant de bons moments ensemble avait été une bonne chose.

En même temps, n'était-ce pas de la lâcheté que de tenter d'oublier la seule femme qu'il ait jamais aimée, la mère de ses deux trésors ?

Sirotant son café, il secoua la tête et s'obligea à chasser ces pensées moroses, à aller de l'avant. Si ce n'était pour lui, du moins pour Penny et Raphael. Ils avaient besoin de vivre leur vie. Il devait tout faire pour qu'ils soient le plus heureux possible.

Un coup d'œil à la pendule, il était temps de partir.

Il remonta à l'étage et alla frapper à la porte de Raphael. Grand silence. Le garçon dormait d'un lourd sommeil.

Davis entrouvrit les volets pour laisser passer un rai de lumière.

Raphael émit un grognement et se retourna vers son père.

— Je vais y aller, tu t'occupes de Penny aujourd'hui. Tu verras qu'il y a largement de quoi vous nourrir pour la journée. Et si tout se passe bien, ce soir, tu auras les clés de la Ferrari.

Raphael se redressa dans le lit et retrouva le sourire.

— OK, ne t'inquiète pas pour nous.

Davis hocha la tête. Il avait eu quelques entretiens afin de trouver une nounou pour Penny, mais aucune ne lui avait convenu. Il devait à tout prix régler le problème avant que Raphael ne craque.

Il quitta son fils, redescendit au rez-de-chaussée et sortit du manoir pour monter directement dans le pick-up d'Oncle Terry, mit le contact et la radio. Deep Purple.

Davis sourit tout en tapotant son volant au rythme de ces vieux briscards. Si son fils et sa fille ne juraient que par le R'n'B et les jeunes chanteuses dévergondées, Davis était un inconditionnel du rock, et quelles que soient les modes, jamais il ne renierait ses goûts.

Il passa le portail électrique. En voyant le manoir rapetisser dans le rétroviseur intérieur, il eut un petit pincement au cœur à l'idée de laisser ses enfants seuls dans cette immense demeure. Mais il se réconforta aussitôt, Raphael avait l'habitude de s'occuper de sa sœur. Tout se passerait bien.

Il suivit la route sinueuse que bordaient les habitations de standing et descendit jusqu'au centre-ville. Peu de circulation en ce début de matinée. Les touristes dormaient encore et récupéraient des soirées agitées de Pacific View.

Toutes les devantures des boutiques étaient encore fermées. Une véritable ville morte. Rien à voir avec la frénésie matinale de San Francisco.

Davis tourna sur Harrison Square et rattrapa Lucas Avenue, passa devant la mairie, un magnifique édifice qui avait dû coûter une petite fortune, puis il s'arrêta à un feu rouge avant d'apercevoir le commissariat de la ville. Contrairement à la mairie, c'était un bâtiment sobre et fonctionnel. Un cube de trente mètres de côté. Un seul étage dont le toit plat servait autant de salle de repos que de restaurant durant les beaux jours. Autrement dit, « Presque toute l'année », lui avait fait remarquer le shérif Crawford.

Il tourna et s'engagea dans le parking à ciel ouvert pour se garer sur l'une des places réservées au personnel. Il sortit de son pick-up, rajusta sa cravate, et prit une grande inspiration avant de franchir le seuil de la porte.

— Bonjour, lieutenant, l'accueillit Lea Sanchez.

Davis avait rencontré la réceptionniste lors de sa première visite.

Le commissariat comptait une quarantaine d'employés, dont une moitié de civils qui traitaient tout ce qui était d'ordre administratif, et une vingtaine de policiers assermentés, dont cinq lieutenants.

— Bonjour, Lea, vous allez bien ?

La réceptionniste lui fit un grand sourire. Trente ans et toujours célibataire, dès le premier coup d'œil elle était tombée sous le charme de ce jeune veuf.

— Oui, comme un lundi, dit-elle. Je préviens le shérif, mais il m'a dit de vous faire monter. Vous vous rappelez où est son bureau ?

Davis hocha la tête et la remercia. Il prit l'escalier sur la gauche et monta dans les bureaux réservés aux cadres, passa un couloir et longea des bureaux vides. Seuls quatre policiers de garde avaient assuré le travail de la nuit dans l'attente de ceux qui, au matin, viendraient les remplacer. Ils devaient être en bas, dans les starting-blocks pour la relève.

Davis vit le bureau du shérif en fond de couloir. Le seul à avoir de vraies cloisons et une porte en bois, à l'inverse des autres qui étaient vitrées.

Il regarda sa montre. 7 h 57. Parfait. Ni en retard, ni en avance.

Il frappa et entendit un « entrez » chaleureux. Il ouvrit la porte et tomba nez à nez avec le shérif qui s'était levé pour l'accueillir.

Cinquante ans, physique de sportif, cheveux courts, rasé de près.

Il lui serra la main et sentit la poigne virile de l'homme.

— Bonjour, Greg, ravi de voir que vous êtes ponctuel.

— C'est l'une de mes qualités.

— Bon, je vais vous montrer votre bureau. On a rangé au mieux, mais faites comme il vous plaira.

Ils remontèrent le couloir et Crawford s'arrêta devant la troisième porte à gauche. Davis remarqua alors que son nom et son grade étaient déjà inscrits sur la porte vitrée.

— Lieutenant Davis, à vous l'honneur, dit Crawford avec la même cordialité dans la voix.

Davis entra et savoura l'espace qui lui était dévolu. Une fois encore, rien à voir avec les locaux de sa brigade à Frisco. Une armoire rien que pour ses dossiers, un long meuble bas qui courait le long du mur, sans oublier un petit frigo dans le coin, près du bureau qui donnait sur Green Avenue.

— Je vous laisse ranger vos affaires. Ensuite, rejoignez-moi en bas. Nous avons prévu un petit pot de bienvenue. On passera à l'armurerie après.

— OK, j'arrive tout de suite, dit Davis.

Crawford sortit du bureau.

Davis alla directement jeter un coup d'œil derrière la baie vitrée. Une longue rangée de palmiers s'alignait le long de l'avenue. Un avant-goût de Los Angeles pour les touristes qui descendaient vers le sud de l'État.

Il sourit de plaisir et alla ouvrir son attaché-case, en sortit un carnet de notes, des stylos, son ordinateur portable et enfin des photos encadrées de Penny, Raphael et Charleen. Au moment où il les posa sur son bureau, il ressentit une terrible émotion. Le sourire radieux de sa femme le renvoyait à tant de souvenirs heureux.

Se sentant chanceler, il s'assit lourdement dans son large fauteuil, ferma les yeux et serra les poings.

« N'y pense plus », se répéta-t-il comme une litanie.

Les secondes passèrent et ses pulsations cardiaques ralentirent pour retrouver un rythme normal. Il se redressa et se dit qu'il ferait mieux de descendre.

À peine avait-il atteint le hall qu'il entendit une salve d'applaudissements pour fêter son arrivée. La plupart des employés étaient présents. Le sourire aux lèvres. Un vrai commissariat de province.

Malgré lui, Davis se sentit ému, et accepta le verre de mousseux qu'on lui tendait.

3

Faye Sheridan entendit le réveil. Elle sortit la tête de sous le drap et regarda l'heure. 8 h 02. Il était temps de se lever. En petite culotte, elle sauta du lit et alla ouvrir les stores de la caravane, puis la porte. Riggs, qui avait passé la nuit dehors, arriva en courant et vint se frotter à sa maîtresse.

Faye caressa le poil rêche de son berger allemand et le fit entrer.

La douce lumière laiteuse du matin baignait le paysage. Face à elle, la plage et l'océan s'étalaient à perte de vue. Un léger sourire éclaira son visage.

Vivre dans une caravane avait de nombreux inconvénients, le premier étant le manque de place. Mais ce n'était rien comparé au formidable sentiment de liberté, et à la jouissance sans limite d'un site exceptionnel.

Elle alla sous la douche et resta un long moment sous le jet, quand soudain l'eau chaude s'arrêta, remplacée par un jet glacé qui la tétanisa sur place.

Elle ferma aussitôt le robinet et sortit de la cabine grelottante de froid. Elle attrapa une serviette et s'essuya rapidement avant d'enfiler ses sous-vêtements, un short et un petit haut.

Du frigo elle sortit un jus de fruits multivitaminés et d'un placard une boîte de cookies, puis servit les croquettes de Riggs dans sa gamelle.

Enfin, elle ouvrit la porte de la caravane et s'installa sur la petite terrasse en teck qu'elle avait montée elle-même sur le sable. Pas très stable mais cela faisait l'affaire.

Faye s'assit sur son fauteuil préféré et, lunettes de soleil sur le nez, elle savoura ce début de journée, le regard errant sur les vagues qui se brisaient sur la plage. L'odeur iodée de l'air marin lui rafraîchit les idées. Elle avait passé tout le week-end à Los Angeles, pour l'enterrement de vie de jeune fille de l'une de ses meilleures amies. Repensant à ce qu'elles avaient fait, elle eut un sourire mais aucun regret, malgré les excès.

Riggs retourna auprès d'elle et s'assit sagement sur le sable.

Quand Faye eut terminé son petit déjeuner, elle finit de se préparer.

Une demi-heure plus tard, elle se mettait au volant de sa Ford Mustang et allumait le moteur. Elle fit un signe à son chien et partit le long de la route des plages.

Très vite, la succession de villas de haut standing avec leurs plages privées fut en vue. Sa caravane était une hérésie dans cet univers de grand luxe. Jamais elle n'aurait dû avoir l'autorisation de poser ses valises sur la plage, sauf que Faye avait toujours compté sur sa bonne étoile.

Elle entra dans Pacific View et apprécia la tranquillité de la ville en cette heure matinale. Elle passa Palm Avenue et ses nombreux bars et restaurants, puis tourna sur la droite et arriva dans le centre-ville où se trouvait l'antenne régionale du *San Francisco Chronicle*. Trois personnes s'y partageaient soixante mètres carrés dans un petit immeuble avec vue sur le parc Washington.

— Salut, la compagnie, dit Faye en entrant.

— Salut, ma beauté, répondit Chuck Preston.

En temps normal, Faye n'appréciait guère ce genre de qualificatif de la part d'un collègue, mais venant de

Chuck c'était différent. Il n'était absolument pas intéressé par les femmes.

— Tu as une tête de déterrée, la salua Rosie Montrose.

Tandis que Chuck était élégant et plein d'allant, avec ses complets crèmes et sa fine moustache de trentenaire fier de lui, Rosie, tout juste cinquante ans, divorcée, obèse et sans complexe, possédait un humour qui n'appartenait qu'à elle.

— Merci, ça fait toujours plaisir.

Rosie eut un sourire en coin et s'alluma une cigarette.

— Tu sais que si j'appelle la rédaction et prouve que tu fumes dans les locaux, tu seras virée dans l'instant, intervint Chuck.

— Tu ferais ça, petit délateur ?

— Si tu continues à embêter Faye, sans aucun doute.

Et joignant le geste à la parole, il sortit son smartphone et prit une photo de Rosie en train de fumer. Cette dernière lui fit un doigt d'honneur appuyé.

Faye secoua la tête.

— Je me demande vraiment qui est le plus mature ici.

Elle n'avait que vingt-huit ans et parfois, elle avait l'impression d'être la plus âgée des trois.

Chuck alla ouvrir la fenêtre et s'adossa au rebord.

— Alors, ma gazelle, tu as fait des folies de ton corps ? demanda-t-il.

— Si seulement..., dit Faye. Juste deux soirées entre filles, pas de gars, même si je dois t'avouer que j'aurais bien craqué pour un chippendale.

Chuck secoua la tête.

— Ne me dis pas que vous avez fait ça ? C'est d'un cliché, et tellement vulgaire.

— Je ne trouve pas. Moi, je l'ai fait une fois. Je crois que le type avait le béguin pour moi, intervint Rosie.

Personne n'y crut une seconde ni ne releva sa remarque.

— Bref, pas d'homme providentiel.

— Ma pauvre louloute, c'est à croire que tu le fais exprès. Ce ne sont pourtant pas les beaux partis qui manquent par ici, dit Chuck.

— Et tu sais de quoi tu parles, assura Rosie.

Ce fut au tour de Chuck de lui faire un doigt d'honneur. Il vivait en couple avec un riche promoteur immobilier depuis plus de trois ans.

— Ne l'écoute pas, elle est juste jalouse, dit Faye qui alla se servir un café bien chaud.

Chuck envoya un regard faussement mauvais à Rosie et se décolla de la fenêtre.

— Bon, je vous laisse. Moi, j'ai du travail, dit-il en retournant dans son petit bureau.

— Tu devrais arrêter de l'asticoter. Je ne suis pas certaine qu'il comprenne toujours ton humour, dit Faye qui prit place face au bureau de Rosie.

Les deux femmes travaillaient dans la même pièce, contrairement à Chuck qui ne pouvait se concentrer que dans l'isolement.

— Il sait très bien que je l'adore, mais c'est plus fort que moi, s'excusa Rosie qui enchaîna. Alors, comment ça s'est passé, dis-moi tout ?

Si Faye était journaliste, c'était avant tout par amour des potins, et elle avait trouvé en Rosie la partenaire idéale.

Elle lui raconta son week-end dans les moindres détails, accentuant les faits les plus comiques et les situations les plus embarrassantes.

— Heureusement que vous n'avez pas fini comme les trois idiots de *Very bad trip* ! dit Rosie qui se régalait.

Faye revit Bradley Cooper dans son meilleur rôle, et aurait tout donné pour avoir un homme comme lui. Mais il ne fallait pas rêver. Les hommes parfaits n'existent pas. Ça se saurait.

Rosie regarda l'heure et eut soudain un hoquet.

— Mince, faut que je file.

— Déjà ? Un rendez-vous galant ?

Rosie prit un air contrit.

— Non, j'aurais bien aimé, mais j'ai rendez-vous avec un type qui doit me parler de ce nouveau lieutenant que le shérif vient d'embaucher.

Faye fronça les sourcils.

— En quoi est-ce intéressant ?

— Je n'en sais rien encore, mais le type m'a promis que je ne le regretterais pas.

— Tu es certaine que ce n'est pas un coup tordu ? Il s'appelle comment ton indic ?

— Je ne sais pas, il m'a juste envoyé un mail, puis on s'est téléphoné. Il ne veut me parler que face à face.

Faye regarda une Lamborghini passer devant la baie vitrée du bureau.

— Il ne serait pas un peu parano ton gars ? Tu devrais peut-être te méfier. Tu veux que je vienne avec toi ? Ou vas-y avec un homme. Chuck.

— Non, c'est mon scoop. Hors de question qu'on me le vole.

Les deux femmes eurent un sourire de connivence. Il ne se passait jamais rien d'extraordinaire à Pacific View et aucune des deux ne pensait vraiment que Rosie risquât quoi que ce soit. C'était juste des potins croustillants sur le nouveau lieutenant.

— OK, je peux au moins savoir où tu as rendez-vous ?

Rosie se leva de son fauteuil et attrapa son sac à main.

— Non, rien c'est rien, dit-elle.

Elle sortit un tube de rouge à lèvres de son sac et s'arrêta devant le grand miroir placé derrière elle pour rectifier le contour de sa bouche.

— Très professionnelle, ironisa Faye qui aurait bien aimé faire un tour dehors.

— On ne sait jamais, c'est peut-être l'homme de ma vie.

Faye eut un petit rire. Rosie lui fit un clin d'œil et quitta leur bureau.

À peine eut-elle fermé la porte que Chuck refit son apparition.

— J'espère que c'est un coup pourri. Franchement, il faudra qu'elle arrête de me charrier avec Peter.

À l'évidence, il n'avait pas encaissé la petite pique de Rosie.

— Tu sais comment elle est, elle nous adore. Qui aime bien châtie bien.

— Alors si je souhaite sa mort, c'est que je l'aime, c'est ça ?

— On peut dire ça, dit Faye, amusée, tandis qu'elle voyait Rosie déboucher dans la rue.

4

— Allez, buvez, ça ne va pas vous tuer, dit le shérif Crawford.

Davis sourit et se força à boire sa coupe de mousseux. Trois années qu'il n'avait pas bu une goutte d'alcool. Il se sentit fébrile, et quand le liquide pétillant pénétra dans sa gorge, il eut envie de vomir mais se retint et se contenta de tousser.

— J'ai avalé de travers, s'excusa-t-il.

Il eut droit à des sourires amusés.

— Voilà toute l'équipe, déclara Crawford en balayant de la main toute l'assistance.

L'un après l'autre, tous les membres du personnel lui furent présentés. Crawford trouva pour chacun d'eux une façon différente et bienveillante de les mettre en valeur.

Davis comprit pourquoi cet homme était shérif. Un véritable leader. Un charisme débordant accentué par une sympathie naturelle et communicative. S'il avait craint que sa promotion à ce poste ne soit mal perçue par les gens du coin, c'était à l'évidence le contraire.

— Et pour finir, notre bougon de service : le lieutenant Barnay Simpson.

Davis l'avait très vite repéré. La quarantaine. Grand, bien bâti. Cheveux blonds et fine barbe. C'était le seul à lui jeter des regards soupçonneux. Déformation professionnelle, sans doute.

— Shérif, vous avez de la chance d'être mon supérieur, dit Simpson qui se retourna vers Davis. Alors, ça vous change de Frisco ?

— C'est clair.

— Vous allez vous plaire ici, c'est calme et tranquille, intervint Veronica Bloom.

La jeune femme était sergent. Petite et ronde, dans son regard perçait une certaine innocence qui détonnait avec son visage sévère.

— Vous êtes le neveu de Terry Nelson, c'est bien ça ? demanda Sean Hopington.

C'était un simple agent administratif, proche de la retraite. Davis hésita à répondre qu'il n'était neveu que par alliance, mais préféra faire simple.

— Oui. On a hérité de son manoir.

— C'est vraiment l'enfer à Frisco ? demanda Rachel Porter, un autre agent administratif.

— Non, pas vraiment, mais on aime bien l'idée de passer pour des durs à cuire, dit-il amusé.

Des sourires éclairèrent les visages et il fut assailli par un flot de questions. Mais à sa surprise, personne ne lui parla de son épouse. Uniquement de son travail à San Francisco.

Tout cela en profitant du buffet installé en son honneur.

Davis comprit que Crawford les avait briefés sur sa vie, et aucun n'aurait voulu commettre le moindre impair en ce premier jour de travail. Il ne doutait pas que les questions personnelles viendraient le moment venu. Le plus tard serait le mieux.

Crawford frappa plusieurs fois dans ses mains, et le silence se fit peu à peu.

— Bon, ce n'est pas le tout, mais vous avez un salaire à justifier, alors tous au travail. On range.

Davis se proposa pour aider, mais Simpson le saisit par l'épaule et l'engagea à monter dans les bureaux.

— Allez-y, on va y arriver sans vous, dit le sergent Gross.

Crawford leur fit un clin d'œil et laissa ses deux lieutenants s'éclipser.

Ils remontèrent sans se dire un mot jusqu'au bureau de Simpson, situé juste en face de celui de Davis.

— Asseyez-vous, mettez-vous à l'aise.

Davis prit place face à Simpson qui s'assit à son bureau et sortit un cigare de sa boîte.

— Vous n'avez rien contre la fumée ?

— Non, je suis un ancien fumeur conciliant.

Simpson esquissa un rictus et attrapa le lourd briquet de granit posé sur le coin du bureau. Il prit le temps d'allumer son cigare et d'en savourer deux bouffées avant de reprendre la parole.

— Bien. Vous savez, moi, j'aime quand les choses sont claires. Alors je vais vous le dire tout de suite, votre petite gueule d'ange ne me revient pas du tout.

Davis sentit son sang ne faire qu'un tour, mais réussit à garder son calme.

— C'est votre problème, pas le mien.

Simpson tira sur son cigare sans lâcher Davis du regard.

— Je ne sais pas ce que vous venez faire ici. À part toucher le pactole de l'oncle de votre femme. Je n'arrive pas à comprendre pourquoi vous avez postulé pour ce job de lieutenant.

— J'en avais assez de San Francisco, j'avais besoin d'un retour aux sources.

— Avec l'argent de Terry Nelson, vous n'êtes plus obligé de travailler, pourquoi continuer ?

Parce que cela faisait partie de l'une des clauses de l'étrange testament d'Oncle Terry. Davis devait obtenir un poste dans les services de la police locale pour avoir le droit de toucher le gros lot.

« Une chance qu'un poste de lieutenant soit libre à ce moment-là », s'était-il dit quand il avait appelé le shérif Crawford, un mois plus tôt.

— Parce que l'oisiveté est le pire des péchés, préféra-t-il répondre.

— Vous croyez en Dieu ?

— Comme tout bon Américain.

— Vous savez que vous n'auriez jamais dû avoir ce poste ?

Davis fronça les sourcils. Avec son dossier et ses antécédents, il ne déméritait pas.

— J'ai passé les entretiens. Si cela vous pose un problème, parlez-en à Crawford.

— Je sais, valida Simpson en posant son cigare dans le cendrier. Mais je sais aussi que la place aurait dû revenir au sergent Bloom.

Le visage poupon du sergent s'imposa à Davis. À aucun moment, il n'avait perçu le moindre ressentiment de sa part au cours du pot d'arrivée.

— Elle est encore jeune, elle a tout le temps pour passer lieutenant.

— Si ce n'est qu'elle a un petit garçon qu'elle élève toute seule. Une rentrée d'argent n'aurait pas été superflue.

Davis garda le silence. Il avait appris par le notaire que son oncle était l'un des bienfaiteurs des œuvres de la police. Était-ce cela qui avait fait pencher la balance en sa faveur ?

— Son ex-mari ne paie pas sa pension ?

— Effectivement.

— Il y a des lois pour régler ce problème. Elle n'a qu'à porter plainte, je suis prêt à la conseiller…

— C'est bon, ne vous mêlez pas de ça. Le sergent Bloom m'avait fait promettre de ne pas en parler, l'arrêta Simpson qui n'avait pas envie de s'étendre sur le sujet. Vous n'êtes pas l'un des nôtres, et je vous promets que je vais vous avoir à l'œil jusqu'à ce que vous vous en alliez.

Davis porta son regard sur la main droite du lieutenant et n'y vit aucune alliance.

— Le sergent Bloom est un joli brin de fille, n'est-ce pas ?

Simpson le foudroya du regard.

— Foutez le camp !

Davis n'était pas mécontent d'avoir tapé en plein cœur. Même s'il était un adepte de la concertation, il savait que face à certaines personnes, il ne fallait jamais montrer la moindre faiblesse, bien au contraire.

Il sortit du bureau et vit apparaître Crawford, le visage fermé.

— Le cadavre d'un homme vient d'être retrouvé, commença-t-il. Pas de meurtre depuis un an et il faut que ça tombe aujourd'hui.

Davis n'en revenait pas. Tout le monde allait croire qu'il portait la poisse.

— Je m'en charge.

Crawford était ailleurs perturbé par la nouvelle.

— OK, allez-y avec Simpson.

Davis resta face à Crawford et sut qu'il était temps de s'imposer.

— Si cela ne vous dérange pas, je préférerais y aller avec le sergent Bloom. Simpson m'a dit qu'elle espérait devenir lieutenant. Je pense que je pourrais lui apprendre certaines choses.

Crawford sembla hésiter et regarda Simpson qui fumait un cigare derrière sa cloison vitrée.

— D'accord, mais surtout n'hésitez pas à demander de l'aide si vous en avez besoin. On travaille en équipe ici, et personne ne retire de gloire personnelle à la résolution des enquêtes. Notre seule récompense est d'être à la hauteur des attentes de nos concitoyens.

« Électeurs », traduisit Davis qui savait à quel point les shérifs des petites villes étaient proches des aspirations du citoyen lambda pour se faire réélire.

— Vous connaissez mon pedigree. Mon ego passe après tout le reste.

— Je n'en doute pas.

Crawford lui adressa un sourire volontaire.

— Trouvez-moi l'ordure qui a fait ça et le plus vite possible.

— Comptez sur moi.

— Tenez, c'est l'adresse, dit Crawford en lui donnant le morceau de papier sur lequel il l'avait griffonnée.

Davis descendit dans les bureaux situés à l'étage au-dessous. Tout avait été rangé et chacun avait repris sa place dans le vaste open space. Une vieille dame était à la réception, et deux autres civils s'adressaient à des agents pour des réclamations diverses.

Il aperçut le sergent Bloom en fond de salle près d'une des fenêtres qui donnait sur la cour intérieure. Il s'avança vers elle. Tout le monde le regarda passer dans un silence pesant. La nouvelle de l'homicide avait déjà fait le tour de la place.

— Veronica, c'est ça ?

— Oui, lieutenant.

— Vous avez votre permis ?

— Oui ? dit-elle, interrogative.

— Alors conduisez-moi à cette adresse.

Le sergent eut un instant d'hésitation puis se leva et attrapa sa veste réglementaire.

Ils traversèrent tout le bureau et ce fut avec une intense satisfaction que Davis croisa le regard furibond de Simpson qui venait tout juste de redescendre.

5

Raphael était dégoûté. Une heure qu'il fouillait la maison de fond en comble. Pas un tiroir ne lui avait échappé et pourtant toujours rien. Il avait fait les trois étages du manoir et se retrouvait à présent sous la trappe du grenier.

Il savait qu'il n'y avait qu'une chance sur un million pour qu'elles soient là, mais aussi têtu que son père, il ne laisserait rien au hasard.

Il monta sur l'escabeau qu'il avait trouvé dans une autre pièce et tira à lui le petit crochet de la trappe qui s'ouvrit dans un déclic, permettant à l'escalier rétractile de se déployer.

Muni de sa lampe électrique, Raphael grimpa les marches. Il passa la tête par la trappe et découvrit tout un univers étonnant.

Rien à voir avec ce qu'il avait imaginé. Pas de vieilles toiles d'araignées, ni de poussière. Bien au contraire, tout était d'une propreté surprenante. Un vieux piano à queue trônait sur un tapis persan. Dans un angle, une grande horloge d'un autre âge. Aux murs, des tableaux de paysages et des portraits.

Raphael termina son ascension et atteignit le parquet ciré.

Qu'est-ce que c'était que ça ?

Pourquoi dissimuler cette pièce ? Ce n'était pourtant pas la place qui manquait dans le manoir.

Même s'il y avait de la lumière, le grenier était sombre. Un œil-de-bœuf d'environ un mètre de diamètre donnant sur l'extérieur et une lucarne qui lui faisait face étaient les deux seules ouvertures de ces combles de près de cinquante mètres carrés.

Raphael réalisa que, aussi grand soit-il, cet espace était loin de correspondre à la surface totale du toit. Y avait-il d'autres pièces de ce genre ?

Il avança lentement et entendit un craquement derrière lui. Un frisson glacé lui parcourut l'échine. Tenant sa lampe d'une main ferme et sachant qu'il n'y avait rien de plus stupide que les films d'horreur, il imaginait néanmoins une vieille sorcière flottant au-dessus du sol, le scrutant de son regard maléfique.

Il se retourna et ne vit rien d'autre que des meubles. Il eut un petit rire d'auto-dérision et reprit son inspection. Il s'arrêta devant le piano et tapa quelques notes. Il était accordé. Raphael n'était pas mélomane, mais savait qu'un piano non entretenu se désaccorde très vite.

Oncle Terry venait-il, à ses heures perdues, jouer sous les toits ? Trop bizarre !

Il passa près de l'œil-de-bœuf et regarda dehors. En bas, on voyait l'entrée du manoir, mais plus loin, on avait une vue incroyable sur tout l'horizon, le voisinage, mais aussi Pacific View plus bas, et l'océan.

Un autre craquement le fit se retourner d'un coup. Rien.

De vieux meubles en bois. Normal. « Calme-toi », se dit-il.

Il vit alors sur une commode une boîte particulièrement ouvragée. Il s'approcha et pointa sa torche dessus. Elle semblait sertie de pierres précieuses. Était-il possible que ce ne soit pas du toc ?

La veille, Raphael avait passé une partie de la soirée sur internet pour avoir une idée du prix d'un manoir dans le coin. Trois millions de dollars, minimum.

Mais peut-être n'était-ce pas tout. Il ouvrit la boîte.

Bingo ! se dit-il alors qu'un immense sourire éclairait son visage. « Papa, tu es un grand malade ! »

Il attrapa le porte-clés à l'effigie du cheval cabré et le serra très fort dans sa main, comme pour s'assurer qu'il était bien réel.

Il ne perdit pas un instant et sortit du grenier. Il redescendit deux étages plus bas pour avancer sans bruit vers la chambre de Penny.

Il entrouvrit la porte. Par les interstices des volets, de minces rais de lumière éclairaient le lit. Sa sœur dormait d'un sommeil profond.

Il redescendit jusqu'au rez-de-chaussée puis sortit sous le porche. L'air était chaud et sec en cette matinée. Parfait. Il se dirigea vers le préau et se posta devant la Ferrari.

Il bipa sur le porte-clés. La voiture se déverrouilla. Raphael ouvrit la portière, s'assit au volant et se mit à rire bêtement. Le cuir du fauteuil était tellement confortable. Il s'agrippa au volant. Il s'y voyait déjà.

— Je rêve ! dit-il à haute voix.

Il mit la clé dans le contact. Cependant, avant de l'actionner, il pensa à Penny. Il avait promis à son père de s'en occuper. Mais il pouvait tout de même faire un petit tour de dix minutes sans qu'il lui arrive quoi que ce soit.

Dès qu'il tourna la clé, le moteur émit le doux ronronnement d'un bolide. Il fit marche arrière et apprécia la réactivité de la propulsion.

Il passa la première et bondit en avant.

Waouh ! s'exclama intérieurement Raphael qui avait eu un coup de sang. Doucement, tout doux.

Il n'avait jamais parlé à une voiture auparavant mais comprenait désormais que certaines d'entre elles méritaient qu'on les bichonne tels des animaux domestiques.

Il remit le pied au plancher et commençant à prendre la mesure de la puissance de la voiture, il savoura ses premiers mètres à bord d'une des merveilles créées par l'homme.

Quand il n'eut plus le manoir en vue, il se permit une accélération, et la Ferrari bondit en avant.

Un sourire béat illuminait le visage de Raphael. C'était tout bonnement incroyable. Dix-sept ans et déjà au volant d'une Ferrari. Qui était l'idiot qui avait dit que l'argent ne faisait pas le bonheur ?

Raphael sortit du quartier résidentiel et arriva dans les rues de Pacific View. Il s'arrêta à un feu rouge et jubila en voyant les regards envieux de deux jeunes filles en maillot de bain.

Une simple Lexus s'arrêta à sa hauteur. Raphael ne put s'empêcher de faire vrombir le moteur de sa Ferrari. L'homme le snoba sans détourner la tête. Dès que le feu passa au vert, Raphael partit en trombe et laissa sur place le quadragénaire.

Il éclata de rire et comprit qu'il allait passer le plus bel été de sa vie.

Il regarda sa montre. Un quart d'heure était passé. Il était temps de rentrer.

Raphael fit demi-tour et, prenant de plus en plus d'assurance, il grimpa jusqu'au quartier vallonné avec une dextérité qu'il estimait proche de celle d'un pilote de F1.

Une fois devant le portail électrique, il l'ouvrit et remonta l'allée gravillonnée, avant de remiser la Ferrari sous le préau.

Il éteignit le moteur et resta de longues secondes à savourer cet instant. Enfin il sortit de la voiture et fit sauter les clés dans ses mains. Il monta les marches du perron, puis jeta un dernier coup d'œil à son bolide. Oncle Terry s'y connaissait en voitures.

Il remonta aussitôt au premier étage pour arriver devant la chambre de Penny. La porte était ouverte. Le lit défait. Elle s'était réveillée durant son absence. Pourvu qu'elle n'ait pas pris peur.

— Penny ? dit-il en s'avançant dans la chambre.

Il alla dans la salle de bains, puis dans la chambre attenante, celle de son père. Personne.

« Elle a dû aller se goinfrer », se rassura Raphael qui redescendit au rez-de-chaussée. Dans la cuisine, avant même d'en avoir fait le tour, le silence rompu seulement par le ronronnement régulier des appareils électroménagers, lui fit comprendre qu'elle n'était pas là.

— Penny ?

Cette fois le ton était légèrement inquiet. Était-elle sortie ? Avait-elle paniqué en se retrouvant seule dans cet immense manoir ?

Raphael se maudit et imagina la tête de son père quand elle lui dirait qu'il l'avait laissée seule. Adieu la Ferrari.

— Penny ? Ce n'est pas drôle, dis-moi où tu es ! hurla-t-il.

Aucune réponse. Soudain, il eut une intuition. Il monta en courant les escaliers des trois étages et se retrouva sous l'ouverture du grenier.

Toujours aucun bruit. Puis soudain une note grave du piano le fit frissonner. L'espace d'une seconde, il fut tétanisé. Puis, se reprenant très vite, il grimpa à l'échelle. Penny était assise devant le Steinway, les mains sur le clavier. Elle paraissait figée.

— Penny !

La petite fille se retourna enfin. Un doux sourire aux lèvres.

— C'est trop joli ici.

Raphael sentit un poids incommensurable lui être ôté des épaules.

— Penny, quand je t'appelle, tu réponds. Ne me fais plus jamais un coup pareil, OK ?

— Pourquoi ? Maman dit que je suis une grande fille.

Raphael et son père avaient cessé depuis longtemps d'expliquer à Penny qu'elle devait désormais parler de sa mère au passé.

— Tu n'as que huit ans et tu dois m'écouter.

Soudain, Raphael vit le collier que portait Penny.

— Où tu as trouvé ça ?

— Je l'ai trouvé dans le coffre, dit-elle en le désignant du doigt.

Raphael s'approcha de la commode sur laquelle il se trouvait. Il l'ouvrit, révélant quelques bijoux.

Quelle était l'immensité de la fortune dont son père venait d'hériter ? se demanda-t-il, irradiant de bonheur.

6

Une Ford Taurus, customisée aux couleurs de la police, les attendait sur le parking.

Davis monta côté passager. Bloom s'assit au volant, mit le contact et entra dans le GPS l'adresse où avait eu lieu le meurtre.

— Je peux vous poser une question ? l'interrogea Bloom.

— Bien sûr.

— C'est Crawford qui vous a demandé de me prendre ?

Davis l'étudia un instant. Mignonne, vingt-huit ans maximum. Une certaine assurance derrière un regard triste.

— Non, c'est moi.

Bloom sembla surpris.

— Vous attendiez une autre réponse ?

— Non, non, mais vous ne me connaissez pas.

— Le lieutenant Simpson m'a dit que vous étiez le meilleur sergent de la ville. Je ne vois pas de raison de mettre sa parole en doute.

Alors qu'il s'attendait à ce que sa réponse provoque un sourire ou pour le moins du soulagement, il perçut plutôt de l'embarras.

— Mais si ça vous ennuie, vous pouvez rester au commissariat, je trouverai un autre sergent.

— Non, au contraire, je vous remercie de me faire confiance.

Davis hocha la tête et lui fit un petit sourire amical.

La Taurus sortit du parking et prit Jefferson Street, puis Ocean Drive. Les touristes commençaient à se lever. La circulation allait devenir de plus en plus dense.

— Vous avez déjà travaillé sur un homicide ? demanda Davis en comprenant que Bloom n'était pas du genre extraverti.

— Oui, c'est moi qui m'y collais avec le lieutenant Fitzgerald. C'est lui qui vient de démissionner pour s'installer à Miami.

— Il avait quel âge ?

— Quarante-huit ans, mais il avait envie de voir du pays. Un très bon policier. Je ne doute pas qu'il trouve un nouveau poste, avec la lettre de recommandation que lui a faite Crawford.

— Vous n'avez pas de nouvelles depuis ?

Bloom haussa les épaules sans quitter la route du regard.

— Fitzgerald était particulier. Une sorte d'ours, mais vraiment un très bon flic. Il n'a pas donné de nouvelles depuis son départ. Et je n'ai pas cherché à en avoir.

Loin des yeux, loin du cœur. Classique.

Davis pensa à tous ses collègues de Frisco. Excepté deux ou trois, il savait qu'il n'aurait bientôt plus de contact avec la plupart d'entre eux.

— Vous pensez que son poste vous revenait de droit ?

Davis n'aimait pas les non-dits et s'il devait travailler avec elle, autant mettre tout à plat dès le départ.

Bloom ne cacha pas son étonnement et ses joues rosirent subitement.

— Non, non, répondit-elle, très mal à l'aise. C'est Barney, je veux dire le lieutenant Simpson, qui vous a dit ça ?

— Je ne révèle jamais mes sources, je veux juste savoir si c'est vrai.

Bloom prit un petit air contrit.

— Je crois que je le méritais. Je suis un bon agent, lieutenant. Vous pouvez vous renseigner. Je ne compte pas mes heures, et j'estime ne pas avoir failli auprès du lieutenant Fitzgerald.

Un feu rouge se présenta à l'horizon. Davis activa le gyrophare. Bloom ralentit légèrement et brûla le feu.

— Dans ce cas, vous devez m'en vouloir. À moi, ou au shérif, n'est-ce pas ?

Bloom se mordilla la lèvre. À quoi jouait-il ? L'avait-il prise avec lui pour savoir ce qu'elle pensait vraiment ?

— Non, je vous l'ai dit, je suis un bon flic, et je respecte la hiérarchie.

Davis eut un petit rire moqueur.

— Allons, s'il vous plaît, un bon flic est tout sauf respectueux de la hiérarchie. Ça, c'est bon pour les gratte-papier et les carriéristes. Vous n'êtes ni l'un ni l'autre. Je me trompe ?

Bloom eut un vrai sourire. L'homme était très malin. Faire ami-ami pour mieux la piéger. Elle connaissait depuis longtemps la fourberie des hommes, elle ne se laisserait pas avoir aussi facilement.

Si Crawford voulait trouver un motif de licenciement, qu'il ne compte pas sur elle pour lui faciliter la tâche.

— Est-ce que nous pourrions arrêter cette conversation ? J'ai l'impression de subir un interrogatoire, dit-elle un peu trop sèchement.

Davis réalisa qu'elle se méfiait de lui. Avait-elle des ennemis en interne ? La si belle photo de famille que Crawford lui avait donnée à voir n'était-elle qu'une façade bien repeinte qui cachait jalousies et médisances comme dans tout groupe humain ?

— Déformation professionnelle. Désolé.

Le silence retomba dans l'habitacle. Ils entrèrent dans le nouveau Pacific View.

Ce quartier avait été gagné sur le littoral, au grand dam des écologistes et autres protecteurs de la nature.

Situé au sud du centre historique, l'endroit était en grande partie constitué d'un ensemble de bâtiments d'une dizaine d'étages. Des barres de béton construites sur le sable sur près d'un kilomètre.

« Little Angels », s'amusaient à l'appeler les promoteurs immobiliers de la ville. Une classe moyenne y habitait à l'année. Mais tous les étés, c'étaient des milliers de touristes qui investissaient les lieux, descendant de San Francisco où le climat était loin d'être aussi paradisiaque.

Des palmiers à profusion s'étiraient sur la longue promenade qui bordait une plage impeccable. Des aires pour enfants avaient été créées. Des agrès pour la musculation avaient été disposés à distance régulière. Des cyclistes profitaient de la fraîcheur matinale. Chacun pouvait s'adonner à son sport préféré.

Davis ne savait quoi penser de ce quartier. Aussi affreux qu'il lui paraisse, les gens semblaient heureux d'y vivre. Et tout le monde n'avait pas la chance d'avoir un Oncle Terry pour se voir offrir un manoir sur les hauteurs de la ville.

— Voilà, on y est, dit Bloom.

Elle n'avait pas eu besoin d'entendre les recommandations du GPS. Une foule était massée au bas de l'immeuble. Les agents du commissariat de quartier étaient sur place et faisaient le tri entre curieux et résidents.

Bloom se gara près d'un trottoir et coupa le moteur.

Ils sortirent à l'air libre et Davis apprécia le petit vent qui s'était levé.

— Bonjour. Lieutenant Davis, se présenta-t-il en montrant sa plaque aux deux policiers qui gardaient l'entrée de l'immeuble.

La foule s'était écartée à leur approche. Bloom s'avança à son tour.

— Salut, Denis, Harold, dit-elle.

— Salut, Veronica. C'est au douzième étage que cela se passe. Je vous préviens, ce n'est vraiment pas beau à voir, répondit l'un des deux policiers.

— C'est vous qui remplacez Fitzgerald ? demanda l'autre en se tournant vers Davis.

— Oui, en effet.

Immédiatement, il sentit la défiance. Encore un qui ne devait pas comprendre pourquoi Bloom n'avait pas eu le poste.

Il passa devant lui et entra dans l'immeuble.

Un long miroir mural courait sur toute la longueur de l'entrée. Davis s'amusa de son reflet au côté de Bloom. Il faisait bien plus d'une tête qu'elle.

— Harold est un bon flic, ne le jugez pas trop vite, dit Bloom.

Davis s'approcha de l'ascenseur et appuya sur le bouton.

— Ne vous en faites pas. J'ai bien conscience d'être le nouveau. Et je trouve plutôt rassurant que vos amis vous soutiennent. C'est l'inverse qui serait très inquiétant.

Bloom eut envie de lui répondre que ce n'était pas pour autant des amis proches, mais elle n'avait pas à se justifier davantage. Tant qu'elle ne saurait pas si elle pouvait lui faire confiance, elle resterait sur ses gardes.

La porte de l'ascenseur s'ouvrit. Ils montèrent les douze étages en silence. Quand ils sortirent, Davis nota aussitôt l'humidité de la moquette. Il y eut comme un bruit de succion quand ils s'avancèrent dans le couloir.

Des voisins, sur le pas de leur porte, parlaient entre eux à mi-voix.

Deux autres policiers de quartier surveillaient la porte 1215.

— Barry, Corey, dit Bloom en les reconnaissant.

Barry Reynolds, la cinquantaine. Corey Simmons, trente ans de moins.

Davis se présenta sans sortir son insigne.

— Le type qui a fait ça est un cinglé, déclara le sergent Barry Reynolds. Tu es sûr que tu veux voir ça ?

— Ce n'est pas mon premier mort, dit Bloom.

— Non, le reprit Barry. Mais ça, tu n'as jamais vu.

Davis voyait bien qu'ils étaient sous le choc. Quel genre de sévices le tueur avait-il infligé à sa victime ?

Il entra et comprit que l'eau qui imprégnait le sol venait de l'appartement. C'est l'inondation qui avait alerté les voisins.

— C'est dans la salle de bains, dit Reynolds. On n'a touché à rien. À part le plombier qui a trouvé le corps. Il a cru bon de fermer les robinets.

Davis s'avança dans l'appartement jusqu'à la salle de bains.

Le cadavre d'un homme reposait dans la baignoire, mais Davis comprit aussitôt que cette mort était bien autre chose qu'un simple crime crapuleux.

Il prit aussitôt son portable et fit le numéro de William Parker.

Trois sonneries plus tard, le chef de la police scientifique de San Francisco lui répondait :

— Salut, Gregory, ne me dis pas que tu as déjà besoin de moi ?

— De toi et de toute ton équipe, répondit Davis, le regard fixé sur le corps mutilé.

Il se retourna et aperçut, sur le miroir situé au-dessus du lavabo, une phrase écrite en rouge vif : « Don't Fear the Reaper ». Ne crains pas la Faucheuse.

7

Faye regarda l'heure, puis jeta un coup d'œil par la fenêtre. Pas de Rosie en vue.

Comme tous les lundis, les trois journalistes du *San Francisco Chronicle* déjeunaient ensemble. Mais les minutes passant, Faye doutait que Rosie revienne à temps. Elle l'avait appelée un quart d'heure plus tôt et était tombée directement sur sa messagerie.

Elle cessa de mâchouiller le bout de son stylo et se leva pour rejoindre Chuck dans la pièce voisine. Il était au téléphone et lui fit signe de se taire.

Chuck mit le haut-parleur :

— Je te jure, c'est un vrai truc de dingue. Allez, je te laisse, mon chef revient, finit le mystérieux interlocuteur.

— OK et merci pour le tuyau.

Chuck raccrocha et releva la tête pour faire face à Faye.

— On peut annuler notre déjeuner chez Pizza' Rapido.

— Que se passe-t-il ?

— Un meurtre à Little Angels.

Un vrai sourire s'afficha sur le visage de Faye.

— Surtout, cache ta peine !

— Ça va, tu ne vas pas me la faire. Pour une fois qu'il se passe quelque chose d'intéressant.

Chuck continua de la regarder avec sévérité avant de sourire.

— Je te taquinais. Tu n'imagineras jamais ce qu'il vient d'arriver.

Faye haussa les sourcils. À l'évidence, ce n'était pas une simple dispute comme le dernier meurtre dont elle avait fait la chronique près d'une année auparavant. Elle avait dû en rajouter pour que son rédacteur en chef accepte de sortir son papier.

— Je n'en sais rien. On a tué le maire ?

— Mieux que ça. On a un Hannibal Lecter dans la ville.

Faye le regarda avec de grands yeux ronds.

— Qu'est-ce que tu racontes ?

— Je viens d'avoir un de mes indics à la police. Ils viennent de trouver un cadavre mutilé dans un appartement sur Little Angels.

— Mutilé comment ? le reprit Faye.

— Je n'ai pas les détails, en revanche, je sais que notre tueur a laissé un message écrit au rouge à lèvres.

Chuck laissa planer un silence. Il aimait bien ménager ses effets.

— Allez, dis-moi. Tu ne veux pas que je te supplie, tout de même, s'impatienta Faye.

— « Don't fear the Repear », lâcha Chuck. On a un vrai cinglé en ville.

— Et fan de rock, qui plus est.

Chuck fronça les sourcils.

— Blue Öyster Cult, dit Faye. Ne me dis pas que tu ne connais pas la chanson ?

— Fredonne, pour voir ?

Faye poussa Chuck et mit le morceau sur YouTube.

— Jamais entendu.

— Ignare, se désola Faye.

— Moi, les groupes de vieux, ce n'est vraiment pas mon truc.

Faye secoua la tête, dédaigneuse.

Chuck lui sourit et se leva de son fauteuil.

— Bon, et si on allait à la pêche aux infos ?

— Je te suis. Tu as l'adresse exacte du type ?

— Notre victime s'appelait Garth Nolan. Et j'ai mieux que son adresse, je sais qu'il travaillait dans un bar branché sur Sun Boulevard, le « Red Dolphin ». Si ça se trouve, on y sera avant que les flics commencent leurs interrogatoires.

— OK. On prend ta voiture ?

— Évidemment, jamais je ne monterai dans ta caisse. J'ai une réputation à soutenir, se moqua Chuck.

Faye lui fit une grimace et après avoir rapidement rassemblé leurs affaires, ils quittèrent l'agence et se retrouvèrent devant la Porsche Carrera de Chuck.

Même si Faye était contre l'idée des femmes, ou des hommes en l'occurrence, qui se faisaient entretenir par leur concubin, elle devait reconnaître que cela avait néanmoins des avantages. Ce n'était pas avec son salaire de journaliste que Chuck aurait pu se payer un tel bijou.

Le moteur vrombit et la Porsche quitta le quartier des affaires pour se rapprocher de celui de la plage. Les rues étaient bien plus encombrées qu'en début de matinée. Les touristes étaient sortis de leur léthargie et partaient tous à l'assaut des restaurants et autres snacks.

En tout juste cinq minutes, ils arrivaient à proximité du dernier bar à la mode, construit le long de la promenade dans la continuité du port de plaisance.

Chuck se gara dans l'alignement d'autres voitures de luxe.

— Les flics ne sont toujours pas là, constata Faye. C'est notre jour de chance.

Ils sortirent de la Porsche et entrèrent dans le Red Dolphin. Une hôtesse les accueillit, tout sourire. Robe moulante, maquillage léger.

— Bonjour, c'est pour déjeuner, dit Chuck.

— Bien sûr, si vous voulez bien me suivre.

Ils traversèrent un vestibule, passèrent devant le bar où deux serveurs préparaient des boissons pour les clients déjà installés.

Le bar-restaurant était un carré disposant d'un vaste patio où les tables étaient séparées par des arbustes fleuris plantés dans de très grands pots couleur anthracite. Quelques parasols blancs étaient ouverts pour protéger du soleil. En fond sonore une musique jazzy.

— Celle-ci ? proposa l'hôtesse en s'arrêtant près d'une table.

— Ce sera parfait, mais je peux vous poser une question ? dit Chuck.

— Oui, bien sûr.

— Vous connaissez bien Garth, Garth Nolan ?

Le visage avenant de la fille se ferma soudainement.

— Pourquoi cette question ? Vous êtes de la police ?

— Non, vous n'avez rien à craindre. Nous sommes des chasseurs de têtes. Garth a postulé pour un emploi et nous tenons à vérifier certains détails. Si vous pouviez simplement nous dire quelques petites choses à son sujet.

Disant cela, Chuck avait sorti un billet de cinquante dollars qu'il posa sur la table.

— Garth veut quitter le Dolphin ?!

Faye acquiesça.

— Un nouveau bar va ouvrir, mais gardez-le pour vous. Nos clients recherchent aussi des serveuses.

La fille prit le billet et jeta un regard alentour.

— Qu'est-ce que je peux vous dire ? Garth est un super collègue. Il est célibataire, pas d'enfant, mais je suppose que vous le savez déjà. Il aime faire la fête, mais ne touche pas à la drogue. Je n'ai jamais eu aucun problème avec lui, d'ailleurs personne n'a jamais eu à se plaindre de lui.

— L'homme parfait, quoi, dit Chuck amusé.

— Il doit bien avoir des défauts, mais je ne suis pas non plus intime avec lui.

— Vous savez qui l'est ? demanda Faye.

— Oui, mais tout a un prix.

Chuck fit la moue et sortit un deuxième billet de cinquante dollars.

— Demandez à Carol, c'est son ex-petite amie.

— Elle est où ?

— C'est la brune au bar.

Faye suivit son regard et aperçut une plantureuse jeune femme.

— Vous désirez quand même déjeuner ?

— Oui, mais on va prendre un verre au bar pour commencer.

L'hôtesse grimaça un sourire forcé et, d'un geste, leur montra le chemin.

À peine s'étaient-ils posés sur leur chaise haute qu'un serveur arrivait près de Carol et lui glissait un mot à l'oreille.

Dans l'instant qui suivit, la jeune femme éclata en sanglots. Les deux journalistes comprirent qu'ils n'en tireraient rien pour le moment.

— On va quand même déjeuner ? demanda Faye, sachant qu'ils reviendraient à l'attaque plus tard.

— Et comment ! Je meurs de faim, dit Chuck.

8

Davis et Bloom étaient devant la porte de chez Garth Nolan quand Parker et son équipe du CSI sortirent de l'ascenseur. Les voisins avaient été priés de rentrer chez eux.

— Bonjour, Greg, dit Parker qui se tourna alors vers Bloom.

Davis présenta son sergent et Parker son équipe : les agents Dwayne Mosley et Mae Lin. Les salutations faites, tout le monde entra dans l'appartement. Les deux policiers en faction restèrent près de la porte.

— Ces hommes ont-ils pris les précautions nécessaires ? demanda Parker en les désignant de la tête.

— C'est ce qu'ils m'ont assuré, fit Davis.

— On connaît notre métier, agent Parker, dit Bloom.

Elle n'avait guère apprécié l'aspect hautain de ce personnage.

— Je n'en doute pas, répondit Parker, conciliant.

Davis les convia à s'avancer dans l'appartement. La moquette était toujours détrempée, bien que cela fasse près de quatre heures que les robinets avaient été fermés.

Ils arrivèrent dans la salle de bains. Davis les laissa passer les premiers.

— Je suppose que les robinets n'ont pas été fermés avec des gants ?

— Malheureusement non, c'est le plombier qui a découvert le corps. Il a été appelé par les voisines quand l'eau est sortie par-dessous la porte. Il m'a assuré qu'il avait fait attention à ne rien toucher d'autre.

Davis et Bloom avaient passé les trois dernières heures à fouiller dans les affaires personnelles du mort, en prenant soin d'utiliser des gants. Ensuite, ils avaient interrogé les voisins des appartements de l'immeuble.

Personne n'avait rien vu, rien entendu. Tout le monde assurait que Garth Nolan était un garçon gentil, souriant, aimable et serviable. Pas du tout du genre à se retrouver mêlé à une quelconque sale histoire.

— OK, on va faire les relevés. Mae, à toi l'honneur.

L'agent Lin sortit son appareil photo et s'approcha du corps immergé dans la baignoire. Elle commença à prendre cliché sur cliché sous tous les angles possibles.

Davis, resté dans l'encadrement de la porte, observa à nouveau le cadavre. Leur tueur n'y était pas allé de main morte. La tête reposait en arrière sur le rebord de la baignoire. La gorge tranchée de part en part.

Les yeux avaient été percés. Les oreilles avaient été découpées, ainsi que le nez et les lèvres. Plus bas, le pénis avait lui aussi été sectionné, reposant sur le fond de la baignoire dans une eau trouble.

L'écoulement ininterrompu de l'eau, avant la découverte du cadavre, avait provoqué l'évacuation d'une partie du sang dans l'inondation de l'appartement et du couloir.

L'agent Dwayne Mosley s'approcha du lavabo audessus duquel était placé le miroir où était inscrit en rouge « Don't Fear the Reaper ». Il fronça les sourcils et se prononça.

— C'est du rouge à lèvres.

— Nolan était marié ? demanda Parker.

— Non, célibataire. Un coureur de jupons.

— Il était barman, ajouta Bloom.

Chacun eut un air entendu.

— Bien, on prend le relais. Je t'appelle dès que j'ai terminé l'autopsie.

Une ambulance était arrivée et attendait l'autorisation de procéder à la levée du corps pour le transporter à la morgue de l'hôpital.

— OK, dit Davis, qui ajouta : Merci d'avoir fait si vite.

Plutôt que de prendre la voiture, Parker avait obtenu un hélicoptère pour faire le trajet San Francisco-Pacific View. Moins d'une demi-heure de vol d'aérodrome à aérodrome.

— Aussi terrible que ce soit, je n'aurais pas aimé laisser filer cette affaire. Tu connais nos travers.

Davis hocha la tête et retourna dans le salon avec Bloom.

— Qu'est-ce qu'il voulait dire par « travers » ? demanda cette dernière, pas sûre d'avoir saisi l'allusion.

— La part d'ombre de notre métier. Plus le crime est bizarre, plus c'est excitant.

Bloom fit la moue, mais n'y trouva rien à redire. Elle-même possédait aussi cette curiosité malsaine. Elle avait toujours eu une fascination pour les histoires sordides et les films d'horreur.

Ils sortirent de l'appartement et retrouvèrent les deux policiers en faction.

— Vous ne laissez entrer personne. C'est l'agent Parker qui prend le relais sur la scène de crime, expliqua Davis. Quand ils en auront fini, mettez les scellés.

— OK, dit Reynolds qui se racla la gorge et demanda : Vous en pensez quoi ?

Davis entendit une porte s'ouvrir. Il croisa le regard d'une vieille femme qui referma aussitôt sa porte.

— Tout est possible à l'heure actuelle. Mais j'espère que nous en saurons plus d'ici quelques heures.

Davis longea le couloir et entra dans l'ascenseur en compagnie de Bloom.

— Vous n'avez vraiment pas d'idée sur celui qui a pu commettre cette boucherie ?

Pendant tout l'interrogatoire du voisinage, comme de la fouille en règle de l'appartement de Nolan, Bloom avait déjà compris que tout cela ne servirait à rien. Elle savait qui était le tueur.

— Non, mais j'ai l'impression que vous oui.

Bloom fut gênée d'être aussi transparente, mais peu importait.

— Tout donne à penser qu'il s'agit d'un tueur en série.

Davis la reprit aussitôt :

— Pour qu'il y ait tueur en série, il faut qu'il y ait : série, et donc au moins deux meurtres. J'ose espérer qu'il n'y en aura pas d'autres.

La porte de l'ascenseur se rouvrit. Davis laissa sortir Bloom la première.

— J'aimerais vraiment avoir tort, mais toute cette mise en scène n'est pas là par hasard. Si nous avions affaire à un règlement de comptes, à une vengeance, à une ex-petite amie en colère, vous pensez qu'ils auraient fait tout ce cérémonial ? Notre homme va recommencer, c'est certain.

— Peut-être avez-vous raison, mais ce n'est pas sûr. Pour l'instant nous ne savons rien de Nolan, et croyez-en mon expérience, la plupart des meurtres sont commis par des proches ou sont de simples crimes crapuleux. Il y a heureusement bien moins de tueurs en série que ne le laisse supposer les séries télé.

— Vous pensez sérieusement que cela peut être un proche ?

— Allons interroger ses collègues de travail. Peut-être pourront-ils nous en dire davantage que ses voisins.

Ils avaient trouvé l'adresse du restaurant où travaillait Nolan. Le Red Dolphin. Bloom le connaissait de réputation. Plutôt branché, destiné à une clientèle assez aisée. L'occasion pour elle de découvrir un nouveau lieu de vie.

Dès qu'ils sortirent de l'immeuble, ils furent assaillis par une meute de journalistes. Les questions fusèrent de toutes parts. Les deux policiers qui gardaient l'entrée de l'immeuble étaient débordés.

Davis s'avança vers un journaliste qui lui tendit un micro, son cameraman à son côté.

— Est-il vrai que la victime a été torturée ? Est-ce l'œuvre d'un tueur en série ?

Davis regarda les journalistes mais aussi les badauds qui attendaient sa réponse comme parole d'Évangile.

— Je n'ai rien à dire pour l'instant. L'enquête n'en est qu'à ses débuts et nous vous ferons parvenir des informations le moment venu.

Bloom fut soulagée de ne pas avoir eu à s'exprimer. Les discours publics, ce n'était vraiment pas son fort. Trop réservée pour être à l'aise.

Elle repensa à la déclaration de Davis. Elle savait qu'il avait appelé le commissariat de Seattle, ville où vivaient les parents de Garth, pour qu'on leur annonce la dramatique nouvelle de vive voix. Il lui avait dit qu'on ne devait jamais annoncer la mort d'un proche par téléphone. Bloom lui avait répondu qu'il avait raison, mais se demandait néanmoins si ce n'était pas par lâcheté.

En tout cas, elle venait d'apprécier son discours. Loin d'être mégalo et de vouloir attirer les projecteurs sur lui, il semblait plutôt gêné que ravi de faire la une.

Ils se faufilèrent jusqu'à leur voiture et ne répondirent à aucune autre question.

Une fois assis dans de la Taurus, Davis ferma les yeux et frappa son volant d'énervement.

— Il y a un problème ? s'étonna Bloom.

Davis se força à sourire.

— Non, mais je déteste ces rapaces. À part nous mettre des bâtons dans les roues, vous pouvez me dire à quoi ils servent ?

Bloom alluma le contact et ne répondit pas à cette question qui ne demandait pas de réponse.

— Red Dolphin ? demanda-t-elle.

— Oui, dit-il en s'efforçant de se calmer.

9

— Tâchez de ne pas sourire, dit Chuck.

Mitch Sullivan, le patron du Red Dolphin fit la grimace et s'excusa en prenant un air plus concerné.

Il se tenait devant la devanture de son restaurant, entre deux palmiers en pot. Dès que l'information avait fuité, Faye s'était dit qu'à défaut d'avoir une interview de l'ex-petite amie totalement traumatisée par la mort de Garth, elle pouvait recueillir les témoignages de ses collègues. Tout le monde voulait son heure de gloire, et à peine avait-elle demandé à parler au patron que l'homme s'était empressé de venir lui raconter tout ce qu'il savait au sujet de Garth. Un portrait idyllique que d'autres employés vinrent corroborer.

À de nombreuses reprises, Chuck et Faye s'étaient regardés. Ils avaient la même impression que derrière les visages consternés, leurs interlocuteurs en faisaient un peu trop. Garth n'était peut-être pas autant aimé qu'ils le prétendaient. Mais Faye s'en moquait, elle voulait simplement quelques témoignages pour étayer son article. Elle n'était pas une journaliste d'investigation et n'avait jamais escompté remporter le prix Pulitzer.

Chuck appuya sur le bouton et la photo fut prise.

— C'est bon, parfait.

— On voit bien l'enseigne ? s'inquiéta Sullivan.

— Bien sûr, on vous apportera les clichés, si vous voulez, dit Faye.

Ils avaient déjeuné à l'œil, et elle devait s'avouer que c'était excellent. Une adresse à retenir.

Une voiture de police arriva sur le parking.

— Bon, on va vous laisser. Merci pour tout, dit Faye.

— Ce fut un plaisir, répondit Sullivan en retrouvant le sourire. Vous revenez quand vous voulez.

— On n'y manquera pas, dit Chuck.

L'endroit était plutôt sympa et gay-friendly, avait-il compris au regard équivoque d'un serveur.

Faye alla vers la Porsche de Chuck, tout en surveillant du coin de l'œil la voiture de police. Ce n'était pas le moment de se faire remarquer. Pas certain que les flics apprécient qu'elle ait déjà interrogé des proches de Garth.

Les portières claquèrent. Faye vit un homme en civil et une policière dans sa tenue réglementaire.

— Et merde, souffla-t-elle.

— Quoi ? dit Chuck.

— Ouvre ta caisse, et vite.

Chuck, sentant la fébrilité dans la voix de sa collègue, se dépêcha de lui ouvrir la portière. Au moment où Faye allait se glisser sur le siège passager, elle entendit :

— Faye ?

La journaliste maudit les cieux et se retourna. Elle regarda la jeune femme sergent comme si elle ne l'avait pas reconnue avant de s'exclamer :

— Vero !

Bloom s'avança vers elle.

— Je peux savoir ce que tu fais là ? dit-elle d'un ton tranchant.

Faye se força à sourire. Non, le temps n'avait pas effacé les blessures.

— Je suis venue déjeuner avec un ami, au Red Dolphin. Je te le recommande.

Bloom se planta devant elle. Faye dut s'avouer qu'elle avait de l'allure dans son uniforme.

— J'ai appris que tu étais devenue journaliste. Mentir est une seconde nature chez toi.

Davis s'était approché et à la mention du mot « journaliste », il se méprit sur la raison de l'animosité de son sergent à l'encontre de cette jeune femme.

— Vero, si tu pouvais arrêter. Cela fait plus de dix ans. Tu peux me lâcher maintenant, dit Faye.

Elle se sentait bizarre. Cela lui faisait un choc de revoir sa meilleure amie après toutes ces années passées à l'éviter. Si seulement elle pouvait revenir en arrière.

— Tu es venue pour Garth Nolan, n'est-ce pas ?

Chuck regarda les deux filles. Il les aurait bien prises en photo pour immortaliser l'instant, s'il n'avait craint de s'en prendre une.

— Oui, dit Faye. Je ne fais que mon travail.

Bloom secoua la tête.

— Tu n'as pas changé. Toujours à te mêler de ce qui ne te regarde pas, lâcha-t-elle. J'espère que ton papier ne sera pas rempli de ragots, car cette fois, je t'en fais la promesse, je ne me laisserai pas faire.

La sentence frappa Faye comme une gifle et ses joues rosirent aussitôt. Elle eut envie de lui dire toute la vérité. Mais à quoi bon, rien ne pouvait réparer ce qui avait été brisé.

— Je suis contente que tu sois devenue flic. Je te souhaite d'arrêter ce maniaque, et je le pense sincèrement, dit-elle, secouée par la haine toujours aussi vivace de son amie.

— Sergent, allons-y, intervint Davis.

Il venait de comprendre qu'il y avait quelque chose de personnel entre les deux jeunes femmes et il n'avait pas envie d'en savoir plus.

Bloom plongea son regard dans celui de Faye avant de tourner les talons et de se diriger vers l'entrée du restaurant.

— Je suis désolée. Je n'aurais pas dû m'emporter.

— Laissez tomber. Moi non plus je n'aime pas les journalistes, dit Davis. Mais je vous promets que je l'aurai à l'œil moi aussi. Elle travaille pour quel torchon ?

Bloom se sentit stupide.

— Le *San Francisco Chronicle*, dit-elle, penaude. En fait, elle fait plutôt de bons articles, c'est une bonne journaliste, c'est juste… personnel entre elle et moi. Oubliez ça.

— J'avais bien compris. Mais entre nous, si j'avais un conseil à vous donner, vous devriez crever l'abcès. Ce n'est jamais bon de garder des rancunes au fond de soi.

— J'y penserai, dit-elle.

Ils s'arrêtèrent devant l'entrée du Red Dolphin. Un homme vint à leur rencontre. La quarantaine, élégant et bien bâti.

— Bonjour, Mitch Sullivan. Je suis le propriétaire du Red Dolphin.

— Lieutenant Davis et sergent Bloom. Nous aurions quelques questions à vous poser ainsi qu'à vos employés au sujet de Garth Nolan.

— Bien sûr, suivez-moi.

L'homme les fit entrer. Ils traversèrent le patio pour atteindre les bureaux situés au premier étage de l'établissement avec vue sur la promenade et l'océan.

— Asseyez-vous, je vous en prie.

Les deux policiers prirent place face à Sullivan.

— En quoi puis-je vous aider ?

— En premier lieu, nous aurions besoin des vidéos de surveillance de toutes vos caméras, dit Davis.

Sullivan tapota son bureau du bout des doigts.

— Il ne vous faut pas un mandat pour ça ?

— Sans votre accord, oui, mais vous n'avez rien à cacher, n'est-ce pas ? reprit Davis.

— Un juge nous l'aura dans l'heure, si vous y tenez, ajouta Bloom.

Davis garda un visage impassible, mais apprécia l'intervention du sergent.

— Non, c'était juste pour savoir. Je vous prépare ça, mais vous ne trouverez rien. Garth a quitté son poste hier soir, et il était seul. Ses collègues vous le diront.

— Savez-vous s'il avait des ennemis, ou s'il avait reçu des menaces ?

Sullivan eut un petit rire.

— Bien sûr, dit-il avant d'ajouter : Des clients qui ont trop forcé sur la boisson. Garth donnait souvent un coup de main aux videurs. Mais franchement, ce ne sont que des menaces d'ivrognes. Dès le lendemain c'est oublié.

— Si vous avez des noms, cela vaudra quand même le coup de vérifier.

Pour certains hommes, se faire éjecter *manu militari* devant leurs amis ou leur compagne était un affront majeur pouvant conduire au pire, se dit Davis, même s'il n'y croyait pas trop dans le cas présent.

— Oui, le plus simple est que vous demandiez aux videurs. Ils connaissent tout le monde, sauf si c'est un touriste évidemment.

— Et sa petite amie ? enchaîna Davis.

Sullivan sembla gêné.

— Vous voulez dire son ex ?

— Oui, dit Bloom sans le lâcher des yeux.

— Carol. Elle est serveuse. Je l'ai renvoyée chez elle. La pauvre, elle a fait une crise d'hystérie. Franchement, je ne suis pas certain qu'elle soit en état de vous parler.

— Elle était très amoureuse de la victime ?

— Oui, dit Sullivan, et après un silence : Euh non, vous savez ce que c'est après une rupture. L'amour, la haine...

— Vous savez pourquoi ils ont rompu ?

Sullivan s'adossa dans son fauteuil et prit un air grave.

— Je ne devrais pas vous le dire. Je n'aime pas médire d'un mort.

— Notre conversation est confidentielle. Vous pouvez tout nous dire, le rassura Bloom.

Sullivan prit une grande inspiration et lâcha ce qu'il savait comme si c'était le scoop du siècle.

— Garth l'a trompée. C'était plus fort que lui, et en plus il n'avait rien à faire, toutes les filles le collaient comme des sangsues. Il était vraiment beau gosse, vous savez.

— Il nous faudrait l'adresse de cette Carol et son nom de famille.

— Oh là, je vous arrête tout de suite. Carol est incapable d'avoir tué Garth. Vous auriez vu sa tête tout à l'heure ! Si elle a bien des talents, elle n'a pas celui de comédienne. Elle était vraiment effondrée.

Une fois de plus, Davis avait tendance à le croire, mais il se devait de le vérifier par lui-même.

— Ne vous inquiétez pas, nous voulons juste lui poser quelques questions. Comme à vous.

— Je comprends, mais allez-y en douceur, Carol est très fragile.

— Nous ne sommes pas des brutes, M. Sullivan, dit Bloom d'un ton compréhensif. Connaissez-vous la personne avec laquelle il sortait en ce moment ?

— Je n'en sais rien. Vous n'avez qu'à demander à Neil, c'est plus qu'un collègue, ils étaient de vrais amis dans la vie.

— Vous pouvez aller nous le chercher ?

— Bien sûr.

Il prit son téléphone et appela sur la ligne intérieure. Trois minutes plus tard, un jeune homme bodybuildé, aussi beau gosse qu'avait dû l'être Garth avant ses mutilations, entra dans le bureau du directeur.

— Neil, c'est la police. Tu dois tout leur dire si tu veux qu'ils trouvent le salaud qui a fait ça.

— Oui, je comprends, dit Neil.

— Vous pouvez nous laisser ? demanda Davis en se tournant vers Sullivan.

Le directeur aurait bien aimé rester mais n'insista pas.

— Neil, qu'est-ce que tu peux nous dire sur Garth ?

— Que c'était le type le plus honnête que j'aie jamais connu…

— Et qui trompait sa copine et prenait de la drogue, le coupa Bloom pour gagner du temps.

Ils avaient trouvé des joints dans le salon de la victime, ainsi que de nombreuses photos où on le voyait en compagnie d'un grand nombre de partenaires différentes.

Neil baissa les yeux tel un enfant pris en faute.

— Il fumait du cannabis mais avait une ordonnance.

Le cannabis à des fins thérapeutiques. L'hypocrisie dans toute sa splendeur, se dit Davis.

— Neil, on n'est pas des stups ni des mœurs, on veut juste coincer le type qui a tué ton ami. Tu ne dois rien nous cacher.

— Franchement, je n'y comprends rien. Il paraît qu'il a été mutilé ? Si c'était pour lui soutirer de l'argent, ils ont dû être déçus. Garth était fauché comme les blés.

Bloom avait vu le dressing du jeune homme et n'était tout à fait du même avis.

— D'après la marque de ses vêtements, ce n'est pas ce que j'appellerais « fauché ».

— Justement, c'était de la frime. Garth aimait bien paraître plus qu'il n'était réellement.

— Et il se payait tout ça juste avec son salaire de serveur ?

— Je crois que ses parents l'aidaient à boucler les fins de mois, s'énerva Neil. Qu'est-ce que vous voulez que je vous dise, je n'ai aucune idée de qui a pu le tuer.

Un silence gênant s'installa. Davis jaugea son homme. Il avait l'impression qu'il lui cachait des choses.

— OK, peux-tu me dire, qui d'autre, à part toi, était aussi proche de Garth ?

Neil se détendit.

— Dayton, c'est le grand Black de l'entrée. Vous avez dû le croiser.

— Tu peux aller nous le chercher ? demanda Davis.

— Bien sûr.

Neil se leva et les laissa seuls.

— Ce type ne nous dit pas tout, dit Bloom.

Davis était du même avis. Neil avait été particulièrement réactif quand ils avaient parlé du cannabis. Était-ce une simple histoire de drogue ? Neil était-il un petit revendeur, tout comme Garth, histoire de se payer un bel été ? Et quelle meilleure couverture que celle de serveur pour trouver les cibles parfaites ?

— On va vérifier les comptes de Garth et voir si les parents l'aidaient vraiment.

— Des chaussures et des vestes à deux mille dollars. J'aurais adoré avoir des parents aussi généreux, dit-elle.

Davis sourit.

La porte se rouvrit et Dayton entra dans la pièce.

10

— Et voilà, dit Faye en finissant de relire son article.

Elle ouvrit sa boîte mail et envoya le fichier à Phil Johnson, son rédacteur en chef. L'homme n'avait pas arrêté de la harceler pour en savoir plus sur cette histoire. Il avait proposé de lui envoyer un journaliste de San Francisco pour l'aider. Faye était partie au quart de tour. Hors de question qu'on lui enlève cette affaire, c'était « son » affaire.

Elle souffla un grand coup et éteignit son ordinateur, puis se leva de son fauteuil pour rejoindre Chuck dans le petit bureau attenant au sien.

— Ça y est, j'ai fini.

— Cool, demain nous ferons la une, se félicita Chuck.

Ce n'était pas tous les jours qu'un article du bureau de Pacific View pouvait se targuer d'être en première page du *San Francisco Chronicle*.

— Ça te dit de fêter ça autour d'un verre ? Je t'invite.

Chuck regarda sa montre et fit la grimace.

— Peter m'a déjà invité au resto ce soir, tu sais comment il est. Si je décommande il va me faire une scène (et devant la mine déconfite de Faye il se reprit :) OK, d'accord, mais rapido.

Faye voyait bien qu'il n'en avait pas vraiment envie.

— Laisse tomber, on remet ça à plus tard, de toute façon, j'ai un rencard moi aussi.

Chuck ouvrit de grands yeux.

— Et c'est maintenant que tu m'en parles ? Raconte !

— Non, ça va me porter la poisse. Je te tiendrai au courant quand ce sera du sérieux.

Chuck eut un large sourire. Faye lui fit un clin d'œil.

— Je te laisse fermer ?

— Oui, je m'occupe de tout, va te faire belle.

Faye le remercia et prit ses affaires. Mais sitôt le seuil de l'agence franchi, elle perdit son sourire factice. Il n'y avait pas plus de rendez-vous que d'homme à l'attendre. Son dernier petit ami avait été une catastrophe. Elle avait besoin de faire un break. Elle prit son portable et rappela Rosie pour la dixième fois de la journée. Aussitôt, le répondeur se mit encore en marche.

— Qu'est-ce que tu fais ? s'agaça Faye.

Elle aurait bien pris un verre avec sa collègue. Même si elle avait l'âge d'être sa mère, il y avait entre elles une réelle complicité, liée à leurs centres d'intérêt culturel commun, et aussi à leur goût des potins.

— Rosie, c'est encore moi, quand tu daigneras rallumer ton portable, souviens-toi que tu as des amis ! À plus.

Faye descendit l'escalier, sortit de l'immeuble et retrouva une douce brise de fin de journée. Elle huma l'air salin à grands poumons et se dirigea vers sa voiture. Elle repensa alors à sa rencontre avec Veronica Bloom.

Cela l'avait vraiment touchée de lire autant de haine dans le regard de celle qui avait été sa meilleure amie. Faye avait adoré sa relation avec Bloom durant leurs années de collège puis de lycée. C'était les meilleurs moments de sa jeunesse. Elles étaient les deux faces d'une même pièce. On ne les voyait jamais l'une sans l'autre. Tout le monde les prenait pour des sœurs. Pourtant, tandis que l'une était une petite brune timide, Faye était une grande blonde qui faisait tout pour plaire aux garçons.

— Les mecs ! rumina-t-elle en mettant le contact.

Elle démarra sur les chapeaux de roues, faisant sursauter les passants qu'elle croisa.

Joey Casper. Tout était de sa faute si elles s'étaient brouillées. Avec un nom pareil, elle aurait dû se douter qu'il était louche.

Faye se sentit oppressée et sa respiration devint difficile.

Même si elle se faisait un devoir de ne jamais faiblir, de toujours voir le bon côté des choses, elle devait reconnaître qu'elle sentait toutes ses barrières mentales sur le point de céder.

« Ne pense plus à rien, oublie tout ça », se dit-elle en serrant les dents. Elle alluma la radio et se mit sur WKFM. « *A sky full of stars* ». Coldplay. Nickel.

La Ford Mustang quitta le centre de Pacific View et très vite Faye reprit le contrôle de ses émotions.

Quand elle longea la route des plages et passa devant les immenses résidences construites sur le sable, elle avait retrouvé tout son calme.

Ce n'était pas la première fois qu'elle se laissait submerger par une crise de vague à l'âme, mais elles étaient rarement aussi intenses.

Veronica s'incrusta à nouveau dans son esprit, mais sans douleur. Dix ans qu'elles ne se parlaient plus. Chacune avait suivi son chemin. Qu'est-ce qu'elles auraient à se raconter si ce n'était de vieux souvenirs d'adolescentes sans intérêt ? C'était sûrement très bien ainsi.

Faye arriva en vue de la langue de plage sauvage sur laquelle était installée sa caravane. Riggs, tout excité, vint à sa rencontre en courant sur le sable. L'animal reconnaissait le moteur de sa voiture bien avant de la voir.

Cette fois, ce fut un vrai sourire qui revint sur les lèvres de Faye.

Elle se gara à côté de la caravane et à peine sortie du véhicule, Riggs lui sauta dessus et se mit à aboyer.

— Que tu m'as manqué, toi, tu sais, dit-elle en lui caressant vigoureusement le dos.

L'animal en redemanda. Faye, tout en caressant son chien, resta assise sur ses talons à regarder l'océan qui mordait la plage. N'avait-elle pas la plus belle des vies ?

Oh que si ! se dit-elle en se redressant.

— Allez viens, tu dois avoir faim.

Elle ouvrit la porte de sa caravane et se glissa jusqu'à la cuisine. Riggs n'arrêtait pas d'aboyer et de frétiller sur place. Elle sortit une boîte de pâtée pour chiens et une bière du frigo.

— Allez, dehors, espèce de goinfre.

Elle ressortit, vida la boîte dans la gamelle du berger allemand. Elle déplia son transat, s'allongea dessus et décapsula sa bière. Enfin, elle but à même le goulot une gorgée bien fraîche.

Le soleil touchait presque l'horizon. Un vrai paradis. Aucun homme sur Terre ne pourrait jamais lui apporter autant de bonheur que ces instants magiques avec son chien.

Son portable sonna.

Rosie, pensa Faye.

Elle sortit le téléphone de sa poche. Numéro masqué.

— Allô ?

— Mademoiselle Sheridan ?

— Oui, c'est moi-même, et vous êtes ?

— Une amie qui vous veut du bien.

Faye fronça les sourcils.

— Qui êtes-vous et qui vous a donné mon numéro ?

— Mon nom importe peu, mais je sais pourquoi on a tué Garth Nolan.

— Dans ce cas, appelez la police.

— Je n'ai pas confiance en eux, mais je peux appeler un autre journaliste.

— Non, dit-elle avant de se reprendre. Non, ne l'appelez pas. Je vous écoute.

Elle crut entendre un soupir, et elle se promit de connaître très vite l'identité de cette femme, mais pour l'heure elle avait juste besoin de son information.

— Garth n'a pas été la victime d'un tueur en série.

Faye se leva du transat. Riggs arriva aussitôt dans ses jambes et faillit la faire tomber. Faye lui fit les gros yeux et se reconcentra sur la conversation.

— Je vous écoute.

La femme laissa planer un long silence avant de reprendre :

— Garth n'était pas qu'un simple serveur, c'était aussi un gigolo.

— Je ne vois pas en quoi cela est un mobile pour un meurtre.

— Vous connaissez Richard Darlington ?

— Le juge Darlington ?

— Lui-même. C'est lui le coupable.

— Comment pouvez-vous en être aussi sûre ?

— Allez voir dans votre boîte aux lettres.

Faye se sentit soudain mal à l'aise, comme si quelqu'un l'observait. Elle regarda l'horizon et ne vit rien d'autre que l'océan, la plage, la route et la vallée en arrière-plan.

Elle s'avança lentement vers la boîte aux lettres dans laquelle elle trouva une enveloppe cachetée.

Faye eut un frisson et regarda par-dessus son épaule. Personne, mis à part Riggs.

Elle posa son portable sur la boîte aux lettres et décacheta l'enveloppe. Il contenait des clichés. Un homme et une femme en train de faire l'amour pris au téléobjectif. Garth Nolan et une dame qui aurait eu largement l'âge d'être sa mère. Le jeune homme avait dû vouloir faire chanter l'épouse du juge et cela avait mal tourné.

Faye reprit son portable.

— Je crois sincèrement que vous devriez prévenir la police.

— Non, comme je vous l'ai dit, je n'ai aucune confiance en eux. Le juge a le bras long. Vous pouvez me croire si je vous dis qu'il ne sera pas inquiété une seule seconde. Est-ce que je peux vous faire confiance ?

Que répondre à cela ?

— Oui, mais dites-moi qui vous êtes. Je vous promets que je ne révélerai pas votre nom. Le secret des sources, vous connaissez ?

— Quelqu'un qui apprécie votre plume. J'ose croire que vous êtes quelqu'un de bien.

— Ce n'est pas ce que je voulais dire. Je voulais savoir qui vous êtes et comment vous avez eu ces photos.

Un silence puis un petit bruit.

— Allô ?

Faye regarda l'écran de son portable. Son interlocutrice avait raccroché.

Qui était-elle ?

Faye eut alors une idée. Si elle ne connaissait personne dans les services de police, Chuck, lui, avait un indic. Peut-être pourrait-il trouver ce numéro pour eux ?

Elle crut entendre un bruit et eut encore cette impression désagréable d'être observée. Pourtant, toujours rien à l'horizon.

« Tu regardes trop de films », se dit-elle sans réussir à se faire sourire. Elle se tourna vers son chien ; jamais elle ne s'était sentie aussi proche de lui.

Faye s'assit sur ses talons et lui caressa l'échine, rassurée par sa présence.

11

« Raphael, je rentrerai tard, fais à manger à ta sœur et mets-la au lit, je vous embrasse. »

Davis envoya le texto et monta les marches du commissariat central aux côtés de Bloom.

— Vous auriez pu rentrer chez vous, dit Davis d'un ton amical.

— Ma mère adore garder Julian, répondit le sergent qui ajouta : À moins que vous ne teniez pas à ma présence…

Elle laissa sa phrase en suspens. Davis lui sourit. Cette journée passée à ses côtés lui avait fait un bien fou. Aussi paradoxale que soit la situation, travailler sur ce meurtre était malgré tout une bénédiction. Il aimait se retrouver dans le rôle du chasseur. Il ne pensait à rien d'autre qu'à sa proie, et oubliait, de fait, tous ses autres problèmes.

— Non, au contraire. C'est juste que je ne veux pas vous imposer des heures sup dès le premier jour de notre association.

— Ça ira, je vous remercie.

Ils remontèrent le long couloir du premier étage et allèrent tout droit au bureau du shérif, situé au fond. Les autres bureaux vitrés étaient vides. Tout le monde était soit rentré à la maison, soit en bas.

Ils frappèrent à la porte et entrèrent.

Le shérif Crawford et le chef du CSI, William Parker, étaient déjà installés.

— Prenez place, dit Crawford.

La mine chaleureuse du quinquagénaire avait laissé place à celle d'un homme désabusé.

— Alors ? reprit-il en se tournant vers Davis, qui venait de s'asseoir près de la fenêtre.

— Rien de concluant.

Ils venaient d'interroger l'ancien employeur de Garth, Bob Armstrong, propriétaire d'une salle de sport où il avait été coach, mais très vite licencié pour faute professionnelle.

— Garth Nolan était clairement ce qu'on peut appeler un « chaud lapin ». Le patron du « Perfect Body » l'a viré quand il a tenté de draguer sa femme. Il a eu trois côtes cassées.

— Rien de concluant ?! le reprit Crawford, qui trouvait que la jalousie pouvait être le mobile du meurtre.

— C'est l'épouse du patron qui lui a mis une raclée devant toute la salle de sport, intervint Bloom. Elle nous a dit qu'il avait essayé de lui mettre la main aux fesses et qu'elle s'était retournée et lui avait envoyé un sacré coup de poing dans les côtes. Une humiliation pure et simple.

— Si quelqu'un avait des envies de meurtre, c'était sans nul doute Garth.

Davis revit le patron de la salle de sport évoquant l'épisode : son épouse et des clients avaient assisté à la scène un an auparavant. Tous en riaient encore, ou presque, étant donné la situation présente.

— Donc on n'a aucun mobile, dit Crawford qui se retourna vers l'agent du CSI. Et de votre côté ?

Parker venait à peine de revenir de la morgue et avait fini son autopsie du corps mutilé.

— Garth Nolan est mort dans le salon. Un coup porté à la tempe par un objet contendant, puis on l'a transporté dans la salle de bains. Le nez, les oreilles et le sexe ont été tranchés avec maladresse avant ou après l'immersion dans la baignoire, je n'ai pas réussi à le déterminer.

— Comment vous pouvez savoir tout ça ? s'étonna Crawford qui prit une cigarette de son paquet.

— D'importantes traces de sang ont été révélées au luminol sur le sol du salon. Et cela malgré l'inondation. Quant aux sévices, c'est mon métier d'analyser les blessures. La découpe relève plus de la boucherie que de l'intervention chirurgicale.

— Cela veut dire que notre homme n'était pas médecin. Grand bien nous fasse, soupira Crawford qui alluma sa cigarette.

— Cela veut dire que notre homme n'a pas l'habitude et qu'il s'agit certainement de son premier essai, corrigea Parker.

Il avait une sainte horreur de ces flics de province qui se prenaient pour ce qu'ils n'étaient pas. Mais Parker savait qu'il n'était là qu'avec l'autorisation de ce shérif et n'avait pas envie qu'on le dessaisisse du dossier.

— Évidemment que c'est son premier meurtre ! le reprit avec force Crawford. Vous pensez bien que je m'en souviendrais si j'avais déjà eu affaire à un taré pareil !

— Si notre homme est un tueur en série, il est plus que probable qu'il ait déjà agi ailleurs qu'à Pacific View, le reprit Parker du tac au tac. (D'un ton plus conciliant, il ajouta :) Vous avez raison sur un point, nous n'avons aucune correspondance dans les fichiers du FBI sur ce genre de mode opératoire, en particulier la phrase « Don't Fear the Reaper ».

— C'était bien du rouge à lèvres ? demanda Davis.

— Oui, nous avons fait des prélèvements pour trouver de l'ADN, mais il pourrait très bien s'agir d'une de ses petites amies qui l'aurait oublié sur place.

— Vous pensez que le tueur peut être une femme ? demanda Crawford.

— Aucune hypothèse n'est à écarter pour le moment. Mais à moins d'être très costaud, elle n'aurait pas pu transporter le corps sans vie de Garth et le plonger dans la baignoire. Il pesait 97 kilos.

Bloom et Davis se regardèrent et pensèrent la même chose.

La femme du patron du Perfect Body. Même si elle avait une silhouette svelte, elle avait une musculature tout à fait capable de porter un homme d'un tel gabarit.

— Jody Armstrong. La femme dont je vous parlais. Elle aurait très bien pu le faire, dit Davis.

Crawford tira sur sa cigarette et un léger sourire apparut sur ses lèvres.

— Pourquoi attendre un an pour se venger ? intervint Parker, ce qui refroidit aussitôt l'atmosphère. Et pourquoi tout ce cérémonial ?

— On n'est pas dans la tête de cette tarée. Peut-être que Nolan a encore tenté de la draguer, et là, elle s'est fâchée pour de bon, dit Crawford.

Davis hocha la tête. Enfin une bonne réflexion du shérif. Cela se tenait. Ils auraient pu y penser plus tôt, se dit-il. Mais l'idée qu'une femme ait pu faire une chose aussi terrible ne lui était pas venue à l'esprit.

— Nolan n'a pas dû aimer s'être fait rembarrer devant tout le monde. Il a certainement voulu se venger de cet affront, dit-il.

— Et cette fois, elle ne lui a pas brisé trois côtes mais l'a supprimé. Aussi bien, elle s'est fait aider par son mari. Ça se tient, admit Crawford. Foncez me les attraper et interrogez-les-moi.

— Si vous permettez, il nous faudrait le mandat d'un juge pour pouvoir fouiller leur appartement et saisir la caméra de surveillance de leur salle de sport, le tempéra Davis.

Crawford regarda l'heure. Il avait deux juges en tête. Evans et Darlington. Il appela Evans. Après une longue discussion et à l'énoncé des éléments, Evans finit par accepter de délivrer un mandat de perquisition.

Crawford raccrocha, tout sourire.

— Bon, vous en avez assez fait pour aujourd'hui. Rentrez chez vous, je vais mettre deux agents pour surveiller leur maison et demain matin : opération grand nettoyage de printemps chez les Armstrong.

Parker fit la moue, mais n'insista pas.

Il se leva ainsi que Davis et Bloom, qui demanda :

— Vous nous tenez au courant si dans la nuit ils essaient de s'enfuir ?

— Non, vous avez un petit garçon. Allez le retrouver et passez une bonne nuit. Je m'occupe de tout. Allez, du balai, dit Crawford, presque euphorique.

Tout le monde sortit en direction de l'escalier au bout du couloir.

— Vous faites fausse route, dit Parker.

— Pourquoi tu dis ça ? s'étonna Davis.

— Une femme ne l'aurait pas charcuté avec autant de violence.

— Très misogyne comme réflexion, intervint Bloom. On peut être aussi tordues que les hommes, vous savez. Et en plus, c'est peut-être son mari qui a fait le coup.

— Je n'en doute pas, mais les statistiques sont là. Dans ce genre de cas, ce ne sont quasiment que des hommes. Les tueuses en série sont moins imaginatives, dit Parker, dubitatif. Mais il y a aussi ce message au rouge à lèvres. Pourquoi cette phrase, « Don't Fear the Reaper » ? Ça ne rime à rien si c'était juste une vengeance.

— Nous en saurons plus demain quand on l'interrogera, intervint Davis.

Parker haussa les épaules et abdiqua.

— Je vous aurai prévenu.

Davis sentit le doute monter en lui. Non qu'il doutât de son hypothèse, mais il s'était toujours fié au jugement de Parker, un expert parmi les experts. Se pourrait-il qu'il eût raison ?

Il s'arrêta devant son bureau et posa la main sur la poignée.

— Bien, je finis de ranger des affaires. Je te remercie encore une fois d'être venu si vite.

— C'est normal, dit Parker. Je te fais passer notre rapport demain, dès que nous aurons les relevés d'ADN. Et toi, tiens-moi au courant. Je te jure que j'aimerais vraiment avoir tort sur ce cas.

Bloom toussota.

— Je vais y aller. J'ai été ravie de vous rencontrer, M. Parker (puis, se tournant vers Davis :) Bonne soirée, lieutenant.

Les deux hommes la regardèrent disparaître dans les escaliers.

— Un sacré petit bout de femme, dit Parker.

— Oui, une très bonne surprise, valida Davis.

Parker lui posa une main amicale sur l'épaule.

— Bon, je vais rejoindre mon équipe. L'hélico repart dans une heure. Tu ne veux pas venir boire un verre avec nous ?

— Non, il faut que je rentre.

Parker le salua et prit l'escalier à son tour.

Davis entra dans son bureau, rangea ses affaires et ne s'attarda pas. Il ressortit, heureux de savourer la fraîcheur de ce début de soirée. Il retrouva son pick-up et reprit Monroe Boulevard.

Le soleil déclinait à l'horizon. Les touristes étaient de sortie et profitaient des terrasses des restaurants.

Davis mit la radio et sentit la tension baisser d'un cran.

Cinq minutes plus tard, il arrivait sur les hauteurs de Pacific View avec son manoir en ligne de mire. Il y avait de la lumière à l'étage et toujours ce sentiment d'irréalité.

Arrivé au bout de la rue, il activa le portail automatique. Il gara sa voiture et, sans perdre un instant, monta les marches du perron pour rentrer chez lui.

— Papa ! entendit-il au loin.

Penny apparut en haut du large escalier du vestibule. Elle descendit les marches, toute excitée.

Davis l'attrapa et la souleva dans les airs. Penny se mit à rire.

Raphael descendit à son tour. Mais à l'inverse de sa sœur, il n'avait pas le sourire des grands jours.

— Tout s'est bien passé ? demanda Davis.

— Oui, nickel. J'adore cette maison, le rassura Raphael.

— Vous avez mangé ?

— Oui, Raph m'a fait des pâtes à la tomate comme je les aime.

— Je te dis pas ! J'ai failli me perdre dans cette cuisine, et je ne te parle pas de tous les boutons sur la cuisinière. Il faut un diplôme d'ingénieur pour manger ici.

Davis sourit et garda Penny dans ses bras.

— Il est temps d'aller au lit. Tu veux que je te raconte une histoire ?

— Oui ! s'exclama-t-elle.

Davis monta l'escalier en portant Penny jusque dans sa chambre.

Elle lui raconta alors dans les moindres détails toutes les péripéties de sa journée, ne s'arrêtant que pour prendre une douche et enfiler son pyjama.

Davis la mit enfin au lit et alluma la petite lampe de chevet. Il s'assit sur le bord du lit, prit le deuxième tome d'*Harry Potter* et reprit sa lecture à la page où il s'était arrêté la veille.

Penny cligna des paupières et peu de temps après s'endormit.

Davis reposa le livre sur la table de nuit, éteignit la lampe et laissa la porte entr'ouverte avant d'aller dans l'autre aile du premier étage, guidé par la musique qui venait de la chambre de son fils.

Il frappa à la porte. Raphael vint lui ouvrir.

— Penny s'est endormie, baisse un petit peu la musique.

— Oui, ne t'inquiète pas. Je peux mettre le casque si tu veux.

— Non, ça va aller, dit Davis qui avait bien remarqué un certain embarras chez son fils. Tout s'est bien passé aujourd'hui ?

— Oui, je te l'ai déjà dit. Nickel.

Raphael avait craint que Penny ne le trahisse pour avoir conduit la Ferrari, mais elle avait su tenir sa langue. Pour le coup, il n'osait pas dire à son père qu'elle avait reparlé de leur mère au présent.

— Bon, ça ne t'embête pas de garder Penny encore demain ? Je n'ai pas une seconde à moi. Mais je te promets de lui trouver très vite une nounou qui me convienne.

— J'ai vu aux infos qu'il y avait eu un meurtre. Ce n'est quand même pas toi qui t'en occupes, n'est-ce pas ?

— Si. Mais n'en parlons pas, tu veux ? Le boulot reste au boulot, d'accord ?

— OK, mais ils auraient pas pu s'en occuper eux-mêmes ? Tu viens juste d'arriver.

— Je sais, mais c'est comme ça. Allez, puisque tout s'est bien passé, il faut que je te montre la dernière surprise d'Oncle Terry.

L'intérêt fit briller les yeux de Raphael.

— Mieux qu'une Ferrari ?

— Différent. Suis-moi.

Ils descendirent au rez-de-chaussée, longèrent le vestibule jusqu'à une porte située sous l'escalier. Davis mit une clé dans la serrure.

— Super, une cave !

— Chut.

Ils descendirent quelques marches à la lumière du couloir extérieur.

Davis mit le doigt sur l'interrupteur et soudain un véritable home cinéma se révéla à eux. Trois rangées de fauteuils pour quinze personnes au total faisaient face à un écran mural d'environ cinq mètres de long.

— C'est pas vrai !

— Quand tu auras des amis, tu pourras les inviter. Je pense qu'ils apprécieront.

Sur l'un des murs, des étagères remplies de Blu-ray.

— Oncle Terry avait du goût, s'étonna Raphael qui regardait les titres.

Davis alluma le projecteur et le lecteur Blu-ray puis attrapa les diverses télécommandes.

— Ça te dit qu'on se regarde un film ?

— Mais tu as mangé ?

— Je regarde le début avec toi, ensuite je monte me faire un sandwich.

Après la journée qu'il venait de passer, il avait un besoin urgent de retrouver la normalité d'une vie de famille. La seule façon pour un flic de garder les pieds sur terre.

— « Star Wars, épisode IV », ça te dit ?

— Et comment.

Davis prit le disque et l'inséra dans le lecteur. Enfin, grâce au bien-être que l'on éprouve dans la mythique pénombre des salles obscures, il put se détendre assis à côté de son fils.

12

Mardi 7 juillet

Faye se réveilla aux aboiements de Riggs. Elle se redressa trop vite et se cogna la tête au plafond de sa caravane.

Elle siffla de douleur et se massa le sommet du crâne.

— Riggs, qu'est-ce qu'il te prend ?

Elle poussa le rideau opaque et vit que le soleil n'était pas encore levé. L'aube pointait à peine à l'horizon.

— Tu as vu l'heure ! Laisse-moi dormir.

Riggs la regarda et tourna en rond sans cesser d'aboyer.

Faye comprit que quelque chose l'avait alerté. Elle enfila un jean et un T-shirt et attrapa sa batte de baseball rangée sous le lit superposé.

Elle ouvrit la porte et regarda dehors. Personne.

Riggs passa entre ses jambes pour bondir sur le sable sans cesser d'aboyer. Faye sortit à son tour et le vit courir vers la route. Elle aperçut alors une voiture qui partit aussitôt sur les chapeaux de roues.

« Qui c'est celui-là ? »

Elle repensa à la mystérieuse inconnue qui lui avait laissé l'enveloppe. Elle retourna à sa boîte aux lettres et n'y trouva rien.

Peut-être que Riggs l'avait fait fuir avant qu'elle ne dépose un nouveau courrier. Ou alors voulait-elle simplement l'observer ?

Un frisson glacé la fit tressaillir. Elle n'avait jamais eu peur de vivre à l'écart du monde urbain, mais jamais non plus elle n'avait senti une présence entrer dans son cercle.

« Il va falloir vraiment que tu te trouves un mec, et un costaud », se dit-elle.

— Viens, Riggs, on rentre.

Elle retourna dans la caravane et se recoucha dans le lit du haut. Cependant elle fut incapable de fermer l'œil, ne cessant d'écouter chaque bruit de moteur quand un véhicule passait sur la route. Mais personne ne s'arrêta.

Au bout d'une heure sans pouvoir retrouver le sommeil, elle décida de se lever et de se préparer un copieux petit déjeuner.

Elle alluma la sono, et fouilla parmi ses vieux CD. Des classiques du hard-rock. Elle opta pour Led Zeppelin IV. C'est le sourire aux lèvres qu'elle alla mettre deux tranches de pain de mie dans le toaster.

Elle remplit la gamelle de Riggs et la lui déposa à l'air libre. Le soleil commençait son ascension. Aucune voiture en stationnement en bord de route.

« Aussi bien, cela n'avait rien à voir avec moi » se dit-elle. C'était peut-être simplement un couple, choisissant ce coin pour des ébats illégitimes, qui avait préféré prendre le large en voyant un berger allemand courir vers leur voiture.

Elle rentra au moment où ses tranches de pain de mie sautaient du toaster.

Robert Plant était en plein refrain, secondé par les riffs de Jimmy Page. Il n'y avait pas à dire, les années soixante-dix étaient les plus belles années de la musique.

Elle prit son café et ses tartines et alla s'asseoir à sa table de cuisine. Elle tira les rideaux et vit Riggs qui cavalait sur la plage, se battant contre des fantômes.

« Don't fear the Reaper », se dit-elle. Elle sourit et se leva. Elle fouilla dans son stock de disques et retrouva le Graal : « Agents of Fortune » de Blue Öyster Cult.

Elle l'inséra dans le lecteur. Dès le premier riff, elle se revit des années en arrière, dans sa famille d'adoption...

Elle serra les lèvres et préféra focaliser ses pensées sur son affaire. Si tout se passait bien, son article ferait la une du journal.

Elle aurait pu le savoir en ouvrant son ordinateur et en regardant ses mails, mais elle préférait avoir la surprise en faisant comme un citoyen lambda qui achète dans un kiosque à journaux son numéro du *San Francisco Chronicle*.

Elle trempa une tartine dans sa tasse de café et ressentit une montée de vague à l'âme. Alors qu'elle aurait dû être ravie d'avoir obtenu le scoop du siècle, elle pensa au couple Darlington qu'elle allait détruire à la face du monde, mais aussi à sa situation personnelle. Trois mois qu'elle s'était séparée d'Arnold. Le type était à des années-lumière de ses préférences physiques, mais il était tellement drôle et si attentionné. Seulement il était marié. Elle lui avait posé un ultimatum. Il avait gardé sa femme.

Elle se sentit soudain terriblement fragile et eut envie d'appeler Rosie. Elle se leva une nouvelle fois pour attraper son portable. Elle fit le numéro de sa collègue mais tomba directement sur sa boîte vocale.

Peut-être que son rendez-vous de la veille était un rendez-vous galant, et que Rosie filait le parfait amour avec un amant magnifique.

« Et toi, tu es toute seule comme une pauvre poire. »

Pourtant, elle était plutôt jolie. Peut-être pas assez, se dit-elle en tâtant un petit repli sur le ventre. La mode n'était pas aux femmes rondes mais anorexiques. Mauvais pays, mauvaise époque.

Elle repensa au rendez-vous de Rosie. Elle lui avait parlé d'un indic qui avait des choses à lui révéler sur le nouveau lieutenant de police venu de San Francisco. Et soudain, elle revit Veronica à côté d'un flic ayant un certain charme. Se pourrait-il que ce soit lui ? Était-il marié ?

Faye rit d'elle-même et oublia ses pensées stériles.

Alors que la musique du B.Ö.C. continuait de se déverser dans la caravane, elle eut envie d'une bière, mais voyant l'heure, elle se dit que ce n'était pas raisonnable. Et pourquoi pas ce soir ? Fêter son scoop en se mettant à l'envers.

Elle avait entendu dire qu'un bar rock avait ouvert sur Sunset Bay. Cela valait peut-être le coup d'y faire un tour après le travail ?

Elle retrouva le sourire et alla dans sa minuscule salle de bains pour se préparer.

Moins d'une demi-heure plus tard, elle était au volant de sa Mustang et entrait dans Pacific View. Elle s'arrêta au premier kiosque qu'elle rencontra. Son cœur se mit à battre plus vite.

Mais quand elle vit les piles du *San Francisco Chronicle*, elle comprit très vite que Phil Johnson, son rédacteur en chef, n'avait pas tenu parole. Rien en première page.

Elle prit un exemplaire, le paya et, plantée au milieu du trottoir, elle l'ouvrit aux pages régionales. « Un meurtre sordide à Pacific View », disait la manchette. On voyait une photo de Garth Nolan qu'elle avait récupérée sur le net. Son article à droite. Elle le lut et fut sidérée. Non seulement on lui avait modifié sa manchette, qui était plus accrocheuse : « Bain de sang à Pacific View », mais tout l'article avait été remanié.

Elle jura à voix basse et eut envie de jeter le journal dans la poubelle la plus proche. Elle retourna à sa voiture. C'est le cœur lourd qu'elle fonça dans les rues de la petite ville pour se rendre dans le quartier où se trouvaient ses bureaux.

Elle entra dans le bâtiment, monta les deux étages et ouvrit la porte. Pas de Chuck et toujours pas de Rosie. Elle alluma l'ordinateur et regarda ses mails. Rien de la part de Phil.

Elle attrapa le téléphone et l'appela sur son portable.

— Salut, Faye, tu es bien matinale, lui dit-il d'un ton plaisant.

— Phil, comment as-tu pu me faire ça ? Tu as réécrit mon article sans rien me dire.

Il y eut un instant de silence avant que le rédacteur en chef se justifie.

— Je suis désolé, mais le service juridique m'a assuré qu'on ne pouvait pas laisser supposer que le juge Darlington était mêlé à cette histoire. Sans aucune preuve, c'est tout simplement de la diffamation.

— Mais j'avais des preuves. Les photos de sa femme avec Garth Nolan. Qu'est-ce tu veux de plus ? Le juge en train de le poignarder ?!

— Faye, calme-toi. Je comprends que tu sois déçue, mais on est tous passés par là. Tu ne dois pas le prendre comme ça.

— Et comment devrais-je le prendre ?!

— Écoute, Faye, je suis certain que tu as une bonne piste, continue de fouiller et ramène-moi des preuves irréfutables, et là, je te promets que j'arriverai à convaincre la direction de te mettre en une.

— Des promesses, je me souviens de tes promesses.

C'était plus fort qu'elle. Quand Phil avait mis fin à leur liaison amoureuse, elle avait fait taire sa colère pour ne pas provoquer de dégâts, mais c'en était trop et ce n'était surtout pas le moment.

— Faye, tu sais que je t'apprécie énormément, cela n'a rien de personnel, je te jure…

Elle lui raccrocha au nez, et se sentit prête à fondre en larmes. Elle avait aimé Phil comme jamais et avait réellement cru qu'il était l'homme de sa vie, le père de ses futurs enfants. Quelle idiote ! Il s'était juste servi d'elle pour entrer dans son journal.

Le téléphone sonna. C'était lui. Elle préféra l'éteindre, et elle ne chercha plus à refouler sa peine. Les larmes roulèrent sur ses joues.

13

Davis finit de nouer sa cravate et fut enfin prêt. Il était 7 h 12. Il avait rendez-vous à 8 heures au commissariat central pour organiser la perquisition chez les époux Armstrong. Il était largement dans les temps.

Il alla dans la chambre de Penny et déposa un baiser sur son front, puis alla frapper à celle de son fils, et entra sans attendre.

Raphael sortit la tête de sous son drap.

— Tu t'en vas ?

— Oui, tu t'occupes bien de Penny. Fais-lui à manger, il y a du poisson pané dans le congélateur.

— Tu sais bien qu'elle n'aime pas ça.

— Eh bien tu la forces, dit-il.

Raphael maugréa un assentiment et se redressa dans le lit, le visage soucieux.

— Papa, je ne sais pas si c'est grave, mais Penny a recommencé.

— Recommencé quoi ?

Raphael hésita. Il s'était promis de ne rien dire, mais il savait au fond de lui qu'il le devait pour le bien de sa petite sœur.

— Tu sais bien… maman.

— Sois plus clair, qu'est-ce qu'elle a fait ? s'impatienta Davis.

— Elle a parlé de maman comme si elle était toujours vivante.

Davis eut l'impression de recevoir un coup de poing en plein plexus.

Cela n'allait pas recommencer ! Pas aujourd'hui. Pas maintenant, alors qu'ils démarraient une nouvelle vie.

— Tu en es sûr ?

— Pourquoi je te mentirais ?

— Je veux dire, tu es sûr qu'elle ne te faisait pas une blague ?

— Franchement je ne crois pas, mais peut-être que tu as raison.

— Pourquoi ne m'en as-tu pas parlé hier soir ?

— Je n'avais pas envie de te gâcher la soirée, j'avais cru comprendre que ta journée avait été terrible.

Davis se détendit légèrement.

— Bon, tu as bien fait. Je parlerai avec elle ce soir, dit-il avant d'ajouter : Et si tout se passe bien aujourd'hui, je te promets les clés de la Ferrari pour ce soir.

Raphael eut un large sourire. Comme quoi, cela avait du bon d'être honnête.

— Merci, papa.

Davis ressortit de la chambre et tandis qu'il descendait l'escalier, il ne cessait de penser à Penny.

Après la mort de sa mère, la petite fille de cinq ans avait eu du mal à faire son deuil. Elle assurait à tout le monde que l'esprit de sa maman était dans sa peluche et qu'elle lui parlait.

Deux années chez une psy avaient permis à Penny d'accepter lentement la triste vérité.

C'était aussi en partie pour cela que Davis avait accepté l'héritage d'un homme qu'il n'avait jamais connu. Un moyen de quitter leur maison, hantée par trop de souvenirs.

Il sortit du manoir et monta dans son pick-up. Il n'avait plus envie d'aller travailler. Malheureusement, il n'avait pas le choix en cette deuxième journée de travail et surtout avec cette descente chez les Armstrong qui, si tout se passait bien, lui enlèverait une sacrée épine du pied.

Tout en conduisant vers le centre-ville, il doutait néanmoins du résultat. En quinze années passées à la brigade criminelle de San Francisco, il n'avait jamais eu à mettre en doute les résultats de Parker et s'il pensait qu'ils faisaient fausse route, il était plus que probable qu'il aie raison.

Il arriva sur Green Avenue et entra dans le parking du commissariat. Beaucoup de monde en cette matinée. Le shérif Crawford était dans l'open space du rez-de-chaussée et faisait ses recommandations aux agents.

Davis salua tout le monde d'un signe de tête et vint se placer près du sergent Bloom.

— Vous m'avez bien entendu, si jamais ils tentent de s'enfuir, vous n'hésitez pas à tirer, après les sommations d'usage.

Personne pour le contredire. Davis n'aimait pas ça. Mais ce n'était ni le moment ni le lieu pour aller à l'encontre de la vision expéditive de la justice selon Crawford.

— Davis, Simpson, c'est vous qui mènerez les opérations chez les Armstrong. Prenez autant d'hommes que nécessaire, mais ne les laissez pas s'enfuir. C'est compris ?

— Clair comme de l'eau de roche, dit Simpson.

— Carter, Simmons, vous irez dans leur club de sport et vous récupérerez toutes les bandes de surveillance. Si quelqu'un ose vous faire barrage, vous l'embarquez direct. Nous avons un mandat et nous sommes couverts par le juge Evans. Alors ne vous privez pas d'user de votre autorité. Est-ce bien clair pour tout le monde ?

Un « oui » choral lui répondit. Crawford esquissa un sourire carnassier.

— Bien, je compte sur vous pour que dès ce soir, cette affaire soit résolue. Allez, au boulot.

Le lieutenant Simpson s'avança en direction de Davis pour finalement se poster devant Bloom.

— Tu prends Dunaway et Prescott. Moi, je pars avec Norman et Rice, OK ?

— Bien, mon lieutenant.

Simpson se tourna alors vers Davis.

— Davis, tu prends avec toi les sergents Harper et Morris.

Les deux sergents qui se trouvaient près d'eux acquiescèrent avec gravité.

— Bien, dès qu'on arrive sur place, on encercle leur maison et on les attrape vite fait bien fait.

Davis n'aimait pas trop cette façon de se faire rabaisser devant tout le monde, mais une fois de plus, il préféra attendre le moment opportun pour remettre les pendules à l'heure.

Ils sortirent du commissariat et chacun s'engouffra dans les véhicules.

— Lieutenant, vous voulez conduire ? demanda le sergent Harper.

L'homme avait la petite trentaine. Moustache fournie, visage rougeaud.

— Non, vous connaissez la ville mieux que moi.

Davis monta côté passager. Morris se mit à l'arrière et Harper au volant. Les trois Taurus sortirent du parking en se suivant. Bientôt elles quittèrent le centre-ville pour la périphérie, où se trouvaient les quartiers résidentiels.

— Vous n'avez vraiment pas de chance, dit Morris.

L'homme était proche de la soixantaine. Chauve, de petits yeux, une voix douce.

— Pourquoi ? dit Davis.

— Je veux dire, un meurtre aussi dégueulasse dès votre premier jour.

Davis eut un soupir amical.

— C'est clair que j'aurais préféré commencer en douceur. Mais bon, j'espère que ce sera bien fini ce soir.

— Vous en doutez ? dit Harper qui se collait à la voiture de Bloom.

Davis y avait réfléchi une partie de la nuit avant de trouver le sommeil.

— Oui.

Ce n'était peut-être pas la meilleure chose à faire que de se confier à des inconnus, mais il était tellement frustré de la manière dont Crawford et Simpson l'avaient mis en retrait qu'il éprouvait une certaine satisfaction à prendre le contre-pied de ce que tout le monde semblait penser.

— Pourquoi ? s'étonna Morris. Crawford a dit qu'il était certain que c'était ce couple.

Davis savait qu'il aurait dû se taire, mais tant pis, il ne pouvait garder ses pensées pour lui.

— On n'a absolument rien contre les Armstrong, à part le fait que Jody Armstrong a humilié Garth il y a plus d'un an. Nous n'avons strictement aucune preuve contre eux.

— C'est bien pour ça qu'on va les interroger. Les tueurs n'avouent jamais leur crime spontanément, dit Harper comme s'il parlait à un débutant.

— On ne devient pas un tueur aussi facilement que vous semblez le croire, le reprit Davis. Si vous aviez vu le corps de Garth Nolan, vous auriez compris qu'ils sont heureusement rares, ceux qui peuvent infliger de telles atrocités à un être humain.

Harper fit la moue. Il avait une confiance absolue dans le jugement du shérif et ce n'était pas ce nouveau venu de Frisco qui allait leur expliquer le travail. Mais, respectueux de la hiérarchie, il se contenta d'une formule anodine.

— Si vous le dites.

Ils finirent la route dans un silence pesant. Le soleil se levait sur la vallée. La douce lumière matinale enveloppait les villas d'un halo étincelant.

Les voitures de police s'arrêtèrent devant une jolie maison entourée d'un petit jardin où s'épanouissait un magnifique lilas de Californie.

Tout le monde sortit.

Simpson donna ses ordres, et les sergents se placèrent aux quatre coins de la villa.

— Veronica, tu viens avec moi. Davis, tu nous couvres.

Davis s'avança.

— Non, je viens avec toi. On ne sait pas quelle sera leur réaction. J'ai l'habitude des interventions musclées, je préfère laisser le sergent Bloom à l'arrière, à moins que tu ne veuilles prendre le risque de faire un orphelin.

Simpson chercha de l'aide auprès de Bloom, qui baissa les yeux.

— Si je peux éviter, je préfère, dit-elle piteusement.

Elle n'avait aucune envie d'être en retrait, mais elle détestait la façon dont Simpson et Crawford avaient traité Davis. Il était son partenaire sur cette affaire, on n'avait pas à l'humilier ainsi. Et même si elle avait encore des doutes à son sujet, elle en avait davantage concernant Simpson.

— OK, tant pis pour toi, à nous les lauriers, dit Simpson qui remonta l'allée fleurie.

Il sonna à la porte. Davis regarda sa montre. 8 h 04. Ils devaient être réveillés.

Jody Armstrong ouvrit la porte. En peignoir de bain, elle avait le visage marqué par les vestiges d'un long sommeil.

— Lieutenant Davis ? dit-elle. Qu'est-ce que vous voulez ?

— Nous avons un mandat de perquisition. Je vous prierai de nous suivre, ainsi que votre mari, s'imposa Simpson.

— Vous êtes flic, vous aussi ?

— Lieutenant Simpson, se présenta-t-il en montrant sa plaque. Où est votre mari ?

Jody Armstrong tourna la tête vers l'escalier.

— Chéri, il y a les flics ! Ils viennent pour une perquisition ! hurla-t-elle en direction de l'intérieur de la maison.

Simpson grogna et lui passa devant. Il monta aussitôt l'escalier quatre à quatre.

Davis lui emboîta le pas, laissant Jody Armstrong offusquée d'un tel comportement.

— Où êtes-vous ? hurla Simpson en arrivant du fond d'un long couloir.

Il entendit alors une détonation.

⁂

— Tu crois vraiment qu'ils vont tenter de s'enfuir ? demanda Morris à Bloom.

Le vieux sergent se trouvait avec Bloom et se glissait le long du mur ouest de la villa.

— Non, mais on n'est jamais trop prudent, dit-elle.

Comme Harper, elle avait sorti son arme de service, prête à toute éventualité.

— Alors, comment il est le nouveau lieutenant ? Il ne t'a pas trop gonflée hier ?

— Non, au contraire, il est plutôt sympa.

Morris rit dans sa barbe.

— J'ai l'impression que ça va faire des étincelles entre Simpson et lui. Tu as vu comment il le regarde.

Bloom aimait bien Morris mais pas au point de se confier à lui.

— Ce n'est pas mon problème.

— Tu crois ça. Ne me dis pas que tu ne t'es pas rendu compte que Simpson est fou amoureux de toi.

Bloom se sentit rougir et détourna le regard vers la rue.

Ses autres collègues étaient disséminés tout autour de la maison.

Elle allait répondre quand elle entendit Jody Armstrong hurler à son mari qu'il y avait une perquisition chez eux.

— L'idiote ! grogna Morris.

Ils entendirent des bruits de course dans la maison, puis soudain une fenêtre s'ouvrit. Ébloui par le soleil levant, Morris aperçut une silhouette qui enjambait le rebord et sautait dans un buisson.

L'homme se redressa et attrapa une arme qui tombait de la fenêtre. Malgré le soleil qui lui brûlait les yeux, Morris n'hésita pas. Il tira.

⁂

— À moi, allez, c'est mon tour, dit Carrie Armstrong.

Matt Buscema tira une dernière fois sur sa pipe à eau et aspira les volutes de fumée qui s'en échappèrent.

— Putain, qu'est-ce que c'est bon !

Âgé de dix-neuf ans, il était venu passer ses vacances à Pacific View avec deux amis. Ils louaient un petit studio dans le quartier de Little Angels. Sportifs, ils passaient leurs journées sur la plage, sur les aires de musculation, à jouer au beach-volley ou à nager. Mais le soir venu, ils partaient à la chasse aux filles.

Si Doug et Syd changeaient tous les soirs de partenaires, Matt était tombé sur Carrie, une véritable bombe qui lui avait retourné le cerveau. À peine dix-sept ans et déjà aussi chaude dans un lit que certaines filles majeures qu'il avait connues.

Ils entendirent la sonnerie de l'entrée et s'arrêtèrent brusquement.

— Qui c'est ? demanda Matt.

— J'en sais rien, s'étonna Carrie. Un livreur, je ne sais pas, moi.

Elle entendit sa mère se lever et traverser le couloir pour aller ouvrir.

— Il faut que tu te tires. Si jamais elle te voit, je suis morte, s'inquiéta Carrie.

Elle savait que ce n'était pas la meilleure chose à faire que de ramener Matt en cachette à la maison, mais elle en avait assez de faire l'amour sur la plage ou dans une voiture. Et il était hors de question qu'elle le fasse dans le petit studio où les deux comparses de son petit copain copulaient dans les mêmes draps depuis leur arrivée.

Matt sauta du lit et enfila son jean et son T-shirt. Il entendit alors hurler dans l'escalier la mère de Carrie qui annonçait que des flics étaient là pour une perquisition.

Le visage de Matt se vida de ses couleurs. Carrie sentit son cœur s'arrêter de battre.

— Sors de là, dépêche-toi.

Elle lui ouvrit la fenêtre. Matt ne se le fit pas dire deux fois. Il sauta et se réceptionna d'une roulade dans le buisson.

« Heureusement que je suis sportif » se dit-il, tandis qu'il se redressait indemne. À cet instant il leva les yeux et attrapa in extremis la pipe à eau que lui envoyait Carrie.

Il entendit une détonation et n'eut pas le temps de comprendre ce qu'il se passait quand une balle vint lui transpercer la tête.

⁂

Dès qu'il entendit la détonation, Simpson sortit son pistolet et s'arrêta dans le couloir de l'étage. Davis arriva derrière lui, son arme à la main. Un cri féminin retentit.

Trois portes en enfilade, toutes fermées. Simpson était devant la première quand elle s'ouvrit alors en grand. Le coup partit malgré lui.

La bouche grande ouverte de stupéfaction, Carrie s'écroula sous l'impact.

Robert Armstrong sortit de sa chambre en peignoir de bain. Les cheveux trempés, des gouttes d'eau sur le visage, il courut, bousculant Davis au passage pour se ruer vers eux.

Il attrapa Simpson par le col et lui envoya son poing en pleine figure, puis un deuxième coup dans le plexus.

Davis s'approcha et jura entre ses dents avant de hurler :

— Lâchez-le !

Il braqua de son arme Armstrong, qui avait le regard d'un dément. Après un court instant d'hésitation, ce dernier relâcha Simpson pour s'accroupir auprès de sa fille.

Davis prit son portable et appela les urgences.

— Tiens bon, tu vas t'en sortir, mon petit trésor, dit Armstrong, tandis que la jeune fille crachait du sang.

— Posez-lui ça sur la plaie, dit Simpson, le visage blafard.

Il était allé dans la salle de bains où il avait trouvé une serviette propre.

Armstrong souleva le T-shirt et la posa sur l'abdomen de sa fille.

La mère de Carrie monta en courant l'escalier pour découvrir le carnage. Elle poussa un cri d'horreur et se mit à genoux en pleurant.

— Qu'est-ce que vous avez fait ! Pourquoi ? dit-elle en caressant le visage de sa fille, qui était prise de frissons irrépressibles.

Davis raccrocha le téléphone et se baissa près de Carrie.

— Les urgences vont arriver. Votre fille va s'en sortir, lui assura Davis qui se tourna vers Armstrong. Laissez-moi faire, j'ai l'habitude.

Voyant le sang qui imbibait déjà la serviette, en vérité, Davis avait de sérieux doutes quant à la survie de la blessée, mais il pria le ciel pour que son souhait se réalise. Aucun enfant ne devrait mourir avant ses parents. Même si la mort de son épouse avait été le pire des malheurs qui lui soit arrivé, il ne voulait même pas imaginer la perte de Raphael ou de Penny.

Il sentit un frisson d'horreur le traverser et se força à faire le vide dans son esprit. Ne penser à rien, juste attendre les secours.

Les autres sergents arrivèrent dans la maison. Simpson était hébété par ce qu'il venait de faire.

— Lieutenant, il faut qu'on vous parle, intervint Bloom.

— Pas maintenant, sortez, tonna Davis.

Les minutes semblèrent durer des heures, quand enfin la sirène de l'ambulance se fit entendre. Les parents Armstrong n'avaient pas lâché Carrie du regard durant tout ce temps, lui jurant qu'elle allait s'en sortir, que ce n'était rien, qu'elle était une fille forte.

Moins d'une minute plus tard, les urgentistes prenaient la place de Davis, qui alla retrouver Bloom sur le perron de la maison.

— Elle est en vie ? demanda le sergent.

— Oui, pour l'instant, dit-il d'un ton dubitatif.

— Excusez-moi, mais il faut que vous sachiez qu'un garçon n'a pas eu cette chance, dit-elle. Morris est l'auteur du premier coup de feu.

— Qu'est-ce que vous racontez ?

Elle lui fit part de ce qu'elle avait vu : une silhouette se jetant d'une fenêtre, puis se redressant pour saisir un objet qu'on lui avait envoyé.

— Il a cru que c'était une arme. On avait le soleil dans les yeux.

— Quoi ? Vous n'êtes que des amateurs ! cracha Davis. Ne vous a-t-on pas appris que le temps du Far West est une époque révolue ! Vous aurez tous à répondre de vos actes.

Davis aperçut alors Simpson à l'écart, en train de fumer un cigare, les fesses posées sur le capot de sa voiture.

Il fonça vers lui. Simpson leva les yeux et ne les baissa pas.

Davis s'approcha et se planta à quelques centimètres de son visage.

— Je ne vais pas te rater sur ce coup-là, espèce de malade. Tu peux dire adieu à ton uniforme.

Il vit dans les yeux de Simpson briller une étrange lueur. Il serra son poing, prêt à le lui flanquer en pleine figure.

— Fais ce que tu veux, mais fous-moi la paix.

Davis lui jeta un regard chargé de mépris. C'est alors qu'il vit la camionnette d'une chaîne d'informations qui arrivait.

14

— Vous êtes certain de ce que vous affirmez ? tonna Crawford.

Le shérif se tenait debout devant ses agents et jouait nerveusement avec un stylo qu'il faisait tourner entre ses doigts.

— Oui, le lieutenant Simpson a agi instinctivement. Un tir venait de se faire entendre. C'est un accident, un terrible accident, répéta Davis. Mais pas ce que j'appellerais une bavure.

Il lui en coûtait de dire cela, mais c'était la vérité. Simpson n'était coupable que d'un mauvais réflexe dans une situation d'extrême tension.

— Allez dire ça à la famille Armstrong !

Davis garda le silence, espérant qu'il ne lui incomberait pas la difficile tâche d'interroger le couple en ce moment tragique.

— Je n'arrive toujours pas à le croire, dit Crawford. Comment avez-vous pu agir ainsi ?

Ils étaient dans la salle de réunion du rez-de-chaussée. Tous ceux qui avaient participé à l'opération se tenaient debout, silencieux, face à leur chef.

— Ce pauvre garçon avait dix-neuf ans. Qui veut appeler sa mère pour lui annoncer sa mort ?

Son nom n'avait pas encore été communiqué à la presse. Pour l'instant. Mais l'information sortirait sans tarder, se dit Davis.

— Je m'en charge, se proposa Bloom.

— OK, faites-le. Ensuite vous irez prendre des nouvelles de Morris. Et veillez à ce qu'il n'aggrave pas son cas.

Morris avait été interné à l'hôpital dans la plus grande discrétion. Après s'être rendu compte de son erreur, il était resté les bras ballants. Bloom, ayant alors compris qu'il risquait de commettre une bêtise de plus, lui avait demandé de lui remettre son arme. Morris avait longuement hésité mais la lui avait finalement donnée avant de s'effondrer en pleurs comme un enfant.

— Flynn est solide, il ne craquera pas, affirma-t-elle, bien que pensant le contraire.

— Je l'espère pour lui.

Davis avait du mal à comprendre pourquoi le shérif avait tant d'animosité à l'encontre de Morris alors qu'il avait l'air plutôt compréhensif envers Simpson.

— Bien, je vais devoir faire un communiqué à la presse. Je vous interdis de leur parler. Pas un mot. Nous devons nous serrer les coudes, et faire en sorte que cette tragédie cesse au plus vite. Compris ?

Tous acquiescèrent.

— Bon, prions ensemble pour la survie de cette jeune fille, si vous le voulez bien.

Même s'il était croyant, Davis n'était pas pratiquant. Il fut étonné par cette proposition. Néanmoins, il fit comme les autres et marmonna une prière à l'intention de Carrie.

Le premier à oser rompre le silence fut le lieutenant Simmons.

— Shérif, on a récupéré toutes les bandes de vidéosurveillance de la salle de sport. On continue ?

Crawford resta debout et se frotta les joues.

— Bien sûr, si l'on peut prouver que les Armstrong ont tué Garth Nolan, cela devrait faire retomber la pression des médias sur cet accident. Simmons hocha la tête et Crawford ajouta : « Davis, allez à l'hôpital avec

Veronica, et interrogez les parents de Carrie. Nous devons savoir si ce sont eux les coupables. Je compte sur vous pour les amener à parler sans qu'ils s'en rendent compte.

— Très bien, shérif », répondit Davis.

Mais intérieurement, il maudit sa déveine. Accuser des parents d'un meurtre horrible, le jour même où la police tire sur votre fille... Qui disait que c'était un sale boulot ! Mais bien sûr, il fallait que quelqu'un le fasse.

Il s'éclipsa et laissa Crawford continuer son briefing. Bloom le suivit en silence, et avant qu'il ne soit sorti du commissariat, elle le rejoignit.

— Je viens avec vous pour interroger les Armstrong, du moins si vous êtes d'accord.

Davis se retourna et lui sourit. Cette fille était remarquable d'empathie et de professionnalisme.

— J'espérais que vous me le proposeriez, dit-il.

Et, respirant un grand coup, il sortit du commissariat. Les flashs crépitèrent, les questions fusèrent. Il fut assailli par une horde de journalistes. Ils étaient venus de toute la côte Ouest, et peut-être même d'ailleurs. Cette histoire allait faire la une de tous les journaux.

Il garda le silence et s'engouffra dans la voiture, laissant Bloom conduire.

Quand ils purent enfin quitter le parking, évitant d'écraser les plus imprudents, Bloom se détendit un peu.

— Flynn est un bon policier. Il ne mérite pas d'être le bouc émissaire de toute cette affaire.

— C'est quoi le problème entre lui et Crawford ?

Bloom s'arrêta à un feu rouge. Davis ne mit pas les gyrophares. Il n'était pas pressé de se retrouver face aux Armstrong.

— Il était très proche du précédent shérif. Il a fait campagne contre Crawford.

— Et je suppose que Simpson a fait tout l'inverse.

— Oui, il a été son plus fervent soutien. Crawford va tout faire pour atténuer le geste du lieutenant, mais...

Bloom s'interrompit en pleine phrase alors que le feu passait au vert.

— Qu'est-ce que vous alliez dire ? lui demanda Davis.

— Pourquoi avez-vous protégé Simpson ? Ce n'était pas un accident, mais une bavure. Flynn a vraiment vu Matt Buscema tendre le bras avec un objet dans la main. Nous avions le soleil en plein dans les yeux. Mais Barnay n'a pas cette excuse, il n'aurait pas dû tirer.

— Je sais, mais ça ne servait à rien de l'enfoncer. Comme l'a dit Crawford, nous devons faire bloc, car les prochains jours vont être très rudes.

Ils débouchèrent sur Roth Street, se mirent sur la file de gauche, et passèrent devant l'école Washington et le parc du même nom.

— Vous ne regrettez pas d'être venu ici ? Franchement, vous n'avez vraiment pas de chance.

— Oui, mais au moins je vais pouvoir faire mes preuves.

Il avait passé une bonne partie de la matinée à repenser à une phrase que Simpson lui avait dite : Pourquoi restait-il flic alors qu'il avait de l'argent à revendre ?

Pour toucher l'héritage, bien sûr. Mais de cela, il ne voulait en parler à personne, tant qu'il n'en comprendrait pas les raisons.

Quand le notaire lui avait annoncé cette condition, il s'en était étonné, mais n'avait obtenu aucune réponse. C'était une des clauses qu'il devait remplir. Point final. Dès lors, Davis n'avait pas insisté, trop content de pouvoir quitter San Francisco. Mais peut-être était-il temps de fouiller un peu le passé et d'apprendre qui était Oncle Terry, cet homme dont Charleen n'aimait guère parler. Cet homme qui l'avait élevée comme sa fille quand les parents de cette dernière étaient morts dans un accident de voiture, alors qu'elle n'avait que huit ans.

Ils arrivèrent enfin à l'hôpital où, là aussi, ils durent éviter les journalistes. Des flics de quartier faisaient barrage pour les maintenir à distance.

Davis et Bloom purent franchir sans encombre les portes de l'hôpital. À l'intérieur, tout était calme. Un autre policier était en faction à proximité de la réception.

— Salut, Vince. On a des nouvelles de la jeune Carrie ?

— Oui, elle vient tout juste de sortir du bloc. Elle est au deuxième étage.

— Ça s'est bien passé ?

— Les docteurs ne veulent pas se prononcer, mais elle est toujours en vie.

Bloom le remercia et, en compagnie de Davis, ils prirent l'ascenseur. À l'étage, ils n'eurent pas de mal à trouver la chambre tant il y avait de monde massé près de sa porte.

Davis sortit sa plaque et se présenta à un homme en blouse blanche qui les conduisit un peu à l'écart.

— Je suis le docteur Price. Vous ne pouvez pas entrer. Carrie est toujours inconsciente, mais ses jours ne sont plus en danger. Elle a eu beaucoup de chance.

Bloom ne put réprimer un soupir de soulagement.

— Aucun organe vital n'a été touché.

— Vous savez où se trouvent ses parents ?

— Nous les avons installés dans une salle. Si vous voulez bien me suivre.

Bloom reçut alors un appel. Numéro inconnu.

Elle hésita, mais décrocha.

— Allô, Veronica ?

C'était Faye. La garce, elle n'espérait tout de même pas qu'elle allait lui refiler des infos sur cette tragédie. Elle raccrocha sans un mot.

Davis plissa le front mais ne posa pas de questions.

Le docteur Price s'arrêta en bout de couloir devant une porte. La main posée sur la poignée, avant d'ouvrir, il les prévint :

— Ils sont encore sous le choc. Nous avons dû donner des sédatifs à Mme Armstrong. Alors, quoi que vous ayez à leur dire, faites-le avec ménagement.

— Bien évidemment. Ne vous inquiétez, pas, dit Davis.

S'il avait su qu'ils allaient les accuser de meurtre !

Le portable de Bloom sonna à nouveau.

— Un message, dit-elle pour s'excuser.

Price ouvrit la porte et Davis entra le premier. Bloom, à sa suite, referma la porte derrière elle.

— Qu'est-ce que vous nous voulez encore ? demanda Robert Armstrong.

— Votre fille va s'en sortir, dit Davis.

— Ça, on sait, mais si vous espérez qu'on ne va pas porter plainte, vous rêvez. On a déjà contacté notre avocat. Il va vous mettre au pilori.

Davis secoua la tête d'un air compréhensif. Il prit une chaise et s'assit face au couple uni dans la douleur.

— Je vous comprends, mais je ne vous le conseille pas.

— Vous n'avez rien à nous conseiller ! tonna Armstrong, qui se leva d'un bond et le menaça du doigt.

— Après votre départ pour l'hôpital, nous avons continué la perquisition chez vous et nous avons trouvé de la drogue dans la chambre de Carrie, tandis que le garçon qui couchait avec elle...

— Carrie est vierge, espèce d'enfoiré ! hurla l'homme, qui s'approcha à moins d'un mètre de Davis.

Davis, lui, observait Jody Armstrong qui avait baissé les yeux. Elle savait.

— Dites-lui, dit-il en s'adressant à elle.

Robert Armstrong se tourna vers son épouse.

— Dites-lui, s'il vous plaît, répéta Davis.

Jody soupira et lâcha :

— Je voulais t'en parler mais tu sais comment tu es. Tu la vois toujours comme une petite fille. J'ai préféré prendre les devants et en discuter avec elle. Au moins, je sais qu'elle se protège et qu'elle prend la pilule.

Armstrong foudroya sa femme du regard.

— Elle n'a que seize ans. Comment as-tu pu faire ça ? grogna-t-il en se retournant vers Davis. Ma fille n'est pas une droguée, c'est ce garçon qui lui en a donné. Et s'il est mort c'est bien fait pour sa gueule.

— M. Armstrong, je comprends votre colère et le père que je suis la partage entièrement. Mais vous devez comprendre que pour le bien de tous, il faut vous calmer, et plus tôt nous aurons réglé certains détails, mieux les choses se passeront par la suite.

— Vous n'éviterez pas le procès. Aucun jury ne condamnera ma fille pour avoir fumé un joint ou ce truc, comment vous dites ?

— Pipe à eau, dit Bloom.

C'était elle qui l'avait récupérée en prenant soin de mettre ses gants. Avec les empreintes de Carrie et de Matt dessus, leur culpabilité ne faisait aucun doute, mais Armstrong avait raison, en tant que mineure elle ne risquait rien.

— Je me moque du procès à venir, M. Armstrong, et oui, je pense que vous le gagnerez. Ce que je veux seulement savoir c'est la véritable nature de vos rapports avec Garth Nolan.

La colère se ranima dans les yeux des Armstrong.

— Vous croyez vraiment qu'on l'a tué ? Ça vous arrangerait bien, pas vrai ?

— Nous ne faisons que notre travail. Rien de plus. Rien de moins.

— On n'a rien à dire, mais je peux vous assurer que vous ne trouverez rien.

— Pouvez-vous nous donner votre emploi du temps du dimanche 5 juillet ?

— Non. Je vous l'ai dit. Passez par notre avocat.

— C'est comme vous voulez, M. Armstrong, mais nous allons devoir fouiller dans votre vie. Nous avons perquisitionné chez vous. Nous avons vos ordinateurs, vos courriers. J'espère que vous n'avez rien à cacher.

Armstrong eut l'air moins à l'aise.

— Vous n'avez pas le droit.

— Dans la mesure où un juge a signé le mandat de perquisition dans la plus stricte légalité, le droit est de notre côté.

— OK ! J'étais avec des amis au bowling. Allez les interroger, vous verrez que je dis vrai. Quant à Jody, elle était avec ses copines au restaurant. Il se tourna vers son épouse : C'était où déjà ? Le King Fish Café ou le Subway ?

Bloom et Davis virent le visage de Jody devenir écarlate.

— Mme Armstrong, si vous avez quelque chose à nous dire, c'est maintenant qu'il faut le faire.

— Chérie, dis-leur où tu étais. On s'en tape, au moins ils nous foutrons la paix et nous rendrons notre matos.

— Je ne peux pas, bredouilla-t-elle.

Davis n'en revenait pas. Parker s'était trompé. C'était bien elle la coupable.

— Ne me dis pas que...

— Écoute chéri, est-ce que tu peux sortir ?

— C'est quoi ce délire ! Je ne bougerai pas de cette pièce avant...

— M. Armstrong, je vous demande d'accepter. C'est un ordre, dit Davis.

Elle était à deux doigts de tout leur révéler. Il ne fallait pas que cet idiot aille la faire changer d'avis.

— Sergent Bloom, accompagnez M. Armstrong dans le couloir.

Jody évita le regard de son mari et des larmes se mirent à couler sur ses joues.

— M. Armstrong, suivez-moi, s'il vous plaît.

Armstrong grommela encore pour la forme, mais quitta la pièce.

Quand la porte fut refermée, Davis s'approcha de Jody.

— Votre mari est un homme violent, n'est-ce pas ?

Derrière son rideau de larmes, Jody acquiesça.

— Il n'est plus le même qu'autrefois. Il est devenu si distant, si différent.

— Je comprends. Pourquoi ne pas le quitter ?

— Pour Carrie, je ne veux pas la perdre. Elle est en admiration devant son père.

— Vous le trompez depuis longtemps ?

— Non, ça a démarré avec Garth. Il avait quinze ans de moins que moi, mais me regardait comme Bob ne me regarde plus. J'ai cédé à ses avances.

Davis n'arrivait pas à se réjouir. Il ressentait plus de peine que de colère. Elle allait tout lui confesser et signer de fait pour des années de prison.

— Qu'est-ce qu'il s'est passé dimanche soir ?

— J'étais avec...

Elle se remit à pleurer et Davis préféra ne pas la brusquer. Elle devait revivre la scène. Pourquoi l'avait-elle tué ? Parce qu'il voulait tout révéler à son mari ? Ils s'étaient disputés et elle l'avait tué par accident. Ensuite, elle avait maquillé la mort pour faire croire à un serial killer. Oui, ça se tenait.

— Jody, vous pouvez tout me dire.

Elle hocha la tête et déglutit plusieurs fois avant de reprendre.

— J'étais avec Marty.

— Qui est Marty ?

Elle prit son temps et répondit :

— C'est le frère aîné de Robert, mais il ne faut surtout pas qu'il l'apprenne. Je ne sais pas de quoi il serait capable.

Toute la théorie de Davis s'effondra comme un château de cartes.

— Et Garth Nolan ?

— Je vous l'ai dit, ce fut mon premier amant, mais il m'a très vite demandé de l'argent. Je lui en ai donné et ne l'ai plus jamais revu. C'était un sale type, mais il ne méritait pas de mourir comme ça.

Davis ne perçut aucune ruse dans ses propos. Cette femme était une victime, certainement pas une coupable.

— Très bien. Vous comprenez que je vais devoir interroger Marty. Et s'il confirme ce que vous venez de me dire, je ne vois pas pourquoi nous en parlerions à votre mari.

— Je vous remercie.

Davis lui envoya un regard compatissant tandis qu'il lui demandait le numéro de Marty et son adresse. Cela fait, il la remercia de sa coopération et sortit de la pièce.

Bloom était à proximité de la chambre de Carrie. Armstrong regardait sa fille par la vitre découpée dans la porte.

— Sergent, on peut y aller.

Armstrong se retourna.

— Qu'est-ce qu'elle vous a raconté ? C'est elle qui a tué Garth ?

— Non, mais si vous vous occupiez un peu plus de vos proches, tout ceci ne serait certainement pas arrivé, dit Davis.

— Mêlez-vous de ce qui vous regarde.

— Faites attention à vos propos, si vous ne voulez pas qu'on vous inculpe pour outrage à agent, intervint Bloom.

— Rendez-vous au procès, dit Armstrong d'un air supérieur.

Davis ne répondit pas et remonta le couloir en direction de l'ascenseur.

15

— Je n'aime vraiment pas ça, s'inquiéta Faye en raccrochant son portable.

— Écoute, Rosie est une grande fille. Si elle veut faire un break, elle a le droit, dit Chuck, assis à la place de sa collègue absente.

Il était tout juste midi, l'heure d'aller déjeuner et Rosie ne s'était pas montrée au bureau depuis la veille et ne répondait toujours pas au téléphone.

— Je sais, mais cela ne lui ressemble tellement pas.

— Tu as regardé ses mails ?

— À ton avis ? dit-elle, avant d'ajouter : Évidemment, mais rien de suspect et surtout rien sur son rendez-vous d'hier.

Chuck se balança dans le fauteuil.

— Écoute, tu veux qu'on passe chez elle ?

— À quoi ça servira ? C'est clair qu'elle n'y est pas.

— Allons vérifier.

— Et tu comptes entrer comment, si elle n'ouvre pas ?

Chuck ouvrit un tiroir du bureau de Rosie et y enfonça sa main jusqu'au fond. Il y eut un bruit de scotch qui se décolle.

— Comme ça, dit Chuck en brandissant un petit trousseau de clés.

— Comment tu savais ça ?

— Je suis journaliste d'investigation, l'aurais-tu oublié ?

Faye sourit et se leva.

— OK, on y va. C'est moi qui conduis.

Ils sortirent du bâtiment et montèrent dans la Porsche. Chuck mit le moteur en marche, et sous la chaleur d'un soleil presque au zénith, ils partirent en direction des plages.

— Au fait, tu veux que j'appelle mon indic chez les flics ?

Faye avait laissé un deuxième message à Bloom, cette fois en lui indiquant qu'elle avait des informations sur l'affaire Garth Nolan.

— Non, je connais Veronica, elle va me rappeler.

— Elle a plutôt intérêt, quand tu vois le massacre d'aujourd'hui !

— Ne m'en parle pas, ça me rend malade.

Si Phil n'avait pas retouché son article où il apparaissait que le juge Darlington avait un mobile pour tuer Garth Nolan, les flics ne se seraient certainement pas pris pour des caïds.

— Tu te rends compte, les pauvres gamins. Se faire descendre pour une pipe à eau ! À mon époque c'était pour de l'héroïne, minimum.

— Ne plaisante pas avec ça. J'espère que la fille va s'en sortir.

— Je ne sais pas si c'est mieux. Elle va devoir vivre avec la mort de son petit ami sur la conscience.

L'indic de Chuck leur avait tout raconté au sujet de la bavure chez les Armstrong.

— Ne dis pas de bêtises, elle n'y est pour rien, dit Faye. Mais au fait, je peux savoir qui c'est ton indic ? Qu'est-ce qu'il te doit ?

— Il ne me doit rien, répondit Chuck, amusé. C'est juste qu'il est le seul flic gay dans un commissariat cent pour cent hétéro, alors comme il n'assume pas du tout...

— Tu veux dire que tu le fais chanter ?

Chuck ne se départit pas de son sourire.

— Il n'a qu'à faire son coming out, s'il n'est pas content. Il n'avait qu'à pas coucher avec moi.

— Et moi qui croyais que les homos étaient tous sympas.

— Et non, très chère. Pourquoi voudrais-tu que nous soyons différents de vous !

— En tout cas, tu pourras le remercier. Phil a adoré mon papier, il sera en première page demain.

Elle avait passé deux heures à rédiger un article relatant les faits, en axant son sujet sur le manque de professionnalisme et les méthodes d'un autre temps de la police locale.

— Il te devait bien ça.

— C'est clair, mais qu'il ne s'imagine pas que je lui pardonne.

— Fais-le chanter. Tu dois bien avoir quelques photos coquines avec lui.

En effet, mais elle était presque certaine qu'il en serait plutôt fier que gêné.

— Arrête ça. Je ne suis pas une tordue.

— Non, tu vis juste seule avec un chien.

— Je ne vois pas où est le problème.

— Alors c'est plus grave que je ne le croyais.

Faye cessa de discuter. Chuck avait parfois le don de l'exaspérer.

Ils roulèrent en silence et arrivèrent sur Hampton Street où se trouvait l'immeuble de Rosie.

Après avoir garé la Porsche, ils entrèrent dans le bâtiment et montèrent au cinquième étage avant de se retrouver face à la porte de l'appartement. Chuck allait mettre la clé dans la serrure quand Faye l'arrêta.

— Attends, on essaye encore un coup. Imagine qu'elle soit en pleines galipettes avec un type.

— OK.

Il sonna à plusieurs reprises, mais n'entendit aucun bruit à l'intérieur.

— Ça te va ?

Faye approuva.

Ils entrèrent. L'appartement était vide mais en ordre. Faye ouvrit les placards de la chambre. Une garde-robe bien garnie.

— Si tu comptes les lui voler, il va falloir manger dix fois par jour pour remplir ces trucs.

— Très drôle. On avait dit, pas le physique entre nous.

— J'ai fait la salle de bains. Il y a une seule brosse à dents dans un verre.

— Et toutes ses fringues sont là. Au moins on sait qu'elle n'a pas quitté la ville.

— Tu y croyais vraiment ?

— Non, reconnut Faye.

Mais c'était peut-être encore plus inquiétant.

— Elle a découché, c'est clair, dit Chuck. Te voilà rassurée ?

— Alors pourquoi elle ne répond pas au téléphone ?

Et pensant à cela, elle alla dans le salon. Une ligne fixe. Des messages en absence. Les siens certainement, mais il y en avait peut-être d'autres.

— Tu crois que ça se fait ?

— Oui, dit Chuck qui appuya d'un doigt volontaire sur le bouton.

Des messages de Faye, mais également un de son fils, et un autre d'une amie dénommée « Wanda ».

— Bon, apparemment on n'est pas les seuls à être sans nouvelles, dit Faye.

— On peut toujours essayer ça, hasarda Chuck en désignant l'ordinateur de bureau.

Faye s'assit devant et l'alluma. Pas de mot de passe demandé. Cool.

Elle ouvrit aussitôt internet.

— Tu lui as déjà écrit un mail sur son adresse perso ? demanda Chuck.

— Non, mais elle l'a peut-être laissée sur Facebook.

Une seconde plus tard, Faye était sur le réseau. Alors qu'elle voulait se connecter, elle vit que Rosie avait enregistré son mot de passe. La page s'ouvrit à son nom. Elle n'avait rien posté depuis six mois. Un article sur un babouin qui avait sauvé une petite fille, en Inde.

Faye alla voir dans les messages. Le dernier datait de plus d'un an. Rosie n'était pas très active. Elle trouva sur la page son adresse personnelle. ClariceStarling2022@yahoo.fr.

— C'est quoi cette adresse ? s'étonna Chuck.

— Un pseudo comme un autre. Ne me dis pas que tu ne connais pas la plus grande profileuse de tous les temps.

Rosie était une fan inconditionnelle de thrillers et de l'œuvre de Thomas Harris en particulier, se rappela Faye.

— Éclaire ma lanterne.

— *Le Silence des Agneaux*. Ça te parle mieux ?

Chuck fit un « hum » peu convaincu.

Faye alla sur la page d'accueil de Yahoo ! Là non plus, Rosie ne s'était pas déconnectée. Elle ouvrit la boîte mail. Il y avait une longue liste de messages en attente. Tous très récents.

— Regarde-moi cette coquine.

Faye se sentit honteuse. Rosie était inscrite sur tout un tas de sites de rencontres, et recevait de nombreux mails d'hommes pressés de la rencontrer.

— C'est bon. J'aimerais bien voir les tiens, répliqua Faye.

— Oh, je ne crois pas. Ça risquerait de te choquer.

Faye dénigra sa réponse d'un mouvement de la tête et fut alors attirée par une ligne.

— Regarde. C'est quoi ça ? « Expéditeur : Rocambole ». Un nom de code ?

— « Objet : Au revoir ». Ouvre-le.

Faye cliqua sur la ligne et tout le texte s'ouvrit :

« *Chers amis,*

C'est avec grand regret que je vous fais part de mon départ du groupe. Je ne vais plus pouvoir travailler avec vous. Ce fut un réel plaisir que de passer toutes ces années à réparer tant d'injustices.

Si je dois avoir un seul regret, c'est celui de ne pas avoir eu la chance de vous voir tous, en chair et en os.

En vous souhaitant de très belles aventures, je vous salue bien bas,

Au revoir,

Rocambole. »

Faye regarda les adresses à qui avait été envoyé ce mail :

Sherlock1943@gmail.com
MissMarple745@hotmail.com
JugeTi555@yahoo.com,
ClariceStarling2022@yahoo.com
SamSpade666@gmail.com

— Que des pseudos d'enquêteurs a priori, dit Chuck intrigué. À quoi joue notre petite Rosie ?

Il prit une chaise, et s'assit à côté de Faye.

Cette dernière chercha sur Wikipédia : « Rocambole ». Lui aussi était une sorte de détective.

— Jamais entendu parler, dit Chuck.

Faye fit de même avec le Juge Ti. Même résultat. L'homme était un enquêteur populaire chinois.

— Tu crois qu'elle avait rendez-vous avec l'un de ces types ? reprit Chuck.

— Ça m'en a tout l'air.

— Elle a peut-être cherché à voir ce Rocambole. Aussi bien, il habite à Pacific View. À force de correspondre avec lui, elle a peut-être eu le béguin ?

— Ça tient debout, reconnut Faye qui remonta la liste de mails.

Elle en trouva un autre. Il y avait un fichier joint. Faye l'ouvrit.

L'en-tête du dossier était joliment calligraphié : « Le Club des Détectives Anonymes : L'affaire Ronald Fitzgerald ».

— C'est quoi ce délire ! Ils écrivaient un livre ensemble ? On dirait un club d'écrivains amateurs, c'est ça, non ? dit Chuck.

Faye fit défiler les pages. Ce n'était pas ça du tout. Au contraire, tout avait l'air bien réel. Des articles de presse, des notes prises à la main. Des retranscriptions d'interrogatoires.

Chuck alluma l'imprimante et vérifia qu'il y avait du papier.

— Imprime-le, ce sera plus pratique.

Une fois l'impression lancée, Faye revint dans les mails et trouva d'autres dossiers, plus anciens. « L'affaire Amanda Perkins » « L'affaire Jeremy Stuart », « L'affaire Nathan Fowles »...

— Que d'affaires ! dit Chuck, amusé.

Faye sourit et lança l'impression des autres dossiers.

Quand le dossier sur « L'affaire Ronald Fitzgerald » fut enfin prêt, Faye s'en saisit et l'étala sur la grande table du salon.

La première page était un article concernant le départ du lieutenant de police de quarante-huit ans. Un homme félicité par sa hiérarchie et qui avait démissionné pour postuler pour Miami.

Deuxième page. Une retranscription d'entretien entre une femme dénommée Rita. Un pseudo, avait noté l'auteur de la retranscription. Elle jurait que Fitzgerald n'avait jamais quitté Pacific View.

Une autre page. Un autre entretien. Le chef de la police de Miami qui affirmait n'avoir jamais reçu de demande de la part de ce Fitzgerald.

Chuck et Faye firent défiler les pages du dossier. Chaque feuillet était annoté par un des membres du Club des Détectives Anonymes. Même si Rocambole à lui seul avait pris la moitié des notes. Un feuillet surprit Faye.

— Je connais ce type ! C'est le flic qui accompagnait Veronica au Red Dolphin, hier.

— Gregory Davis, lut Chuck. (Le nom était écrit en rouge au marqueur sous une photo prise au téléobjectif.)

Il y eut une étincelle dans l'esprit de Faye.

— Je sais qui est ce Rocambole, dit-elle.

— Dis-moi.

— C'est le même type qui a pris Garth Nolan en photo avec l'épouse du juge.

Chuck eut un petit rire.

— Ça nous avance vachement.

Faye en avait bien conscience, mais là n'était pas la bonne nouvelle.

— Moi, ça me rassure beaucoup. Je n'aimais pas trop l'idée d'un type bizarre qui me surveille et qui me file des infos sans rien demander en échange.

— Tu crois que c'est mieux, maintenant ?

— Oui. Je suppose que c'est Rosie qui lui a parlé de moi.

— Mais pourquoi ?

— Ils veulent peut-être que je fasse partie de leur club.

— Une sorte de test. Si tu réussis, ils te demanderont de les rejoindre.

Faye regarda Chuck et opina du chef.

— C'est ça. À tous les coups, Rocambole cherche un remplaçant pour leur groupe et Rosie a dû filer mon nom. CQFD.

— Ouais, super tordu surtout. Moi je dis qu'on devrait appeler les flics. Je trouve que ça ne sent pas bon du tout. Et surtout ça n'explique pas pourquoi Rosie a disparu.

— Il me semblait avoir compris que tu n'y croyais pas.

— C'est vrai, mais là, dit Chuck en montrant le dossier étalé devant lui, je me pose des questions.

Faye reprit la page de la photo de Davis.

— C'est le flic qui a remplacé le lieutenant Fitzgerald.

— Il est veuf et père de deux enfants. Penny et Raphael. Huit et dix-sept ans.

— Comment tu sais...

Elle s'interrompit au milieu de sa phrase. Chuck lisait une page détaillant la biographie de Davis.

— Sa femme est morte il y a trois ans. Tombée à l'eau au cours d'une balade en mer.

Faye tomba sur un article de presse. « La femme d'un policier se noie dans la baie de San Francisco ».

— Pauvre homme, dit-elle.

— Regarde ça.

Rocambole avait entouré le mot « accident » et mis un point d'interrogation à sa suite.

— Un meurtre ? s'interrogea Faye.

Chuck lut l'article à voix haute. Charleen Davis était partie en mer avec le voilier loué pour fêter leur quinzième anniversaire de mariage. Au petit matin, Davis s'était retrouvé seul.

Le corps n'avait jamais été retrouvé.

— « Crime parfait ? », lut Chuck sur une autre note, cette fois écrite par le juge Ti.

— Mais quel rapport avec Fitzgerald ?

— Aucune idée, mais ce groupe de détectives anonymes est certain que ces deux affaires sont liées.

— Peut-être pensent-ils que Fitzgerald a tué la femme de Davis ?

— Mais pourquoi ?

Chuck haussa les épaules.

— Regarde plutôt celle-ci.

Il venait de trouver la photo d'un homme dans la quarantaine, crâne rasé, jean et bottines de cuir, allure patibulaire, regard fermé. La photo avait été prise tandis qu'il marchait dans la rue. L'annotation au marqueur était dubitative : « Qui est-il ? Que veut-il ? Méchant ? Gentil ? »

— On devrait prendre le temps de tout lire. Il y a peut-être des réponses là-dedans, continua Chuck.

Faye marmonna son assentiment avant d'ajouter :

— Si seulement Rosie était là. Peut-être est-elle partie avec Rocambole enquêter à San Francisco.

— Mmm, c'est pas idiot. Mais peut-être pas, dit Chuck. On devrait se tirer. Si elle nous trouve chez elle, je ne suis pas certain qu'elle le prenne avec le sourire.

Faye se rendit compte de la gravité de ce qu'ils venaient de faire. Si Rosie portait plainte, ils pouvaient finir derrière les barreaux pour violation de domicile et de la vie privée.

— Prends quand même les autres dossiers et referme son ordinateur.

Faye s'exécuta et nota également les adresses mail des autres membres du club avant d'éteindre l'ordinateur.

Ils remirent ensuite tout à sa place et refermèrent la porte, priant le Ciel qu'elle ne s'aperçoive de rien.

— Bon, et si on allait manger maintenant ? suggéra Chuck.

— Avec grand plaisir, dit Faye.

16

Bloom éteignit le contact de sa voiture et sortit à l'air libre. Elle avait le cerveau en compote. La journée avait été une des pires de sa vie. Elle ne cessait de revoir l'image de Matt Buscema se prendre une balle en pleine tête. Peut-être devrait-elle consulter le psy que lui avait conseillé Crawford.

En même temps, quand elle voyait l'état de Morris, elle n'avait pas envie de séjourner à l'hôpital. Le pauvre était totalement shooté aux médocs. Il était dans un état lamentable. À deux ans de la retraite, jamais un faux pas, et voilà qu'il tuait un jeune garçon.

Elle remonta l'allée vers la petite villa où vivaient ses parents. 19 h 02.

Elle avait passé l'après-midi avec Davis à vérifier les alibis des Armstrong, histoire de les innocenter définitivement du meurtre de Garth Nolan.

Marty Armstrong ne lui avait semblé guère plus sympathique que son petit frère.

Jody Armstrong n'avait décidément pas le flair pour se trouver l'homme idéal. Marty avait nié avoir couché avec la femme de son frère. Il l'avait même insultée, disant qu'elle était folle à lier, que « cette salope était une malade mentale ». Même quand Davis lui avait mis la pression, lui promettant cinq ans de prison pour faux témoignage dès qu'il prouverait leur liaison, Marty Armstrong n'avait pas bronché.

« Sur la tête de mes enfants, je n'ai pas couché avec cette connasse. »

Davis et Bloom s'étaient alors rendus à l'hôtel où Jody disait qu'ils se retrouvaient. Le directeur leur avait donné les bandes de vidéosurveillance sur lesquelles on voyait le couple entrer bras dessus, bras dessous.

Ils étaient donc retournés voir Marty et lui avaient montré la bande.

À partir de cet instant, il s'était enfermé dans le silence et avait fait comme son frère. Il ne parlerait plus qu'en présence de son avocat.

Ils en étaient ressortis écœurés.

« Sur la tête de mes enfants... », avait juré l'homme. Les malheureux, savaient-ils que leur père préférait leur mort plutôt que de dire la vérité ?

Davis, après avoir regardé sa montre, avait demandé à Bloom de rentrer chez elle. Il n'avait pas besoin d'elle pour interroger un dernier témoin. Un ami de Robert Armstrong. Un de ses partenaires au bowling.

Elle avait dit que cela ne la dérangeait pas de rester. Mais Davis avait insisté, lui disant de penser à sa famille. « Allez voir votre fils. C'est un ordre, sergent. »

Lui aussi avait une famille, mais il est vrai qu'il n'avait pas vu, comme elle, une tête se faire transpercer d'une balle, en direct.

Bloom était presque arrivée devant la villa de ses parents quand elle entendit sonner son portable.

Elle le sortit de sa poche. Numéro inconnu. Mais elle l'avait mémorisé depuis le début de la matinée. C'était celui de Faye. Qu'elle aille se faire voir, ce n'était vraiment pas le moment !

Le répondeur se mit en marche. Dès qu'elle reçut le SMS lui indiquant qu'elle avait un message, elle l'effaça sans l'avoir écouté.

Après avoir donné un léger coup de sonnette, elle entra chez ses parents.

Julian était devant la télé avec ses grands-parents. Il sauta du canapé et vint se jeter dans les bras de sa mère.

— Dure journée ? demanda M. Bloom.

— Plus maintenant, répondit-elle en retrouvant enfin le sourire.

Elle serra son fils dans ses bras et remercia le Seigneur de lui avoir donné une famille si aimante.

⁂

Davis passa la porte du manoir, et accrocha sa veste à un portemanteau. Il était épuisé. Une journée de dingue. Et dire qu'il avait espéré la tranquillité en venant à Pacific View.

Il venait à peine de confirmer l'alibi de Robert Armstrong. Tout concordait. Il était bien au bowling dimanche soir. Au moins ce cas était-il définitivement clos. Mais cela laissait malheureusement un mort sans coupable. La presse n'allait pas les lâcher après cette bavure.

— Salut, papa. Ça va ?

— Oui. Où est Penny ?

— Elle est en bas, je lui ai mis un film.

— Tu as vu l'heure ? Je t'avais dit de la coucher.

— Justement, elle s'est endormie.

— Et tu ne pouvais pas la porter jusqu'à sa chambre ?

— Papa, tu as vu l'escalier ?

Davis regarda les marches de l'escalier central, sans parler de celles de la cave-cinéma.

— Excuse-moi. Je vais la réveiller en douceur.

Raphael ne lui tint pas rigueur de son attitude. Il avait vu les informations à la télévision. À croire que son père avait la poisse. Jamais de meurtre dans cette petite ville et pas plus tôt arrivé, déjà deux morts et une fille qui avait vu passer de près la Faucheuse.

— Rassure-moi, ce n'est pas toi qui as tué Matt Buscema ?

— Non, c'est un collègue. C'était un accident, ajouta Davis. Mais s'il te plaît, je n'ai pas envie d'en parler. Et ici, tout s'est bien passé ?

— Oui, l'agence de garderie a appelé. Ils veulent te proposer une autre nounou. Je leur ai dit que tu les rappellerais, mais si tu veux, je peux le faire. Tu sais, je crois que je suis capable de juger.

Davis préférait se fier à son propre flair, mais il ne pouvait pas imposer éternellement à Raphael de s'occuper de sa petite sœur, alors que les vacances commençaient. Raphael n'avait pas à se sacrifier.

— D'accord, on fait comme ça, mais si tu ne la sens pas, on ne la prend pas. Il y a plein de filles qui cherchent du travail. Je ne veux pas confier Penny à n'importe qui. C'est d'accord ?

— Oui, ne t'en fais pas. J'aurai l'œil.

Davis posa une main chaleureuse sur l'épaule de son fils.

— Je sais.

Puis, il prit le couloir qui menait à la porte sous l'escalier. Il descendit les marches, et arriva dans la salle de cinéma.

Raphael avait éteint les lumières et baissé le son de *Shrek 2*. Penny dormait dans un des fauteuils. Il la prit délicatement dans ses bras, mais elle ouvrit les yeux.

— Papa ?

— Oui, je vais te coucher.

Penny battit des paupières et se laissa porter jusqu'à sa chambre. Chargé de son précieux fardeau, Davis remonta jusqu'au rez-de-chaussée avec de grandes précautions, puis monta lentement les marches de l'escalier central, avant d'emprunter le corridor du premier étage pour enfin retrouver la chambre de sa fille.

Moins de dix minutes plus tard, elle était en pyjama, couchée dans son lit.

Davis redescendit et retrouva Raphael dans la cuisine.

— Papa, je sais que tu es crevé, mais je n'en peux plus de rester enfermé dans cette maison. Est-ce que je peux sortir ? Je te promets, je ne rentrerai pas tard ?

Davis regarda l'heure. Presque neuf heures.

— Écoute, il fait presque nuit. Tu peux attendre encore un jour. Si cette nounou fait l'affaire, tu auras toutes tes journées.

— Papa, tu m'avais promis pour la voiture. Je vais juste faire un petit tour sur la plage et je reviens vers dix heures.

Même si cela l'avait démangé toute la journée, il n'avait pas osé reprendre la Ferrari en cachette.

— Non, c'est non, fin de la discussion.

— Alors promets-moi que demain je pourrai. Jure-le.

— Tu sais que je ne jure jamais, Raphael, mais je peux te promettre qu'on fera un tour demain soir quand je rentrerai.

— Tu ne vas pas me la laisser à moi tout seul ?

— Si, mais je veux d'abord voir comment tu te débrouilles, dit Davis qui changea alors de sujet. Au fait, est-ce que Penny a reparlé de maman ?

— Non, je crois que c'était juste lié au déménagement.

Davis préférait ça. Il n'avait vraiment pas besoin d'un nouveau problème en ce moment.

Il laissa son fils retourner dans sa chambre et alla directement à la cuisine.

La journée avait été harassante. Un repas léger et au lit.

17

Faye reposa le dossier « Jeremy Panes ». Un homme noir accusé à tort du viol d'une lycéenne. L'affaire datait de plus de dix ans, mais grâce aux nombreux renseignements glanés par le Club des Détectives Anonymes, un nouveau procès avait pu avoir lieu. Il avait permis de démontrer les failles et les erreurs de l'enquête de la police de Canyon Creek. Jeremy Panes avait été libéré deux ans plus tôt.

Elle avait emporté les dossiers dans sa caravane pour ne pas les laisser au bureau au cas où Rosie réapparaîtrait à l'improviste.

« Sacrée Rosie », se dit Faye, fascinée par cette facette insolite de sa collègue.

Qui eût cru que derrière cette grincheuse désenchantée se cachait une femme éprise de justice qui agissait, sous couvert de l'anonymat, pour le bien d'autrui ?

Sur les six dossiers qu'elle avait imprimés, tous s'étaient soldés par des révisions de procès. Certains pour innocenter des victimes d'erreurs judiciaires, d'autres au contraire pour retrouver les véritables coupables toujours en liberté.

Chacun, en apportant sa petite pierre, contribuait à la résolution de l'enquête jusqu'au dénouement final.

Sauf dans le cas de l'affaire Ronald Fitzgerald, ce lieutenant qui n'avait jamais rejoint Miami.

Faye le reprit. Tout en faisant défiler les pages, elle comprit qu'elle avait définitivement mordu à l'hameçon.

Son estomac émit un petit gargouillis. Elle regarda l'heure. 21 heures.

Elle n'en revint pas. Plongée dans les dossiers, elle n'avait pas vu le temps passer. Et Riggs qui traînait sur la plage, n'avait pas demandé sa ration du soir. Un amour.

Elle décida de tout ranger dans un placard, puis sortit une boîte de nourriture pour chien. Elle en remplit la gamelle qu'elle posa sur la terrasse, devant sa caravane.

Le berger allemand arriva en courant et se précipita sur son repas, tandis que Faye savourait une bière face au soleil déclinant sur l'océan. Elle eut envie de parler à quelqu'un. Elle était tout excitée par sa découverte, pourtant, elle n'avait personne à qui se confier. Chuck ne mélangeait jamais vie privée et vie professionnelle. Quant à ses vraies amies, elles étaient toutes à San Francisco, et le téléphone ne remplacerait jamais une soirée entre copines.

Elle repensa alors à sa décision du matin d'aller voir ce nouveau bar rock sur Sunset Bay.

Elle était fatiguée. Mais soudain une idée saugrenue jaillit dans son esprit. S'il y avait une fille avec qui elle aurait adoré passer la soirée, c'était Bloom. Et puisqu'elle ne répondait pas à ses messages, il n'y avait qu'une façon de la faire réagir.

Déterminée, elle rentra dans sa caravane et se prépara pour sa sortie nocturne.

Une heure plus tard, elle glissait une enveloppe dans la boîte aux lettres de son amie.

Tout en quittant le hall de l'immeuble, elle se demandait dans lequel de ces appartements elle vivait. Elle avait trouvé son adresse sur Internet, mais il n'était précisé ni l'étage ni le numéro de porte, il ne fallait pas rêver !

Faye reprit sa voiture et contourna tout le quartier pour revenir vers Sun boulevard, puis sur Sunset Bay. L'avenue longeait la promenade jalonnée par toutes sortes de boîtes branchées ou plus intimistes.

Elle se gara sur le parking. Sur la promenade, la foule de touristes était installée en terrasse des restaurants et autres paillotes.

Faye avait voulu enfiler sa vieille minijupe fétiche en cuir. Elle en aurait pleuré quand elle avait dû se rendre à l'évidence : elle ne rentrait plus dedans.

Elle s'était rabattue sur un jean et un T-shirt de Rainbow.

Elle arriva devant l'entrée du « Mötley Café ». Un videur aux bras croisés impressionnants sur son torse se décala pour la laisser entrer.

Aussitôt arrivée, elle se sentit à son aise. « Light my fire » des Doors, lumière tamisée, sono à fond. Et surtout, toute une iconographie en hommage aux dieux du rock.

Aux murs, des posters, photos ou même portraits de légendes, tels que Ozzy Osbourne, Janis Joplin, Jimi Hendrix, Angus Young…

Pas de jeunes minets dans le coin mais plutôt des trentenaires, voire largement plus âgés.

Autant dans certaines boîtes elle avait l'impression d'être déjà une « vieille » avec ses vingt-huit ans, ici c'était tout l'inverse. Comme pour ses petits kilos en trop. Ils n'étaient rien comparés à ceux de certaines qui pourtant portaient sans complexes short en cuir et T-shirt au-dessus du nombril.

Le sourire aux lèvres, Faye s'avança jusqu'au bar où un serveur à la longue tignasse blonde retenue dans un catogan se pencha vers elle.

— Une Budweiser, cria-t-elle par-dessus le volume sonore.

L'homme lui fit un clin d'œil et alla lui chercher sa commande.

Faye s'installa au comptoir. Il ne fallut pas longtemps avant qu'un type, plutôt beau gosse, ne vienne la brancher.

Il se présenta : James Lovely, guitariste des Sweet Pussy.

Faye entama la conversation et se rappela très rapidement pourquoi elle s'était promis de ne plus jamais sortir avec un musicien. Des monstres bourrés d'orgueil, ne sachant parler que d'eux-mêmes et de leur génie.

— Ça te dit de faire un tour aux toilettes ?

Faye explosa d'un grand rire.

— Tu déconnes. Tu crois pas ce que tu dis ?

— Allez, fais pas ta coriace, dit Lovely en lui attrapant le bras.

— Hey, tu la lâches, tout de suite, intervint le serveur.

Lovely lui jeta un regard méchant et se retourna vers Faye en maugréant.

— Toute façon, t'es trop moche.

— Ne lui en voulez pas, il est bourré.

— Pas de problème, j'ai l'habitude. Une troisième Bud, s'il vous plaît.

« Black Betty » de Ram Jam venait de prendre le relais.

Toute une horde de Hells Angels prit la piste d'assaut. Faisant du « air guitar » ou pire encore. Certains avec de belles et longues chevelures tandis que d'autres n'avaient plus rien sur le crâne.

Soudain, Faye crut reconnaître un des hommes. Elle était certaine de l'avoir déjà vu quelque part, mais impossible de se rappeler où.

Peut-être le guitariste d'un vieux groupe ? Mais où donc l'avait-elle déjà vu ?

L'homme dansait sur la musique. Une femme d'une cinquantaine d'années tournait autour de lui. Tous les deux en extase.

Elle repensa à tous ces musiciens balayés par le temps. Elle trouvait un air de ressemblance à cet homme, mais ne savait pas avec qui. Peut-être Jack E. Lee qui serait devenu chauve !

Puis en un éclair, elle sut exactement qui il était et ressentit une étrange impression.

C'était l'homme de la photo dans le dossier Ronald Fitzgerald.

Gentil ou méchant ?

Une seule façon de le savoir.

Faye ne le quitta pas du regard et, attrapant sa troisième bière, elle attendit le bon moment.

« Numb » des Linkin Park. Les Hells Angels hurlèrent leur dépit et retournèrent s'asseoir, tandis que des rockers moins énervés prenaient la suite.

Bière à la main, Faye marcha le long de la piste. L'homme était près de sa groupie. À l'évidence, il s'en moquait comme de sa première chemise. Elle tenta de l'embrasser. Il la repoussa gentiment mais fermement.

Faye apprécia la manière. Un autre Hells Angel vint à la rescousse de la malheureuse éconduite. Moins beau gosse, barbe longue et fournie, la cinquantaine bien entamée.

Faye était presque parvenue jusqu'à sa proie qui fondait sur un des bars du patio.

Elle s'approcha de lui et fit semblant de trébucher. Alors qu'elle avait l'intention de simplement le mouiller un peu, elle lui jeta sa bouteille de bière en plein dans le dos. Le frappant à la base du crâne et trempant tout son T-shirt qui moulait son torse musclé.

L'homme se retourna et envoya un coup sans réfléchir.

Faye reçut son poing en plein ventre.

L'homme eut juste le temps de ralentir son geste, mais pas suffisamment. Faye s'effondra au sol, le souffle coupé.

L'homme se baissa vers elle et l'aida à se relever.

— Je suis désolé, c'est parti tout seul.

Faye lui attrapa la main alors qu'une douleur terrible lui broyait l'estomac.

— Vous êtes un grand malade ! réussit-elle à articuler.

— Je suis désolé, mais comment aurais-je pu savoir ? C'est vous qui m'avez agressé.

— J'ai juste glissé. Ma bouteille m'a échappé. Ce n'était pas la peine de me frapper.

— Je vous l'ai dit, je ne l'ai pas fait exprès.

— Alors, payez-m'en une autre, pour vous faire pardonner.

L'homme lui regarda la poitrine et eut un petit sourire en coin.

— Hey, ça va, ne vous gênez pas.

— Beau T-shirt. Je m'étonne qu'une fille aussi jeune connaisse Rainbow.

Faye préférait ça.

— Pourquoi ? D'après vous, il n'y aurait que les vieux qui aiment la bonne musique ?

L'homme éclata d'un rire retentissant.

— Méfiez-vous. Je peux être violent.

— Je m'en suis rendu compte. Et moi qui croyais que derrière chaque Hells Angel se cachait un petit cœur tendre.

L'homme sourit de plus belle. Ils remontèrent vers le bar du patio alors que « Holy War » de Thin Lizzy envahissait l'espace sonore.

— Ryan, se présenta-t-il en lui tendant la main.

— Faye.

— Vous prenez quoi ?

— Champagne ?

Ryan éclata de rire et la prit au mot.

Le barman leur servit une bouteille dans un seau rempli de glace.

Il l'invita à une table basse près d'un palmier à l'abri des regards.

— Vos parents savent que vous fréquentez des endroits comme celui-ci ?

Faye fit la grimace.

— Très drôle. Et vous, la maison de retraite sait que vous faites le mur pour revivre votre lointaine jeunesse ?

— J'espère pour vous que vous aurez autant la forme que moi à 42 ans.

Avec son crâne rasé, son bouc et son regard d'un bleu profond, il était diablement attirant pour son âge.

— Je serai morte bien avant, comme toute bonne rock star.

— Janis, Jimi, James, Kurt, en convint Ryan.

— Vous oubliez Amy.

— Amy Whinehouse, une rock star ? ! Vous plaisantez, j'espère.

— Non, il faut être ouvert dans ses goûts. Ne me dites pas que vous n'écoutez que du rock ?

— *What else* ? dit Ryan en prenant l'accent de George Clooney.

Faye rit et se dit que cet homme ne pouvait être foncièrement mauvais. Même si elle n'oubliait pas qu'elle devait se méfier de lui.

Ils continuèrent à discuter musique, et sans s'en rendre compte, finirent la bouteille de champagne. Ryan en commanda une autre, qu'ils burent en parlant moins, mais en écoutant presque religieusement les divers titres que passait le DJ.

Faye se sentait un peu pompette. En d'autres circonstances, elle aurait bien fini la nuit dans les bras de cet homme. Mais quatorze ans d'écart faisaient quand même beaucoup.

Elle avait tenté de le faire parler de sa vie privée mais, à chaque fois, avait eu droit à une fin de non-recevoir. Par des réponses soit humoristiques, soit évasives. Et comme le musicien du début de la soirée, il ne se soucia pas de savoir qui elle était, ni ce qu'elle faisait.

La misogynie légendaire des rockeurs.
Au moins celui-ci n'était-il pas désagréable.
— Je vais devoir y aller. Merci pour la soirée.
— Tout le plaisir fut pour moi. *Hasta la vista*, dit Ryan.
Faye se leva et fit semblant de chanceler. Ryan se leva aussitôt et s'inquiéta.
— Vous habitez en ville ?
— Non, mais ne vous en faites pas, ça va aller. Ce n'est pas un petit verre qui va m'empêcher de rouler.
Elle vit alors le visage de Ryan s'assombrir.
— Ne dites pas de telles bêtises !
— Ça va, vous n'êtes pas mon père.
— Non, mais je pourrais, et si j'étais lui, je vous foutrais une bonne fessée pour votre inconscience. Je vous appelle un taxi. Je vous jure que j'appelle la police si vous tentez de monter dans votre voiture.
Il sortit une liasse de billets et lui en tendit deux de cent.
— Il y a de quoi vous payer un aller-retour. Suivez-moi.
À cet instant, Faye comprit qu'il prenait cela très au sérieux.
— Merci, mais je vais payer moi-même.
— Non, laissez, c'est moi qui vous ai poussée à boire.
Ryan lui passa une main autour des hanches. Elle ne trouva pas son geste déplacé car c'était seulement dans l'intention de l'aider à marcher.
Ils s'arrêtèrent sur le trottoir. L'air frais fit du bien à Faye. Ryan appela un taxi.
Faye eut un hoquet et se rendit compte qu'elle avait réellement trop bu. Elle voulut s'expliquer.
— Vous savez…
Elle se plia en deux et vomi tout son champagne.
Ryan lui tendit un mouchoir. Confuse, elle s'essuya la bouche.
— Excusez-moi.

— Il n'y a pas de quoi, j'ai eu votre âge.

Le taxi finit par arriver et Ryan l'aida à s'installer à l'intérieur. Le chauffeur eut l'air dubitatif, mais quand Ryan lui glissa un billet de cent dollars en bonus, il accepta volontiers la course.

Faye se retint de vomir durant tout le trajet. Ce fut un véritable cauchemar que de descendre du taxi pour rejoindre sa caravane plus bas sur la plage. Le chauffeur, n'ayant pas eu l'élégance de l'accompagner, était reparti aussi sec.

Tant bien que mal, Faye parvint à rentrer chez elle.

Riggs aboya, mais elle n'eut pas la force de lui prêter attention. Elle s'affala sur la couchette du bas et en moins d'une minute, s'endormit, tout habillée.

18

Mercredi 8 juillet

Bloom se réveilla en ayant l'impression de ne pas avoir dormi de la nuit. Elle n'avait pas arrêté de faire des cauchemars et se sentait aussi épuisée que lorsqu'elle s'était couchée la veille. Elle sortit du lit et alla dans la salle de bains. Quand elle vit son visage dans le miroir, elle remercia les dieux de la cosmétique qui allaient lui permettre de camoufler les larges cernes qu'elle avait sous les yeux. Elle prit une douche, se maquilla puis s'habilla et enfin alla retrouver son fils qui venait de se réveiller. Elle lui prépara son petit déjeuner, l'obligea à faire sa toilette et lui dit de s'habiller.

Quand elle fut prête, ils quittèrent l'appartement. Dans le couloir de l'entrée, elle s'arrêta pour ouvrir sa boîte aux lettres. Des prospectus, mais aussi une grande enveloppe non timbrée avec comme seul intitulé : « Appelle-moi », signé Faye.

Bloom l'ouvrit à contrecœur et resta stupéfaite quand elle découvrit les photos. Elle reconnut Garth Nolan en train de faire l'amour avec une femme bien plus âgée que lui.

— C'est quoi, maman ? demanda Julian, car du haut de ses 1 m 20, il n'avait pas pu voir.

— Rien. De la publicité, dit-elle en rangeant vivement les clichés dans l'enveloppe.

— Je peux voir ?

— Non, je t'ai dit que ce n'était rien.

Julian fit la moue mais oublia aussi vite ce refus. Ils sortirent et montèrent en voiture.

Durant tout le trajet jusqu'à la villa de ses parents, Bloom ne cessait de penser à ces photos. Qui était cette femme ? Comment Faye se les était-elle procurées ? Qui était vraiment Garth Nolan ?

Elle arriva devant la villa et s'efforça de prendre un air décontracté.

Julian sortit de la voiture et courut vers sa grand-mère qui l'attendait sur le perron.

Bloom arriva à son tour.

— Bonjour, maman.

— Bonjour, Veronica. Tu comptes rentrer tard ?

— Aucune idée, mais il n'est pas impossible que je te demande de garder Julian pour dormir.

Julian leva des yeux étonnés et demanda :

— Pourquoi ?

— Le travail, mon trésor, mais je vais voir. (Elle se retourna vers sa mère :) Je t'appelle dans la journée.

Elle embrassa son fils et remonta dans sa voiture. Il était temps de mettre les choses au clair avec Faye.

⁂

Des coups furent frappés à sa porte. Riggs se mit à aboyer. Faye se réveilla en sursaut et se leva de la couchette. Elle était encore tout habillée.

Un instant, elle se demanda ce qu'il s'était passé avant que tous les souvenirs de la veille lui reviennent en mémoire.

— C'est bon, j'arrive ! dit-elle alors que les coups résonnaient dans toute la caravane… et dans sa tête.

Elle ouvrit la porte et Riggs bondit dehors. Il se mit à grogner en montrant les dents.

— Riggs, couché ! tonna Faye. Couché !

Bloom recula. Riggs s'assagit et cessa d'aboyer.

— Salut Veronica. Tu veux entrer ?

Dos à l'océan, Bloom sortit l'enveloppe et la lui présenta.

— C'est quoi, ça ? À quoi tu joues ?

— Bonjour. Comment tu vas ? Et la famille ? ironisa Faye.

— Je n'ai rien à te dire, c'est toi qui as voulu qu'on se voie, alors me voilà.

Faye serra les dents, ce n'était pas ce qu'elle avait espéré.

— OK, pendant combien d'années encore tu vas me détester ?

Bloom trouva son amie dans un état bien pire encore que le sien. Il lui semblait sentir des relents d'alcool et de vomi. Elle reconnut immédiatement le T-shirt que Faye n'avait pas quitté depuis la veille.

— Tu ne l'as pas jeté ?

— Tu déconnes, tu me l'avais offert pour mes seize ans. J'y tiens bien plus que tu ne l'imagines.

— Ça va ? Tu as une tête de déterrée, dit Bloom.

— J'ai passé une drôle de soirée. Mais tu peux parler ! Regarde-toi. Tu as des cernes dignes de Frankenstein.

— C'est gentil comme accueil, dit Bloom d'un ton cassant.

— Ce n'est pas ce que je voulais dire, excuse…

Mais Faye reconnut alors la malice dans les yeux de son amie.

— Tu te moques de moi, dit-elle en prenant un petit air de chien battu.

Bloom ressentit un sentiment bizarre. Une vague d'émotion l'envahit. D'innombrables souvenirs enfouis jaillirent dans sa mémoire. Les plus belles années de son adolescence. Du primaire jusqu'en terminale, elles avaient tout fait ensemble.

Sans rien pouvoir y faire, elle fut secouée par un fou rire irrépressible. Faye resta un instant déroutée avant de se laisser emporter elle aussi par le rire sans fin de son amie.

Faye s'approcha de Vero, et tant pis si elle se prenait une gifle, elle la prit dans ses bras et son rire se transforma en larmes.

La chaleur de son corps contre le sien lui fit un bien fou. Dieu sait qu'elle aimait les hommes, mais l'étreinte fraternelle de Veronica, c'était tout autre chose.

Bloom accepta cette embrassade chargée d'émotion sans essayer de se dégager. Quand les deux jeunes femmes retrouvèrent leur calme, elles restèrent un long moment à se regarder en silence.

— Je suis désolée, dit Faye.

— C'est bon, il y a prescription.

— Tu es sûre ?

— Si je te le dis.

Faye se détacha et la dévisagea, un large sourire aux lèvres.

— Tu sais, tu ne peux pas imaginer combien tu m'as manqué. Mille fois j'ai essayé de t'appeler, mais je n'ai jamais osé.

— Moi, je ne l'aurais jamais fait.

La vie lui avait appris que personne n'est parfait. Et si une amie l'avait trahie, l'homme avec lequel elle avait cru finir sa vie avait fait bien pire. Mais Faye venait de lui prouver qu'on pouvait peut-être se racheter. Tout le monde a droit à une erreur, non ?

— Tu peux me dire ce que c'est ?

— Ça t'embête si je prends une douche ? Sers-toi dans le frigo, si tu veux.

— Non, je n'ai pas le temps, je suis déjà en retard.

— Je comprends, dit Faye, déçue. En fait, c'est super étrange. J'ai reçu ce courrier dans ma boîte aux lettres avant-hier soir. Une voix féminine m'a appelée et m'a dit que Garth Nolan couchait avec la femme du juge Darlington.

— Darlington, répéta Bloom en écho.

— Oui. Tu imagines le scandale. J'ai voulu faire passer l'info à mes supérieurs, mais ils n'ont pas osé la publier, prétextant ne pas vouloir salir l'image d'un homme que rien n'incriminait pour l'instant.

— Ce qui n'est pas faux.

— Je sais, mais bon, je me suis dit qu'à défaut d'avoir un scoop, autant faire une bonne action et servir la justice.

— Rien ne dit que cela ait un rapport avec la mort de Nolan.

— À toi de faire la lumière.

Un nouveau silence gêné.

— Je vais devoir y aller. Merci pour les infos.

— Vero.

— Oui ?

— Tu fais quoi ce soir ?

— J'ai mon fils.

— C'est vrai. Je suis trop contente pour toi. Je suis sûre que c'est un amour.

— Oui, c'est vrai et plus encore. Mais je peux le faire garder si tu veux.

— Je ne veux pas t'obliger, si tu ne le sens pas.

— Non, ça me va. Alors, à ce soir.

Faye se mordit l'intérieur des joues pour ne pas pleurer comme une idiote. Mais cela lui faisait tellement de bien de retrouver Veronica. La vie pouvait-elle reprendre comme si de rien n'était ?

⁂

Davis était au téléphone quand Bloom frappa à son bureau. Il lui fit signe d'entrer.

— Je te remercie, bonne journée à toi. (Il raccrocha.) Carrie Armstrong s'est réveillée, elle ne souffre d'aucune séquelle.

Bloom sentit un immense poids se lever de ses épaules. Décidément, la journée démarrait sous les meilleurs auspices.

— Il faut prévenir le lieutenant Simpson.

Si Morris, en état de choc, était toujours interné à l'hôpital, Simpson, lui, avait posé les trois derniers jours de la semaine. Surtout pour éviter la presse et ses questions embarrassantes, dans l'espoir que les médias se soient calmés d'ici là.

— Je viens juste de le faire.

— C'était lui au téléphone ?

— Je viens de vous le dire.

— Ah bon, je ne pensais pas que…

Elle laissa sa phrase en suspens. Davis lui montra la chaise devant lui et termina sa phrase :

— Vous ne pensiez pas que je pouvais l'appeler, c'est ça ?

— Oui, il me semblait que vous n'étiez pas très proches.

— C'est le cas, mais dans un moment pareil, il faut savoir mettre de côté les susceptibilités. Pour rien au monde, je n'aurais aimé être à sa place, mais si j'étais passé avant lui dans le couloir qui sait si je n'aurais pas eu le même réflexe.

— Barnay n'est pas un sale type. Il a son caractère, mais ce n'est pas un mauvais flic.

— Je n'en doute pas. À ce propos, j'espère que vous avez une excuse pour votre retard ?

Bloom se sentit rougir et vit Davis rire sous cape.

— Je plaisantais. Vous avez fait largement votre quota d'heures…

— Je n'ai pas oublié le réveil. Je suis allée voir une indic.

Davis fronça les sourcils.

— Elle m'a appelée et m'a donné ceci. Je crois que ça peut nous aider. Mais ça sent la poudre.

Davis se pencha par-dessus le bureau et attrapa l'enveloppe. Il sortit les clichés et siffla entre ses dents.

— On sait qui est la femme ?

— C'est là que ça devient explosif. C'est l'épouse du juge Darlington.

— Rien que ça, dit Davis qui reposa les clichés sur son bureau. Vous savez comment votre indic se les est procurés ?

Bloom était certes moins méfiante envers Davis que le premier jour, mais elle ne risquait pas de balancer son amie.

— Je suppose que c'est le travail d'un détective privé. Et qui, mis à part le mari, pouvait avoir intérêt à prendre ces photos ?

— Le juge surprend sa femme en train de le tromper et décide de tuer l'amant ?

— Aussi crédible que Jody Armstrong.

— C'est-à-dire, à prendre avec des pincettes. Merci pour la leçon, sergent.

— Je ne voulais pas...

Encore une fois Davis sourit, et Bloom se dit qu'elle allait avoir du mal avec ce genre d'humour.

— Je sais. Et si vous êtes d'accord, je préfère qu'on n'en parle à personne pour le moment.

— Y compris Crawford ?

— Vous le connaissez mieux que moi.

Bloom n'aimait pas agir ainsi. Si elle lui disait qu'il fallait court-circuiter le shérif et que ça tournait mal, tout lui retomberait sur le dos.

— C'est vous mon supérieur, à vous de juger.

Davis se cala dans son fauteuil.

— Sergent, je n'essaye pas de vous piéger, bien au contraire. En deux jours, vous m'avez montré que vous avez largement les capacités d'être lieutenant. Je veux simplement connaître votre sentiment. Et ne vous inquiétez pas, j'assumerai tout si cela venait à déraper.

— Alors ne disons rien au shérif, pour l'instant.

— C'était bien mon intention. Je suis ravi que nous soyons sur la même longueur d'onde.

— Je dois rédiger les rapports sur les événements d'hier. Vous pouvez appeler Mme Darlington et lui dire que nous devons lui parler au plus vite ainsi qu'à son mari ? Cela en toute discrétion, bien entendu.

— Oui. Bien sûr.

— Merci. Appelez-moi dès que vous aurez l'heure et le lieu du rendez-vous.

Bloom se leva et quitta le bureau. Elle redescendit dans l'open space, en espérant que les Darlington ne poseraient pas de problèmes.

19

Ryan Bonfire finit sa série de pompes et alla sous la douche. Rien de tel pour démarrer une bonne journée. Il profita longuement du jet d'eau chaude, évacuant les excès de la veille.

Depuis qu'il avait découvert le Mötley Café, il y passait toutes ses soirées. Du bon hard rock comme on n'en faisait plus. Étonnant qu'un tel lieu ait vu le jour dans une ville aussi branchée que Pacific View.

La nostalgie des quadras, se dit-il. Les années 80 resteraient à jamais comme les plus belles de leur vie.

Ryan attrapa une serviette et s'en entoura le bassin. Il se regarda dans le miroir et toucha le tatouage qu'il avait sur l'épaule. Si son corps était marqué par de nombreuses cicatrices et autres tatouages, celui-ci était particulier. Le visage d'une femme qu'il avait aimée, bien des années auparavant.

Il sortit de la salle de bains, et prit une bière dans le frigo pour aller la boire sur le balcon. Une brise matinale le saisit. Le panorama était magnifique. L'océan. La plage. Les palmiers. Et déjà de jolies filles qui jouaient au beach-volley.

Fidèle aux hôtels Holiday Inn, il s'était félicité de la vue dès qu'il était entré dans sa chambre, cinq jours plus tôt. Même si cela le changeait du Dakota du Nord.

Ici, la nature avait laissé place aux immeubles en béton et aux habitations résidentielles.

Mais ce n'était pas pour lui déplaire. Il aimait autant la ville que la campagne et après avoir passé six mois à Dickinson, il n'était pas mécontent de retrouver une ville plus prospère où régnait une certaine légèreté d'esprit. Du moins l'avait-il pensé avant les événements des deux derniers jours.

Deux meurtres et une pauvre fille entre la vie et la mort.

Cela pouvait-il avoir un rapport avec sa mission ?

Ryan en doutait. A priori sa proie n'était soupçonnée que d'un seul meurtre, près de trois années auparavant. Pas le profil d'un tueur en série.

Ryan se passa la main sur son crâne rasé et repensa à la fille du Mötley Café. Il ne doutait pas qu'elle ait fait exprès de lui renverser sa boisson dans le dos. Une manière comme une autre pour l'aborder, mais voulait-elle simplement le draguer ou bien autre chose ? Dans le doute, il lui avait piqué sa carte d'identité pour faire quelques vérifications. Faye Sheridan était journaliste et écrivait des articles sur les gens du coin, les bonnes adresses, les belles balades de la région. Rien de bien méchant.

Juste une fille attirée par le charme des mauvais garçons, décida-t-il.

Elle avait été d'une compagnie très agréable et si elle n'avait pas trop bu, il l'aurait certainement conduite jusqu'à son lit. Mais peut-être n'était-ce que partie remise, se dit-il en retournant dans sa chambre.

Il attrapa la carte d'identité de Faye et la fit tourner entre ses doigts. Il leva les yeux et pensa à sa véritable proie.

Il ne savait pas trop comment il allait s'y prendre pour entrer dans son cercle intime. S'il le fallait, il y avait toujours la manière forte. Mais il répugnait à l'appliquer. Même lorsque les présomptions convergeaient vers elle, il accordait toujours à sa cible le bénéfice du doute.

Il n'était pas un mercenaire. Jamais il ne prendrait le risque de tuer un innocent.

La question était seulement de savoir si Gregory Davis était aussi innocent qu'il semblait l'être.

20

— Toi, tu as plein de choses à me dire, dit Chuck.

Faye posa son sac sur son bureau et s'assit face à son collègue.

— Tu n'imagines même pas.

— Oh que si, et je crains le pire.

Il sortit une cigarette et l'alluma tandis que Faye ouvrait la fenêtre pour aérer.

— Tu te souviens de la flic qui m'a interpellée avant-hier devant le Red Dolphin ?

— Ouais, tu m'as dit qu'il s'agissait d'une ancienne amie avec laquelle tu t'étais brouillée.

— Ça y est, je me suis réconciliée.

— Eh bien, elle n'est pas rancunière. Moi, mon meilleur ami me pique mon mec, je te jure je ne lui parle plus jamais de la vie.

Faye lui avait tout raconté, la raison pour laquelle elles ne se parlaient plus depuis près de dix ans.

— Ce type était un salaud.

— Tu le lui as piqué pour lui ouvrir les yeux, bien sûr. À d'autres ! Tu étais tout simplement jalouse de ton amie.

— Ce n'est pas vrai, dit Faye sans réelle conviction. OK, un petit peu, mais ça ne change rien au fait que ce n'était pas un mec pour elle.

— OK, si tu le dis.

— De toute façon, ça n'a plus d'importance, je la revois ce soir.

— Un monde parfait, quoi. Fais attention quand même. Tu risques d'être déçue.

— Pourquoi tu dis ça ?

— Les gens changent en dix ans. Aussi bien, tu vas la trouver super chiante, et tu vas vite regretter de l'avoir recontactée.

— Non, pas Vero. C'est une fille super. Mais bon, toi, les filles, tu ne peux pas comprendre.

— Ah, je savais bien que tu étais homophobe.

— J'avoue, mais c'est juste depuis que je te connais.

— Très drôle. Allez, dis-moi plutôt ce qu'elle a pensé des photos de Garth Nolan ?

— Elle va mener l'enquête. J'en saurai plus ce soir.

— Tu crois qu'elle va te mettre dans la confidence si elle trouve des infos ? Franchement, je veux bien qu'elle t'aie pardonné, mais de là à briser le secret professionnel pour faire avancer ta carrière de journaliste d'investigation… Je crois que tu rêves.

Faye haussa les épaules.

— Peu importe, je m'en moque. L'essentiel est d'avoir renoué le contact. Et surtout, je ne t'ai pas dit le meilleur.

— Je t'écoute.

— J'ai identifié un des hommes sur les photos de l'affaire Fitzgerald.

— Lequel ? demanda Chuck qui sortit le dossier d'un tiroir.

Faye lui montra la photo du Hells Angel où était passé au marqueur : « Qui est-il ? Que veut-il ? Gentil ? Méchant ? »

— Comment tu as fait ?

— Je ne sais pas si je dois te le dire. Après tout, c'est mon scoop. C'est moi qui me suis inquiétée pour Rosie.

— C'est bon, tu veux que je te supplie à genoux ?

— Pourquoi pas ? dit-elle, amusée. En fait, c'est juste le hasard. Je suis allée dans cette boîte de nuit sur Sunset Bay, le Mötley Café...

— Ne me dis pas que tu as mis les pieds dans ce repaire de rednecks ?

— Tous les fans de rock ne sont pas des rednecks.

— Ce n'est pas ce que je voulais dire. Mais toi, là-dedans ? Tu n'as vraiment peur de rien.

— Tu sais, le courage est l'une de mes qualités. Mais, bref, tu ne devineras jamais sur qui je suis tombée.

— Sur lui, tu viens de me le dire ! dit-il en désignant la photo.

— Ouais, mais c'est dingue, non ?

Chuck secoua négativement la tête.

— Au contraire. S'il est mêlé à une histoire avec le lieutenant Davis, c'est normal qu'il soit dans le coin. Et pour un Hells Angel, quoi de mieux qu'un repaire de fachos dans son genre ?

— Arrête avec ça. Tu es bien placé pour savoir qu'il n'y a rien de pire que les préjugés, non ?

Ce n'était pas faux, mais Chuck préféra garder le silence.

— En tout cas, je me suis débrouillée pour lui parler. Il est plutôt sympa. Rien d'un psychopathe.

— Comme si tu pouvais juger de la perversité d'un type en une soirée ! ironisa Chuck. Dans ce cas, explique-moi ce qu'il fait dans le dossier de Rosie.

— Aucune idée, mais je vais le savoir très vite.

— Tu as déjà prévu de le revoir ?

— Non, mais je suis certaine de le retrouver au Mötley.

— Et tu crois qu'il va tout te déballer uniquement pour tes beaux yeux ?

— Nous, les filles, on est les championnes pour faire parler un mec quand on en a envie. Laisse-moi faire, tu vas voir.

— Sur ce coup, je te laisse gérer. Hors de question que je mette les pieds là-bas. Mais si jamais il t'arrive malheur, faudra pas venir te plaindre.

— Tout va bien se passer, dit Faye, sûre d'elle. Au fait, des nouvelles de Rosie ?

— Toujours pas. Je me disais que si elle est vraiment partie avec ce Rocambole, ce ne serait peut-être pas mal de lui envoyer un mail.

Faye, elle aussi, y avait pensé, allant même encore plus loin.

— Oui, et on pourrait même envoyer un mail à tous les membres de son Club des Détectives Anonymes. Après tout, rien ne dit qu'elle se soit entichée de ce Rocambole. Si ça se trouve, elle file le parfait amour avec Sam Spade ou le Juge Ti ?

— Et pourquoi pas avec Miss Marple, espèce d'homophobe !

Faye lui tira la langue et alluma son ordinateur.

Cinq minutes plus tard, elle envoyait le message suivant :

« *Chers membres du Club des Détectives Anonymes,*

Je suis une amie de travail de Clarice Sterling, et je m'étonne qu'elle ne soit pas venue au bureau depuis deux jours. C'est pourquoi, si l'un d'entre vous pouvait me rassurer, je lui en serais très reconnaissante.

Je vous remercie par avance,

Amicalement,

Faye Sheridan. San Francisco Chronicle »

Elle le lut à voix haute à Chuck.

— Tu donnes ton vrai nom ? s'étonna-t-il.

— Oui. Si je mets un pseudo, c'est sûr qu'ils ne répondront jamais. S'ils sont anonymes, c'est peut-être aussi parce qu'ils sont paranos.

— En même temps, tu bousilles la couverture de Rosie. Ce n'est pas très sympa pour une soi-disant amie.

— Qu'est-ce que tu veux que je mette ?

— Je ne sais pas, signe « Hannibal Lecter ».

Faye secoua la tête en levant les yeux au ciel.

— Allez, j'envoie. Advienne que pourra.

21

Assis sur un banc du parc Lincoln, Davis regarda sa montre pour la énième fois et se dit qu'ils ne viendraient pas.

Bloom n'arrêtait pas de faire les cent pas devant lui et n'était guère plus rassurée.

— Vous croyez qu'ils ont pris la fuite ?

— Non. Je crois plutôt qu'ils sont en train de faire jouer tous leurs réseaux pour nous court-circuiter.

Sous l'ombre des immenses chênes centenaires, Davis ne croyait plus à l'arrivée du couple Darlington. Un coup pour rien.

Des enfants jouaient sur la pelouse sous le regard distrait d'un groupe de nounous. Davis se souvint alors de sa promesse faite à Raphael. Il prit son portable et appela l'agence de garderie pour enfants.

Rapidement une réceptionniste s'enquit de sa demande, et Davis de répondre :

— Mon fils m'a dit que vous aviez appelé hier. Je suis déjà inscrit.

Il donna ses références, et entendit un « hum » qui voulait tout dire. Lors de sa première visite à Pacific View, il avait déjà contacté quatre femmes et aucune ne lui avait convenu.

La réceptionniste trouva néanmoins un nouveau nom à lui proposer.

— Oui, nous avons une nouvelle recrue qui vient d'arriver. Elle a fait ses preuves dans de grandes familles du Minnesota.

— Très bien. Pouvez-vous me donner ses coordonnées ? Je vais voir avec elle.

— Un instant, s'il vous plaît.

Davis leva les yeux et prit un petit air contrit à l'adresse de Bloom qui, ayant malgré elle suivi la conversation, lui sourit.

Toujours pas d'époux Darlington à l'horizon.

La réceptionniste reprit la communication et lui fournit les informations demandées.

— Je vous remercie, bonne journée, dit-il en raccrochant.

— Une demi-heure de retard, dit Bloom. Ils ne viendront pas. Vous voulez que je les rappelle ?

Au moment où Davis se levait du banc, il aperçut une silhouette masculine au profil particulier. Tenue d'homme d'affaires, port droit, l'air arrogant.

— Non, je crois qu'ils se sont enfin décidés.

L'homme s'approcha d'un pas assuré. Trente-cinq ans maximum. Un sourire satisfait.

Davis le prit aussitôt en grippe.

— Bonjour, lieutenant Davis ?

— Oui. Vous êtes ?

— Maître Kinsky. Je suis l'avocat des Darlington. Ils n'ont malheureusement pas pu se libérer de leurs rendez-vous matinaux et m'ont demandé de les représenter.

— Cela est fort regrettable. Nous leur avions expressément demandé de venir en personne, dit Davis qui se tourna vers Bloom. Je vous présente le sergent Bloom. Elle a obtenu des informations qui pourraient mettre vos clients en fort mauvaise posture.

— Je suis leurs yeux et leurs oreilles, vous pouvez tout me dire.

— Très bien, alors j'espère que vous pourrez répondre à ceci, dit Davis.

Bloom sortit les photos de l'enveloppe. Kinsky les regarda sans sourciller.

— Je ne comprends pas, c'est quoi le problème ?

— Vous ne reconnaissez pas cette personne ? s'impatienta Davis.

— Mme et M. Darlington sont libres de mener leur vie sexuelle comme bon leur semble. Je peux comprendre que cela vous choque mais cela relève avant tout de leur vie privée. Du moment qu'ils sont entre adultes consentants, je ne vois pas pourquoi la police irait y mettre son nez.

Davis jaugea son homme. Cet idiot n'était pas au courant.

— Je ne parlais pas de Mme Darlington, mais du jeune homme. Garth Nolan.

Cette fois, Kinsky laissa passer une marque légère d'étonnement mais se reprit aussitôt.

— Rien ne dit que c'est lui, on ne voit pas bien le visage.

— Allons donc. Pas de ça, nous avons les outils pour prouver que c'est bien son visage qui apparaît sur ces photos. Reconnaissance faciale, etc. Je ne vais pas vous faire le topo.

— Soit. Qu'est-ce que ça prouve ? Ma cliente s'est entichée d'un joli garçon qui s'est fait assassiner ? Vous ne pensez tout de même pas que c'est elle qui l'a tué !

— Entre nous, je ne pense pas. Mais un époux jaloux... Ce ne serait pas la première fois que nous verrions un tel meurtre.

Deux mères de famille passèrent près d'eux avec leurs poussettes. Davis, Bloom et Kinsky s'écartèrent pour les laisser poursuivre leur chemin.

— Il va falloir que j'en parle avec mes clients. Je peux garder les photos ?

— Vous avez d'autres questions idiotes ? Voyez-vous, j'avais escompté que tout cela reste très discret. Je n'aime pas l'idée de jeter en pâture un juge et sa femme dans ce contexte médiatique malsain. Mais puisqu'ils n'ont pas jugé bon se présenter en personne à ce rendez-vous, alors qu'ils devaient bien se douter du sujet de notre rencontre, vous direz à vos clients que je les attends dans mon bureau au commissariat, à 15 heures précises. Au-delà, je crains que des fuites ne s'ébruitent dans la presse.

— C'est une menace ?

— Non, un conseil. Vous savez comment sont les gens, il y a toujours des brebis galeuses, dans toutes les professions. Des fuites dans la presse seraient extrêmement déplaisantes, n'est-ce pas ?

— Très bien. Je vous rappelle pour confirmer.

— Si vos clients n'ont rien à se reprocher, je vous assure qu'il est dans leur intérêt de venir à ce rendez-vous. Dans le cas contraire, ils seront évidemment tout en haut de ma liste de suspects.

Kinsky hocha la tête. Il avait perdu beaucoup de sa superbe. Il les salua néanmoins et repartit par où il était venu.

— Vous l'avez bien mouché, dit Bloom à Davis.

Elle n'avait pas dit un mot durant l'affrontement, de peur de commettre une maladresse.

— Je ne sais pas vous, mais je déteste ce genre de personnage.

— Kinsky, ou les avocats en général ?

— Les deux.

Bloom eut un petit sourire.

— Mon ex-mari est avocat.

— Désolé.

— Au contraire, ce n'est peut-être pas très professionnel mais je les déteste encore plus que vous détestez les journalistes.

Davis sourit. Décidément, il aimait de plus en plus ce sergent.

— Je crois que nous devrions prévenir Crawford avant que les Darlington ne tentent de nous mettre des bâtons dans les roues.

22

— Il n'y a quand même pas à dire, on est vraiment vernis, se réjouit Chuck.

Ils étaient à la terrasse d'un petit restaurant italien qui donnait sur la plage.

— Regarde-moi tous ces beaux mecs.

Assise en face de lui, Faye savourait sa pizza aux ananas.

— Pour une fois, je suis d'accord avec toi.

Une dizaine de jeunes hommes en maillot se donnaient en spectacle aux barres fixes solidement enfoncées dans le sable.

— Je croyais que tu en pinçais pour ton Hells Angel ?

— Je n'ai jamais dit ça. Mais si tu veux le savoir, il est plutôt pas mal pour son âge.

— Tu te vois partir sur les routes avec un hurluberlu pareil ?

— Je me vois mieux avec lui qu'avec ce genre-là.

Chuck suivit son regard et aperçut un grand Black qui faisait gonfler ses muscles les uns après les autres, sous le regard admiratif d'un parterre de jeunes filles qui le prenaient en photo.

— Totalement ridicule. Je vais te dire la vérité, je préfère de loin ma petite crevette que ce genre de types.

— Peter sait que tu l'appelles « ma petite crevette » ?

— Non, et si tu le lui répètes, je te tue.

— Ne t'en fais pas, je ne dirai rien. J'ai pris goût à nos petites balades en Porsche.

— Sale fille ! chicana Chuck qui lui envoya un sort imaginaire de la main.

Faye sourit et prit son portable pour consulter ses mails. Peut-être l'un des détectives anonymes avait-il déjà répondu.

— Alors ?

— Rien. Aucun poisson n'a mordu pour l'instant.

— Tu ne crois pas que tu devrais en parler à ta copine flic ?

— Écoute, attendons de voir ce qu'elle va faire des photos de Garth Nolan. Ensuite on avisera.

— Pourquoi ? Tu doutes de ses compétences ?

— Non, mais j'ai du mal à imaginer le pire pour Rosie.

— Ouais, mais moi, je vais te dire, je commence sérieusement à m'inquiéter. C'est quand même bizarre ce club de détectives anonymes. Et Rosie qui disparaît sans rien dire ? Juste parce qu'un Rocambole dit qu'il quitte le groupe ? Je crois qu'on devrait en parler aux flics.

Par simple réflexe, Faye rafraîchit sa boîte mail et en découvrit un nouveau qui lui tira un large sourire.

— Le poisson a mordu ? demanda Chuck.

— Mieux que ça. C'est Rosie.

Faye ouvrit le mail et lut à haute voix :

« *Salut, ma bichette,*

Désolée pour mon absence mais j'avais une affaire urgente à régler. Je ne peux pas t'en parler. Dis à cette crapule de Chuck que je l'embrasse très fort. Je te tiens au courant, mais ne comptez pas sur moi cette semaine, voire même la prochaine.

Bisous »

— Elle aurait pu appeler, elle est quand même gonflée, dit Faye, néanmoins soulagée.

— En tout cas, on sait que c'est bien elle.

Il n'y avait que Rosie pour appeler Chuck, « crapule », et Faye, « bichette ».

— Elle a intérêt à tout me raconter. Franchement, elle abuse.

— C'est la ménopause. Il paraît que ça les rend toutes dingues.

— Tu verras quand ce sera ton tour, dit Faye.

— Oh que c'est amusant, répliqua Chuck.

— Ouais, je sais.

Elle se sentait presque euphorique. Elle réalisait que durant ces derniers jours, elle portait un poids terrible sans vouloir se l'avouer. Elle s'était vraiment fait du mauvais sang pour Rosie.

Mais non, finalement, tout allait bien. Encore une de ces excentricités dont leur collègue était coutumière.

— Bon. Tu finis ta pizza ou je vais devoir t'aider ?

Faye en découpa un bon morceau et le déposa dans l'assiette de Chuck qui n'avait jamais su résister à l'appel d'une pizza, qui plus est aux ananas.

Un quart d'heure plus tard, ils étaient de retour au pied de l'immeuble du journal.

Chuck en ouvrit la porte et laissa passer Faye.

— Moi, je prends l'ascenseur et après, sieste, dit Chuck.

— Gros fainéant.

Faye monta l'escalier en courant et arriva complètement essoufflée devant la porte de leur agence. Elle était déjà entr'ouverte.

Comment avait-il fait ? Trop rapide !

Au même instant, elle entendit la porte de l'ascenseur s'ouvrir derrière elle. Chuck en sortit l'air débonnaire.

— Tu te prends pour Merlene Ottey ? Si tu as mal au ventre, il ne faudra pas te plaindre.

Faye ne prêta pas attention à sa remarque et lui demanda, soucieuse :

— Tu avais oublié de fermer !

Chuck fronça les sourcils.

— Non. Et je suis même certain d'avoir fermé à clé, dit-il en baissant la voix.

Il prit son portable, prêt à composer le numéro de la police puis entra le premier. Personne.

— Rosie, c'est toi ?

Pas de réponse. Faye, s'avança à son tour.

Le bruit d'une chasse d'eau se fit entendre.

— Tu as vu *Pulp Fiction* ? demanda Chuck.

Faye acquiesça. Elle se rappelait très bien la scène où Travolta sort des toilettes.

Se pouvait-il qu'un tueur à gages les attende ?

Chuck appuya sur le numéro de la police, le cœur battant à tout rompre.

Soudain, une silhouette apparut. Un homme qui refermait sa braguette.

— Vous en faites une tête. On dirait que vous avez vu un revenant ! se moqua Angelo Guardado.

— Qu'est-ce que tu fais là ? s'étonna Faye.

— Je suis venu dire bonjour. Vous n'avez pas eu mon message ?

— Non, à qui tu l'as envoyé ?

— À Rosie. Elle n'est pas avec vous ?

— Police de Pacific View, je vous écoute…

Chuck prit son portable et raccrocha. Guardado éclata d'un rire retentissant.

Faye l'avait plusieurs fois croisé à San Francisco. Elle détestait ce *latin lover* qui se croyait irrésistible. Il avait essayé de lui sortir le grand jeu mais elle l'avait vite remis à sa place.

Trente-six ans, divorcé. Il était l'une des meilleures plumes du *San Francisco Chronicle*.

— Rosie a pris quelques jours de congé, répondit Faye.

Angelo poussa un soupir de façon exagérée.

— Personne ne me met au courant dans cette boîte. À croire que je suis le dernier maillon de la chaîne.

— Tu vas nous faire pleurer. Qu'est-ce que tu viens faire ici ? demanda Chuck.

Tout comme Faye, s'il respectait le travail du journaliste, il n'avait guère d'estime pour l'homme.

— La direction s'est dit qu'un petit coup de main ne vous ferait pas de mal.

La réponse saisit Faye comme une douche froide.

Incroyable ! Comment Phil pouvait-il lui faire ça ? Pour une fois qu'elle avait une histoire sensationnelle, il fallait qu'on la lui vole.

— Alors dites-moi tout, continua Angelo en se frappant les mains et en les malaxant comme pour se mettre en appétit.

— Écoute, tu crois vraiment que tu peux débarquer ainsi et nous voler tout notre travail ? s'énerva Chuck.

Angelo eut l'air surpris.

— Quelque chose m'aurait échappé ? C'est quoi le problème ?

— C'est toi le problème, ragea Faye. Tu n'as rien à faire ici. On n'a pas besoin de toi.

— Vous n'allez tout de même pas me faire une crise d'ego blessé. Nous sommes des journalistes. Notre mission première est d'informer la population...

— Stop, je t'en supplie, tu ne vas pas nous faire un cours de déontologie journalistique ! le coupa Chuck. J'appelle la direction. Ça ne va pas se passer comme ça.

Chuck reprit son portable et s'enferma dans son bureau.

Faye resta dans le couloir face à Angelo. Elle l'aurait étranglé sur place.

— Tu sais que je peux vous détruire rien qu'en claquant des doigts, dit Angelo en joignant le geste à la parole.

— Très classe. Je n'en attendais pas moins de toi.

— Faye, il faut que tu comprennes que ce n'est pas contre toi, mais cette affaire te dépasse. On parle de meurtre, de tueurs en série, de bavures policières. Tu veux que je te rappelle tes articles sur les bons restaurants de la vallée, de l'orangerie de Cambria ou encore de la ferme biologique près de Paso Robles ?

Le ton était chargé d'ironie. Faye serra les dents pour ne pas hurler.

— Allons, laisse-moi faire. Je te promets que je mettrai ton nom à côté du mien.

— Tu n'es qu'un salaud.

— Faye, fais attention à ce que tu dis. Ma patience a des limites.

— Et la mienne ?! répliqua Faye, qui prit ses affaires et fit demi-tour.

Elle n'avait aucune envie de pleurer devant lui.

23

— Arrête ! Retourne chez toi, se plaignit Penny.
— Non, je t'aide, regarde, répondit Raphael.
Ils étaient confortablement installés dans le canapé du deuxième étage, devant la large télévision encastrée dans le mur. Raphael avait branché sa Playstation et jouait à *Minecraft* avec sa sœur.
— Mais je n'ai pas besoin de toi. Je peux y arriver toute seule.
Quand il était dans son jeu, Raphael était dans un état second. Il se sentait le maître du monde et adorait fabriquer des palais aux allures impressionnantes. Il n'arrivait pas à comprendre pourquoi Penny se satisfaisait de construire de toutes petites maisons ridicules.
— Mais, regarde, c'est quand même mieux comme ça. Je te fais une véranda.
— Mais je ne veux pas, c'est ma maison.
Une sonnerie se fit entendre.
— Et merde ! grogna Raphael.
Il posa sa manette sur la table basse, et sortit du salon sous le regard moqueur de Penny.
Il descendit jusqu'au rez-de-chaussée pour aller jeter un coup d'œil sur l'écran de l'interphone. Une vieille Coccinelle rouge attendait devant le portail.
— Je vous ouvre, dit Raphael.
Son père lui avait envoyé un SMS le prévenant qu'une nounou allait se présenter dans la journée.

Il sortit l'attendre sur le perron du manoir. La petite Coccinelle remonta l'allée et Raphael lui indiqua de se garer sous le préau près de sa Ferrari. La couleur rouge était bien la seule chose que ces deux voitures avaient en commun.

En la regardant de près, Raphael s'étonna qu'une telle antiquité puisse encore rouler.

La portière s'ouvrit. Une femme dans la cinquantaine, à la corpulence un peu forte, en sortit avec aisance. Ses cheveux noirs coupés au carré accentuaient la rondeur de son visage souriant.

— Vous êtes Raphael, n'est-ce pas ?

— Oui.

— Je suis Betty Chaffin. Je viens pour l'entretien.

La femme avait un accent sudiste prononcé.

— En fait, ce n'est pas très compliqué. Penny a huit ans et c'est une fille gentille. Elle mange quasiment de tout, et n'est vraiment pas difficile à vivre.

— Je peux la voir ?

— Oui, bien sûr, suivez-moi.

Raphael la fit entrer. Betty Chaffin s'arrêta un instant dans le hall.

— C'est très beau chez vous, jeune homme. Votre père est un homme de goût, dit-elle en contemplant les divers tableaux accrochés aux murs et les meubles massifs.

— En fait, c'était à mon grand-oncle. Nous venons tout juste d'emménager.

— Oh, je suis navrée, je ne savais pas.

— Oh, vous savez, je ne l'ai même pas connu, dit Raphael.

Disant cela, il réalisa qu'il aurait mieux fait de se taire. Cette femme n'avait pas à connaître toute leur vie.

— Penny est en haut. Faites attention aux marches.

Raphael passa devant, tandis que Betty prit son temps pour monter l'escalier central, puis l'escalier suivant jusqu'au deuxième étage.

Ils s'engagèrent dans le corridor qui résonnait de la musique provenant du jeu.

Raphael entra dans le salon et se plaça devant sa sœur.

— Penny, je te présente Mme Chaffin. Elle est ici pour s'occuper de toi.

— Bonjour, madame, dit Penny qui posa sa manette sur le coussin du canapé.

— Tu as quel âge ?

— J'ai huit ans.

Betty s'avança et lui sourit.

— Cela fait combien de temps que tu joues à ce jeu ?

— Je ne sais pas, depuis ce matin.

Betty envoya un regard éloquent à l'adresse de Raphael.

— À quoi aimes-tu jouer en dehors de ces jeux ?

— À plein de trucs. J'adore faire du vélo.

— Ça tombe bien, moi aussi. Et tu lis un petit peu ?

— Non, c'est papa qui me lit des histoires.

Betty se tourna vers Raphael.

— Et vous, vous lisez ?

— De temps en temps, mais je n'ai pas trop le temps.

— À l'évidence, dit Betty en montrant la télé d'un mouvement de menton.

Raphael n'aimait pas du tout sa façon de faire comme si elle était chez elle. Elle n'avait pas encore le poste et il se demandait s'il était prêt à tout pour rouler en Ferrari.

— Il faudra la garder du lundi au vendredi. De dix heures à dix-huit heures, et peut-être plus tard, parfois.

— Cela me va, à condition d'avoir des plannings précis une semaine sur l'autre.

— Vous les aurez, mais quelquefois, on ne peut pas prévoir.

— Je sais être accommodante quand c'est nécessaire. Cependant, il ne faut pas abuser.

« Elle ne manque pas de toupet, celle-là », se dit Raphael.

— Vous savez faire à manger ?

Betty gloussa, ce qui énerva encore un peu plus Raphael.

— Bien sûr, jeune homme. À mon époque c'est une des premières choses qu'une jeune fille de bonne famille apprenait.

« Si vous êtes d'une si bonne famille, pourquoi êtes-vous nounou ? » eut envie de lui rétorquer Raphael.

— Bon, je suppose que mon père vous a parlé des honoraires ?

— Oui, cela me convient tout à fait.

Raphael regarda Betty et après un instant de silence proposa :

— Dans ce cas, moi je suis d'accord pour qu'on vous prenne, si Penny est d'accord elle aussi ?

Betty s'approcha de la fillette.

— Tu veux qu'on devienne amies ?

— Oui, madame.

— Très bien. Dans ce cas, je suis certaine qu'on va bien s'amuser.

Penny hocha la tête, souriante.

— Bien, si nous sommes d'accord, je vais vous laisser. Je vous dis donc à demain ?

— Je vous raccompagne.

— Ce ne sera pas nécessaire. Je ne pense pas me perdre.

Raphael se força à sourire et la laissa donc repartir toute seule.

— Elle est rigolote, dit Penny.

— Je ne sais pas. Je la trouve plutôt bizarre, dit-il en se postant devant la haute porte-fenêtre du salon.

Il avait une vue plongeante sur la cour d'entrée. Il entendit la porte du manoir se refermer et vit Mme Chaffin se diriger vers sa voiture. La Coccinelle se mit en route dans un boucan d'enfer puis quitta la propriété. Le portail, qui s'était ouvert automatiquement, se referma derrière elle.

— Elle a une drôle de voiture, dit Penny qui était venue rejoindre son frère.

Raphael espérait avoir fait le bon choix.

Il revint s'asseoir sur le canapé et reprit sa manette Playstation.

— Qu'est-ce que tu as fait ! hurla-t-il en comprenant que Penny avait détruit pas mal de choses dans son palais.

24

— Vous vous rappelez quand vous m'avez demandé si je pensais que le poste de lieutenant me revenait de droit ? dit Bloom.

— Oui, répondit Davis.

Il était au volant de son pick-up et roulait le long de la plage longeant les immenses bâtisses construites sur pilotis pour la classe aisée de la ville.

— Eh bien, je ne devrais pas vous le dire, mais je crois sincèrement que cela aurait été une erreur de me l'attribuer.

— Pourquoi vous dites ça ?

Bloom respira à fond et prit un air dépité.

— Sans vous, je crois que j'aurais déjà craqué.

— Vous voulez parler de la mort de Matt Buscema ? Vous savez, je vous conseille de parler à un psy.

— Non, enfin oui, mais ce n'est pas tout. Le cadavre supplicié de Garth Nolan. L'interrogatoire musclé avec les Armstrong, et surtout ce bras de fer avec Crawford et l'avocat du juge Darlington, je suis certaine que je n'aurais eu ni votre cran ni votre rigueur.

Davis émit un petit rire. Il se revit braver les foudres de Crawford qui l'avait sermonné de longues minutes pour avoir osé suspecter le juge Darlington sans l'en avoir informé. « Un homme au-dessus de tout soupçon », « Vous me faites honte et je commence à regretter de vous avoir confié ce poste. »

Stoïque, Davis avait encaissé la diatribe jusqu'à ce que la colère de Crawford retombe.

Ce dernier avait personnellement rappelé le juge. Ils s'étaient finalement mis d'accord pour que Davis se rende chez lui, mais dans une voiture banalisée, afin d'éviter les journalistes avides des prochains développements de l'enquête.

— Je crois que vous vous sous-estimez, sergent. J'ai connu beaucoup de lieutenants à Frisco qui n'avaient pas la moitié de vos qualités. Vous êtes quelqu'un de droit, d'honnête, de rigoureux et de juste. Nul doute que vous ferez un très bon lieutenant.

— Merci, mais tant que je peux rester sous vos ordres, ça m'arrange.

— Oui, mais la paye n'est pas la même, fit remarquer Davis qui se souvint des paroles de Simpson.

— J'arrive à m'en sortir. Mes parents m'aident. Ne vous en faites pas.

Le pick-up dépassa deux jeunes surfeurs qui avançaient sur la route, planches sous le bras. Ils faisaient du stop pour retourner en ville. Davis sourit. Il aurait bien aimé avoir leur insouciance.

— Je peux vous poser une question personnelle ? dit-il.

— Oui, bien sûr.

— Vous m'avez bien dit que votre ex-mari était avocat ?

Bloom eut un petit rire sans joie.

— Vous pensez à la pension ?

— Oui. Je me disais que s'il ne payait pas, il y a des moyens pour l'y obliger.

— Vous n'y êtes pas du tout. Dylan est bien avocat, mais il ne gagne pas un dollar. Il travaille pour toutes sortes d'associations, et ne se fait quasiment jamais payer. On a conclu un accord. J'ai la garde de Julian et il ne me verse pas de pension.

— Vous auriez pu avoir la garde de votre garçon sans cet accord et avoir aussi la pension.

— Je sais, mais même si j'ai beaucoup de reproches à lui faire, je ne veux pas le mettre sur la paille. Il aide beaucoup de gens et ce serait dommage de les priver de son talent.

Davis fit un « hum » peu convaincu. Il avait en horreur ces gens qui passaient pour des saints aux yeux de tous, alors qu'ils étaient froids et sans cœur avec leurs proches.

— Je ne suis pas d'accord, il n'est pas trop tard pour revoir votre jugement.

— Non, s'il vous plaît. Je gère très bien.

Le ton était quelque peu irrité. Sujet sensible. Davis n'insista pas. Du moins pour le moment, se promit-il.

— Voilà, on est arrivés, dit Bloom alors qu'elle avait coupé la voix du GPS.

Davis se gara sur le bas-côté de la route. Bloom s'était changée. Elle avait laissé sa tenue au vestiaire pour remettre ses vêtements civils. C'est donc en jean et chemisier qu'elle alla sonner au portail des Darlington.

— Entrez, dit une voix sourde.

Davis passa le premier. Ils remontèrent l'allée jusqu'à la porte qui s'ouvrit sur l'avocat des Darlington.

— Rebonjour, maître, dit Davis en souriant.

— M. Darlington vous attend dans son bureau.

Bloom et Davis suivirent Kinsky dans les profondeurs de la luxueuse résidence. Tout l'inverse de son manoir. Ici, le contemporain était à l'honneur. Le mobilier, constitué d'œuvres de célèbres designers, était une ode à la modernité.

Ils arrivèrent dans une pièce austère. Le juge Darlington était à son bureau. La soixantaine, cheveux gris, visage carré et froid, chaussé de lunettes rectangulaires. Chemise et bretelles. Un faux air de Larry King.

— Je vous en prie, dit-il en montrant les deux fauteuils placés face à lui.

Les policiers s'assirent, tandis que Kinsky, resté debout, se mit en retrait, près de la porte.

— Ainsi vous pensez que c'est moi qui ai commandité l'assassinat de Garth Nolan ? attaqua d'emblée Darlington.

— Nous ne pensons rien. Nous essayons simplement de trouver à qui profite le crime.

Darlington s'adossa dans son fauteuil et coinça ses pouces sous ses bretelles.

— Et le mari cocu est évidemment le suspect idéal.

— Nous n'avons rien dit de tel, continua Davis, gardant un ton professionnel.

Bloom ne pouvait s'empêcher de baisser les yeux chaque fois que le regard du juge croisait le sien. L'homme dégageait autant de puissance que de malveillance.

— Mais cela vous arrangerait bien. Après le fiasco chez les Armstrong, la police a besoin de se refaire une santé. Et quoi de mieux que d'épingler un juge jaloux, incapable de satisfaire la libido de son épouse nymphomane ? Cela vous plairait, n'est-ce pas ?

Les joues du juge étaient rouges de colère. Aux commissures de ses lèvres suintait de la salive mousseuse.

— Monsieur le juge, si j'avais voulu vous traîner dans la boue, croyez-vous que je vous aurais demandé de me rejoindre dans le parc ce matin ?

Darlington le regarda, les tempes battantes d'un sang turbulent.

— Je ne cherche ni gloire ni lumière, mais seulement que justice soit faite. Un jeune homme a été sauvagement assassiné. Il est de mon devoir d'arrêter le coupable.

— N'avez-vous donc pas lu vos propres rapports ? Ce garçon a été victime d'un tueur en série. Pourquoi lui aurais-je coupé le nez, les oreilles, les lèvres et le sexe ? Si j'avais voulu le tuer, je lui aurai mis une balle dans la tête, conclut le juge.

Il ouvrit un tiroir et sortit un pistolet qu'il pointa sur Davis.

— Comme ceci.

Il tira.

Il y eut un petit « clic ».

Bloom se leva d'un bond de son siège. Le cœur battant à tout rompre.

— Monsieur le juge ! Ce que vous venez de faire est inadmissible. Je vous arrête pour..., pour tentative de meurtre, bredouilla-t-elle.

Darlington lui adressa son plus mauvais regard et rangea son arme.

— Sergent, rasseyez-vous et cessez de vous donner en spectacle. Vous êtes pathétique, grogna-t-il. Je voulais simplement vous démontrer combien il est désagréable d'être menacé quand on est innocent.

— Ne refaites plus jamais ça, dit Davis d'une voix sourde.

— Vous comprendrez que mon client soit à bout de nerfs. Vous venez chez lui et sous-entendez qu'il serait un meurtrier, alors que vous n'avez pas l'ombre d'une preuve, intervint Kinsky. Ne nous obligez pas à vous rappeler la disparition de votre femme, M. Davis.

Davis ne l'avait pas vu venir et cilla sur place. Évidemment, Crawford avait dû tout raconter à son ami le juge.

— On veut simplement connaître votre emploi du temps, monsieur le juge, et parler à votre épouse, dit-il en réussissant à garder son calme.

— Tenez, le voilà, dit Darlington qui poussa son agenda sur le bureau. Je n'ai rien à cacher.

— Alors pourquoi avoir attendu pour le faire ? s'étonna Bloom qui le prit et le rangea dans son sac.

— Je n'aime pas les menaces. Tout ceci ne restera pas sans suite, dit-il d'un ton sans appel.

Davis ne le lâcha pas des yeux. Il venait de se faire le pire des ennemis dans cette ville.

— Nous ne faisons que notre travail. Vous devriez en faire autant, se défendit Bloom.

— Ne me donnez pas de conseils sur ma façon de mener mon travail et occupez-vous de vos affaires, car je vous fais la promesse que vous allez entendre très vite parler de moi.

— Justement, pouvons-nous parler à votre épouse ou vais-je devoir me munir d'un mandat ? intervint Davis.

Darlington se mit à rire.

— Vous croyez qu'un juge vous délivrera ce mandat ! Vous êtes encore plus stupide que ce qu'on m'a dit.

— C'est possible, mais vous a-t-on dit aussi que j'étais le plus têtu des flics de San Francisco ?

Darlington se tourna vers son avocat. Kinsky hocha positivement la tête.

— Mon épouse est dans sa chambre. Elle est sous sédatifs.

— J'insiste.

— Soit, mais tout d'abord, je veux savoir comment vous vous êtes procuré ces photos.

— Cela ne vous regarde pas.

— Bien au contraire. Peut-être feriez-vous mieux d'en chercher le commanditaire.

Davis garda le silence. Il était persuadé qu'elles étaient l'œuvre d'un détective privé à la solde du juge.

— Vous sous-entendez que ce n'est pas vous qui avez demandé ces photos ?

— Évidemment. Vous pensez que je ne sais pas ce qui se passe sous mon toit ? Ma femme baise avec un jeune Apollon. Et alors ? Vous croyez que ça va m'empêcher de dormir ?

— Je suppose qu'on a tenté de vous faire chanter, avança Bloom.

— Non, et je peux vous assurer qu'il serait bien reçu, celui qui s'y essayerait.

— Dans ce cas, c'est votre épouse que l'on faisait chanter.

Darlington plissa le front. Il se leva de son bureau. Bloom, Davis et Kinsky se mirent dans ses pas. Ils montèrent à l'étage et, sans frapper, Darlington ouvrit la porte de la chambre où se trouvait son épouse.

Elle était à demi-allongée dans le lit, le regard absent.

— Chérie, je te présente les policiers qui veulent te poser une ou deux questions. Dis-leur tout ce que tu sais.

— Je n'ai rien à dire.

Davis sortit les photos de l'enveloppe, puis s'approchant du lit il les lui tendit.

— Vous les a-t-on envoyées ?

Mme Darlington ne put supporter de les regarder et se remit à pleurer.

— Chérie, est-ce que quelqu'un a voulu te faire chanter ? Je te promets que je ne t'en voudrai pas. Tu sais que tu peux tout me dire.

Bloom s'étonna du changement radical de l'homme. Il avait une voix posée, charmante. Un véritable manipulateur.

— Non, je ne les ai jamais vues.

Davis ne savait qu'en penser. Elle paraissait sincère, mais cela ne voulait rien dire. Peut-être était-elle seulement terrorisée par un mari violent.

Darlington se tourna alors vers Davis.

— Comment avez-vous eu ces photos ?

— Nous n'avons pas à vous répondre. Mais si vous ne nous avez pas menti, il est clair que quelqu'un vous veut du mal.

— C'est certainement l'ordure qui a tué Garth Nolan qui vous les a envoyées. C'est évident, dit le juge.

— Un type que vous auriez envoyé en prison et qui viendrait de sortir ? envisagea Bloom, oubliant le dégoût que lui inspirait Darlington.

— Une vengeance, conclut Kinsky.

— Il va falloir que vous nous aidiez, monsieur le juge. Parmi tous les dossiers que vous avez traités, y en a-t-il certains dont les coupables vous auraient menacé de représailles ? demanda Davis.

— Oui, forcément, mais je ne me souviens pas d'affaires précises. Il faut que je voie cela avec mon greffier.

— Il nous faudra ces informations au plus vite.

— Je vous appelle ce soir, demain au plus tard.

— Bien. Encore une chose. S'il vous plaît, évitez à l'avenir d'interférer dans notre enquête. Vous comprenez que si ce n'est pas vous le tueur, c'est qu'il veut vous faire endosser son crime. Ne nous empêchez pas de le trouver.

Darlington fit une drôle de tête.

— Vous voulez que je vous présente mes excuses ? C'est ça ? Je vous ai blessé dans votre orgueil ? dit-il avec une certaine ironie.

— Non, je veux simplement que vous compreniez que ce n'est pas en allant vous plaindre auprès de Crawford pour qu'il nous dessaisisse de cette affaire que vous sauverez votre peau, lâcha Davis.

Bloom ne put réprimer un sourire.

— Sortez de chez moi, immédiatement. Maître Kinsky vous contactera, mais je ne veux plus vous voir.

Davis n'insista pas.

Dès qu'ils furent à l'air libre, il sentit la pression redescendre.

— Je ne sais pas comment vous faites. Il faudra que vous m'appreniez, dit Bloom.

— Quoi ?

— À garder votre sang-froid. Depuis le début vous saviez ce que vous alliez dire au final, n'est-ce pas ?

Ils longèrent l'allée sablée. Davis leva les yeux vers le soleil éclatant.

— Non, je savais juste que je ne le laisserais pas s'en sortir sans l'avoir mis en garde.

— Pour le coup, je crois que vous l'avez bien remis à sa place.

Ils arrivèrent devant le pick-up. Davis le déverrouilla et se mit derrière le volant, tandis que Bloom s'asseyait côté passager.

— Au fait, vous pensez vraiment que ce n'est pas lui qui a commandité les photos ?

— Je n'en suis pas encore sûr, mais j'en ai l'impression. Il avait l'air sincèrement étonné, et surtout inquiet qu'on puisse s'en prendre à sa vie.

— Le tueur serait donc celui qui a fait les clichés ?

— C'est probable. Un homme que Darlington aurait mis au trou durant des années et qui aurait ruminé sa vengeance.

— Il ne serait pas plus simple de lui tirer une balle dans la tête pour se venger ?

— Vous avez raison, mais si le but était de le faire souffrir et de l'humilier, rien de tel que de le faire accuser de meurtre. Surtout d'un meurtre aussi sordide.

— Peut-être que notre homme est toujours en prison, et qu'il a organisé ce meurtre avec un complice. Ainsi, cela porterait le doute sur tous les procès que le juge a eu à traiter, et pourrait même les invalider.

— Possible. Mais il va falloir que nous trouvions d'où proviennent ces photos, dit Davis en mettant le contact.

— Je dois revoir mon indic ce soir, peut-être qu'il en saura plus.

— Je sais que les indics sont sacrés, mais j'aimerais bien lui parler, si cela ne vous dérange pas.

Bloom fit la moue.

— En fait, je préférerais lui parler seule à seul. Il est très parano.

— OK, pas de problème. Je vous fais confiance.

Davis reprit la route, et même s'il ne manifestait aucun signe d'agacement, il maudissait l'attaque de Kinsky à propos de la mort de sa femme. Heureusement, Bloom n'avait pas relevé l'allusion.

Vraiment un bon élément, se dit-il alors que l'image de Charleen n'arrivait pas à sortir de son crâne.

25

— Pour la dernière fois, je vous le demande : Où est Rosie ?

Assis face à Angelo, Chuck et Faye se serraient les coudes et s'étaient promis de ne pas l'aider.

— Cela ne te regarde pas. Elle enquête sur cette affaire. C'est tout ce que tu dois savoir.

Angelo tapota nerveusement le bureau et sortit une énième cigarette de son paquet.

— Personne n'arrive à la joindre. Qu'est-ce qui me dit que vous ne me menez pas en bateau ?

— Arrête de faire ton parano. Un bon journaliste doit toujours garder son calme.

Angelo ne savait quoi penser. Il avait passé les trois dernières heures au téléphone avec sa direction, mais également avec ses contacts du comté pour tenter d'en savoir davantage sur le meurtre de Garth Nolan, ainsi que sur la bavure policière de la veille. Il avait ensuite fouillé dans les affaires de Rosie, cela sous le regard réprobateur de Chuck et Faye, sans que cela ne donne rien de concret.

— OK, reprenons calmement. Dites-moi seulement ce que sait Rosie. Où est-elle et qui est son contact ?

— On ne te dira rien, Angelo. Si ça te fait plaisir de te plaindre à la direction ne t'en prive pas, dit Faye, les bras croisés sur la poitrine.

Angelo tapa du poing sur la table et Chuck et Rosie sursautèrent.

— Ça suffit maintenant. Vous comprenez que si je le veux, je peux vous faire virer. Vous n'êtes rien du tout, des journalistes de province dont personne ne lit les papiers. Vous pensez que vous tenez l'affaire du siècle, mais tout ce que vous allez réussir à faire c'est à nous ridiculiser.

— Si c'est ce que tu penses vraiment de nous, vas-y, fais ton rapport au patron. Ne te gêne surtout pas, dit Chuck.

Angelo posa ses coudes sur le bureau et prit un air grave.

— Vous ne vous en rendez pas compte, mais si on avait sorti l'article dans lequel tu mettais en cause le juge Darlington, nous serions non seulement la risée de tous les autres journaux, mais plus grave encore, on aurait risqué des millions de dollars dans un procès que nous aurions, à coup sûr, perdu. Tu penses bien que le corporatisme des juges est aussi puissant que le nôtre et peut-être même davantage.

Ce n'était pas faux, mais aussi tellement triste.

— Si je suis journaliste, c'est tout d'abord pour informer les gens de faits avérés. Peut-être que le juge Darlington n'est pas mêlé à ce meurtre. Mais peut-être que si. Et si personne n'enquête sur ce fait, tu peux être certain qu'il va être enterré bien vite.

Angelo se força à sourire.

— Fais-moi rencontrer ta source et je serai enclin à te croire. Mais ce ne sont pas juste quelques photos qui suffiront à prouver quoi que ce soit.

« Nous y revoilà », se dit Faye. Une fois de plus, il voulait lui soutirer le peu qu'elle savait.

— Non, mes sources comptent sur ma discrétion et je ne vais pas les trahir pour tes beaux yeux.

Elle se leva de sa chaise et attrapa son sac.

— Peux-tu au moins demander à ta source si elle serait d'accord pour me rencontrer ?

Chuck la regarda et secoua la tête négativement.

— Je vais le lui proposer, mais si jamais elle accepte, je t'accompagnerai.

Angelo montra un léger soulagement.

— Pas de problème, Faye. C'est ton contact. Comme tu n'as pas l'air de le comprendre, je ne veux pas te doubler, je veux simplement qu'on fasse les choses dans les règles et qu'on évite de dire n'importe quoi sur cette histoire.

— Mais j'ai bien compris, Angelo, les règles, rien que les règles. À demain.

Elle salua Chuck, qui se leva à son tour et retourna dans son bureau.

— À demain, dit Angelo prenant une nouvelle cigarette.

Dès qu'elle fut dans l'ascenseur, Faye lâcha un chapelet de jurons. Dans une société qui se voulait égalitaire, pourquoi fallait-il que les hommes s'approprient toujours la meilleure part du gâteau ? Le pire étant qu'elle n'était même pas vraiment excitée à l'idée de cet article, mais c'était une question de principe.

Elle adorait rédiger ses papiers sur le bien-vivre et les bons coins du comté.

La pique d'Angelo l'avait frappée bien plus qu'il ne pouvait l'imaginer. Journaliste de province ! Comme si le simple fait de ne pas être à San Francisco la disqualifiait comme professionnelle. En quoi relater des meurtres, des histoires de corruptions, des bavures, était-il plus important que raconter l'art de vivre des gens normaux ?

Du pur snobisme de la part d'un ego démesuré. Le rêve de se faire embaucher dans un grand quotidien new-yorkais. Obtenir le Pulitzer. La plupart des journalistes aimaient bien plus leur personne que les sujets sur lesquels ils travaillaient.

Qui se frottait les mains en cas de conflits et de massacres dans le monde ? Les marchands d'armes et les journalistes, bien sûr !

Elle sortit de l'ascenseur et regarda l'heure. 17 h 25. Elle n'eut pas le courage de rentrer chez elle. Bloom lui avait envoyé un SMS pour un rendez-vous chez elle à 20 heures.

Il était encore un peu tôt pour les oiseaux de nuit, mais Faye avait besoin de se détendre. Elle décida d'aller faire un tour au Mötley Café.

Dix minutes plus tard, elle en franchissait le seuil, accueillie par la musique de Van Halen.

Elle se rendit directement dans le patio où déjà pas mal de monde était en train de profiter des nombreuses tables et fauteuils en rotin, à l'ombre de palmiers en pots.

— J'étais sûr que vous reviendriez, se réjouit Ryan en se levant de son fauteuil pour venir à sa rencontre.

Faye sourit et se dit que quelque part dans les étoiles, quelqu'un lui voulait du bien.

— Vous avez surtout de la chance que j'aie eu une journée pourrie, dit-elle.

Ryan plissa le front.

— Problème dans le travail ?

— Ne m'en parlez pas. Une véritable horreur. Les hommes sont tous des ordures.

— Merci. Comment dois-je le prendre ?

— Je ne sais pas, comme vous voudrez.

Elle avait testé son humour la veille et espérait qu'il serait toujours aussi agréable.

— Je crois que je suis un type bien, dit-il et, mettant la main à sa poche, il en sortit la carte d'identité de Faye. Je me suis dit que ça pourrait vous manquer.

Faye ouvrit de grands yeux et vérifia dans son sac que sa carte n'y était plus.

— Je l'ai trouvée sous la table. J'ai préféré la garder plutôt que la remettre à l'accueil. Je me méfie des serveurs depuis l'affaire Garth Nolan.

— Pour le coup, là ce n'est pas drôle.

— Humour de redneck, désolé.

Faye lui reprit la carte qu'il lui tendait.

— Vous avez de la chance que je vous sois redevable, je déteste les rednecks.

— Ça tombe bien, je n'en suis pas vraiment un. Ai-je l'air d'appartenir à la famille Roberston ?

Faye sourit en repensant à la téléréalité *Duck Dinasty*, qui suivait au jour le jour une famille de rednecks adepte de la chasse, d'alcool, grossière et misogyne, au fin fond de la Louisiane.

— Franchement, je préfère ne pas répondre, dit-elle dans un sourire.

Ryan éclata d'un rire sonore et l'invita d'un geste à aller vers le comptoir. Il prit sa propre bière et posa un coude sur le zinc.

— Vous prenez quoi ? Champagne ? dit-il en lui faisant un clin d'œil.

— Non, on va essayer de rester sobre. Une bière m'ira très bien, dit-elle alors que le serveur s'approchait d'eux.

Quand ils furent servis, chacun prit sa bouteille de bière et la fit tinter l'une contre l'autre avant de la boire au goulot.

Faye apprécia le liquide ambré qui courut le long de son œsophage asséché par la chaleur de cette fin de journée. Elle reposa sa bière et reprit son sac. Elle en sortit un billet de cent dollars.

— Merci pour hier, dit-elle en les lui tendant.

— Gardez-le, c'est cadeau.

— Non, prenez-le. Il n'y a pas de raison.

— Dans ce cas, faites-en don à une association, celle qui vous plaira.

Faye secoua la tête.

— Les femmes battues, ça vous va ?

— Cette fois-ci, c'est vous qui n'êtes pas drôle.

— Désolée. Humour de Californienne !

Ryan sourit et reprit une gorgée de bière.

— Au fait, vous ne m'avez toujours pas dit ce que vous faites dans la vie, dit Faye.

— Rien, je conduis ma Harley là où elle veut bien me conduire.

— Non, sans rire. Vous faites quoi ?

— C'est la vérité, dit Ryan.

Il n'allait certainement pas lui révéler ce qu'il faisait pour gagner sa vie, mais il n'avait pas envie de lui mentir pour autant. Elle était plutôt sympa et très mignonne avec son petit ventre rebondi qu'elle essayait de cacher derrière un T-shirt un peu large.

— Je suis rentier. Je vis de mes investissements. Vive le capitalisme.

— Et ça ne vous gêne pas de ne rien faire de vos journées ?

— Qui vous dit que je ne fais rien ? Je voyage, je visite le pays et rencontre tout un tas de personnes sympathiques. La belle vie, quoi.

Là non plus, il ne mentait pas vraiment. Même si la raison de ses périples était avant tout liée au fait de trouer la peau d'ordures en liberté.

— Moi, je crois que je m'en lasserais. Vous n'avez aucune attache, pas de famille ? Vous repartez toujours à zéro ?

— Je ne vois pas en quoi c'est un problème. Au contraire, je pense même que c'est une chance.

Faye voulait bien le croire sur le fait qu'il passait son temps sur la route, mais elle était presque certaine qu'il ne vivait pas de ses rentes, et exerçait un quelconque métier. S'il se trouvait dans le dossier Fitzgerald que le Club des Détectives Anonymes avait monté, ce n'était certainement pas sans raison. Et même si cela faisait

« cliché », il avait tout du portrait-robot d'un chasseur de primes.

De fait, à ranger parmi les « gentils », se dit-elle en repensant à l'interrogation de Rocambole.

— Et en quoi est-ce une chance ?

— On vit mille vies en une seule.

— Reste à savoir s'il ne vaut pas mieux une seule entouré des gens qu'on aime ou plein de petites vies, tout seul.

Ryan eut un petit rire. Si seulement elle connaissait la sienne, elle verrait les choses autrement, mais s'il était une chose qu'il se garderait bien de faire, c'était de se confier à elle.

— Et si vous me disiez à votre tour ce que vous faites ?

Faye détourna le regard vers le patio où un jeune couple venait d'entrer. Tatoués à outrance, ils s'installèrent dans des transats.

— Ce n'est pas très intéressant, dit-elle.

— Allons, ne faites pas la modeste. J'ai été franc avec vous.

Faye se dit qu'il ne manquait pas de culot, mais il ne perdait rien pour attendre. Elle devait d'abord être certaine d'avoir envie de le revoir. Il y avait tant de zones d'ombre. Sa présence à Pacific View était-elle liée à la disparition de Fitzgerald ou cela n'avait-il rien à voir ? Était-il réellement rentier ou chasseur de primes ? À moins que ce ne soit pire.

— J'attends, j'ai tout mon temps, dit Ryan.

« Si je lui mens et qu'il s'en rend compte, *adios*. Si je lui dis la vérité... »

Où était le problème ? Pourquoi s'en inquiéterait-il ?

— Je suis journaliste au *San Francisco Chronicle*.

Ryan siffla entre ses dents.

— Et vous dites que ce n'est pas très intéressant ?!

— Je me contente d'écrire des articles sur l'art de vivre en Californie.

À croire qu'Angelo avait raison. Mais il ne fallait surtout pas laisser entendre qu'elle pouvait enquêter sur autre chose que des histoires frivoles.

— Comme si l'art de vivre n'était pas la chose la plus importante au monde, la reprit Ryan. Je suppose que vous connaissez toutes les bonnes adresses de la région. Et si je vous disais que je serais très honoré que vous me fassiez connaître la meilleure table de Pacific View ?

— Alors je vous conduirais Chez Clotilde.

— Je réserve pour quand ? demanda Ryan en sortant son portable.

Faye eut un petit rire.

— Chaque chose en son temps. (Faye finit sa bière d'une traite et la reposa sur le zinc). Ç'a été un plaisir de vous revoir.

— Tout le plaisir est pour moi. Serait-ce trop pousser que de vous demander votre numéro ou dois-je appeler le *San Francisco Chronicle* ?

Faye hésita un instant. Non, il ne fallait pas qu'il appelle son journal. Si c'était Angelo qui décrochait, cela lui mettrait sûrement la puce à l'oreille.

— Donnez-moi votre main.

Ryan s'exécuta.

Faye sortit un stylo de son sac et le lui écrivit sur la paume.

— Au revoir, Ryan.

— Je vous appelle, dit-il, réellement charmé par la jeune femme.

26

— Lui, il n'est pas mal, dit Bloom.

Davis leva les yeux de son écran. Il était assis à son bureau, son sergent près de lui, s'activant sur un ordinateur portable.

— Gerald Memphis. Accusé d'attouchements sexuels sur mineur. Darlington lui a collé quinze ans.

Les deux policiers avaient enfin eu accès au code leur ouvrant toutes les archives des procès que le juge Darlington avait présidés. Des centaines de cas, sans aucune possibilité de faire un tri. La plupart des délits étaient de petits vols, de la consommation de stupéfiants à doses réduites, ayant induit des peines plutôt légères.

— Ça pourrait le faire ? s'interrogea Bloom.

— Voyons voir.

Il fallait à présent retourner sur d'autres sites gouvernementaux pour savoir si le prisonnier avait purgé sa peine et ce qu'il était devenu.

Dix minutes plus tard, ils avaient la réponse.

— Mort pendu dans sa cellule, il y a deux ans, lut Bloom.

— Un proche qui voudrait venger sa mort ? proposa Davis.

Bloom eut une moue dubitative, mais partit quand même à la recherche d'informations sur les proches de

Memphis. Cependant, cela demandait d'ouvrir un autre dossier.

— Le jour où tous les dossiers de toutes les agences gouvernementales seront reliés entre eux, on diminuera la criminalité de moitié, s'agaça Bloom, lassée de perdre ainsi du temps seulement pour comprendre comment obtenir des informations capitales.

— Rome ne s'est pas faite en un jour.

— Oui, et on a vu comme elle a fini.

Davis sourit. Il tomba sur un nouveau cas intéressant.

— Arthur Haynes. Accusé du meurtre de sa femme. Il a pris trente ans. Le procès a eu lieu il y a vingt-deux ans.

— Vous pensez qu'il est déjà sorti ?

— Pourquoi pas ?

Il chercha le dossier Haynes, tandis que Bloom continuait à rechercher les proches de Memphis.

— Libéré il y a un an, dit Davis.

— Conditionnelle ?

— Non, nouveau procès. De nouvelles preuves ont été avancées et ont permis d'innocenter Haynes.

— De quoi être très en colère contre ce juge.

— Vingt et un ans derrière les barreaux pour un crime qu'il n'a pas commis, souffla Davis, mal à l'aise.

— Je me demande comment on peut survivre. Je préférerais la peine de mort.

— Sauf si vous avez des enfants.

— C'est son cas ?

— Oui, deux garçons. J'imagine qu'ils doivent être des hommes à présent.

Bloom s'étira et se leva pour jeter un œil derrière la fenêtre. Le soleil déclinait. Il fallait qu'elle se décide pour sa soirée.

— Ouais, mais il y a quelque chose qui me chiffonne. Pourquoi espionner le juge ? Comment pouvait-il se douter que sa femme le trompait ?

— Toutes les femmes des puissants trompent leur mari, c'est bien connu.

— Oui, mais est-ce une belle vengeance ? Vous avez vu comment Darlington a réagi. Il se moque pas mal de savoir si elle le trompe. La seule chose qui l'inquiétait était que sa femme ait payé pour que cela ne s'ébruite pas.

— Du moins c'est ce qu'il nous a dit. Si ça se trouve, la malheureuse s'est pris la raclée de sa vie, et c'est pour ça qu'elle était au lit, pour cacher tous ses bleus.

Bloom sentit un frisson glacé la parcourir. Elle n'avait pas un instant pensé à ce scénario.

— On devrait y retourner pour vérifier ?

— Sous quel prétexte ? On n'a rien. Et surtout on ne pourra pas obliger Mme Darlington à nous montrer chaque partie de son corps.

Bloom alla se rasseoir et trouva enfin des adresses des proches de Memphis. Aucun ne vivait dans la région.

Elle poussa un profond soupir.

Davis se redressa dans son fauteuil.

— Vous pouvez y aller, sergent. Je vais m'en occuper.

— Non, je ne vais pas vous laisser.

— Rentrez chez vous. Vous avez votre rendez-vous avec votre indic, non ?

— Oui. Mais je peux rester encore un peu. C'est comme chercher une aiguille dans une botte de foin.

— J'aimerais vous démentir, mais c'est malheureusement vrai, reconnut Davis.

Il en avait par-dessus la tête de toutes ces fiches. Tous pouvaient être coupables.

— Faites comme vous pouvez, mais si vous arrivez à avoir le nom de celui qui a pris les photos, on avancera à pas de géant.

— Déjà, on saura si c'est Darlington, ou pas, qui a pris ou fait prendre ces photos.

— Oui, et dans ce cas, je crois que nous aurons résolu le meurtre de Garth Nolan.

— La vengeance du juge jaloux ! dit Bloom en prenant une voix théâtrale.

Davis eut un petit rire.

— Allez-vous-en. C'est un ordre.

Bloom n'insista pas et éteignit son ordinateur portable.

Davis resta un long moment seul dans son bureau, sans rien faire. Il ne savait quoi penser de cette affaire. Son instinct lui disait qu'il faisait fausse route avec Darlington. Mais il n'avait rien de mieux à se mettre sous la dent.

Il nota tous les codes d'identification et referma son bureau. Il était temps de rentrer.

27

Faye se sentit toute fébrile en sonnant chez son amie. Et si elle avait changé d'avis, et si elle n'était pas là, et si elle lui disait ses quatre vérités en face, et si…

La porte s'ouvrit.

— Salut, Faye. Entre, dit Bloom.

Elle paraissait épuisée, mais souriante.

— Tiens, c'est pour Julian. J'espère que cela lui plaira, mais j'ai gardé le ticket au cas où…

Bloom lui prit le cadeau empaqueté des mains.

— C'est gentil, mais il ne fallait pas.

— Allons, c'est normal.

Bloom l'invita à entrer et lui fit visiter son appartement. Petit, mais bien agencé. Pas de perte de place. Un petit côté un peu trop Ikea peut-être. Mais Faye garda sa remarque pour elle et la félicita de son bon goût.

Elles s'installèrent sur le balcon. Bloom avait sorti des biscuits pour l'apéritif ainsi que deux bouteilles de bière bien fraîche.

— Ça me fait bizarre. Dix ans ! dit Faye.

— N'en parlons plus. Raconte-moi plutôt ce que tu es devenue. Je sais que tu es journaliste et que ça marche plutôt pas mal.

— Tu as lu mes articles ?

— Tous. Et chaque fois je te déteste un peu plus.

— Pourquoi ?

— Parce qu'ils sont super et que j'aurais adoré en parler avec toi si tu ne m'avais pas trahie.

Faye fit une moue désolée.

— T'inquiète. En devenant flic j'ai appris qu'il y avait prescription pour des crimes bien plus graves que sortir avec le mec de sa meilleure amie.

— Pourquoi ne m'as-tu jamais rappelée si tu m'avais pardonné ?

— Parce que je ne t'ai pardonné qu'hier.

— C'est malin, ironisa Faye. Et toi, ça se passe comment ?

— J'adore mon travail, du moins jusqu'à il y a trois jours.

— Garth Nolan ?

— Oui, et la famille Armstrong. Et encore, tu ne sais pas tout.

— Dis-moi ?

Bloom la regarda d'un air gêné.

— Je ne peux rien te dire.

— Je n'en parlerai pas. Promis juré. En plus, moi, j'ai des trucs qui pourraient t'intéresser.

L'œil de Bloom se mit à briller.

— Tu as le nom de la femme qui t'a envoyé les clichés ?

— Je crois, mais je ne suis sûre de rien.

— Je t'écoute.

Faye prit une grande inspiration et se lança. Elle lui expliqua tout depuis la disparition de Rosie, jusqu'à leur intrusion chez elle, et la découverte des mails de Rocambole parmi les dossiers du Club des Détectives Anonymes.

— Tu sais que je pourrais te faire arrêter pour effraction. Tu as conscience que ce que vous avez fait est extrêmement grave.

— Je sais, mais je m'inquiétais pour elle.

— Tu aurais dû appeler la police, rétorqua Bloom étonnée par la légèreté de son amie. J'espère au moins que vous avez retrouvé ton amie Rosie.

— Oui. Enfin, non. Du moins elle m'a envoyé un mail expliquant son départ.

— Et c'est quoi sa raison ?

— Sa raison, la voilà.

Faye ouvrit son sac et en sortit le dossier Fitzgerald.

— Regarde, je crois que ça pourrait t'intéresser.

— Mais c'est Ronald. C'était mon binôme. Il est parti à Miami.

— Où il n'est jamais arrivé.

Bloom n'en revenait pas. Qu'est-ce que c'était que cette histoire ?

Elle prit le temps de lire les pages du dossier annotées par un certain Rocambole, mais aussi par Sam Spade et Miss Marple.

Soudain elle tomba sur une page qui la fit sursauter. Sous une photo représentant le lieutenant Davis étaient surlignés ces mots : « Coupable ou innocent ? »

— C'est quoi ça ? s'exclama-t-elle.

Faye se pencha vers son amie et comprit sur quoi elle venait de tomber.

— C'est ton cher collègue. Lis, tu verras. C'est bizarre.

Il y avait tout un topo sur Gregory Davis. La mort accidentelle de sa femme, trois années auparavant. Tombée d'un bateau de plaisance en pleine nuit dans la baie de San Francisco. Le corps n'avait jamais été retrouvé. Pas de plainte. À aucun moment, le lieutenant Davis n'avait été soupçonné de meurtre.

— Je n'en reviens pas. Le pauvre, compatit Bloom.

— Le pauvre ? Tu te rends compte que c'est peut-être un tueur.

— Non, pas lui. Je sais que je ne le connais que depuis trois jours, mais c'est le type le plus droit et le plus honnête que j'aie jamais connu.

— Ce n'est pas ce que tu pensais de Joey avant qu'il te trompe avec moi ?

Ça, c'était un coup bas, et pourtant plein de bon sens.

— L'amour rend fou le plus droit des hommes, insista Faye.

— Possible, mais pas Davis. Il a mis une photo de sa femme sur son bureau. Je savais qu'elle était morte mais je croyais que c'était de maladie.

Bloom repensa alors à la menace voilée de maître Kinsky chez les Darlington.

— Ces types, ce club de détectives, ils pensent qu'il a tué sa femme ?

— Non, ils se posent juste la question. Mais aussi ridicules que soient leurs pseudos, ils ont fait du très bon travail. Ils ont fait libérer pas mal d'innocents. On a trouvé tout un tas d'autres dossiers dans l'ordinateur de Rosie.

— Arthur Haynes, dit Bloom à tout hasard.

— Ouais. Comment tu le sais ? Ne me dis pas que tu étais au courant pour ce club ?

Bloom n'en revint pas. Incroyable. Simple coïncidence ?

— Écoute, promets-moi que tu ne diras rien.

— Je te l'ai déjà dit, mais si ça peut te faire plaisir, je te le promets à nouveau.

— On enquête sur le juge Darlington.

— Je m'en doute, c'est moi qui t'ai donné les photos.

— Oui, mais on pense qu'il est peut-être coupable.

— Je m'en doutais aussi, figure-toi. Tu ne m'apprends rien.

— Oui, mais quand on a commencé à chercher les personnes qui pourraient lui en vouloir, devine sur qui on est tombés.

— Arthur Haynes.

— Exact. Il a pris trente ans pour le meurtre de sa femme. Alors qu'il était innocent.

— Rosie est une chic fille, elle a fait du bon boulot.

— Si c'est vraiment eux qui ont fait libérer Haynes, je suis obligée d'avouer qu'ils ne sont pas mauvais.

— Et tout ce qu'il y a dans ce dossier ne l'est pas non plus, dit Faye en désignant celui que Bloom tenait dans les mains.

Bloom se leva pour s'accouder au balcon.

— J'ai bien un lien entre Davis et Fitzgerald, mais cela n'explique rien.

— Dis toujours.

— Davis est arrivé lundi en remplacement de Fitzgerald.

— Tu crois qu'il l'aurait tué pour prendre son poste ?

— Non, mais c'est le seul lien que je voie, dit Bloom.

Elle s'en voulait de trahir Davis, mais après tout, que savait-elle sur lui ? Rien.

— Tu sais pourquoi il a demandé à venir à Pacific View ?

— Non, enfin si. Il a hérité d'un manoir sur les hauteurs. Je suppose qu'il ne voulait pas le vendre et qu'il a préféré y habiter.

— Qu'est-ce que c'est que cette histoire ? Il est d'ici ?

— Non, je ne crois pas. En fait, j'imagine que c'est un vieil oncle par alliance. Je ne suis pas intime avec lui, c'est mon chef. Je n'allais tout de même pas le bombarder de questions indiscrètes alors qu'il vient à peine d'arriver.

— Je crois qu'on devrait chercher des réponses.

— « On » ? Tu as l'intention de devenir flic ? dit Bloom, amusée.

— Non, mais si Davis est un tueur, ça m'embêterait que tu sois sa prochaine victime alors qu'on vient tout juste de se retrouver.

— C'est gentil.

Bloom alla se rasseoir et reprit le dossier. Elle le feuilleta encore et tomba sur une autre photo troublante.

— C'est qui, celui-là ? On dirait un Hells Angel.

— C'est le cas. Il s'appelle Ryan, dit Faye.

Elle n'avait pas eu l'intention de lui en parler tout de suite, mais bon, si elle tenait à retrouver sa confiance, autant jouer franc jeu sur toute la ligne.

— Je l'ai rencontré par pur hasard, avant-hier, quand je suis allée au Mötley Café. C'est là que je l'ai vu.

— Tu lui as parlé ?

— Ouais, il doit croire que je le drague, mais je te jure que je n'ai pas couché avec lui, même s'il est plutôt mignon pour un quadra.

— Il a l'air surtout méchant.

— Non, au contraire, il est très sympa, et même si je n'ai aucune preuve, je crois qu'il est du bon côté. J'hésite entre détective privé et chasseur de primes.

— Davis n'est pas recherché par la police : il « est » la police ! la reprit Bloom.

— Alors c'est un privé.

— Tu crois que c'est lui qui t'a envoyé les photos ? Tu crois que c'est lui Rocambole ? dit Bloom.

Faye n'y avait pas pensé une seule seconde, et pourtant c'était tout à fait possible.

— Va savoir. Quel rapport entre Davis et ce Ryan ?

— Aucun, apparemment. Le mieux c'est que tu le lui demandes.

Oui, c'était ce qui paraissait le plus simple, sauf que…

— Mais si c'est un « méchant », dit Faye en faisant des guillemets avec ses doigts, c'est moi qui risque de finir six pieds sous terre.

— À toi de voir. Mais tu n'as qu'à l'interroger dans un lieu public. Si tu veux, je peux venir et je le surveillerai.

— Qu'est-ce que tu pourras bien faire contre lui s'il me menace ?

— J'aurai mon arme de service, et au tir j'ai la meilleure note du commissariat.

— Bonne idée. Il doit m'appeler. Je te tiens au courant.

— OK, dit Bloom tandis qu'elle refermait le dossier. Et si on oubliait tout ça pour parler plutôt de toi ? Et en premier lieu, comment tu as fait pour avoir le droit de poser ta caravane sur la plage ?

— C'est une longue histoire.

— J'ai tout mon temps.

Faye sourit et but une gorgée de bière.

— En fait, le terrain appartient à mon père.
— Ton père, comment ça ?
— Je veux dire mon vrai père.
Bloom avait toujours su que Faye avait été adoptée à la naissance, et qu'elle ne s'entendait guère avec ses parents adoptifs.
— Tu as retrouvé tes parents biologiques ? C'est super !
— Non, ça ne l'est pas, et si tu veux bien, je préfère ne pas en parler.
Bloom perçut la souffrance de son amie. Ce n'était pas le moment d'aller plus avant.
— Et tes parents adoptifs, comment ils vont ?
— Je ne les vois plus, et ça me va très bien ainsi. On peut changer de sujet ?
Le ton était un peu sec, mais Bloom ne s'en offusqua pas. Elle avait la chance d'avoir une vraie famille aimante et se doutait que la cicatrice d'une enfant abandonnée ne se refermait jamais.
— Et si on parlait d'autre chose ? Dis-moi plutôt si tu as un mec dans ta vie ? demanda Faye en se forçant à retrouver le sourire.
Bloom lui dit que non. Et elles continuèrent durant toute la soirée à recoller les morceaux et à combler les trous de leur longue séparation.

28

— Alors, comment ça s'est passé ? Mme Chaffin vous a plu ? demanda Davis.

Il venait tout juste de franchir le seuil de son manoir. Raphael et Penny étaient descendus l'accueillir.

— Elle est parfaite, dit Raphael.

— Oui, elle est rigolote.

Davis se sentit soulagé. L'essentiel était que Penny l'accepte.

— C'est bien. Mais si jamais elle se permet de te gronder trop sévèrement, tu me le diras, Penny ?

— Oui.

— Et même si elle te demande que cela reste entre elle et toi. Tu dois tout me dire, promis ?

— Oui, papa.

Raphael regarda son père et garda ses réflexions pour lui. À force de côtoyer des cadavres et des pervers à longueur de journée, il voyait le mal partout. Betty Chaffin n'était peut-être pas la nounou idéale, mais Raphael ne pouvait imaginer un instant qu'elle s'en prenne à Penny.

— Papa, je peux avoir les clés ?

— Tu ne perds pas le nord, toi. Vous avez mangé ?

— Penny a mangé. Moi, je comptais m'acheter un sandwich sur la plage.

Davis hésita, mais il était temps de faire confiance à Raphael.

— OK, je vais les chercher. Reste là.

Davis monta au grenier et reprit les clés qu'il avait cachées dans une boîte à bijoux, puis il redescendit les trois étages, retrouver sa petite famille.

— Tiens, mais je te préviens, tu fais très attention. Ces voitures sont des bolides. Elles s'emballent dès que tu appuies sur l'accélérateur.

— Papa, j'ai dix-sept ans. Je ne suis plus un bébé.

— Tu veux que je te rappelle combien il y a de morts sur nos routes ? Et particulièrement des jeunes comme toi, trop sûrs d'eux.

— Je te promets de faire très attention. De toute façon, on ne peut pas rouler vite ici. Il n'y a pas de ligne droite et il y a trop de circulation dans le centre-ville.

— Tu ne sors pas de la ville. Promis ?

— Oui, papa.

Davis avait encore beaucoup de conseils et recommandations à lui donner, mais son fils était déjà ailleurs.

— Allez, va t'amuser mais je veux que tu sois de retour avant 11 heures.

— D'accord.

Raphael prit le trousseau de clés, et dès qu'il eut refermé la porte du manoir derrière lui, il fit sauter les clés dans sa main et lança un « yes » à Oncle Terry, où que soit son âme à présent.

⁂

Penny dans ses bras, Davis regarda, par la fenêtre du salon du premier étage, son fils sortir la Ferrari. Il roulait comme un escargot !

« N'en fais pas trop, quand même », lui dit-il en pensée.

La voiture s'arrêta devant le portail qui s'ouvrit automatiquement. Ensuite, il la perdit de vue.

— Pourquoi c'est lui qui a la plus jolie voiture ? demanda Penny.

— Mais elle n'est pas qu'à lui. Elle est à tout le monde. D'ailleurs, quand tu seras plus grande, toi aussi tu auras le droit de la conduire.

— Dans combien de temps ?

— Huit ans.

— C'est beaucoup.

— C'est ton âge, trésor.

Penny fit la grimace. Cela lui semblait une éternité.

— Alors dis-moi, tu es contente de ta nounou ?

— Oui, elle a l'air gentille, mais elle n'aime pas les jeux vidéo.

— Elle a tout à fait raison.

— Elle veut qu'on fasse du vélo.

— Très bonne idée. Cependant, il faut faire attention sur la route.

Davis se sentit un peu apaisé, enfin une bonne nouvelle dans la journée. Il avait tellement craint que Penny prenne en grippe sa nouvelle nounou. Pourvu que tout se passe bien.

— Qu'as-tu envie de faire ? Je te raconte une histoire ? On regarde un dessin animé ?

— Un dessin animé : *Bob l'éponge*.

Davis s'était toujours demandé comment les enfants pouvaient aimer ce dessin animé loufoque qui lui semblait plutôt destiné aux adultes.

— D'accord. Ici ou en bas ?

— Ici. Je n'aime pas la cave. Il n'y a pas de fenêtre.

La cave ! Une salle proche d'un cinéma.

— OK, je vais chercher le film, je reviens.

Il la déposa sur le canapé et quelques instants après, il allumait la télévision et mettait le film dans la Playstation.

Le soleil se couchait sur la vallée. Une lumière dorée illuminait le salon. Davis prit le temps de savourer ce moment. Penny n'avait pas tort, c'était bien plus agréable qu'en bas.

⁂

Raphael avait le sourire du bienheureux. Il était garé sur le parking de la promenade Sunset Bay, et mangeait son McDonald en regardant le soleil rouge sang disparaître dans l'océan.

Une image digne d'un film de Michael Bay !

Tout en caressant le cuir de son volant, il monta le son de la radio. « Dark Horse » de Katy Perry. Le pied.

Il venait tout juste de finir son Big Mac quand une voix mélodieuse le sortit de sa rêverie.

— Salut.

Raphael tourna la tête et aperçut deux jeunes filles, vêtues comme de petites bimbos.

— Salut, dit-il en rougissant jusqu'aux oreilles.

— Belle voiture. Tu as sorti la caisse de ton père ? demanda la blonde.

Elle devait avoir pas loin de vingt ans.

— Non, elle est à moi, se défendit Raphael, subjugué par sa beauté.

— Kelly, je t'attends, dit la seconde fille.

Une jolie brune ayant à peu près le même âge. Deux amies, ou deux sœurs ? se demanda Raphael.

— Tu n'es pas d'ici, n'est-ce pas ? Tu es en vacances ? continua Kelly.

— Non, on vient d'emménager. Un manoir sur les hauteurs, dit-il se croyant en plein rêve.

Même s'il avait flirté avec pas mal de filles à Frisco, jamais il n'avait rencontré une fille aussi mignonne. T-shirt au-dessus du nombril, ventre extra-plat, bronzage parfait. Maquillée comme dans un clip. Raphael se doutait bien que jamais elle ne l'aurait regardé s'il n'avait eu sa Ferrari.

— Le manoir Nelson ? dit Kelly.

— Tu es le fils du flic, c'est ça ? ajouta la brune qui était en retrait.

D'un coup, ça en jetait beaucoup moins.

— Oui. Comment tu le sais ?

— Ils en ont parlé à la télé locale. Il est quoi déjà ? Sergent ? se moqua-t-elle.

— Non, il est lieutenant, et il enquête sur le meurtre de Garth Nolan. Une vraie boucherie, dit-il, touché dans sa fierté.

Elle se prenait pour qui cette pimbêche !

— Ton père t'en a parlé ? Raconte. Ils ont trouvé leur tueur en série ? continua la brune.

— Je ne peux rien dire, dit-il d'un ton qui sous-entendait qu'il savait des choses.

Il voyait bien qu'il avait capté leur intérêt.

— Allez, on ne répétera rien. Tu sais quoi sur la mort de ce Nolan ? demanda la brune en revenant à la charge.

— Je ne peux rien vous dire. Mais je peux vous parler d'autres enquêtes qu'il a faites, si ça vous intéresse.

— Pauvre toutou à son papa.

— Ça va, lâche-le, dit Kelly. Pourquoi tu l'agresses ?

La brune eut un regard méprisant et se retourna vers Kelly.

— Allez, viens, on y va. Je t'ai promis qu'on allait s'amuser ce soir, et je tiens toujours mes promesses. Tu ne vas pas rester avec ce fils à papa !

Raphael se sentit devenir pivoine. Cette fille avait tellement d'assurance et lui tellement peu de repartie.

— Laisse-le tranquille. Il ne t'a rien fait. Va au Jumbo, je te rejoins tout de suite.

— Je préfère t'attendre, répondit la brune.

— S'il te plaît, Madison. Laisse-moi un peu respirer, se plaignit Kelly.

La brune soupira et comprit qu'elle n'arriverait à rien.

— OK, tu me rejoins dans dix minutes. Promis ?

— Promis, assura Kelly.

Madison leur jeta un dernier regard et repartit enfin sur la promenade.

— Il faut que tu l'excuses, c'est ma grande sœur.

— Ouais, pas de problème, dit Raphael qui se présenta : Je m'appelle Raphael.

— Moi c'est Kelly. Je peux monter ?

D'un geste, Raphael l'invita à s'asseoir côté passager.

— Waouh, super confortables ces fauteuils. Tu crois que c'est possible que tu me fasses faire un tour ?

Raphael regarda l'heure. Il avait encore du temps et surtout une telle proposition ne se refusait pas.

— Où tu veux. Dis-moi.

— Les plages, ça te va ?

— Ouais.

— Cool, mais d'abord on va s'acheter à boire.

— Il me reste du Coca.

Kelly explosa d'un rire moqueur.

— Tu es vraiment trop chou. Je parlais d'alcool, de quoi faire la fête.

Raphael se sentait tel un petit garçon devant cette fille si sûre d'elle. Rien à voir avec ses petites amies de San Francisco.

— Je ne sais pas si j'ai pris assez d'argent. Je n'avais pas prévu.

— C'est bon, j'ai de l'argent. On va passer une super soirée ! Je te le promets.

— Mais ta sœur ?

Kelly haussa les épaules.

— Elle est tout le temps sur mon dos. Pour une fois que je peux sortir, je veux en profiter. À moins que cela t'embête.

— Pas du tout, au contraire, dit-il en mettant le contact.

Une heure après, euphorisé par l'absorption de plusieurs gorgées de whisky, il remontait la capote de sa Ferrari et inclinait son fauteuil sur les conseils de Kelly.

Elle avait tout pris en main. Au propre comme au figuré. Elle était géniale, pleine de vie, toujours à rire. Il avait bu plus que de raison, mais se sentait d'attaque pour le final.

Il n'en revenait pas. Non seulement il allait le faire pour la première fois mais en plus avec une créature de rêve.

Kelly lui baissa le pantalon et attrapa son sexe durci.

Il la regarda faire. Quand elle le prit dans sa bouche, il eut un mal fou à se retenir et dut lui repousser doucement la tête.

— Tu ne l'as jamais fait, c'est ça ?

Il n'y avait pas de moquerie dans sa voix, bien au contraire.

— Non.

— Je t'adore trop, toi. On va y aller mollo. Tu as quel âge, Raphael ?

— Dix-sept ans. Et toi.

— En vrai ou en faux ?

— En vrai.

Kelly le regarda et sans lâcher son sexe de sa main, elle lui souffla à l'oreille :

— Seize, mais surtout tu ne le répètes pas.

— Juré.

Il était soudain soulagé. Il lui en avait donné au moins vingt, avec tout ce maquillage.

Elle se débarrassa de tous ses vêtements et vint s'empaler lentement sur lui.

⁂

Davis bouillait de colère. Minuit et toujours pas de Raphael. Il avait tenté de l'appeler une dizaine de fois, toujours sans réponse.

« Je vais le tuer », se dit-il, ne voulant imaginer l'autre option. L'accident de voiture.

On l'aurait appelé. Raphael avait toujours ses papiers sur lui.

Et si la voiture était carbonisée ?

Davis serra les poings. Il ne supporterait pas de perdre son fils. Le destin les avait suffisamment fait souffrir pour les laisser enfin tranquilles.

Son téléphone bipa. C'était Raphael.

« Papa, je ne rentrerai pas ce soir, je dors chez une copine. Ne m'en veux pas. Bisous. »

Davis eut un rire nerveux. Il n'aurait su dire s'il était en colère ou seulement soulagé. Au fond de lui, il avait réellement envisagé le pire. Trop de jeunes gens perdaient la vie au volant de bolides sur les routes américaines.

« Toi, tu vas te prendre le plus grand savon de ta vie. Ça, je te le promets », se dit-il.

En réponse, il lui écrivit : « Très bien, mais rentre demain matin pour 8 heures ».

Ce n'était pas la peine de trop l'inquiéter pour l'instant et surtout il n'avait pas envie que Raphael reprenne la route si tard. Au moins, chez sa copine il ne risquait rien.

Dix-sept ans, l'âge ingrat. En même temps, l'âge de toutes les découvertes.

Plus rassuré qu'en colère, il retourna à son ordinateur et consulta une dernière fois les dossiers du juge Darlington.

Encore un et il irait se coucher.

Finalement il en lut trois de plus avant qu'un large sourire ne s'affiche sur son visage. C'était trop beau pour être vrai. Il avait trouvé l'aiguille dans la botte de foin.

Il était trop tard pour agir, mais dès le lendemain, l'affaire Garth Nolan risquait bien d'être clôturée.

En allant dans sa chambre, il s'arrêta pour déposer un baiser sur le front de Penny qui dormait depuis un bon moment.

Il pensa à Raphael. La colère à présent passée, il était plutôt heureux que son fils ait trouvé une petite amie. Il était temps de se coucher.

29

Jeudi 9 juillet

Quand il entendit le moteur de la Ferrari, Davis bondit du lit. Il regarda sa montre. 6 h 54. Il n'avait dormi que d'un œil, se réveillant à plusieurs reprises.

Il alla dans la salle de bains, le miroir lui renvoya l'image d'un zombie. Il retourna dans sa chambre et jeta un œil par la fenêtre. Les lumières de l'aube avaient pris possession du ciel. Davis descendit au rez-de-chaussée et attendit.

La porte s'ouvrit lentement. Raphael entra.

Davis tendit la main, paume ouverte.

— Les clés !

Raphael secoua la tête, les lèvres serrées. Il lui remit les clés de la Ferrari.

— Tu te rends compte de ce que tu as fait ? Tu as trahi ma confiance. Je me suis fait un sang d'encre. Qu'est-ce qui t'a pris ?

— Quoi que je dise, tu vas me punir.

— Oui, ça c'est clair, mais je veux que tu t'expliques.

— J'ai rencontré une fille, c'est tout.

— Et alors ? Tu aurais pu rentrer tout de même.

— Tu ne comprends pas ?

— Si, mais tu n'as que dix-sept ans et tu es sous ma responsabilité. Quand je te dis : « tu rentres avant 11 heures », c'est que tu dois rentrer avant 11 heures.

— Pourquoi ? Qu'est-ce que ça change ? Je suis là, ce n'est pas la fin du monde.

— Tu as trahi ma confiance, Raphael.

— Je sais, mais merde, je n'allais pas passer à côté de cette fille pour une histoire d'horaire !

Davis sentait la colère diminuer face à la détresse de son fils.

— Elle s'appelle comment ? Elle a quel âge ? Où avez-vous dormi ?

— Papa, c'est un interrogatoire ?

— Prends-le comme tu veux.

Raphael soupira.

— Elle s'appelle Kelly, elle a seize ans. Et on a dormi dans la voiture, en face de l'océan.

— Que font ses parents dans la vie ?

— Je n'en sais rien. Tu crois que nous avons parlé de ses parents ?

— Où habite-elle ?

— Je l'ai laissée en ville. Elle ne voulait justement pas que je la ramène devant chez elle. Elle a dit qu'elle dormait chez une amie.

— Tu avais des préservatifs ?

— Non, mais elle en avait, mentit-il.

— Tu sais que tu devras t'en servir tant que vous n'aurez pas fait le test, du moins surtout ta copine. Elle était vierge ?

— Papa ! Mais ça ne va pas ! s'insurgea Raphael. Il passa devant son père et ajouta : Je vais me coucher. Tu deviens super lourd.

Davis attrapa son fils par le bras et le regarda droit dans les yeux.

— On n'a pas fini de parler, tous les deux. Et aujourd'hui, si tu veux revoir ta copine, il y a des vélos dans le grand garage.

— Merci, lâcha Raphael, dégoûté.

Davis regarda son fils monter le large escalier du vestibule. Pourvu que cette Kelly soit une fille sincère.

Mais il en doutait sérieusement. Un jeune homme avec une Ferrari pouvait attirer bien des convoitises.

Il soupira et pria pour que tout se passe bien.

⁂

Une demi-heure plus tard, Davis était prêt à partir. Penny dormait toujours. Il alla retrouver Raphael dans sa chambre. Le garçon s'était endormi.

Davis hésita un instant, puis s'approcha de lui et le secoua jusqu'à ce qu'il se réveille.

— Quoi ? Qu'est-ce qu'il y a ?

— Je m'en vais.

— OK, super, bafouilla Raphael dans un demi-sommeil.

— Je veux que tu sois réveillé pour l'arrivée de Mme Chaffin. Si jamais elle repart parce que tu ne lui as pas ouvert, je te promets que tu ne toucheras plus à la Ferrari jusqu'à tes dix-huit ans.

Raphael l'avait complètement oubliée, celle-là. Il prit son smartphone et mit le réveil pour 9 heures.

— OK, c'est bon. Je peux me rendormir ?

— Oui, mais comprends bien que moi, je tiens toujours mes promesses.

Raphael fit la moue et disparut sous son drap.

Davis aurait voulu avoir une conversation franche, mais le temps pressait. Tant pis, il attendra ce soir.

Il quitta le manoir et monta dans son pick-up sous un ciel voilé. Il mit la radio, et tomba sur un vieux morceau de Shriekback « The Big Hush ». Un des morceaux préférés de Charleen.

« Ton petit garçon est devenu un homme à présent », lui adressa-t-il en pensée.

Aussi inconscient qu'ait été Raphael, Davis savait que ce jour allait arriver, mais cela lui faisait une impression bizarre.

Il préféra ne plus y penser et se focalisa sur son travail. Avec sa découverte de la veille et un peu de chance, l'affaire Garth Nolan allait être conclue dans la journée.

Il arriva dans le centre-ville, alors que le vent rabattait les nuages vers les terres.

Il entra dans le commissariat, salua le réceptionniste et arriva dans l'open space. Les agents du matin n'étaient pas encore tous arrivés, mais il eut l'agréable surprise de voir Bloom déjà à son bureau devant son écran d'ordinateur.

— Bonjour, sergent. Bien dormi ?

— Oui. La nuit fut courte, mais ça va.

— Vous avez déjà pris un café ? demanda Davis dont le regard se posait au même instant sur une tasse encore pleine. Vous venez dans mon bureau ?

— Oui, je me suis remise sur les dossiers Darlington, dit-elle en se levant.

— C'est bien, mais je crois que ce n'est plus nécessaire.

Ils retraversèrent l'open space et montèrent à l'étage. Ils s'enfermèrent dans son bureau, et Davis mit sa machine à café en route.

Bloom s'approcha de la fenêtre. Un éclair zébra le ciel.

— Je plains les touristes, dit-elle en tenant sa tasse bouillante entre ses mains.

Davis sourit et lança un Nespresso Ristretto.

— Vous avez pu voir votre indic hier soir ? demanda-t-il.

— Oui, mais il n'a aucune idée de l'identité de celui ou celle qui lui a envoyé les photos. Quelqu'un qui voulait du mal à Darlington, c'est clair. Mais pourquoi ? Aucune idée.

Sa nature franche l'incitait à lui parler de Rocambole et du Club des Détective Anonymes, mais Bloom avait promis à Faye de ne rien dire à Davis tant qu'elle ne serait pas certaine qu'il n'était pour rien dans la mort de sa femme.

Aussi improbable que soit cette hypothèse, Bloom savait qu'elle tiendrait sa promesse. Elle avait passé l'une des meilleures soirées de ces dernières années. Elles avaient ri comme elles ne l'avaient plus fait depuis leur adolescence, et pleuré aussi.

L'alcool aidant, la séquence nostalgie avait été ravivée par l'évocation de leurs meilleurs souvenirs. Photos et vidéos à l'appui. Faye avait dormi dans son lit comme à la belle époque et était partie au petit matin. Pas très fraîche.

— Tant pis, ce n'est pas grave, répondit Davis qui prit son café et alla s'asseoir à son bureau.

Bloom s'éloigna de la fenêtre et s'assit à son tour.

— Moi aussi j'ai travaillé hier soir, ajouta Davis en allumant son ordinateur.

— Vous, vous avez la tête de quelqu'un qui a trouvé quelque chose, se permit Bloom.

— Ce n'est pas impossible, dit-il alors que l'écran d'accueil s'ouvrait.

Davis inscrivit son mot de passe.

— Vous avez découvert un suspect potentiel ?

— Soyez patiente, vous allez comprendre.

En sirotant leur café, ils attendirent que l'ordinateur soit opérationnel avant de pouvoir entrer dans les sites gouvernementaux. Quelques minutes plus tard, Davis affichait l'un des jugements que Darlington avait rendus. Il remontait à quatre ans.

Bloom reconnut aussitôt le visage du condamné.

— Neil Pratter !

L'un des videurs du Red Dolphin et meilleur ami de Garth Nolan.

— Drôle de coïncidence, non ? dit Davis.

— Depuis que je suis flic, j'ai appris à ne plus croire aux coïncidences.

— Moi non plus. Il a été arrêté pour trafic de stupéfiants. Il n'avait que seize ans, et deux cents grammes de cannabis sur lui. Il aurait très bien pu n'écoper que d'une peine avec sursis. Mais le juge Darlington lui a donné trois ans ferme.

— Un peu dur, quand même, dit Bloom en pensant à ce garçon. Trois ans de prison à seize ans. C'est sévère pour avoir revendu un peu de cannabis.

— Il a été libéré pour bonne conduite au bout de deux ans.

— Donc, ça fait deux ans qu'il est dehors.

— Oui, largement le temps pour entrer dans le cercle de Mme Darlington.

— Dans ce cas, pourquoi c'est Garth qu'on voit sur les photos et pas Pratter ?

— Parce que si Darlington l'avait vu traîner autour de sa femme, il se serait vite méfié. Tandis que Garth, le juge ne le connaissait pas. Et aussi, il fallait bien que quelqu'un prenne les photos, dit Davis.

— Oui, mais il reste toujours deux questions sans réponse. Qui a envoyé les photos ? Et pourquoi ?

— J'ai longtemps réfléchi, et je crois avoir trouvé. C'est Neil qui a envoyé les photos à votre indic. D'une manière ou d'une autre, il le connaît.

Bloom se souvint de sa rencontre avec Faye à la sortie du Red Dolphin. Elle venait sûrement de parler avec les serveurs et avait dû leur laisser sa carte. CQFD.

Elle faillit tout raconter à Davis mais se ressaisit à temps. Elle resterait loyale envers Faye.

— Mais pourquoi ne nous a-t-il rien dit quand on l'a interrogé ? demanda Bloom qui se doutait que Davis avait la réponse.

— Il n'allait tout de même pas nous avouer qu'il couchait avec la femme du juge. Il a été libéré pour bonne conduite et je ne pense pas qu'il souhaite revoir le juge de sitôt.

Bloom hocha la tête et prit le relais :

— En revanche, en nous envoyant les photos, il salissait le juge et vengeait la mort de son ami, dit-elle avant d'en déduire : Pour Neil, l'assassin de Garth est donc le juge.

— C'est ce qu'il pense et entre nous, je le pense aussi.

Bloom eut un petit sourire alors qu'un nouvel éclair déchirait le ciel. De grosses gouttes vinrent marteler les vitres. Le ciel était presque noir alors qu'il était à peine 9 heures.

— Qu'est-ce qu'on fait ?

— On fonce chez Pratter voir ce qu'il a à nous raconter.

— Vous ne pensez pas que nous devrions en informer Crawford auparavant ?

Davis n'en avait pas du tout envie, mais pouvait-il se permettre de laisser le shérif hors du coup ?

— Vous avez raison.

Ils sortirent du bureau et remontèrent le couloir. Davis frappa. Crawford cria un « entrez » à travers la porte. Davis entra le premier, suivi de Bloom.

— Bonjour, shérif. On a du nouveau.

Crawford avait sa tête des mauvais jours.

— C'est-à-dire ?

— On a peut-être le moyen de prouver que le juge voulait se venger de Garth Nolan.

— Vous arrêtez tout de suite avec ça, et regardez-moi bien : Darlington n'a pas tué Garth Nolan. Vous le voyez émasculer ce pauvre garçon ? Voyons, soyons sérieux. On ne devient pas tueur en série sur un coup de tête !

Le rouge était monté au visage du shérif.

— Il a pu payer quelqu'un.

— Stop ! tonna Crawford en se levant de son bureau. Lieutenant Davis, un mot de plus et je vous dessaisis de l'enquête.

— Shérif, s'il vous plaît, écoutez-nous, plaida Bloom.

Le téléphone intérieur sonna. Crawford décrocha sans lâcher son sergent du regard.

— Quoi ?

Davis et Bloom le regardèrent et virent le visage du shérif perdre ses couleurs.

— Vous en êtes certain ?

Davis fit mine de partir. Crawford, d'un mouvement autoritaire de la main, lui fit signe de rester.

— Où ça ? OK. Je vous envoie mes hommes. Merci, commandant.

Crawford raccrocha et se rassit lourdement dans son fauteuil. Il se massa les tempes.

— La voiture du juge Darlington a été retrouvée par les pompiers sur le bord d'une route. Elle était en feu. Un corps carbonisé à l'intérieur.

— C'est pas vrai ! s'exclama Bloom, stupéfaite.

Crawford regarda ses deux policiers et croisa ses bras noueux sur son bureau.

— Parlez-moi de votre type ?

Davis se retint de lui faire remarquer qu'un instant auparavant il comptait les évincer de l'enquête, et lui refit le même topo que celui qu'il avait exposé à Bloom quelques minutes plus tôt.

— Foncez chez lui, attrapez-le-moi. Surtout qu'il ne vous échappe pas. Prenez six hommes avec vous et encerclez la maison de cette ordure.

— Shérif, on ne sait pas ce qu'il s'est passé. Rien ne dit que c'est Pratter qui a tué le juge. Et à l'inverse, il pourrait nous être très utile pour trouver le véritable coupable si ce n'est pas lui.

— On ne peut se permettre une nouvelle affaire Armstrong, renchérit Bloom.

— Vous voulez y aller seulement tous les deux ? dit Crawford d'un ton condescendant. Non, prenez six hommes. Briefez-les juste pour qu'ils ne tirent pas à vue.

— Je pense qu'on pourrait déjà commencer par localiser son portable. Au moins, on serait certains qu'il est bien chez lui et pas en fuite.

— Oui, on va faire comme ça, dit Crawford qui semblait perdu dans ses pensées. Allez, ne perdez pas de temps et tenez-moi au courant dès que vous l'avez trouvé.

Davis acquiesça et sortit du bureau.

— Je n'arrive pas à le croire. Carbonisé ! dit Bloom en imaginant la scène.

— Si seulement on avait découvert plus tôt le lien entre Pratter et le juge, on l'aurait peut-être sauvé.

— On n'y est pour rien.

— Je sais, mais notre boulot, c'est de sauver des vies.

— Et d'attraper les méchants. Faisons déjà cela, dit Bloom.

Davis s'arrêta et lui fit face.

— Si on arrive à coincer Pratter, je vous donne ma prime annuelle.

— Minimum, dit Bloom qui ajouta : Laissez tomber, je vous ai dit que je m'en sortais très bien.

Davis secoua la tête, amusé. Décidément, il l'aimait de plus en plus, cette fille.

30

Trempée par la pluie qui s'était abattue sur elle, Faye ouvrit la porte de l'annexe du *San Francisco Chronicle* et fonça directement sur Angelo, tranquillement assis à la place de Rosie.

— Je suppose que tu as écouté les infos ?

— Si tu veux parler du juge Darlington, c'est oui.

Chuck sortit de son propre bureau, mais se garda bien d'intervenir.

— Et alors ? grogna-t-elle.

— Et alors quoi ? s'étonna Angelo.

— Tu ne t'excuses pas ? Tout va bien ? Pas de problème ?

— De quoi tu parles ?

— De mon article d'il y a deux jours. On l'a refusé parce que j'osais émettre l'idée que le juge Crawford pouvait être lié à la mort de Garth Nolan.

— Et tu crois que c'est moi le responsable ?

— Je ne le crois pas, j'en suis certaine. Si tu n'avais pas fait pression pour t'approprier cette histoire et si tu avais laissé mon article paraître, le juge serait sûrement en vie à l'heure qu'il est.

Angelo fit la moue.

— Très bien, si tu veux tout savoir, Phil m'a demandé mon avis. Mais ce n'est pas moi qui ai fait obstruction. C'est le service juridique.

— Service juridique, la bonne blague.

— Appelle Phil, il te le dira.

— C'est vrai, intervint Chuck qui s'avança dans le bureau.

— Qu'est-ce que tu en sais ?

— J'ai appelé Barry, tu sais mon copain du service des sports. Il s'est renseigné et m'a assuré que ce sont eux qui ont bloqué. Tu peux lui faire confiance.

— Mais quand as-tu fait ça ?

— Mardi, quand j'ai vu qu'ils avaient changé ton article. J'ai cru à un coup tordu. Mais a priori c'est vraiment un problème juridique.

Faye sentit la pression diminuer d'un cran mais ça n'excusait pas tout.

— Ce pauvre type est mort à cause de nous. Félicitations.

— Non, on n'est pas responsables, la reprit Angelo. Ne refais pas l'histoire. Rien ne dit que celui qui l'a abattu l'aurait laissé en vie après ton article, et ce serait le cas, ça ne changerait rien. Nous ne pouvions pas savoir.

— Moi, je savais, dit-elle, pleine de hargne.

Un silence s'installa. Angelo ne semblait aucunement touché par la vindicte.

— Bon, tu as fini ? dit-il en gardant son flegme.

Faye lui aurait bien arraché les yeux, mais cela n'aurait fait qu'encourager sa misogynie.

— Pour l'instant, mais je ne te pardonnerai jamais.

— Cela n'a rien de personnel. Cette histoire pue à cent kilomètres. Ça pourrait être dangereux pour toi.

— Je suis une grande fille, je sais me défendre.

Un tic nerveux fit tressaillir la paupière d'Angelo.

— C'est ce que tu crois. Peux-tu me dire où est Rosie ?

— Je te l'ai dit hier. Elle est en mission. Elle m'a fait promettre de ne rien te dire.

Angelo la regarda droit dans les yeux.

— Tu sais, Faye, tu as beaucoup de qualités, mais tu ne sais pas mentir. Je veux la vérité.

— Mais c'est la vérité, intervint Chuck. On n'a rien à te dire. Tu veux des infos ? Tu te débrouilles.

— Est-ce que je peux au moins savoir si vous avez eu Rosie au téléphone dernièrement ?

— Non, mais elle nous a envoyé un mail. Elle va bien, si c'est ce que tu veux savoir.

— Je veux bien te croire. Dans ce cas, appelle-la et dis-lui que j'aimerais lui parler.

— Si tu veux.

Elle fit le numéro et tomba sur la boîte vocale. Elle mit le haut-parleur et on entendit la bande enregistrée de Rosie leur indiquant de laisser un message.

— Tu vois, elle ne veut pas répondre.

Angelo prit un air sévère.

— Cela fait trois jours que personne n'a de ses nouvelles. Selon toi, Rosie serait en mission, sans avertir personne. Je me suis permis d'appeler ses enfants. Eux aussi ont essayé de la joindre mais sans succès. Ils lui ont envoyé un mail, et étrangement elle leur a répondu que tout allait bien.

— Pourquoi « étrangement » ? Tu vois bien que tu t'inquiètes pour rien.

— Alors comment tu expliques qu'elle réponde aux mails et pas au téléphone ? Tu ne trouves pas ça pour le moins suspect ?

— C'est Rosie, dit Faye.

— Non, justement elle n'est pas comme ça. Tu as l'air de l'oublier mais j'ai travaillé six ans à ses côtés. Elle adore ses fils plus que tout au monde. Elle ne les aurait jamais volontairement évités.

— Cela fait à peine trois jours, Angelo. Il n'y a pas de quoi avoir peur.

— Tu sais ce que j'ai fait hier après-midi ? Je suis allé devant chez Rosie. J'ai passé ma journée à l'attendre. Avant de partir, je suis allé sonner chez ses voisins.

Personne ne l'a vue depuis lundi. Même son gardien s'en est étonné.

— Elle n'est pas à Pacific View, elle enquête ailleurs.

— Ah oui ? Alors, dis-moi pourquoi son dernier appel venait justement de Pacific View.

— Comment ça ?

— J'ai usé de mes relations pour repérer Rosie grâce à son portable. Il n'a pas été allumé une seule fois depuis lundi ; et le dernier appel remonte à lundi matin. Ici même, dans ce bureau.

Faye et Chuck se regardèrent. Ils commençaient à avoir des doutes.

— Je vais aller voir la police et leur demander d'entrer chez Rosie. J'espère seulement qu'ils ne trouveront pas un cadavre, conclut Angelo.

Faye eut un rire sans joie.

— Arrête ta parano. Rosie n'est pas chez elle.

— Ça reste à prouver. Si ça se trouve, elle est en train d'agoniser.

Angelo se pencha pour prendre le téléphone fixe.

— Tu appelles qui ? demanda Chuck.

— La police.

— Raccroche.

Angelo garda le combiné collé à la joue.

— Non, je m'en occupe, répondit-il.

— Raccroche, je te dis.

Chuck lui prit le téléphone des mains et le reposa sur sa base.

— Rosie n'est pas chez elle, parce qu'on y est allés.

Angelo en resta bouche bée et regarda Faye.

— Comment ça ?

— Elle m'a laissé ses doubles de clés au cas où elle perdrait les siennes, et comme nous aussi on s'inquiétait, on est allés voir chez elle.

— Et vous n'avez rien trouvé de suspect ?

Chuck n'arrêtait pas de gigoter d'une jambe sur l'autre.

— Faye, dis-lui tout. Il a peut-être raison. Après tout, peut-être bien que Rosie est en danger.

— Me dire quoi ?

Faye alla s'asseoir face à Angelo et déverrouilla son tiroir personnel d'où elle sortit le dossier Fitzgerald.

— Tiens. Tu croyais bien connaître Rosie, eh bien tu vas peut-être être surpris.

Angelo prit le temps de feuilleter le dossier, puis leva les yeux.

— Je ne comprends pas. Qui sont tous ces gens ?

— Angelo, ce que je vais te dire doit rester entre nous. On n'est pas très fiers d'avoir fouillé chez Rosie, mais il y a toute une partie de sa vie qui nous est inconnue. Elle fait partie d'un groupe qui s'appelle le Club des Détectives Anonymes. Ils enquêtent sur de vieilles affaires pour faire éclater au grand jour des erreurs judiciaires ou trouver le coupable dans des affaires non élucidées.

— Tu parles bien de Rosie ? Rosie Montrose ?

— Oui, c'était dans son ordinateur. Et c'est pour ça qu'on ne s'inquiète pas. On pense qu'elle est avec un certain Rocambole.

— Qu'est-ce qui te fait dire ça ?

— Lundi, elle avait un rendez-vous mystère. Comme par hasard le lendemain du jour où, par une lettre d'adieu, Rocambole annonçait son départ du groupe.

— Je ne vois pas le rapport. Rien ne dit que les deux faits soient liés. Excuse-moi, mais j'appelle la police.

— Laisse tomber, c'est déjà fait, dit Faye.

— Il faut savoir, dit Angelo en regardant Chuck.

Ce dernier n'en menait pas large. Il prenait conscience de la situation dans laquelle ils s'étaient fourrés.

— J'ai une amie sergent, je lui en ai parlé hier soir, dit Faye.

— Elle va enquêter ?

— Oui, mentit-elle.

Si elle avait bien parlé de Rosie à Bloom, en revanche, elle n'avait rien dit de ses doutes concernant une éventuelle disparition inquiétante.

— OK, dit Angelo. On reprend tout. Je veux tout savoir de ce que vous savez. Ensuite, c'est moi qui mène l'enquête. On est d'accord ?

Faye aurait bien voulu pouvoir répondre que non. Mais quel autre choix avait-elle ? Ils avaient agi en toute illégalité et si Angelo appelait la police, elle risquait de se retrouver dans une situation très embarrassante.

— OK. Lui, c'est un flic, dit Faye en montrant la photo de Davis prise dans le dossier Fitzgerald. Rosie et ses amis pensent qu'il a tué sa femme il y a trois ans.

31

La pluie ne cessait de tomber. Davis gara son pick-up sur le parking de la marina. La mer était agitée. Tous les voiliers qui mouillaient à quai tanguaient dans un tintement lancinant.

— Drôle d'endroit pour se cacher, dit Bloom.

— Il ne se cache pas, répliqua Davis, sûr de lui. Il aurait quitté Pacific View s'il craignait quoi que ce soit.

— Vous pensez qu'il est innocent ?

— Je n'en sais rien. S'il a tué Darlington, il peut croire qu'avoir mis le feu au véhicule aura détruit toute trace d'ADN.

— Avec la pluie, il est possible que le CSI en trouve malgré tout ?

Davis avait demandé à Parker et son équipe d'experts s'ils pouvaient leur donner un nouveau coup de main. Ils devaient arriver d'ici une heure.

— Espérons-le.

Ils descendirent du pick-up. Les trois autres véhicules banalisés se garèrent à distance raisonnable.

Un hors-bord de la police, mais aussi l'hélicoptère des pompiers, avaient été mobilisés, au cas où l'homme tenterait de s'enfuir par voie maritime.

Ils avaient triangulé le portable de Pratter et à leur grande surprise, il n'était pas chez lui mais sur la marina. Malheureusement, la précision se jouait à quelques mètres près. Ils étaient cependant certains du ponton, restait à trouver le bon voilier.

Les six agents dépêchés en renfort les rejoignirent. Tous en civil.

Davis se dit que si Pratter, à l'abri derrière le hublot de son voilier, observait ce qu'il se passait, un tel attroupement était aussi explicite qu'une étoile de shérif sur la poitrine.

— Saleté de temps, grogna Sam Scott.

— Non, c'est plutôt une chance, le corrigea Davis. Au moins nous n'avons pas de vacanciers dans les pattes.

Très fréquentée aux beaux jours, il n'y avait pas un seul passant sur la marina ce jour-là, ni aucun touriste en train de bronzer sur le pont des bateaux.

— Vous êtes certain qu'il est là ? demanda Jeremy Feige.

— Oui, mais faites attention. Il peut être dans n'importe quel voilier.

— Ne vous inquiétez pas, on ne va pas le rater, lui assura Ron Mitchell.

— J'y compte bien, mais il nous le faut vivant. Il est probable qu'il ait un complice.

— Crawford a dit qu'il était tout seul, réfuta Mitchell.

Davis, lui aussi, avait entendu les recommandations du shérif et n'avait pas osé le contredire en plein briefing.

— C'est ce que nous croyons, mais rien n'est moins sûr.

— Vous avez tous vos gilets ? demanda Bloom.

Les six hommes hochèrent la tête.

— Alors, ne tirez pas les premiers, dit-elle. Il y a des familles qui vivent sur ces voiliers.

— Pas de bavure, renchérit Davis, histoire d'être bien clair.

Ils acquiescèrent, mais ne semblaient guère rassurés.

— Je prends ce voilier, continua Davis en indiquant le premier sur la gauche. Sam, tu me couvres avec Roger. Ron, Pal, Jeremy, vous faites celui de droite.

Harry, Ilan et Veronica, vous restez en retrait et surveillez les alentours ainsi que les voiliers plus éloignés.

Dès le premier jour, il avait fait une chose qui lui paraissait très importante : apprendre les noms et prénoms des quarante personnes qui travaillaient au commissariat, ceux des agents assermentés mais aussi ceux du personnel administratif.

Il sortit son arme et tous les agents l'imitèrent. Davis pria pour qu'aucun coup ne soit tiré, persuadé qu'un carnage en résulterait.

Il vit alors le hors-bord de la police s'approcher au loin. D'autres agents le virent également et eurent un rictus mauvais.

Davis remonta le ponton et s'approcha du premier voilier. Il grimpa à son bord. La pluie redoublait de violence, il était totalement trempé. Le bateau tanguait légèrement. Cependant, il continua d'avancer et s'arrêta devant la porte qui cloisonnait l'intérieur du voilier. Il frappa deux coups secs.

Aucun bruit. Il se retourna. Scott et Kriekberg, juste derrière lui, le couvraient.

Il longea le pont en faisant attention de ne pas glisser. Il se pencha pour regarder par les larges hublots.

Pas âme qui vive. Mais peut-être se cachait-il.

Il revint sur ses pas.

— Sam, tu restes sur ce voilier. Si tu entends du bruit, tu nous appelles. Ron, tu me suis. On va faire celui-là, dit Davis en désignant le voilier suivant.

Il jeta un coup d'œil de l'autre côté. Sa deuxième équipe, elle aussi, avait fait chou blanc.

Il revint sur le ponton. Soudain, il remarqua un léger mouvement sur l'avant du dernier voilier. Il croisa un regard et n'eut aucun doute.

— Pratter, ne bouge plus, hurla-t-il.

Dans un ensemble parfait, tous les agents tournèrent la tête vers le suspect.

Davis se mit à courir, mais Neil avait disparu.

Tous ses hommes derrière lui, Davis arriva près du voilier où se cachait Pratter.

— Laissez-moi faire, et surtout ne tirez pas. Il ne peut pas s'en sortir, OK ?

Bloom prit son portable et appela les agents sur le hors-bord.

— On a trouvé le suspect. Vous pouvez accoster.

Davis monta à la proue du voilier et se retourna vers ses hommes.

— Sam, Ron, couvrez-moi.

Il s'avança et baissa son arme. Ses deux agents montèrent sur le pont et restèrent en retrait, braquant la porte.

— Pratter, je sais que tu es là. Alors écoute-moi. Si tu veux que tout se passe bien, sors lentement les mains en l'air.

— Non, vous allez me tuer, entendit-on derrière la porte.

— Neil, je pose mon arme, il ne va rien t'arriver. On veut juste te parler.

— Ne vous foutez pas de moi. Vous allez me flinguer, comme pour les Armstrong.

Davis fit la moue, posa son arme au sol et se retourna. Pratter avait la voix d'un désespéré pas celle d'un tueur sanguinaire.

— Sam, Ron, descendez. Je veux que tout le monde range son arme.

— On ne peut pas, c'est de la folie. Ce type est prêt à tout, dit Sam Scott.

— Faites ce que je vous dis, c'est un ordre ! tonna-t-il.

Kriekberg et Scott s'exécutèrent de mauvaise grâce et retrouvèrent les autres agents sur le ponton.

— Je suis seul et non armé. On va trouver une solution.

Une minute passa dans un silence seulement ponctué par la pluie qui avait légèrement baissé d'intensité.

Davis entendit le hors-bord se rapprocher, puis s'amarrer en bout de ponton.

— Neil, tu n'as aucune chance de t'enfuir. Rends-toi, et tout se passera bien.

La porte s'ouvrit enfin. Davis pria pour qu'il ne se soit pas trompé sur les intentions de l'homme et faillit jurer quand il le vit alors apparaître, se servant d'une jeune fille comme d'un bouclier humain.

— Descendez du bateau ou je la tue !

La fille avait le canon d'une arme sur la tempe.

La même arme qui avait tué Darlington ? se demanda Davis.

— Je vous en supplie, implorait la jeune fille.

Davis eut un gros doute quant à l'identité de la jeune fille. Si elle était la petite amie de Pratter, il était plus que probable qu'elle jouait la comédie pour l'aider. Mais il ne pouvait prendre le moindre risque de se tromper.

— Personne ne va mourir. N'est-ce pas, Neil ? Relâche-la. Regarde, personne ne veut te tuer, dit-il.

Il se retourna. Tous ses agents avaient obéi à ses ordres. Pas une seule arme n'était braquée en direction du bateau.

— Ils vont m'abattre dès que je la relâcherai, dit Pratter.

— Neil, on ne va pas te laisser partir. Tu le sais bien.

— Non, je n'ai rien fait. Je suis innocent. Comme les Armstrong, comme Garth. C'est vous qui tuez des innocents, pas moi !

— Neil, prends-moi à sa place, s'imposa Bloom qui avança et monta à la proue du bateau.

— Sergent, redescendez. Vous n'avez rien à faire ici !

Bloom passa devant Davis et se rapprocha de Pratter.

— Arrêtez ou je vous jure que je la tue.

— Faites ce qu'il vous dit, je ne veux pas mourir, les supplia la jeune femme.

— Neil, prends-moi en otage. Il y a un hors-bord, juste là. On monte dessus et tu t'enfuis, dit Bloom en sortant ses menottes.

La pluie avait repris de plus belle. Pratter cligna des yeux mais ne s'essuya pas le visage, tenant fermement son otage de son bras gauche et lui braquant la tempe de sa main droite.

— Sergent, vous outrepassez mes ordres, dit Davis qui comprenait la manœuvre mais la trouvait bien trop risquée. Retournez sur le ponton.

Bloom savait qu'elle risquait gros, mais n'avait pas envie de revoir un présumé innocent prendre encore une balle sous ses yeux. Elle se passa ses propres menottes aux poignets et se retourna, dos à Pratter.

— C'est de la folie, ne faites pas ça ! cria Davis.

Il voyait bien qu'elle ne changerait pas d'avis, alors le mieux était de faire comme s'il y était farouchement opposé.

— OK, j'accepte, dit Pratter qui tomba dans le panneau. Toi, tu dégages lentement, et pas de mouvement, dit-il à la jeune otage.

La jeune fille se baissa, puis marcha à quatre pattes avant de se relever et de courir sur le pont pour rejoindre les agents restés en retrait. Le sergent Bradley la prit dans ses bras et tenta de la rassurer.

Bloom ne bougea pas, mais sentit la présence de Pratter qui se rapprochait. Soudain, une poigne brutale lui enserra violemment le torse, tandis qu'elle sentait le froid métallique d'une arme sur sa tempe. Elle eut envie de hurler.

Elle réalisa qu'elle venait de faire la plus terrible erreur de sa vie.

Elle se mit à trembler.

Davis vit le désespoir dans les yeux de son sergent.

— Tout va bien se passer, sergent, la rassura-t-il. N'est-ce pas ?

— Oui, je ne veux tuer personne, mais je vous jure que je n'hésiterai pas. Je n'ai plus rien à perdre. Maintenant, vous descendez. Dites à vos hommes de s'en aller et de laisser le hors-bord en marche.

— OK, on va faire comme ça. Mais à mon tour de te prévenir. Si jamais tu lui fais le moindre mal, je te jure que tu regretteras que je ne t'aie pas mis une balle dans la tête, dit Davis qui lui envoya son regard le plus dur.

Pratter appuya un peu plus le canon sur la tempe de Bloom mais garda le silence.

Davis tourna les talons et quitta le voilier.

— On s'en va, dit-il.

— Mais on ne peut pas le laisser partir, dit Scott.

— Faites ce que je vous dis. Il n'ira pas bien loin, ajouta-t-il à voix basse.

Tous les hommes, y compris les deux policiers arrivés avec le hors-bord, remontèrent le pont jusqu'à la marina. Ils virent alors Pratter faire descendre Bloom tout en la visant.

— On pourrait l'avoir. Je suis persuadé que je peux le tuer avant qu'il ne tire, dit Kriekberg.

— Oui, et si vous avez tort ? C'est vous qui irez parler de votre certitude à ses parents et à son fils ?

L'agent n'en rajouta pas. Pratter descendit à son tour en reculant. Utilisant Bloom comme bouclier humain, il alla au bout du pont et monta sur le hors-bord.

Quelques instants plus tard, il prenait le large.

— Ils s'en vont, ne les lâchez pas, dit alors Davis dans son téléphone.

Moins de trente secondes plus tard, un hélicoptère survolait la marina et se mettait dans le sillage du hors-bord.

⁂

Recroquevillée en chien de fusil, à l'arrière du hors-bord, Bloom avait repris le contrôle de ses émotions.

Pratter se tenait au volant et fonçait, manettes à fond, droit vers le large.

L'océan était beaucoup moins calme qu'en bordure de marina. À plusieurs reprises, de grosses vagues soulevèrent l'embarcation avant de la laisser retomber violemment sur l'eau.

À chaque fois, Bloom avait l'impression qu'elle allait être éjectée du bateau. Ayant les mains liées, c'était la noyade assurée.

Malgré le bruit assourdissant du moteur, elle avait entendu celui de l'hélicoptère des pompiers. On ne la laisserait pas couler comme un vulgaire sac de pommes de terre, espérait-elle.

Le ciel était toujours aussi noir, la pluie lui griffait le visage.

Le bruit du moteur baissa d'intensité. Pratter se retourna vers elle.

Il avait l'air totalement désemparé.

— Je n'ai rien fait, c'était un accident, rien qu'un accident.

— Dans ce cas, vous ne risquez rien, dit Bloom en s'efforçant de se redresser pour s'asseoir.

Le hors-bord était à présent à l'arrêt. L'hélicoptère, qui s'était rapproché, restait en position stationnaire au-dessus d'eux, créant des remous et faisant virevolter les gouttes de pluie en tous sens.

— Vous allez m'abattre comme un chien. J'ai vu ce que vous avez fait à Matt Buscema et à Carrie Armstrong. Vous vous prenez pour des cow-boys et vous tuez des innocents en toute impunité. Je n'ai aucune confiance en vous, cria l'homme par-dessus le boucan que faisaient les pales de l'hélicoptère.

— Pratter, lâche ton arme et lève les mains en l'air, ordonna un homme depuis l'hélicoptère à travers un porte-voix.

Bloom et Pratter levèrent les yeux. Il était assis sur la cale de l'appareil, les pieds dans le vide, prêt à sauter.

— Je suis désolé, mais je n'ai pas le choix, dit Pratter.

Bloom reconnut la folie dans le regard du jeune homme.

— Non, je vous en supplie, j'ai un petit garçon.

Elle sentit son cœur se serrer et se maudit d'avoir cru qu'un minimum de bonté pouvait rester tapi dans le cœur d'un tueur.

Pratter s'approcha. Bloom ferma les yeux et se mit à hurler. Elle sentit alors le coup de crosse sur son front, suivi d'une douleur fulgurante.

Elle rouvrit les yeux. Pratter avait lâché son arme pour la soulever.

Les mains liées et ressentant un insupportable mal de tête, elle ne pouvait rien tenter.

— Je ne suis pas un assassin, dit Pratter en la jetant par-dessus bord.

Bloom le fixa droit dans les yeux, et se dit que si jamais elle s'en sortait elle le tuerait de ses propres mains.

Elle eut la sensation du vide avant de percuter violemment l'océan. Puis elle s'enfonça dans les eaux. Elle tenta de battre des pieds, mais la panique la tétanisa. Une terreur indicible l'envahit. Elle allait mourir.

C'était tellement absurde. Impossible. Elle pensa à Julian, et ses larmes se mêlèrent à l'océan.

Tout ceci n'avait duré que quelques secondes, quand une masse énorme vint la rejoindre sous les eaux et qu'elle se sentit empoignée par un bras vigoureux.

L'homme, habitué aux sauvetages en mer, nageait avec force. Au moment où leurs têtes émergèrent à la surface, Bloom ouvrit la bouche et prit un grand bol d'air avant de craquer et de se mettre à pleurer.

— Ça va aller, sergent. Vous n'avez plus rien à craindre. Laissez-vous faire.

Bloom aperçut l'hélicoptère qui repartait à la chasse à l'homme.

— Une navette va arriver. Je vous tiens et je vous promets que je ne vous lâche pas.

Le pompier la tenait fermement contre son torse. Allongée sur le dos, Bloom regarda le ciel et crut percevoir une trouée de ciel bleu.

32

— OK, on peut y aller, dit Angelo.

Il avait demandé à Faye de l'accompagner chez Rosie. Un nouveau point de vue valait mieux qu'un seul. Il s'était installé à l'ordinateur et avait consulté les mails de la journaliste. Rien de neuf par rapport à tout ce que Faye lui avait déjà révélé.

— Je te l'avais dit. Il va falloir que tu apprennes à faire confiance aux femmes, râla Faye.

Elle ne le supportait plus. Tellement sûr de lui et de la justesse de son jugement !

— Range ça, dit Angelo. Ça ne se fait pas.

Faye avait trouvé un paquet de chamallows dans un placard et les avalait les uns après les autres.

— Au point où on en est, tu crois que Rosie va faire une crise parce que j'ai mangé ses chamallows alors qu'on est entrés dans son ordinateur ?

Angelo se leva du fauteuil. Le portable de Faye sonna.

— Allô ?

— Faye, tu es où ? demanda Chuck à l'autre bout du téléphone.

— On est encore chez Rosie.

— Très bien, allume la télé, mets la chaîne d'infos.

Faye ne posa pas de questions et attrapa la télécommande du salon.

Angelo comprit que quelque chose se passait. Il alla s'appuyer sur l'encadrement de la fenêtre, le regard fixé sur l'écran.

Sur les quais de la marina, une journaliste s'exprimait en direct.

— ...n'avons pas connaissance des raisons officielles, mais il se pourrait que Neil Pratter soit lié au meurtre du juge Darlington.

Des photos de la voiture carbonisée du juge apparurent dans un cadre.

— Savez-vous où en est son arrestation ? demanda la journaliste en studio.

— Il refuse de s'arrêter, il fonce vers le large. Un hélicoptère et deux hors-bord sont à sa poursuite. Les services de police assurent qu'il n'a aucune chance de s'échapper.

— Merci, Daisy, pour ces informations. Vous reprenez l'antenne dès que vous avez du nouveau, répondit la journaliste en plateau. (Gros plan sur la jeune femme.) On m'annonce à l'instant que le sergent qui a fait preuve d'héroïsme pour sauver l'otage de Pratter vient d'arriver à l'hôpital. Ses jours ne sont plus en danger.

On vit Bloom allongée sur une civière, un hématome au front, le regard perdu dans le vague.

— Non ! s'écria Faye, horrifiée. Pas elle !

— C'est ton amie flic ?

Faye acquiesça, les larmes aux yeux.

Angelo s'approcha d'elle et lui posa une main amicale sur l'épaule.

— Dis donc, tu as des amies très courageuses.

Faye fit une grimace. Incapable de parler, la gorge nouée par l'émotion.

— Tu veux toujours venir avec moi ?

Faye déglutit et se ressaisit.

— Oui, mais attends, on regarde encore un peu.

— Pas de problème, on a tout notre temps.

Angelo retourna près de la fenêtre. Le ciel s'ouvrit pour laisser passer un rayon de soleil. L'orage était fini. Les touristes allaient pouvoir ressortir à l'air libre.

Durant près d'un quart d'heure, Faye resta plantée à regarder les informations. Mais rien de nouveau. D'hypothèses en conjectures, de conjectures en suppositions, les journalistes, en fait, brodaient sur ce qu'on savait déjà. Elle éteignit la télévision.

— On peut y aller, c'est bon.

— Tu es sûre que tu ne veux pas que je te dépose à l'hôpital voir ton amie ?

— Non, dit Faye qui ajouta : Tu tiens tellement à te débarrasser de moi ?

— C'est ton amie. Ne le prends pas mal.

Faye ne savait quoi penser d'Angelo. Il semblait sincèrement soucieux, mais elle savait aussi qu'il était un menteur-né. Elle ne lui faisait aucune confiance.

— Excuse-moi, dit-elle néanmoins pour donner le change. Mais si je m'attendais à ça !

— Elle va s'en sortir et c'est tout ce qui compte.

— Oui. C'est une fille incroyable, dit-elle. Et complètement folle.

Elle enfonça sa main dans le paquet de chamallows et en mit deux dans la bouche.

— On y va, dit Angelo.

Quand ils furent au bas de l'immeuble de Rosie, Angelo se dirigea vers sa Chrysler. Le ciel était à moitié dégagé. Un simple orage d'été qui avait rafraîchi l'atmosphère.

Angelo prit le volant tandis que Faye s'installait côté passager.

— Mets ta ceinture, dit Angelo.

— Je n'aime pas. Ça me serre.

— Oui, c'est là tout l'interêt.

— C'est bon, c'est ma vie. Allez, roule.

— Je ne démarrerai pas tant que tu ne l'auras pas mise. Il y a des choses sur lesquelles je ne transige pas. C'est à prendre ou à laisser.

Faye poussa un bruyant soupir. Quel gros lourd !

— Si tu quittes la route et qu'on plonge dans l'océan, tu as intérêt à me la retirer avant la tienne.

— Promis, dit Angelo en souriant.

Il mit le contact et quitta le bord de mer.

— Tu es certain que ton indic va nous recevoir ?

— Normalement, oui. Mais j'en ai plusieurs. On verra sur place.

— Super, j'espère qu'on ne fait pas tout ça pour rien.

— Tu peux toujours descendre.

Quand Angelo lui avait proposé de l'accompagner à San Francisco pour interroger ses contacts dans la police, Faye avait accepté sans hésiter. Cependant, il avait souhaité faire un détour par l'appartement de Rosie auparavant.

— Non, roule.

Ils quittèrent très vite Pacific View et prirent la route côtière.

Le décor était magnifique. Au-dessus de l'océan bordant la côte sauvage, de légers nuages tachetaient le ciel d'un bleu intense. Faye ne s'en lasserait jamais.

— Je peux mettre la radio ?

— Vas-y, dit Angelo qui l'alluma. Choisis ce que tu veux.

L'autoradio était programmé sur Santa Clara FM. Une station qui passait de vieux standards latinos traditionnels.

— Tu écoutes ce genre de musique ? s'étonna Faye.

— Oui, ma mère en raffolait. Ça lui rappelait le Mexique.

— Je peux laisser si tu veux.

— Non, vas-y, fais voir ce que tu écoutes.

Faye mit WKFM et « Here I am » de Bryan Adams.

— J'adore, dit-elle. C'est tiré d'un dessin animé…

— « Spirit ». Mon fils l'a vu cent fois.

Faye le regarda, étonnée.

— Je ne savais pas que tu avais un gamin.

— Moi non plus, avant que sa mère ne vienne me voir pour une reconnaissance de paternité.

Faye eut un petit rire.

— C'est pour cette raison que tu détestes les femmes ?

— Non, je n'ai même pas demandé à faire le test. Tu verrais la bouille de mon fils. Comment rejeter ce petit bout ?

— Tu veux dire qu'une ex-petite amie est revenue pour te soutirer du fric avec son bambin, et toi tu ne veux même pas vérifier ?

— J'avais trente et un ans à l'époque et toujours pas d'enfant. Ma mère a été ravie.

— Les Mexicains vivent toujours dans l'approbation de leur mère ? Moi qui croyais que c'était un cliché.

— Je suis Américain. Pas Mexicain.

Faye n'en revenait pas. Aucun homme de sa connaissance n'aurait agi ainsi pour le bien d'un enfant.

À la radio, « Californication » des Red Hot Chili Peppers prit le relais.

Faye monta le son.

— Tu ne fumes pas, par hasard ?

— Boîte à gants. Double fond.

Faye fouilla, débloqua la fausse paroi et trouva le joint déjà roulé. La côte vallonnée défilait derrière les vitres sous un soleil qui revenait à la charge.

Elle alluma le joint et se dit que finalement, le trajet risquait d'être bien plus agréable que prévu.

33

— Je me sens tellement stupide, dit Bloom, allongée sur son lit d'hôpital.

— J'aimerais tellement vous dire le contraire, répondit Davis, un sourire dans la voix. Vous m'avez fait une de ces peurs.

— Je suis désolée. Je ne sais pas ce qu'il m'a pris.

Davis venait tout juste d'entrer dans la chambre. Il s'en voulait de n'avoir pas su l'empêcher de commettre cette folie. Heureusement, tout s'était bien terminé. Bloom était en vie et Pratter venait d'être interpellé après avoir compris que sa fuite était vouée à l'échec le plus total.

— Vous avez fait ce que vous croyiez être juste. En ce sens, vous n'avez rien à vous reprocher. Mais je vous jure que la prochaine fois que vous me faites un coup pareil, c'est moi qui vous braque.

Bloom eut un petit rire nerveux qui raviva sa douleur à la tête.

— Si ça peut vous consoler, vous faite la une de tous les médias. Même si je suis très en colère contre vous (mais le ton n'y était pas), vous êtes l'héroïne que tout le monde veut interviewer. Alors ne vous privez pas.

— C'est vrai, ils disent ça ?

— Oui, et bien plus encore. Jouez le jeu, votre fils va être très fier de vous.

— Non, je ne risque pas de parler aux journalistes.

— En fait, ça pourrait nous arranger. Crawford ne pourra plus rien contre vous, au cas où l'idée de nous dessaisir lui viendrait à l'esprit. Vous avez sauvé une jeune femme en détresse.

Bloom se redressa légèrement dans son lit. Davis l'aida à recaler les coussins dans son dos.

— Vous savez, je me demande si cette Jenny n'est pas sa complice ?

— Moi, aussi, j'y ai pensé, mais j'ai préféré la laisser parler aux médias et vanter votre exploit. Je tiens à ce que votre geste ait un sens. Soit elle dit la vérité, soit c'est une très bonne comédienne. Dans les deux cas, vous avez le beau rôle.

— Mais elle l'a peut-être aidé à tuer le juge Darlington ? Vous n'allez pas l'arrêter ?

— Je lui ai donné rendez-vous à 13 heures au commissariat pour faire sa déposition en tant que victime. Par ailleurs, je lui ai mis Harry dans les pattes pour qu'il la protège, au cas où Pratter s'échapperait.

— Vous voulez dire : pour la surveiller au cas où elle voudrait s'échapper.

— On peut aussi voir les choses dans ce sens.

— Vous avez pensé à tout.

— C'est pour ça que je suis lieutenant. Il laissa planer un silence et reprit : Je vais retourner au commissariat. Reposez-vous et reprenez des forces.

— Merci, dit-elle. Vous connaissez le nom de mon sauveur ?

— Carl Jordan.

— C'est pour l'interview. Il mérite également sa part de gloire.

Davis lui fit un clin d'œil et sortit de la chambre.

Des journalistes attendaient à distance respectable. Le directeur de la clinique avait vu d'un très bon œil la publicité que cela pouvait faire à son établissement.

— Une seule personne à la fois et pas plus de cinq minutes, dit Davis au sergent Barnes.

— J'y veillerai, répondit le sergent en faction.

Davis le remercia d'un hochement de tête et, passant devant les journalistes sans répondre à leurs questions, il s'engouffra dans l'ascenseur d'où venait de sortir un vieil homme en déambulateur.

Il regarda sa montre. 12 h 45. Il mourait de faim. Il aperçut un snack juste en face de l'hôpital. Il alla faire la queue. Il commanda un énorme sandwich Copacabana et un Coca avant de retraverser la rue et de retourner dans son pick-up.

Dix minutes plus tard, il entrait dans le commissariat, son repas dans un sac en plastique.

— Vous avez vu Vero ? demanda la réceptionniste.

— Oui, elle va bien. Plus de peur que de mal.

— Ils disent aux informations qu'elle a eu beaucoup de chance.

— Bloom savait ce qu'elle faisait. Elle a sauvé une jeune femme, c'est tout ce qui compte, répondit Davis qui enchaîna : Au fait, Harry est revenu ?

— Oui, il a accompagné Jenny Twain dans le bureau de Crawford.

— Merci.

Davis vit bien que les autres agents dans l'open space du rez-de-chaussée, le regardaient avec intérêt, espérant sans doute grappiller quelques informations, mais il préféra monter directement. Pas le temps pour les bavardages.

Il frappa à la porte de Crawford et entra. Le shérif était face à Jenny Twain.

— Shérif, dit-il.

— C'est bon, lieutenant, vous pouvez rentrer chez vous. Vous l'avez bien mérité, je m'occupe de tout.

— Je préférerais rester.

— C'est non et c'est un ordre, dit Crawford avec un sourire forcé.

— D'accord, mais j'aurais juste une question à poser, si vous le permettez.

Crawford fit tourner son stylo entre ses doigts, agacé.

— Lieutenant, vous avez fait du bon travail, et sauvé cette jeune femme. Rentrez, je vous dis, je gère.

— Très bien, mais je voulais juste savoir (il se tourna d'un coup vers Jenny) la vérité.

Jenny ouvrit de grands yeux.

— Quoi ?

— Ne cherchez pas à nous mentir, on sait que Neil ne vous menaçait pas.

— Si, bien sûr que si.

Le ton sembla moins affirmé que devant les télévisions. Crawford s'adossa dans son fauteuil et laissa faire son lieutenant.

— Vous êtes sa petite amie, n'est-ce pas ?

— Oui, mais quand il vous a vus, il est devenu fou. Il a pris ce pistolet et me l'a collé sur la tempe.

Jenny se mit à pleurer à chaudes larmes. Crawford tiqua sans prendre position.

Davis avança une chaise et, priant pour que le shérif le laisse aller jusqu'au bout, il reprit :

— Allons, nous avons attrapé Neil. Ce n'est pas un garçon très courageux et je peux vous assurer qu'il va faire deux choses dès qu'on l'interrogera.

Jenny s'essuya les yeux et le regarda avec une mine de chien battu.

— Il va demander un avocat, et surtout vous mettre sur le dos la mort du juge Darlington. Je vous rappelle que le meurtre d'un juge est passible de la peine de mort, Jenny.

— Mais je n'y suis pour rien ! Je n'ai rien fait. Je n'étais même pas avec lui hier soir.

Davis ne la lâcha pas des yeux. Enfin, des paroles qui avaient le parfum de la vérité.

— C'est pour cela que je vous invite à tout nous dire, si vous ne voulez pas finir dans le couloir de la mort, comme Neil.

Jenny craqua de nouveau. Crawford et Davis se regardèrent et le shérif hocha la tête, manifestant son assentiment.

— Jenny, on veut seulement la vérité. Tout ce que vous direz maintenant sera pris en compte durant votre procès.

— Je n'ai rien fait, pourquoi vous parlez de procès ?

— Dites-nous tout ce que vous savez, insista Davis.

Jenny chercha du réconfort auprès de Crawford, mais l'homme resta impassible, son stylo figé entre ses doigts.

— OK, c'est moi qui ai eu l'idée qu'il me prenne en otage, mais il m'avait juré qu'il était innocent. Je l'aime, vous comprenez ?

— On comprend. Donc vous jouiez la comédie quand vous aviez le pistolet sur la tempe ?

— Oui, je suis désolée, mais c'est tout ce que j'ai fait. Je ne sais rien d'autre. Il est arrivé sur mon voilier et m'a demandé de l'héberger. Il m'a dit qu'il était dans une sale histoire mais qu'il ne pouvait rien me dire de plus. C'est là que vous avez débarqué.

Cela pouvait être vrai... ou faux.

— Une jeune femme sergent a failli perdre la vie à cause de vous. Elle s'est livrée à Neil et vous connaissez la suite. Sans l'intervention héroïque d'un pompier, elle se serait noyée, vous m'entendez : noyée !

Il s'était levé de sa chaise et s'était mis à hurler comme s'il était prêt à la frapper.

— Je suis désolée, dit Jenny, les bras cachant sa tête qu'elle posa sur ses genoux.

Son nez coulait, ses joues et ses yeux étaient rouges. Elle était à bout de force.

— Dites-nous tout. On sait que vous avez participé d'une manière ou d'une autre à la mort du juge Darlington. Avouez ce que vous avez fait, et je vous promets que vous échapperez à la peine de mort ; je vous le jure.

Jenny n'arrêta pas de pleurer mais redressa tout de même la tête.

— Je vous ai dit tout ce que je sais. Vous devez me croire, je vous en supplie.

— Lieutenant, laissez-nous, je prends le relais.

Davis en avait rajouté, mais cela lui avait fait un bien fou. Bloom avait failli mourir, il fallait que quelqu'un subisse sa colère. En même temps, il avait désormais la certitude que Jenny ne mentait pas. La pauvre fille était au bord de la crise d'hystérie.

Il sortit de la pièce, et souffla un grand coup quand il arriva dans le couloir. Il s'enferma dans son bureau, prit le sachet dans lequel se trouvait son sandwich, mais la colère lui avait coupé l'appétit. Il jeta le tout dans la poubelle, et attendit l'arrivée de Neil Pratter.

34

— Je ne me lasserai jamais de cette vision, s'enthousiasma Faye.

Après une heure et demie de route, ils étaient enfin arrivés à San Francisco.

Faye adorait l'architecture de ses maisons de style victorien, bâties sur les collines ; de son mythique tramway dévalant les rues pentues. Le seul problème était la circulation. Mais Angelo connaissait des raccourcis, et très vite ils s'enfoncèrent vers le centre et montèrent sur les hauteurs des Twin Peaks, les deux collines abritant de très nombreuses habitations et depuis lesquelles on avait une vue panoramique sur toute la ville.

Ils se garèrent sur un des parkings destinés aux visiteurs, et sortirent profiter du panorama. L'air était bien plus frais qu'à Pacific View mais le beau temps était au rendez-vous.

Faye mit ses lunettes de soleil et s'approcha d'un muret de pierre. Des touristes et des promeneurs avaient déjà pris possession des lieux. Chacun de clamer en anglais mais aussi dans nombre de langues étrangères, son émerveillement.

— « Ich sehe die Golden Gate ! », hurla un jeune garçon, les yeux collés à une longue-vue à pièces, coulée dans le béton.

Faye sourit. Tellement cliché, et pourtant, qui pouvait rester insensible à la beauté de ce pont ?

Angelo vint s'asseoir sur le muret et regarda sa montre. 13 h 30. Pause-déjeuner.

— Si ça te dit, je connais un petit resto dans le quartier chinois. Je t'invite dès qu'on a fini.

— Avec plaisir.

Faye avait ravalé pas mal de ses préjugés concernant Angelo. Certes, ce n'était pas un saint, mais pas un monstre non plus. Elle devait reconnaître qu'il avait même été de compagnie fort agréable. Son humour assez particulier ne lui avait pas déplu.

À cet instant, une Toyota Corolla vint se garer sur le parking.

— C'est lui, dit Angelo qui sauta du muret et rajusta sa veste.

Un homme dans la cinquantaine, crâne dégarni, embonpoint caractéristique, sortit de la voiture et vint à leur rencontre.

— Salut, Angelo.

— Salut, Doug. Je te présente ma collègue. On travaille ensemble sur cette affaire.

— Enchanté. Doug Torpevitch. Lieutenant au département Homicides, se présenta l'homme.

— Faye Sheridan, répondit Faye, à qui son regard torve déplut aussitôt.

— Bien. Est-ce que tu as pu avoir des infos sur ce que je t'ai demandé ? dit Angelo, qui n'avait pas envie de s'attarder.

Torpevitch prit un air concerné.

— Déjà, ce que je peux te dire c'est que tout le monde ne parle que de Pacific View dans le département. Putain, les flics de là-bas sont de grands malades. Beau papier, le félicita Torpevitch.

Faye, elle aussi, avait lu l'article d'Angelo dénonçant les méthodes d'amateurs lors de l'interpellation des époux Armstrong.

— Ouais, et tu as vu ce matin ? Ils ont encore fait fort. N'importe quoi ! ajouta Angelo.

— C'est clair que je ne donne pas cher de leur shérif aux prochaines élections, s'amusa Torpevitch.

— Bon, qu'est-ce que tu peux me dire à propos de Davis ?

Torpevitch eut l'air embarrassé et détourna son regard sur Faye.

— Je ne suis pas le genre d'homme à balancer sur un collègue.

— Je n'en doute pas un seul instant, dit Faye.

Angelo lui avait raconté durant le trajet que son indic à la police était le premier à balancer dès qu'il y avait un peu d'argent à la clé.

— Je n'ai jamais bossé en binôme avec Davis, mais je le connais bien, c'est un type plutôt sympa. Pas un marrant, mais sympa.

— Vous voulez dire quoi exactement ? lui fit préciser Faye.

— Il ne sortait jamais avec les gars. Faut dire que c'était un des rares à avoir une vie de famille normale. Femme et enfants. Vous voyez le genre. Je me suis toujours demandé pourquoi il avait choisi de travailler au département Homicides. Moi, j'ai toujours pensé qu'il avait la carrure d'un gratte-papier.

— Mais ses résultats, ils étaient comment ? demanda Angelo.

— Oh, plutôt corrects, ce n'est pas non plus le plus grand flic de la terre, mais on ne peut pas dire qu'il était mauvais.

— Vous ne l'aimez pas, n'est-ce pas ? s'imposa Faye.

Torpevitch prit une grande inspiration en grimaçant.

— Je vous l'ai dit, je n'aime pas dire du mal des collègues, mais c'est vrai que je n'ai jamais accroché avec lui. C'était pas un marrant.

Faye hocha la tête, elle avait une autre vision des choses. Qui avait envie d'être ami avec ce Torpevitch, qui avait tout du poivrot et de l'amateur de filles de joie ?

— Tu peux nous parler de l'enquête sur la mort de sa femme ?

— Tu parles d'une enquête ! Ça a été torché en un rien de temps.

Torpevitch regarda autour de lui et, apparemment rassuré, il sortit de la poche intérieure de sa veste six feuillets pliés en quatre.

— Je t'ai photocopié l'essentiel du dossier. Il n'y a rien. On l'a cru sur parole. Tu te rends compte qu'on n'a même pas fait venir les experts du CSI ?

— C'est légal ça ? s'étonna Faye.

— Pour les accidents domestiques, oui. Charleen Davis est tombée à l'eau dans la nuit ; accident, point final.

— Personne ne s'est porté partie civile ? Ses parents ?

— Les parents de Charleen sont morts alors qu'elle n'avait que huit ans. Elle a été élevée par son oncle. Le type qui habitait à Pacific View.

— Et cet oncle n'a pas voulu en savoir plus ?

— Je n'en sais trop rien. D'après ce que j'ai compris à l'époque, la femme de Davis s'était fâchée avec lui. Ils ne se parlaient plus. Elle avait coupé les ponts. Franchement, je ne peux pas vous en dire plus. Si ce n'est que Davis habite désormais dans la maison de l'oncle.

— Comment ça ? réagit Faye.

— Oui, c'est pour ça qu'il a postulé à Pacific View. Il a hérité toute la fortune du vieux quand il est mort, et je crois que cela se compte en millions. Une bonne raison de tuer quelqu'un, non ?

— Tu penses que Davis a tué son oncle par alliance ? s'étonna Angelo.

— Moi, je ne dis rien, mais je trouve ça pas très net.

Faye ne savait plus quoi penser. À l'évidence, ce Davis était un psychopathe. Si ça se trouvait, le meurtre de Garth Nolan lui était imputable. Et dire que Bloom travaillait avec lui ! Elle devait faire quelque chose.

— Est-ce que quelqu'un peut enquêter sur lui ? Je veux dire parmi les flics ?

— Franchement, non, il n'y a aucune raison. Le FBI le pourrait, mais sur quelles bases ? À moins que vous soyez en possession d'éléments que nous n'avons pas.

Faye et Angelo se regardèrent.

— Une amie journaliste a disparu depuis trois jours. Elle avait un dossier impliquant Davis, lâcha Angelo.

Torpevitch siffla entre ses dents.

— Là, ça devient du lourd. Écoute, j'ai une idée, mais je ne peux rien te promettre.

— Dis toujours.

— On a un nouveau capitaine qui vient d'arriver. C'est un crack. Pas comme Davis. Un crack de chez crack. Il a un palmarès à faire pâlir n'importe quel héros de séries télé.

— Un flic honnête, incroyable ! ironisa Faye.

— Très drôle, la reprit Torpevitch. Je peux essayer de vous avoir un rendez-vous. Même si le type n'aime pas trop les journalistes, je crois qu'il aime encore moins les canards boiteux. En plus, sa femme bosse au FBI. Ça pourrait vous aider.

— Oui, on peut toujours essayer, dit Angelo.

— OK, je vous recontacte après déjeuner. Restez dans le coin.

Angelo sortit une petite enveloppe qu'il avait préparée et la tendit à Torpevitch. L'homme la saisit nonchalamment et s'en retourna dans sa voiture comme si de rien n'était.

— Combien tu lui as donné ?

— Ce qu'il faut.

Faye n'avait jamais payé pour avoir des infos, en même temps elle n'avait jamais travaillé à l'investigation, jusque-là.

— Et si on allait manger ? Il te tente toujours mon chinois ? proposa Angelo.

35

Davis était à sa fenêtre quand il vit trois voitures de police entrer, gyrophares en action, sur le parking du commissariat. Tous les journalistes se ruèrent dans leur direction tandis que des agents les maintenaient tant bien que mal à distance.

Quand les portières s'ouvrirent, Davis aperçut Pratter menotté, le visage en sang. Il fut aussitôt encadré par deux agents et mitraillé par les flashs. Malgré les micros tendus vers eux, les policiers tracèrent leur chemin sans s'arrêter. Pratter avait la tête baissée, l'air abattu.

Davis sortit du bureau et croisa Crawford qui remontait le couloir.

— Encore bravo pour tout à l'heure, vous avez eu du nez. Cette fille a presque failli me berner.

— Je l'ai joué au bluff. Je n'imaginais pas qu'elle nous mentait. J'ai été aussi surpris que vous, dit-il, conciliant.

Il était heureux de voir que Crawford savait reconnaître ses torts.

— Elle est où ? demanda-t-il.

— Je l'ai laissée en cellule pour l'instant. Un juge va lui signifier sa mise en examen. Mais pour l'heure, ça vous dit qu'on se fasse Pratter ?

— Et comment !

— Vous êtes le bon flic et moi le méchant, ça vous va ?

— Et si on faisait le méchant flic et le méchant flic ?

Crawford sourit.

— Faites comme vous voulez, mais je veux qu'il passe aux aveux.

Davis eut un petit rire sarcastique.

Ils descendirent et Crawford fonça sur Pratter.

— Toi, tu vas passer un sale quart d'heure, je te le promets.

— Je veux voir mon avocat, dit Pratter d'un air narquois.

— Bien sûr, il va arriver. Ne t'inquiète pas, on va l'attendre tranquillement dans une salle.

Davis nota le visage tuméfié de Pratter et diverses écorchures. Il avait dû se débattre au cours de son interpellation.

Crawford conduisit le prévenu jusqu'à l'arrière de l'open space. De là ils longèrent un large couloir, jusqu'à la salle d'interrogatoire dans laquelle ils entrèrent en compagnie du sergent Pat Harris.

— Lieutenant, par ici, dit Ron Kriekberg.

Davis vit le sergent Pat Harris suivre Crawford dans la salle d'interrogatoire, tandis que lui-même, à la suite de Kriekberg, entrait dans la salle attenante.

— Bon, assieds-toi. Tu veux boire quelque chose ? demanda Crawford de l'autre côté de la vitre sans tain.

— Oui, un peu d'eau.

Crawford prit une bouteille d'eau d'un litre posée sur un coin de la table.

— Pat, tiens-le.

Les mains attachées dans le dos, Pratter jeta un regard en biais vers le sergent. L'homme lui attrapa la tête et lui boucha le nez. Crawford revint tout sourire et commença à lui verser de l'eau dans la bouche sans discontinuer. Pratter tenta de recracher mais commença à s'étouffer. Il gigotait en tous sens mais Harris ne le lâchait pas.

— Alors ? On ne fait plus le malin ?

Davis jeta un regard vers Kiekberg, qui avait le sourire aux lèvres.

Pratter avait le goulot dans la bouche et, par expirations compulsives, de l'eau coulait de sa bouche.

Crawford vida toute la bouteille.

Quand enfin ils le relâchèrent, Pratter tomba de sa chaise, haletant, le visage écarlate.

— Tu vois ce que ça fait de mourir noyé. Tu veux qu'on recommence ? demanda Crawford qui se tourna vers Harris : Remets-le sur la chaise. Je crois qu'il n'a pas bien compris.

— Si, j'ai compris, je vous jure que je n'ai pas fait exprès.

— Tu plaisantes ! On t'a vu la jeter à l'eau, dit Crawford.

Il s'approcha de Pratter et lui flanqua une gifle qui rouvrit ses blessures.

Davis eut mal pour le garçon et se demanda si les ecchymoses et écorchures qu'il avait remarquées en arrivant n'étaient pas le fait de coups portés tout aussi gratuitement par les policiers qui l'avaient interpellé sur le hors-bord.

— Je n'ai pas eu le choix. Je ne voulais pas.

— Mauvaise réponse, dit Crawford qui lui en balança une autre en plein visage. Tu sais ce qu'on fait aux tueurs de flics ? C'est la chaise électrique.

— Elle n'est pas morte, je savais que vous iriez la sauver.

— Elle a surtout eu beaucoup de chance. Elle a coulé comme un roc. Si un pompier n'avait pas sauté aussitôt, elle serait morte à présent.

— Je suis désolé, je ne voulais pas.

Crawford leva sa main et au dernier moment, se retint. Pratter eut un hoquet et se mit à pleurnicher.

Le shérif prit une chaise et alla s'asseoir face au suspect.

— Bien, maintenant que nous avons fait connaissance, parlons de choses sérieuses. Pourquoi as-tu tué le juge Darlington ?

Pratter déglutit lentement et répondit.

— Je veux parler à mon avocat.

— Non. Tu sais ce que je peux faire ? Il n'y a pas de caméra ici. On dira que tu as voulu t'échapper et qu'on t'a maîtrisé. Pas un flic ne dira le contraire. Tu t'en es pris à la personne qu'il ne fallait pas.

Davis sentit son cœur battre plus vite. Il ne pouvait valider de telles méthodes, mais que faire ? S'il intervenait, tout le monde dirait qu'il avait plus de compassion pour Pratter que pour Bloom.

On frappa à la porte de la salle d'interrogatoire. Le sergent Mitchell entra.

— L'avocat de cet enfoiré est arrivé. Il exige d'être reçu immédiatement ou il assure qu'il fera un recours à la Cour suprême.

Crawford se redressa et regarda Pratter droit dans les yeux.

— Si tu oses porter plainte contre nous, tu es un homme mort, dit-il en faisant glisser son pouce sur sa gorge.

Crawford sortit de la salle. Davis le rejoignit dans le couloir.

— Vous n'auriez pas dû, shérif, dit-il.

— Je sais ce que j'ai à faire. C'est à vous de jouer maintenant. Entre nous, c'est du tout cuit.

Davis entra dans la salle d'interrogatoire et demanda au sergent Harris de le laisser seul avec le suspect. L'homme quitta les lieux en refermant la porte derrière lui.

Davis s'assit face à Pratter.

— Vous êtes le gentil flic, c'est ça ?

— Si par « gentil » tu entends que je ne vais pas te frapper, tu as raison, mais détrompe-toi si tu crois que j'ai la moindre sympathie à ton égard. Tu as failli tuer ma collègue, mère d'un enfant en bas âge.

— Je suis désolé, je ne sais pas ce qui m'a pris.

— N'en parlons plus, mais si tu veux éviter le pire, tu vas devoir tout nous dire.

Pratter baissa les yeux et garda le silence. Davis attendit jusqu'à ce que la porte de la salle s'ouvre.

— Qu'est-ce que vous avez fait ?! s'étrangla un homme dans un élégant costume de marque.

— Il a essayé de s'échapper. On a fait ce qu'on a pu pour le maîtriser sans le tuer, expliqua Davis qui espérait que Crawford, de l'autre côté de la vitre sans tain, validerait cette explication.

— Cela ne va pas se passer ainsi. Il y a des lois dans ce pays et des droits pour tout prévenu. Vous allez entendre parler de moi, dit-il avant de se tourner vers son client. Bonjour, Neil. Comment te sens-tu ? Ils t'ont frappé, n'est-ce pas ?

Pratter leva les yeux sur un homme dans la force de l'âge. Cheveux gris au brushing impeccable, visage allongé, bouche fine aux lèvres quasi invisibles.

— Vous êtes mon avocat ?

— Oui. Maître Thomas Howard. Je suis un ami de ton père. Ne t'en fais pas. Je vais te sortir de là (l'homme se retourna vers Davis :) Est-ce que vous pourriez au moins lui détacher les mains ?

— Non.

Howard tira une chaise à lui et vint s'asseoir près de Pratter.

— Bien. Est-ce que je peux savoir ce qu'on reproche à mon client ?

— Vous voulez dire en dehors du fait qu'il a pris en otage sa petite amie puis une fonctionnaire de police qu'il a voulu noyer dans les eaux de l'océan ?

— Mon client a paniqué. On le serait à moins en voyant débarquer toute une brigade de flics vous prenant pour l'ennemi public numéro un.

— Oui, c'est possible, dit Davis qui savait qu'il devait la jouer très fine s'il tenait à obtenir des aveux.

— Alors, puis-je enfin connaître les faits qui lui sont reprochés ?

— La mort du juge Darlington.

— Mon client est innocent, répondit Howard du tac au tac.

— Allons, s'il vous plaît, soyons sérieux, maître. Nous avons retrouvé l'arme que tenait Neil avant de la jeter à l'eau au cours de son arrestation. Ce n'est qu'une question d'heures avant que les experts scientifiques prouvent que c'est la même que celle qui a tué le juge.

Même si le corps avait été carbonisé dans l'incendie de la voiture, l'analyse sommaire du médecin légiste qui avait examiné le corps avant l'arrivée des experts était formelle : le sommet du crâne montrait les signes d'une perforation par balle de pistolet.

— Il est dans l'intérêt de votre client de coopérer. Le jury saura tenir compte de ses aveux, mais dans le cas contraire…

Davis laissa sa phrase en suspens.

— Est-ce que vous pouvez nous laisser un moment ?

— Bien sûr. Suivez-moi.

Davis se leva et les fit entrer dans une pièce isolée.

Vingt minutes plus tard, ils se retrouvaient à nouveau dans la salle d'interrogatoire.

— Mon client est prêt à parler.

— Très bien, vous avez fait le bon choix, dit Davis.

Mais Pratter était toujours aussi absent. Le regard vide.

— Neil sortait de boîte de nuit. Il avait bu plus que de raison, mais il a quand même pris la voiture…

Howard expliqua alors que Pratter, voulant éviter les grands axes pour ne pas tomber sur un contrôle d'alcoolémie, avait décidé de prendre la route de la vallée. C'est là qu'il aurait vu des flammes dans la forêt. Il serait descendu de sa voiture, et aurait remonté un petit chemin. Une voiture en feu, un corps à l'intérieur.

— Mon client a pris peur. Il a vu un pistolet au sol. Il l'a ramassé au cas où les assassins de ce règlement de comptes seraient encore dans les parages, puis il est parti rejoindre sa petite amie sur le voilier de cette dernière. C'est aussi simple que cela.

— Oui, cela se pourrait bien, supputa Davis.

— Non, c'est exactement comme cela que se sont déroulés les faits. Votre tueur est dans la nature, et vous feriez bien de le rechercher avant qu'il ne quitte l'État. Si ce n'est déjà fait.

— En fait, il y a comme un truc qui me gêne.

— Et nous pourrions avoir le privilège de connaître ce « truc » ? ironisa Howard.

Davis chercha le regard de Pratter qui se focalisa enfin sur lui.

— Neil, tu dois tout me dire. Ça ne sert à rien de mentir.

— Maître Howard vous a dit comment ça s'était passé. Je n'ai rien à ajouter.

— Neil, comprends bien qu'on sait déjà tout. On a toutes les preuves.

— Quelles preuves ? Montrez-les et on verra, intervint Howard.

— Non, ça ne marche pas comme ça. Si vous voulez un arrangement, je veux des aveux. Sinon, c'est procès et peine de mort assurée.

— Vous bluffez, vous n'avez rien.

— Ne croyez pas ça. Nous avons tout, dit Davis qui reporta son regard sur Neil. Ta vie est en jeu, mon garçon. Si ce n'est pas pour soulager ta conscience, fais-le au moins pour t'éviter la peine de mort.

— Je veux parler seul à seul avec mon client, reprit Howard, moins sûr de lui.

— On vous l'a déjà accordé. Monsieur Pratter est en garde à vue. Nous ne sommes pas obligés d'y accéder, et il se trouve que je n'en ai pas envie.

— Neil, qu'est-ce que tu veux faire ? demanda Howard.

— Je ne sais pas, c'est vous mon avocat.

Le silence sembla s'éterniser.

— Trois ans. C'était un accident, dit Howard.

Pratter baissa la tête.

— Non, vingt ans et ce n'était pas un accident.

— Si, ça l'était ! hurla Pratter.

Davis eut un petit sursaut. Il y avait beaucoup de colère dans cette affirmation.

— Neil, on sait que tu as déjà été condamné par Darlington il y a six ans de cela. On sait que Garth Nolan était un de tes meilleurs amis, on sait qu'il couchait avec l'épouse de Darlington. On sait que tu prenais les photos, on sait...

— Je n'ai jamais pris de photos, l'interrompit Pratter.

— Ah oui, et c'est quoi ça ?

Il ouvrit le dossier et déposa les clichés sur la table.

— Si je vous le dis, vous n'allez pas me croire.

— Alors ne dis rien, lui conseilla Howard.

— Non. Quelqu'un m'a envoyé ces photos, et il était écrit « Venge-moi ». Je vous jure que c'était marqué dessus.

Davis en aurait souri si cela n'avait pas été aussi pathétique. Il aurait mieux fait d'écouter le conseil de son avocat. C'était ridicule.

— Tu insinues que le juge aurait tué Garth parce qu'il couchait avec sa femme et que ton ami, revenu d'entre les morts, t'aurait envoyé ces photos ?

— Oui, mais où avez-vous eu ces clichés ? Sur les miens il y avait écrit « Venge-moi », je vous le jure.

— Ne dis plus rien, Neil. Si le juge est un meurtrier, cela change tout.

Davis fit la moue. Même si la proposition de trois ans sous le motif d'accident était un aveu, il ne valait rien tant que ce n'était pas signé. Ainsi était la loi.

— Vous tenez à aller au procès ?

— À vous de me le dire, répondit Howard. S'il est prouvé que Darlington a fait assassiner Garth Nolan dans les conditions que l'on connaît, aucun jury ne mettra en prison mon client plus de cinq ans. On a affaire à un ami de la victime qui sous le coup de la colère, a voulu dire ses quatre vérités à son assassin et l'a tué par accident. Nous sommes prêts à un accord, mais c'est trois ans de prison.

« Si vous êtes si certain que c'est un accident, pourquoi ne pas demander du sursis ? » songea Davis, qui préféra répondre :

— Nous allons y réfléchir. Vous aurez notre réponse dans la journée.

— Prenez tout votre temps, lieutenant.

Howard ne cachait pas sa fierté d'avoir renversé la situation.

Davis se leva et quitta la salle d'interrogatoire.

Crawford était dans le couloir et avait repris sa tête des mauvais jours.

— Cette ordure ne peut pas s'en tirer à si bon compte. On doit aller au procès. Il doit payer.

— C'est ce que je pense aussi, dit Davis qui n'était pas prêt à un tel marché.

Mais tout allait se jouer selon le bon vouloir du juge chargé de l'affaire. L'homme accepterait-il cet arrangement ? Davis espérait lui faire comprendre qu'il devait refuser.

Un gargouillis gastrique lui rappela qu'il avait jeté son déjeuner à la poubelle.

— Allez déjeuner, sourit Crawford. Je reste ici.

Davis hocha la tête, pas mécontent de sortir.

36

— Raphael, finis ton assiette, dit Betty Chaffin.

— C'est bon, merci.

— S'il te plaît. Tu sais qu'il y a des enfants qui meurent de faim dans le monde ?

— Je ne vois pas le rapport.

— C'est une question de principe. On ne jette pas la nourriture. Tu finis.

Raphael n'en revenait pas du toupet de cette femme. Pour qui elle se prenait ? Elle n'était pas sa mère. Elle avait de la chance qu'il ait besoin d'elle pour garder Penny, sinon, il aurait demandé à son père de la virer le soir même.

— Moi, je trouve ça très bon, dit Penny.

« Petite fayotte », pensa Raphael, agacé par sa sœur. Depuis le début de la matinée, Mme Chaffin avait été insupportable. Toujours à donner des conseils, qui avaient plutôt l'air d'être des ordres. Cette femme avait dû travailler dans l'armée !

Mais il préféra ne pas discuter plus longtemps et se força à terminer son plat.

Il reposa sa serviette sur la table et se leva.

— Raphael, il y a encore le dessert. On ne quitte pas la table de cette façon !

— Je n'ai plus faim. C'est bon, merci.

— Non, il te faut un déjeuner équilibré sinon tu risques des carences...

— Mme Chaffin, l'interrompit Raphael, j'ai dix-sept ans, ce n'est pas moi que vous gardez mais ma petite sœur.

— Je sais bien, et justement, tu dois montrer l'exemple à Penny. C'est à ça que servent les grands frères.

— Je m'occupe très bien d'elle.

— Oui, Raphael est le meilleur des frères, valida Penny.

« Prends ça dans les dents, vieille mégère. »

— Je ne mets pas en doute que tu fasses de ton mieux, mais il faut que tu apprennes à être plus responsable. La nourriture ne vient pas de nulle part. La planète...

— Stop, je vous en prie. J'ai un rendez-vous, désolé.

Il quitta la salle à manger et remonta dans sa chambre, pas mécontent de la tête que faisait Mme Chaffin en le voyant partir.

Elle n'était qu'une employée de maison et il n'était pas à ses ordres. Il ne fallait pas exagérer, tout de même ! Elle s'était permis de le réprimander et de lui demander de baisser la musique, alors qu'il était dans sa chambre, tranquille, mais aussi de manger avec Penny et elle.

« Demain, hors de question que je me laisse faire », se dit-il. Elle allait voir qui était le maître de la maison.

Il remonta au premier étage et alla dans sa chambre puis dans sa salle de bains. Il prit tout son temps pour se faire beau, avec une attention particulière pour sa coupe de cheveux. Les filles adoraient les mecs aux cheveux pleins de gel. Quand il eut terminé, il s'admira un instant, très fier du résultat, avant de s'asperger de déodorant.

Il regarda le paquet de préservatifs qui traînait dans l'armoire à pharmacie et le laissa sur place. Kelly avait seize ans, impossible qu'elle ait le sida.

Il monta dans le grenier et alla chercher les clés de la Ferrari que son père lui avait confisquées. C'était la première chose qu'il avait faite en se réveillant : vérifier que son père les avait remises à la même place.

Tout heureux, il hésita à partir comme un voleur, mais décida de garder son calme et de faire les choses bien.

Il retourna dans la salle à manger. Penny était en train de finir son yaourt.

— J'y vais, je vous confie Penny.

— Tu es sûr que tu ne veux pas prendre un fruit ?

— Non, merci, je suis pressé, dit Raphael qui ajouta : et ne vous inquiétez pas, je serai de retour avant 18 heures.

— Bon après-midi, et surtout ne roule pas trop vite, dit Mme Chaffin.

Raphael se força à sourire mais il ne la supportait plus. Il quitta le manoir et eut un rire méprisant en voyant la vieille Coccinelle rouge à côté de sa Ferrari.

Il monta à bord de son bolide et dès qu'il mit le contact, il s'amusa à faire vrombir le moteur avant de sortir du préau et remonter l'allée.

Le soleil était au beau fixe, la pluie de la matinée n'avait laissé aucune trace. Une belle journée en perspective.

Il descendit la route sinueuse et passa devant les belles résidences pour arriver dans le centre de Pacific View. C'était trop bizarre. Il se sentait empli d'une force irrésistible. Désormais, il était un homme. Un vrai.

Même s'il avait bu plus que de raison, il avait trop assuré et avait fait l'amour comme un dieu. Kelly n'arrêtait pas de gémir et même de hurler.

Jamais il n'oublierait cette première fois. Cela avait été comme dans un rêve.

Il arriva près de la promenade et comme la veille, se gara près des bars.

Kelly était au rendez-vous, mais il eut la mauvaise surprise de voir sa sœur, Madison.

— Salut, dit-il.

Kelly vint vers lui pour le serrer dans ses bras avant de l'embrasser sur la bouche.

— Salut, toi. Bien dormi ? demanda-t-elle.

— Pas assez, mais ça va.

— C'est à cause de toi que ma sœur n'est pas rentrée hier soir, dit Madison d'un ton accusateur.

— Je suis désolé, on n'a pas regardé l'heure.

— J'espère que tu es un garçon sérieux, parce que si jamais tu oses faire du mal à Kelly, je te jure que tu le regretteras.

— Jamais je ne lui ferai du mal. Je le jure sur la tête de mon père.

— Dis pas trop ça, déjà qu'il a failli mourir ce matin.

— Qu'est-ce que tu racontes ?

Madison prit un air étonné.

— Ne me dis pas que tu n'es pas au courant ?

— Au courant de quoi ?

— Ton père. Ils ont parlé du lieutenant Davis à la télévision.

— Ils ont arrêté le tueur de Garth Nolan ?

— Non, ils ont attrapé un type suspecté d'avoir tué un juge, hier soir.

— Quoi ? s'exclama Raphael.

Il n'avait pas allumé la télé de la matinée, préférant jouer aux jeux vidéo et écouter de la musique.

— Tu te rends compte, il a tué le type et l'a fait cramer dans sa voiture, dit Kelly.

— Il y a vraiment des malades dans cette ville. Et avec le meurtrier de Garth Nolan toujours en vadrouille, je te préviens, tu as intérêt à bien faire attention à ma sœur.

— Tu peux compter sur moi.

Madison eut un petit sourire.

— Très bien, je te la confie et pas de bêtises. À ce soir, Kelly.

— À ce soir.

Madison remonta la promenade d'une démarche assurée. Raphael vit tous les regards des touristes se porter sur sa silhouette élancée avec envie. Dans son petit short en jean et son haut échancré, elle était la beauté incarnée.

— Et dis donc, qu'est-ce que tu regardes ? dit Kelly en lui attrapant le menton pour le forcer à la regarder.

— Rien, c'est juste ta sœur, elle est bizarre.

— Je sais, elle est super mère-poule, mais je l'adore.

— En tout cas, je crois qu'elle ne m'aime pas.

— Elle va devoir s'y faire, car moi, je te trouve trop craquant.

Elle l'embrassa à nouveau, mais cette fois pour un long baiser langoureux. Raphael n'en revenait pas.

— Tu as pris tes affaires ? dit-elle après avoir repris son souffle.

— Oui.

Non seulement, il avait emporté son maillot et sa serviette, mais il avait trouvé dans une pièce du troisième étage tout un matériel de plage, y compris un parasol et des fauteuils pliants. Il avait pris seulement le parasol qu'il avait mis à l'arrière de la Ferrari le matin même.

Ainsi chargés, ils passèrent par-dessus le petit muret.

Quatre jours que Raphael était arrivé ici, et il marchait enfin sur le sable.

De nombreux jeunes jouaient au beach-volley, mais la plupart se tenaient plus au sud, là où les vagues étaient les meilleures pour le surf. Ce coin était plus familial.

— Tiens, on n'a qu'à se mettre là, dit Kelly en s'arrêtant à moins de quatre mètres de l'océan.

Raphael enfonça le parasol dans le sable, puis déroula les serviettes et enleva ses vêtements pour rester en maillot. Kelly fit de même et Raphael dut s'asseoir sur sa serviette pour cacher son excitation.

Kelly comprit le problème et explosa de rire en venant s'allonger sur lui. Elle avait un corps incroyable.

— Tu devrais être mannequin, mais je suppose que tu le sais déjà.
— Oui, j'ai déjà posé, mais c'est bien plus dur que tu le crois. Les places sont chères, tu n'imagines même pas.
À l'ombre du parasol, sa petite amie collée contre lui, il ne pouvait rêver mieux. Cependant un doute l'habitait. Était-elle avec lui juste pour la Ferrari et l'argent ou lui trouvait-elle d'autres qualités ? Il mourait d'envie de le lui demander, mais s'il le faisait il passerait pour un faible, et les filles n'aimaient pas les garçons qui n'étaient pas sûrs d'eux.
— Tu veux faire quoi comme études ?
— Moi, je rêve d'être chanteuse. Tu sais que je chante super bien. On pourra faire du karaoké. Madison est super douée aussi. Quand on était gamines on voulait former un groupe. Les B&B Sisters, le raccourci de Blonde & Brunette Sisters.
— Ça sonne bien, pourquoi vous avez arrêté ?
— On n'a pas de chansons à nous. Il faudrait qu'on trouve un super compositeur. Le type qui fait les morceaux de Miley Cyrus. Je suis folle de cette fille, elle est trop géniale. J'adorerais trop être son amie.
Raphael ne pouvait pas dire le contraire. Miley, avec ses allures de dévergondée, était trop excitante. Une vraie fille libérée.
— Tes parents, ils font quoi ?
— Je n'ai jamais connu mon père et ma mère... vaut mieux pas en parler. Parle-moi plutôt de ton père. Ce que je n'arrive pas à comprendre, c'est pourquoi il continue à être flic si vous avez touché des millions de ton oncle ?
Il s'en était vanté la veille, histoire de mettre toutes les chances de son côté pour qu'elle revienne aujourd'hui. Pas très glorieux mais efficace.
— Parce que mon père est de l'ancienne école. Il croit que l'homme est né pour travailler, que ne rien faire mène à l'abrutissement.

— Pffou ! moi je pourrais rester toute ma vie sur la plage à rien faire, ou à faire l'amour avec toi.

— C'est gentil. Moi, c'est pareil.

Un couple de retraités vint s'installer non loin d'eux. Kelly se colla un peu plus contre Raphael et l'embrassa avec passion. Le couple les regarda d'un air réprobateur et alla s'installer un peu plus loin.

Raphael éclata de rire.

— Les abrutis !

— Ce soir, tu me proposes quoi ?

— Je ne sais pas. En fait, mon père l'a eue mauvaise. Je lui avais promis de rentrer tôt et il a poussé une de ces gueulantes...

— Tu fais le mur. Ne me dis pas qu'il t'enferme à clé.

— Non, mais pour la voiture, c'est juste impossible.

— Pas grave, tu peux venir à pied. Ce n'est pas si loin, non ?

— J'ai un vélo.

Kelly éclata de rire.

— Quoi ? C'est pratique.

— Je sais, mais après la Ferrari, le vélo, c'est un drôle de contraste, dit-elle avant de reprendre plus sérieusement : mais je m'en moque, je t'aime comme tu es.

Douces paroles.

— Moi aussi, je t'aime.

Il l'embrassa. Puis Kelly se leva d'un bond.

— Le premier à l'eau aura le droit de tout demander à l'autre.

Kelly partit en courant.

— C'est de la triche, tu es déjà debout, cria-t-il en se redressant.

Kelly entra dans les eaux puis plongea avec grâce et se mit à nager vers le large.

37

Angelo gara sa Chrysler sur Bryant Street.

Rien à voir avec le quartier chinois où ils avaient déjeuné, se dit Faye qui avait encore le goût des mets délicats dans la bouche.

Le soleil était au beau fixe et éclairait la large avenue bordée de bâtiments de petite taille, des boutiques de ventes en gros, peu d'habitations. Sur la droite, un imposant cube compact de sept étages, de plus de cent mètres de long. Le quartier général de la police de la ville.

— On dirait une de ces constructions communistes immondes ! s'exclama Faye qui n'avait jamais mis les pieds dans ce quartier.

— J'avoue que c'est affreux, reconnut Angelo.

Ils sortirent de la voiture et passèrent par l'entrée principale. C'était aussi peu engageant à l'intérieur qu'à l'extérieur. Ils s'arrêtèrent à la réception où un jeune agent les accueillit avec un sourire avenant qui contrastait avec le cadre lugubre.

— Bonjour, nous avons rendez-vous avec le capitaine Logan du département Homicides.

— Un instant s'il vous plaît.

L'agent prit le combiné du téléphone et quelques instants plus tard, leur donna l'autorisation de monter. Il se fit remettre leur pièce d'identité en échange de laquelle ils reçurent chacun un badge.

— Montez au septième étage, dit l'agent en montrant l'ascenseur.

Des hommes et des femmes allaient et venaient, vêtus de leur uniforme ou en civil. Une vraie ruche.

Faye se sentit étouffer. Elle s'avança jusqu'à l'ascenseur. Quatre autres personnes attendaient avec eux.

Il n'y avait pas à dire, elle ne supportait plus la foule. Pour rien au monde, elle ne reviendrait vivre à San Francisco.

Les portes s'ouvrirent et elle se trouva coincée entre une grosse femme et un type à la tête inquiétante qui lui sourit, révélant une horrible dentition jaunâtre.

— Jack, calme-toi, lui dit un agent en uniforme.

Faye baissa les yeux et vit l'homme sortir la main de son jean. Dégoûtant. Heureusement, l'agent et le prévenu sortirent deux étages plus haut.

Ils furent moins à l'étroit, ce qui permit à Angelo de se rapprocher d'elle.

— Vous en faites une tête.

— Non, ça va, je suis un peu claustrophobe, se contenta-t-elle de répondre.

Ils arrivèrent enfin au dernier étage et se présentèrent à nouveau à une réception.

— On va venir vous chercher, dit une femme en fin de carrière.

Tout l'inverse du jeune homme du rez-de-chaussée. Le visage froid, marqué par la tristesse.

« Quarante années à travailler dans la police, voilà le résultat, » se dit Faye.

Ils s'assirent sur les fauteuils placés face à l'accueil. Moins de monde qu'au rez-de-chaussée, mais une certaine agitation malgré tout.

Ici, peu de personnel en uniforme, et en majorité des hommes.

Au bout d'un quart d'heure, Angelo se leva et demanda à la réceptionniste si on ne les avait pas oubliés. La femme daigna reprendre son combiné, et après un rapide entretien, elle lui assura qu'on n'allait pas tarder à les recevoir.

Un autre quart d'heure plus tard, Faye se dit que Torpevitch s'était payé leur tête. Le capitaine s'amusait à les faire attendre pour voir combien de temps ils allaient s'entêter avant de quitter les lieux.

— On devrait rentrer, je crois que ça ne sert..., commença Faye, interrompue par l'arrivée d'une jeune femme.

— Le capitaine va vous recevoir, mais il a un rendez-vous dans dix minutes, leur annonça-t-elle.

« Il est gonflé, celui-là », se dit Faye qui montra son mécontentement par un grognement bien senti.

La jeune femme ne se laissa pas ébranler pour autant et les invita à la suivre. Ils longèrent trois couloirs et passèrent devant un nombre incalculable de portes avant de s'arrêter devant celle du capitaine Mike Logan.

La jeune femme l'ouvrit, s'effaça pour les laisser passer puis la referma derrière eux.

Un homme dans la petite quarantaine les accueillit. Assis dans un fauteuil, cigarette entre les doigts. Derrière lui, une large baie vitrée avec vue plongeante sur San Francisco.

— Je vous en prie, asseyez-vous, dit Logan.

Jamais il n'aurait accepté ce rendez-vous si Torpevitch ne lui avait affirmé que l'affaire était extrêmement grave. Même si Logan se méfiait du jugement de Torpevitch, le simple énoncé de Pacific View l'avait immédiatement intéressé.

Depuis trois jours, tout le monde ne parlait que de cette localité. Et s'il n'avait aucun pouvoir sur ce comté, sa curiosité naturelle avait pris le dessus.

— Vous êtes journalistes, c'est ça ?

— Oui, Angelo Guardado, et Faye Sheridan. Nous travaillons pour le *San Francisco Chronicle*.

Logan s'avança dans son fauteuil.

— Vous avez votre carte de presse ?

Ils lui tendirent leurs cartes.

— Alors que puis-je pour vous ? dit-il en s'en emparant.

Il y jeta un coup d'œil et les leur rendit aussitôt après.

— Une journaliste a disparu. Cela fait quatre jours que nous sommes sans nouvelles.

— Où a-t-elle été vue pour la dernière fois ?

— À Pacific View.

— Dans ce cas, je vous conseille de prévenir la police locale.

— Justement, nous l'avons fait, mais nous avons des doutes.

Logan eut un petit rire.

— Vous pensez que le simple fait de travailler dans un petit commissariat rend les policiers locaux incompétents ?

Logan se souvint des quatre années passées à River Falls. Il y avait trouvé un personnel tout aussi efficace et professionnel que celui de Seattle ou, désormais, San Francisco.

— Non, mais nous avons des doutes quant à leurs méthodes. En particulier concernant le lieutenant Gregory Davis.

Logan avait déjà été informé par Torpevitch de l'objet de leur requête, mais il s'amusait à voir comment ils y viendraient.

— J'ai eu la chance de l'avoir sous mes ordres durant six mois. Rien à lui reprocher. Dix dossiers. Huit résolutions et arrestations des meurtriers. Le neuvième a pris la fuite. Un seul cas non résolu. Une très bonne moyenne, le défendit Logan.

— Très bien, mais il faut qu'on vous explique, dit Angelo.

Il sortit le dossier Fitzgerald sur lequel travaillait Rosie, et le lui tendit. Il lui exposa leurs soupçons au sujet de la disparition de l'agent dont Davis avait pris le poste à Pacific View.

Logan le feuilleta tandis qu'Angelo arrivait au point-clé.

— On sait que l'épouse de Davis est morte dans un accident. Dans la nuit, elle est tombée du voilier sur lequel ils se trouvaient tous les deux. Rosie Montrose fait partie d'un club qui ne travaille que sur les cas suspects. Si elle pense que Davis est peut-être coupable, elle doit avoir ses raisons. Qui plus est, avec sa disparition, nous avons des...

— Non ! C'est pas croyable ! l'interrompit Logan.

Faye vit aussitôt le changement d'attitude du capitaine. Il semblait pétrifié.

— Qu'est-ce qu'il se passe ? lui demanda-t-elle.

Logan n'en croyait pas ses yeux. Ce ne pouvait être que lui, et dans ce cas, cette histoire méritait dès lors toute son attention.

Il leur montra la page sur laquelle se trouvait la photo de Ryan.

— Vous savez qui est cet homme ?

— Non, dit Angelo.

Faye n'avait rien dit à son collègue. Même s'il avait été plutôt sympa, elle ne risquait pas de lui filer des informations de première main.

— Son nom est Ryan Bonfire. Il est recherché par le FBI dans diverses enquêtes pour meurtre.

Faye n'en revenait pas : Ryan était un tueur psychopathe !

Le sang quitta son visage. Et dire qu'elle comptait le revoir seule à seul. Sans le savoir, ce capitaine de police venait certainement de lui sauver la vie.

— Mais qu'est-ce qu'il a fait ? dit-elle sous le choc.

— On n'a rien trouvé pour l'instant, mais on a de fortes présomptions concernant son implication dans le meurtre de deux pédophiles, à Seattle.

— Des pédophiles ?

— Oui, tout porte à croire que cet homme veut rendre la justice lui-même. Il traque des pédophiles et les tue sans autre forme de procès.

Faye se sentit immensément soulagée. Elle eut un petit rire nerveux.

— Il n'y a pas de quoi rire. Dans ce pays, il y a des règles et des lois. Personne ne doit se croire supérieur à celles-ci et se prendre pour un justicier, la semonça Logan.

— Excusez-moi, dit-elle en baissant les yeux.

Elle était prête à leur dire qu'elle l'avait rencontré dans un bar et qu'ils devaient se revoir. Mais était-ce vraiment judicieux pour le moment ? S'il ne s'en prenait qu'aux méchants, elle ne risquait rien, se dit-elle, pas très sûre de sa position.

— Vous avez déjà eu affaire à lui ? demanda Angelo.

Logan se souvint de sa dernière enquête à Seattle et de ce drôle de Hells Angel. Il ne savait que penser de lui. Certainement pas un monstre, mais un homme broyé qui avait une vision très particulière de la justice.

— Oui, on l'a attrapé mais on s'est plantés et on a dû le libérer avant d'avoir des indices plus solides. Malheureusement, à ce moment-là, il s'était déjà enfui.

— Quel genre d'homme est-il ? Quelles sont ses motivations ? Que savez-vous sur lui ? demanda Faye.

Logan eut un mince sourire.

— Je vous rappelle que c'est moi le flic ici.

— Excusez-moi, mais si notre collègue est entre ses mains, je préfère savoir à qui on a affaire.

— Je ne crois pas qu'elle risque grand-chose. Ryan Bonfire est un ancien rocker. Un guitariste plutôt talentueux qui a tout plaqué il y a vingt ans, quand les membres de son groupe sont morts dans un accident de la route. Il a dérivé et a été condamné pour viol avec violence sur mineure, quelques années plus tard.

— Il est lui-même pédophile ?

— La fille avait seize ans. Il lui avait fracassé la mâchoire.

Faye déglutit avec difficulté. Elle devait tout leur dire, pourtant elle resta sans voix.

— Ça, c'est la thèse officielle, reprit Logan. Quand j'ai eu Bonfire entre les mains, il m'a sorti une autre version. Il reconnaissait avoir effectivement couché avec elle, mais de son plein gré. Elle avait seize ans, lui vingt-trois. Elle lui aurait juré qu'elle en avait dix-huit.

Pas vraiment de la pédophilie, convint Faye.

— D'après lui, le père abusait de sa fille, c'est lui qui l'aurait molestée par la suite.

— C'est possible ?

— Ce qui est sûr, c'est que la fille a tué son père trois ans plus tard d'une balle en pleine tête. Quand je me suis renseigné sur cette affaire, certaines langues se sont déliées. On m'a avoué que le père de la jeune fille avait des comportements déplacés.

— Mais ce n'est qu'une théorie ? A-t-il demandé la révision de son procès ?

— Non, il a fait dix ans de prison. Il en est sorti plus tôt grâce à une remise de peine pour bonne conduite.

Faye eut alors une idée. Et si Rosie avait entendu parler de ce cas ? Peut-être était-il dans le dossier uniquement parce qu'il s'agissait d'un innocent dont le Club des Détectives Anonymes voulait revoir le procès... mais dans ce cas, pourquoi l'inclure dans le dossier Fitzgerald ?

— Si on suppose que ce Ryan est un justicier, à l'évidence, tout devient clair, dit Angelo.

— C'est-à-dire ? demanda Logan, toujours stupéfait de pouvoir peut-être remettre la main sur Ryan Bonfire.

— Davis a-t-il une fille ?

— Oui, dit Logan qui revit la photo de la petite Penny sur le bureau de son lieutenant.

Et, disant cela, il comprit où voulait en venir le journaliste. Le pire étant que tout s'intégrait comme dans un puzzle.

— Davis est pédophile. Voilà pourquoi Ryan Bonfire veut sa peau, asséna Angelo.

— Rosie l'a découvert et s'est fait tuer par Davis, ajouta Faye.

Imaginer son ami en proie à ce monstre lui glaça le sang. Elle eut envie de vomir.

— Il aurait également tué sa femme quand elle l'aurait compris, soupesa Logan, sur la même longueur d'onde.

Et dire qu'il n'avait rien vu. La plus grosse bévue de sa carrière.

— Je vais en informer le FBI mais ça risque de ne servir à rien, dit-il.

— Pourquoi ? s'étonna Angelo.

— Nous n'avons pas le début d'un indice. La seule présomption de culpabilité de Davis tient au fait que Ryan Bonfire a l'intention de le tuer pour pédophilie. Vous imaginez le FBI si on leur dit que notre indic est un tueur en liberté ?

— OK, sauf si on le retrouve et qu'il nous donne des preuves, dit Faye.

Logan eut un rire sans joie.

— Vous ne le trouverez jamais. L'homme est malin. Il a dû changer de profil. Aussi bien, il porte une perruque et s'est rasé le bouc. Non, vous ne le trouverez jamais.

Faye se retint de sourire. Désormais elle savait qu'elle ne dirait rien. Elle décida de lui accorder le bénéfice du doute.

Le portable d'Angelo sonna. Il le sortit pour l'éteindre, mais quand il vit le numéro de son rédacteur en chef, il prit l'appel.

— Quoi ? Tu es sûr ?
— Qu'est-ce qu'il se passe ? demandèrent en même temps, Faye et Logan.
— Vous avez une télé ? Il paraît que ça vaut le coup.

38

Davis était dans la salle de repos du commissariat, en train de regarder en compagnie de plusieurs agents, la télévision branchée sur la chaîne locale.

Mme Darlington était devant sa majestueuse demeure près de la plage, une forêt de micros tendus devant elle.

Elle avait les yeux rouges d'avoir trop pleuré.

Davis n'en revenait pas. Elle n'avait averti personne de ce qu'elle allait faire. À quoi rimait cette mise en scène ?

Crawford, qui venait tout juste d'arriver au palais de justice pour rencontrer le juge qui devait statuer sur le sort de leur suspect numéro un, lui avait dit par téléphone qu'il n'en savait pas plus que lui.

— S'il vous plaît, je vous en prie, commença Mme Darlington alors que les questions fusaient de toutes parts.

Le silence se fit lentement. Elle reprit la parole :

— Mon mari est mort aujourd'hui. Un homme que j'ai aimé, que j'ai chéri et qui a tant fait pour notre petite ville. Mais cet homme n'est plus. Aussi je me dois de vous dire la vérité, aussi difficile soit-elle.

Elle marqua une pause durant laquelle elle fut assaillie de questions.

— Mme Darlington, savez-vous qui tué votre mari ?

— Garth Nolan était-il votre amant ?

— Le juge Darlington est-il responsable de la mort de Garth Nolan ?

— Quels sont vos liens avec Neil Pratter ?

Mme Darlington leva la main pour réclamer le silence.

— S'il vous plaît, je vous en prie. Je n'ai rien à cacher, mais comprenez qu'il m'est très pénible de me tenir ainsi devant vous.

La foule de journalistes se tut enfin.

— Mon mari était un homme honnête. Je crois qu'il l'a été toute sa vie durant, du moins dans son travail. Malheureusement, il fut un époux absent, et que le Seigneur me pardonne, oui, j'ai trompé mon mari avec Garth Nolan. Aussi, quand il l'a découvert, il m'a juré de le tuer. Je pensais que ce n'était que des paroles en l'air…

Mme Darlington se mit à pleurer. Une femme en tailleur noir s'approcha et se posta devant les micros.

— Mme Darlington n'en dira pas davantage. Nous vous ferons passer un communiqué d'ici la fin de journée. Nous vous remercions de votre compréhension.

La caméra montra Mme Darlington entourée de son personnel qui l'aidait à rentrer chez elle.

Davis n'en croyait pas ses oreilles. C'était tellement inespéré.

Son portable sonna. Le numéro de Crawford. Il sortit de la salle de repos et se mit à l'écart dans une pièce annexe, où étaient entreposées toutes les fournitures. Il décrocha :

— Shérif, vous avez vu ça ?

— On ne pouvait pas rêver mieux.

— Oui, et cela change tout et valide la position de Pratter.

— C'est-à-dire ? le reprit Crawford.

— Il dit que quelqu'un lui a envoyé les photos en disant « Venge-moi ». Il paraît évident que c'est Mme Darlington qui les lui a fait passer.

— Oui, vous avez sûrement raison. J'arrive tout de suite. Retournez voir Pratter. Je crois qu'on va parvenir à un arrangement qui satisfera tout le monde.

— Très bien, shérif.

Davis raccrocha. Jamais il n'aurait imaginé en finir aussi simplement avec cette histoire. Chance ou Providence ? Après tout, peu importait. Seul le résultat comptait.

Il sortit de la pièce pour retrouver ses collègues, qui ne parlaient que de l'intervention télévisée.

— On va pouvoir finir l'été tranquilles, se réjouit le sergent Pickle.

— Ouais, mais tu te rends compte que c'était le juge ! Lui, qui foutait les types en prison ! dit l'agent Drewmore.

— Vous en pensez quoi, lieutenant ? l'interpella le sergent Morris.

— Je crois qu'on en a terminé. Et c'est bien ainsi.

Son portable sonna à nouveau. William Parker. Davis s'excusa et retraversa l'open space pour prendre l'appel au calme.

— William, tu as vu ça ?

— Si tu parles du témoignage de l'épouse du juge, oui, je l'ai entendu. Je suis à la morgue, à défaut d'avoir la télé on a la radio.

— Vous avez trouvé des indices sur le corps du juge ? demanda Davis en montant l'escalier du commissariat.

Il croisa un lieutenant qui lui fit un clin d'œil appuyé. Tout le monde avait un sourire jusqu'aux oreilles.

— Oui, et si je n'ai pas fini l'autopsie, Dwayne et Mae ont bien avancé sur la scène de crime. Et je peux déjà t'affirmer que c'est bien la même arme que celle que Pratter avait en sa possession, qui a tué le juge. Un calibre 45.

— Où était la balle ?

— Il y en avait une dans le crâne du juge. Mais Mae en a découvert une autre sur place, encastrée dans un tronc.

— Comment ils ont fait pour la retrouver ? s'étonna Davis qui venait d'entrer dans son bureau et alla se poster devant la fenêtre.

— En inspectant les lieux, Dwayne a déterminé l'endroit où Darlington avait été abattu. À près de vingt mètres de la voiture. De la terre a été remuée pour dissimuler une flaque de sang. Le lieu du crime. Tout donne à penser que le juge a ensuite été porté dans la voiture et que le feu a été mis post-mortem.

— Pratter aurait donc tué froidement le juge.

— Pas sûr, le reprit Parker. Nous avons également réussi à identifier l'arme. Elle a été achetée au nom du juge.

Davis hocha la tête. Comment Pratter avait-il pu tuer le juge avec l'arme de ce dernier, et pourquoi ne pas utiliser une arme personnelle ?

Pour faire croire à un suicide ? Dans ce cas, il aurait dû laisser l'arme sur place…

— Hé ho, il y a quelqu'un ? demanda Parker à l'autre bout du fil.

— Oui, je réfléchissais. Rien d'autre à me dire ?

— Pour l'instant non, mais je te tiens au courant. Tu auras mon rapport préliminaire ce soir.

— Très bien, à plus.

Il raccrocha et maugréa en lui-même. Si le juge était bien l'assassin de Garth Nolan, il restait néanmoins de nombreuses zones d'ombre qu'il tenait à mettre en lumière.

Il redescendit et, sans s'arrêter, il prit le large couloir qui menait à la cellule de détention.

Pratter était assis sur un banc. Davis se tourna vers le sergent qui le surveillait.

— Ethan, remets-lui les menottes et conduis-le en salle d'interrogatoire.

Il était encore sous le coup de la garde à vue. Il restait une bonne quinzaine d'heures pour le faire craquer.

— Je ne dirai rien sans mon avocat.

— On va l'appeler, mais je crois qu'on va s'entendre.

Pratter fronça les sourcils.

— Il s'est passé quelque chose ? demanda Pratter, conscient du changement d'attitude de Davis.

— Oui, et si tu ne mens pas, il n'est pas impossible que tu évites de passer de nombreuses années en prison.

— C'est-à-dire ?

— Ne sois pas impatient, tu vas aimer ce que je vais vous proposer.

Le sergent Bellman entra dans la cellule et lui passa les menottes.

Deux minutes plus tard, Davis s'asseyait face au prévenu dans la salle d'interrogatoire. Il venait de joindre l'avocat de Pratter, qui était déjà en route.

— Bien, Neil. Histoire de gagner du temps, je vais te dire ce que ton avocat voudra que tu saches dès qu'il va arriver.

— Je vous écoute.

Neil n'était plus aussi perdu qu'il l'était à son premier interrogatoire, même si les hématomes sur son visage témoignaient de la sauvagerie des policiers de la ville.

— Mme Darlington vient de déclarer que c'était son mari qui avait tué Garth. Si j'en crois ta première déposition, tu as dit qu'on t'avait demandé de le venger. Dans ce cas, il n'est pas impossible qu'un juré comprenne ton meurtre.

— Ne déconnez pas. Elle a vraiment dit ça ?!

Davis lut la stupéfaction sur son visage. Il ne s'y attendait pas le moins du monde.

— Oui.

— Je ne vous crois pas. Vous bluffez pour me faire avouer.

— Non, dit Davis qui s'adressa à la glace sans tain : Oliver, apporte une télé, je veux qu'il le voie de ses propres yeux.

Peu de temps après, une télévision était branchée. Pratter regarda les informations et eut un petit rire.

— C'est pas vrai, je le crois pas. Merci, mon Dieu, dit-il.

Davis se leva et éteignit la télévision. À cet instant, quelqu'un ouvrit la porte.

— Rebonjour, lieutenant, dit maître Howard.

Davis lui fit un simple salut de la tête. L'avocat vint s'asseoir face à Pratter.

— Bien, je crois qu'il est impératif que je parle à mon client.

Davis ne s'y opposa pas et les conduisit dans une salle isolée.

Il sortit et retrouva Crawford qui venait à son tour d'arriver.

— Il a parlé ?

— Non, il est avec son avocat. Mais je crois qu'ils vont avouer et plaider le coup de folie.

— Le juge est d'accord pour cinq ans, s'il avoue, dit Crawford.

— Devant un jury, il n'est pas impossible qu'il prenne moins, estima Davis. Il a tué un monstre. Les gens bien n'aiment pas les monstres.

— Les gens bien n'aiment pas les femmes adultères. Il prendra au moins cinq ans s'il va au procès.

Davis n'en était pas persuadé. Tout cela dépendait du jury. Selon les villes, les jurés étaient plus ou moins cléments.

Ils firent le point sur l'avancée des experts de la scientifique, discutèrent de l'état de Bloom et des autres agents avant que maître Howard ressorte de la pièce en compagnie de Pratter.

— C'est bon, mon client veut vous parler.

— Très bien, allons-y, dit Crawford.

Ils retournèrent dans la salle d'interrogatoire. Howard et Pratter d'un côté, Crawford et Davis de l'autre.

La partie pouvait commencer.

— Vas-y Neil, tu peux tout leur dire.

Pratter se racla la gorge et commença ses explications.

— Garth était mon meilleur ami, mais il était assez secret. J'ignorais qu'il couchait avec la femme de Darlington. Je vous le jure.

Davis n'aurait pas su dire s'il mentait ou non.

— Avant-hier, j'ai reçu un courrier qui contenait des photos de la femme du juge avec Garth. Je vous jure que c'est vrai. Ce n'est pas moi qui les ai prises, et je crois pouvoir dire que c'est la femme de Darlington qui les a postées. Mais peu importe, j'ai appelé Darlington à son cabinet. J'avais acheté un téléphone jetable. Je l'ai chez moi, vous pouvez vérifier. Je l'ai appelé pour lui donner rendez-vous hier soir, en lui disant que je savais des choses sur lui et Garth Nolan. Il a accepté. J'avais besoin de voir la tête qu'il ferait quand je lui montrerais les photos et que je l'accuserais de meurtre.

Pratter marqua une pause et, malgré ses mains menottées, attrapa la petite bouteille d'eau qui était sur la table. Son avocat l'aida à la déboucher et la lui rendit.

Davis et Crawford étaient impassibles. Surtout ne pas le provoquer, le laisser parler et qu'il passe aux aveux.

Pratter but une longue gorgée et reprit :

— Je vous jure que je n'ai jamais voulu le tuer. Je n'ai pas d'arme chez moi. Je suis un non-violent.

Davis repensa à Bloom qui avait failli mourir noyée, mais s'obligea à se taire. Rester calme.

Mais Crawford ne put se contenir.

— Tu vas à un rendez-vous avec l'homme que tu penses être l'assassin de ton ami sans aucune protection ? Ça ne tient pas debout !

Pour le coup, Davis dut s'avouer que la question se posait.

— Ce n'est évidemment pas lui qui a tué Garth. Ce genre de type ne se salit pas les mains. Il a dû payer un tueur à gages, dit Pratter. Je savais que je ne risquais rien à moins qu'il se pointe avec un autre gars.

— Et tu crois qu'on va gober tout ça ? ironisa Crawford.

— Très bien, nous n'avons plus rien à dire, intervint Howard.

— C'est bon, je n'ai rien dit, continuez, se reprit Crawford.

Pratter regarda son avocat et attendit un signe de sa part qui ne vint pas. Le silence se fit pesant. Personne ne bougeait.

— S'il vous plaît, pouvez-vous reprendre ? Je vous présente mes excuses, plaida Crawford, conscient qu'il devait faire amende honorable, aussi pénible que cela lui soit.

— C'est mieux, tu peux continuer, Neil, dit Howard.

— Je suis allé au rendez-vous, c'est lui qui l'avait choisi. Un petit chemin sur les hauteurs, là où vous avez trouvé sa voiture.

— Tu ne t'es pas inquiété ? demanda Davis d'une voix douce.

— Non. On n'allait pas se voir dans un bar ou dans un lieu public ! Mais si vous voulez tout savoir, oui, j'étais mort de trouille. (Il reprit la bouteille et la finit d'une traite.) Quand je suis arrivé sur place, il y était déjà. Il n'y avait personne d'autre. Il est sorti de la voiture et m'a demandé ce que je savais. Je lui ai montré les photos de lui et de son épouse, et je l'ai accusé d'avoir fait tuer Garth Nolan.

Pratter grimaça, perdu dans ses souvenirs douloureux.

— C'est là qu'il a sorti son flingue et qu'il m'a demandé d'avancer. J'ai eu la peur de ma vie. Je savais que j'allais mourir et je me suis dit que j'étais le plus stupide des justiciers. J'ai avancé, puis on s'est arrêtés. Il m'a demandé de poser mes mains sur ma tête. À cet instant, cet abruti a fait un pas de trop et a légèrement trébuché. Je n'ai pas hésité. J'ai sauté sur lui et lui ai attrapé les mains. Il tenait son pistolet sans que je puisse le lui faire lâcher. Il a tiré au moins trois coups.

Mais dans notre corps à corps, j'ai réussi à détourner son arme et il s'est tiré une balle dans la tête. Il s'est effondré d'un coup.

Pratter était livide. Davis était prêt à le croire. Son récit concordait avec les éléments relevés par les experts.

— Je suis resté là un long moment avec l'arme dans la main. Je ne savais pas quoi faire. Si j'appelais la police, avec mes antécédents, j'étais foutu. On m'aurait accusé d'avoir tué le juge qui m'avait mis en taule six ans plus tôt. Alors j'ai porté son corps jusque dans sa voiture et j'y ai mis le feu.

— Pas évident de faire brûler une voiture sans essence, non ?

— J'ai toujours un bidon plein dans la mienne. En cas de panne.

Crawford fit une moue dubitative.

— Pourquoi avoir gardé l'arme ?

— Je ne voulais pas, au départ. Mais bien que j'aie essuyé mes empreintes, je me disais que, avec les nouvelles technologies, on ne sait jamais. J'ai pensé à la jeter en pleine mer, mais vous m'avez arrêté avant que Jenny quitte le port.

— Elle est au courant pour le meurtre ?

— Non, elle sait juste que j'ai fait une connerie. C'est moi qui lui ai demandé de jouer l'otage. Elle n'y est pour rien.

Davis salua sa loyauté. Jenny avait dit le contraire pour le protéger. Apparemment, ces deux-là s'aimaient. Dans ce genre d'affaires, tant de couples se déchiraient, rejetant la faute sur l'autre.

— Quant au sergent Bloom, je suis sincèrement désolé. J'ai pété les plombs, j'ai paniqué. J'étais sûr qu'on allait m'accuser d'avoir tué Darlington. Si un juge avait failli me tuer, j'imaginais facilement ce que pouvait faire la police. D'ailleurs, je ne me suis pas trompé, conclut-il en effleurant son visage contusionné.

Le silence s'installa à nouveau. Tout le monde se jaugeait du regard. La vie d'un homme allait se jouer dans les secondes à venir.

— Légitime défense. Trois ans, se prononça Crawford.

— Légitime défense, trois ans, avec sursis, rectifia Howard.

— Non, il a tenté de tuer le sergent Bloom. Soyez heureux que je ne demande pas plus.

— Il a paniqué. On le serait à moins.

— Tentez votre chance au procès, rétorqua Crawford.

— C'est exactement ce que nous allons faire.

— Non, je ne veux pas de procès. J'accepte le marché, intervint Pratter.

Howard posa une main sur le bras de son client.

— Neil, je sais ce que je fais. N'oublie pas comment ils t'ont traité. Tu étais en droit de paniquer. N'oublie pas non plus le carnage qu'ils ont fait chez les Armstrong. C'est normal que tu aies cru qu'ils étaient tous corrompus et qu'ils étaient dans le coup avec le juge Darlington.

Ce n'était pas ce qu'avait dit Pratter. Davis maudit la tactique de l'avocat.

— Vous êtes une petite ordure, dit Crawford.

— Trois ans avec sursis, ou nous irons au procès.

— Un an ferme, c'est le minimum.

— OK, je prends. Je dois payer ma dette envers le sergent Bloom, dit Pratter.

Howard n'insista pas.

— Libération immédiate de mon client jusqu'à ce que l'accord soit signé.

— Ne rêvez pas. Tout d'abord, nous devons boucler notre enquête et voir si tout concorde. Nous allons devoir interroger Mme Darlington. Si rien ne vient contredire votre version des faits, nous signerons un accord.

— Libération sous caution dans ce cas.

— Je vais voir avec le juge. Je vous tiens au courant.

— Avant ce soir. Mon client ne tient pas à dormir dans une de vos cellules, et à se retrouver pendu, comme par hasard.

Crawford lui envoya son plus mauvais regard et, suivi de Davis, ils sortirent de la salle d'interrogatoire. Crawford était en nage. Pas habitué à garder son sang-froid.

— Quel petit enfoiré !

— Vous parlez de qui ?

Crawford éclata de rire, ce qui eut pour effet de faire baisser la tension. Il posa une main paternelle sur l'épaule du lieutenant.

— Vous avez fait du bon boulot. Je n'aurais jamais espéré qu'on s'en sorte aussi bien.

— À qui le dites-vous, renchérit Davis, soulagé.

— Rentrez chez vous. Vous l'avez bien mérité.

Davis le remercia et regarda sa montre. 17 h 12. Il monta dans son bureau, rangea ses affaires, et se dit qu'il avait une dernière chose à faire avant de rentrer au manoir.

39

— Écoute les médecins, ils savent ce qu'ils font.

— Maman, je te jure que je vais bien, dit le sergent Bloom. Dis-leur que je veux rentrer.

Il était près de 18 heures. Elle n'en pouvait plus de rester dans cette chambre d'hôpital.

— Maman, pourquoi le monsieur, il t'a jetée à l'eau ? demanda Julian du haut de ses six ans.

— Il ne l'a pas fait exprès. C'était un accident. Tu comprends maintenant pourquoi il faut toujours mettre tes brassards quand tu vas te baigner.

Il se retourna vers sa grand-mère.

— Maman dit qu'elle peut revenir à la maison. Elle n'est pas malade.

— Je sais, mais il faut qu'elle se repose. Cela aurait pu être très grave.

On frappa à la porte. Le père alla ouvrir.

— Faye ? dit-il, stupéfait.

— M. Bloom, si je dérange, je peux…

— Non, entre, dit Veronica.

Les parents du sergent connaissaient les motifs de leur dispute. Ils avaient passé des jours et des jours à la consoler de la trahison de son amie.

— Mme Bloom, dit Faye en entrant. (Son cœur se serra en découvrant le petit garçon.) Tu es Julian ? lui dit-elle, émue.

— Oui, et vous, vous êtes qui ?

— C'est une amie, dit Veronica.

— On va aller te chercher à manger. Tu veux quelque chose en particulier ? demanda Mme Bloom, comprenant que les deux jeunes femmes avaient des choses à se dire.

— Fais comme tu veux. Je n'ai pas trop faim.

— Viens, Julian. Tu vas choisir pour maman, d'accord ?

Les parents et le petit garçon sortirent de la chambre.

Bloom se redressa dans le lit.

— J'ai appris aux infos. J'en suis malade, dit Faye.

— Plus de peur que de mal.

Faye posa une main sur le bras de son amie.

— Qu'est-ce qu'il t'a pris ? C'était de la folie.

— Je sais, mais ça a été plus fort que moi. Quand j'ai vu cette pauvre fille, je n'ai pas voulu revivre la bavure de chez les Armstrong.

— J'espère que ce type va en prendre pour vingt ans.

— Ça m'étonnerait. Tu as dû entendre la déclaration de l'épouse du juge.

— Oui, j'ai vu ça, et je sais maintenant qui était ma mystérieuse indic, dit-elle, persuadée que c'était Mme Darlington qui lui avait fait parvenir les photos. Mais quoi qu'il en soit, ce type doit payer pour ce qu'il t'a fait.

— On verra bien. J'aimerais lui parler avant.

— Parler à cette ordure ?

— Oui, je veux comprendre, j'en ai besoin, dit-elle d'une voix qui se brisa.

Faye comprit que son amie, même si elle cherchait à donner le change, était encore sous le choc. Faye décida de faire diversion.

— En tout cas, moi, je n'ai pas chômé. Je suis allée à San Francisco me renseigner sur ton lieutenant.

— Pourquoi tu as fait ça ?

— On n'a toujours pas de nouvelles de Rosie. Je m'inquiète vraiment, d'autant plus qu'on a appris des faits plutôt bizarres sur ton supérieur.

— Du genre ?

Faye lui répéta ce que leur avait dit le capitaine Logan.

— Un pédophile doublé d'un meurtrier ? s'étrangla Bloom. Non, je ne peux pas le croire. C'est absolument impossible. Davis en serait incapable.

— Les faits convergent. Ce Ryan n'est pas là par hasard.

— Tu préfères croire un vrai meurtrier en cavale qu'un bon flic qui a perdu sa femme ?

— Ryan n'est pas un meurtrier, c'est un justicier.

— Non, Faye, c'est un meurtrier, un tueur, un assassin. Pour qui se prend-il, à décider de faire justice lui-même ? Et s'il se trompait de cible ? Sur quelles bases se fonde-t-il pour tuer ses victimes ? Leur fait-il un procès ? Fait-il des enquêtes ? Non, ton type est un tueur de la pire espèce.

— Tu ne comprends pas. Ryan n'est pas ce que tu crois.

— J'espère que tu l'as dénoncé à ce Mike Logan ?

Faye garda le silence.

— Ne me dis pas que tu n'as rien dit ! Ce type a plus de sang sur les mains qu'un tueur en série. Et toi, tu le laisses courir. S'il tue Davis, c'est de la complicité de meurtre, Faye. Je ne plaisante pas.

— Je t'en prie, n'exagère pas ; je sais ce que je fais. Et je t'en supplie n'en parle à personne.

— Je ne peux pas faire ça. Je dois appeler le FBI.

— Non, fais-moi confiance. Je dois le revoir.

— Tu es folle. Tu ne te rends pas compte.

— Laisse-moi deux jours. Après tu appelles le FBI.

— Deux jours. Et qu'est-ce que tu comptes faire ?

— Je vais lui parler. (Bloom ouvrit de grands yeux.) Dans un lieu public, et je prendrai un taser dans mon sac. Tu es rassurée ?

— Non.

Les deux jeunes femmes se regardèrent. Faye pressa le bras de son amie.

— S'il te plaît, fais-moi confiance.

Confiance ! Bloom en aurait ri si cela n'avait pas été aussi tragique.

— OK, s'entendit-elle pourtant répondre. Deux jours, pas un de plus.

Faye eut un large sourire et lui déposa un baiser sur le front.

On frappa de nouveau à la porte. Bloom pensa à ses parents, étonnée cependant qu'ils soient déjà de retour.

Faye alla ouvrir et resta tétanisée de stupeur. Le pédophile était face à elle. Elle était écœurée autant que terrifiée par la présence de cet homme.

— Bonsoir, je ne dérange pas ? dit Davis.

— Non, entrez lieutenant.

— Vero, je vais y aller, je te tiens au courant. Tu me fais confiance ?

— Oui, dit Bloom, la mort dans l'âme.

Faye sortit et les laissa seuls.

— Je suis venu voir comment vous alliez. Tenez, c'est pour vous.

Un petit bouquet de fleurs. Davis les posa sur la table de nuit.

— Elles sont superbes, c'est gentil.

— Je m'en veux tellement pour ce matin. C'est bien la dernière fois que vous m'accompagnez sur le terrain.

— Vous ne feriez pas ça ?

Si ces derniers jours avaient été sacrément mouvementés, Davis devait reconnaître qu'il avait adoré toute cette excitation.

— Non, mais je vais vous mettre une laisse.
— Vous me voyez comme votre petit chien ? Merci bien.
— Je ne voulais pas dire ça.
— Je sais.
Davis la regarda. Une étrange pensée qu'il préféra aussitôt ignorer lui traversa l'esprit.
— Bon, je ne sais pas si c'est le moment, mais je voulais vous parler de l'affaire. Il y a eu pas mal de rebondissements.
— J'ai vu.
— Mais peut-être préférez-vous rester tranquille.
— Vous plaisantez, je n'en peux plus d'être ici. Racontez-moi tout.
Il commença par l'échange mouvementé dans la salle d'interrogatoire et le préambule d'accord qu'ils avaient élaboré.
Bloom en tira la même conclusion que Davis.
— Je crois qu'il ne ment pas. C'est un gamin qui a paniqué.
— C'est probable, mais il devra payer pour ce qu'il vous a fait.
— Vous savez, je crois que des excuses sincères suffiront. Je n'oublierai jamais ce qu'il a fait, mais quelque part, je crois que c'est un accident, du moins je veux le croire.
— Cela reste à prouver. On va continuer nos investigations. Il n'est pas impossible qu'il nous mène en bateau.
— Vous le pensez ?
— Non. Mais c'est possible. J'ai tout de même du mal à imaginer le juge Darlington faire appel à un tueur à gages pour torturer Garth Nolan de cette façon.
— S'il était écrit sur leur visage que les monstres sont des monstres, ils seraient vite mis hors d'état de nuire, répliqua-t-elle.

Disant cela, elle repensa aux doutes de Faye au sujet de Davis.

— Vous avez raison. Le bon voisin, le bon père de famille. Nous sommes bien placés pour savoir que l'horreur se cache bien souvent au cœur de familles dites modèles.

Bloom n'ignorait pas que la plupart des crimes et meurtres sexuels sont le fait de l'entourage le plus proche de la victime. Très peu de tueurs en série ont les lèvres baveuses et le regard démoniaque. Gregory Davis ?

Elle plissa les lèvres, dépitée.

La porte s'ouvrit sur les parents et le fils de Bloom, estima Davis.

— Bonjour, je suis un collègue de votre fille.

— Bonjour, monsieur, répondirent les parents avec une certaine déférence.

— Vous pouvez être fiers d'elle. Ce qu'elle a fait aujourd'hui est admirable de courage et de bravoure. Je peux vous assurer que toute la brigade est épatée par son geste.

— Oui, on sait, mais à l'avenir, si vous pouviez l'en empêcher. C'est notre fille unique et on y tient, dit Mme Bloom.

Davis sourit et sut d'où venait l'humour particulier de son sergent.

— J'y veillerai.

— Ma maman est la meilleure, dit Julian.

— Oui, tu peux le dire, petit bonhomme, confirma Davis.

Bloom regarda son lieutenant. Elle eut soudain envie de lui hurler qu'il avait un tueur à ses trousses. Mais elle avait promis à Faye de ne rien dire. Qui plus est, si par malheur elle avait raison, Davis prendrait ses jambes à son cou. Elle aurait perdu son amie, et un pédophile irait commettre ses forfaits ailleurs.

— Vous êtes quelqu'un de bien, dit Bloom en le fixant.

Davis eut l'impression que c'était plus une interrogation qu'une affirmation.

— J'essaye. Mais personne n'est parfait.

Bloom ne sourit pas.

Davis salua tout le monde et sortit de la chambre.

40

Faye regarda sa montre pour la énième fois.

« Va-t'en, ma grande, et appelle la police », se dit-elle.

Elle était assise sur un banc public de la promenade. Le soleil se couchait sur l'océan. Des centaines de touristes étaient installés aux terrasses des restaurants et des bars pour profiter du panorama.

Elle caressa la tête de Riggs qui aboya de plaisir.

— Jolie bête, dit une voix dans son dos.

Faye se retourna.

— Vous êtes en retard, fit-elle remarquer sèchement.

— Je suis désolé, s'excusa Ryan. J'espère que vous voulez toujours dîner avec moi.

Il s'était habillé de façon moins typique qu'un Hells Angel. Simple jean et T-shirt uni.

— Je ne sais pas. Si nous marchions un peu avant de passer à table ?

— Volontiers.

Une bande de skateurs déboula sur la promenade et les frôla. Riggs grogna.

— Tout doux, dit Ryan qui mit un genou à terre et lui caressa le museau. Il s'appelle comment ?

— Riggs.

Ryan sourit.

— Il a quel âge ?

— Trois ans.

Ryan se redressa.

— J'adore les chiens et je crois qu'ils me le rendent bien.

— Les chiens savent faire la différence entre les personnes qui les aiment et les autres, dit Faye, mal à l'aise.

Quand il l'avait appelée une heure plus tôt et lui avait proposé d'aller au restaurant, elle avait accepté sans hésiter. Mais à présent, face à lui, elle n'était plus aussi persuadée que ce fût une bonne idée.

— Quelque chose ne va pas ? s'inquiéta Ryan.

Faye s'arrêta de marcher. Elle devait se jeter à l'eau sinon elle n'y arriverait jamais.

— Il faut qu'on parle.

Stoïque, Ryan la regarda sans se départir de son sourire.

— Tout ce que vous voudrez.

— Vous me promettez de ne pas me mentir ?

— Promis, dit Ryan en faisant le signe des scouts.

— Vous vous appelez Ryan Bonfire, n'est-ce pas ?

Ryan eut un petit rire et secoua la tête.

— Je vois. Bravo.

Il jeta un regard circulaire, mais ne chercha pas à fuir.

— Je suppose que le FBI nous surveille, et que votre chien n'est pas juste là pour la décoration. Riggs, j'aurais dû m'en douter.

Le nom de l'un des plus célèbres policiers de Los Angeles.

Faye ne le contredit pas.

— Pourquoi faites-vous ça ?

— Pourquoi je fais quoi ?

— Pourquoi tuez-vous tous ces gens ?

Ryan haussa les épaules. Il se doutait que Faye avait un micro sur elle. Mais après tout, autant répondre et profiter de ces derniers instants de liberté.

— Ces gens doivent être punis. Je répare des injustices.

Faye se remit à marcher. Tant qu'il penserait qu'ils étaient surveillés par le FBI, elle ne risquerait rien.

— Qui vous en donne le droit ?

— Personne, ou plutôt disons les victimes.

— On vous paye pour les tuer ?

Pas vraiment un justicier, mais un tueur à gages, payé par des proches des victimes pour rendre justice, se dit-elle.

— Non, ce n'est pas comme ça que ça marche. Mais je crois qu'il est préférable que je me taise en attendant mon avocat, dit-il en se mettant à genoux devant elle, les deux mains derrière la tête.

— Qu'est-ce que vous faites ? s'exclama Faye.

Sur les terrasses des restaurants, les clients les regardèrent.

— Relevez-vous. Tout le monde vous regarde.

— Je n'ai pas envie de me prendre une balle perdue. Je me rends Mlle Sheridan.

— Mais je ne vais pas vous arrêter. Personne ne vous surveille. Relevez-vous. Vous allez finir par attirer l'attention d'un vrai policier.

Ryan se redressa aussitôt et fit une révérence exagérée comme pour montrer à ses spectateurs que tout cela n'était qu'une comédie.

Faye se remit à avancer. Riggs à sa droite, Ryan à sa gauche.

— Vous n'avez pas appelé le FBI ?

— Non, personne.

— Vous avez un micro ?

— Non, j'ai juste un chien qui vous déchiquettera si vous tentez de vous en prendre à moi.

— Je veux bien vous croire sur cette dernière partie, mais pour le micro, pensez-vous que je sois stupide à ce point ?

— Je ne crois pas que vous soyez stupide.

— Enlevez votre T-shirt et prouvez-moi que je peux vous faire confiance.

— Mais ça va pas !

— On est sur la plage. Venez.

Il sauta par-dessus le muret et s'avança sur le sable. Il enleva son propre T-shirt, qui laissa apparaître une musculature impressionnante, mais surtout nombre de cicatrices et le tatouage d'une jeune femme brune sur son épaule.

— C'était votre petite amie ? demanda Faye, qui l'avait suivi.

Ryan fronça les sourcils.

— Comment vous pouvez le savoir ? D'ailleurs, qu'est-ce que vous savez au juste ?

Faye se décida à tout lui raconter, à commencer par sa rencontre avec Mike Logan.

— Cette ordure. Un arriviste prêt à tout pour obtenir du galon. Faut croire que ça marche. Alors, il est à San Francisco à présent ?

— Oui, mais je pense que c'est un flic honnête. Il ne vous a pas enfoncé, du moins pas vraiment. Il pense que vous ne tuez que des pédophiles.

— Il se trompe. Mais enlevez votre T-shirt, s'il vous plaît.

Faye avait un simple soutien-gorge en dentelle. Elle regarda alentour. Malgré le soleil qui déclinait, il y avait encore pas mal de monde sur la plage dont beaucoup de femmes en maillot deux pièces.

Elle retira son T-shirt et s'assit en tailleur sur le sable.

— Ça vous va ?

— Plus que vous ne l'imaginez, dit Ryan en lui faisant un clin d'œil.

— Pervers.

— Non, vous vous trompez.

Faye l'espérait. Elle lui demanda :

— Bon, on peut parler maintenant ?

Ryan regarda autour de lui et soupira avant de se lancer :

— Oui, j'ai du sang sur les mains. Je ne tue que des coupables. Des pédophiles en liberté, des assassins que la justice n'a pas su retrouver ou qu'elle a innocentés au bénéfice du doute, et autres genres de monstres en cavale.

— Mais comment choisissez-vous vos proies ?

— On me les indique. Je travaille pour une organisation secrète qui me fournit des noms, des endroits et me demande de faire le travail.

— Mais comment pouvez-vous être sûr qu'ils sont coupables, s'il s'agit, comme vous le dites, de personnes libérées au bénéfice du doute ?

— C'est là qu'est tout l'intérêt de la chose. Je fais ma propre enquête et tant que je ne suis pas certain de la culpabilité de ma proie, je ne fais rien.

— C'est sûr ?

— Oui. Je suppose que Logan vous a raconté mon passé.

— On vous a accusé de viol sur mineure ?

— Oui, et j'étais innocent. Vous comprendrez facilement que je mets un point d'honneur à connaître la vérité avant d'agir. Je me débrouille toujours pour avoir des aveux ou des preuves incontournables. Si vous avez quelques minutes, je peux vous parler de l'affaire avec Mike Logan.

— J'ai tout mon temps, dit Faye, qui n'avait plus peur.

Elle était fascinée par cet homme. Malgré son air de tueur, elle se sentait étrangement en confiance.

Ryan lui raconta son aventure à Seattle, comment il avait failli se faire attraper définitivement, et comment il était tombé sur deux pédophiles de la pire espèce.

— C'est affreux, mais j'ai envie de dire que vous avez eu raison de les tuer.

— J'ai eu raison, il n'y pas l'ombre d'un doute là-dessus. Ces types-là méritaient la mort. Rien de moins.

Faye passa machinalement la main dans le poil dru de Riggs qui s'était allongé auprès d'elle, la langue pendante.

— Je crois que c'est à vous de parler maintenant. En premier lieu, expliquez-moi pourquoi vous ne m'avez pas dénoncé ?

— Parce que je suis stupide.

Ryan sourit.

— Je ne devrais pas dire ça, mais c'est vrai. Vous ne savez rien sur moi. Moi-même je me fais peur, mais je peux vous affirmer que jamais je ne vous ferai de mal. Je n'ai d'ailleurs jamais tué une femme.

— En effet, me voilà rassurée, ironisa-t-elle.

— Vous pouvez l'être, vous ne risquez rien.

Faye se remit à caresser Riggs, alors que le soleil touchait enfin l'océan. Le spectacle était magnifique.

— C'est vous qui avez tué Garth Nolan ?

— Non, pourquoi vous me demandez ça ? J'ai cru comprendre que c'était un juge du coin qui avait commandité ce meurtre.

— Apparemment, mais alors pourquoi êtes-vous ici ?

Ryan hocha la tête en connaisseur.

— Bien joué, mais je ne dirai rien.

— Allons, je n'ai pas de micro.

Ryan hésita puis se lança.

— Je suis ici pour un homme. Je dois découvrir s'il est coupable d'un crime.

— Un pédophile ?

— Non, je ne crois pas. Un homme qui aurait tué sa femme. Mais peut-être est-il pédophile, je n'en sais rien. Je vous le dirai quand il sera passé aux aveux.

— Vous pensez vraiment que Gregory Davis a tué sa femme ?

Pour le coup, Ryan en resta stupéfait.

— Vous commencez à me faire peur. Comment connaissez-vous le nom de ma cible ?

— Nous avons chacun nos petits secrets.

Ryan chercha à comprendre et eut une intuition.

— C'est Mike Logan qui vous a parlé de Davis ? Il pense qu'il est coupable ?

— Non, pas du tout. Il n'en sait rien. C'est une amie qui le pense. Une amie journaliste qui a disparu depuis quatre jours.

— Comment le sait-elle ?

— Cette fois, je ne peux rien vous dire.

— Vous vous inquiétez pour elle ?

— Oui, mais je m'inquiète tout autant pour une autre amie, le sergent Bloom, elle travaille sous les ordres de Davis.

— Ce n'est pas la fille qui a failli mourir noyée ce matin ?

— En effet, c'est elle.

— Je ne sais pas si Davis a un rapport avec cette affaire, mais c'est sûr que ce n'est pas rassurant.

— J'ai besoin d'en savoir plus sur Davis. Je pense que c'est lui qui a kidnappé ma collègue trop curieuse.

Ryan fit la moue.

— S'il l'a enlevée, je crains fort qu'il y ait peu de chances qu'on la retrouve en vie.

— Ne dites pas ça.

— OK, je retire. Mais, entre nous, vous n'avez vraiment pas faim ?

Faye avait surtout un peu froid. Avec la disparition du soleil, la température avait baissé d'un coup.

— Si. Même si je sais que je ne devrais pas.

— Arrêtez, vous n'avez pas un gramme de graisse.

Pieux mensonge, mais gentil.

— Je parlais de manger avec un tueur.

— Il faut vivre dangereusement, dit Ryan qui lui proposa sa main.

Faye l'attrapa et se releva en espérant qu'il ne remarquerait pas son petit bourrelet.

41

— Je te déteste ! hurla Raphael en pointant Penny du doigt.

— Tais-toi ! lui ordonna Davis d'un ton tranchant.

Toute la petite famille était dans le salon du premier étage. Penny venait de révéler à son père que Raphael s'était servi de la Ferrari, et pas qu'une fois.

— Madame Chaffin dit qu'il ne faut jamais mentir, se défendit la petite fille.

— Et elle a bien raison, mon trésor, l'encouragea Davis. Tu veux bien aller dans ta chambre, je dois parler à ton frère.

Penny partit tranquillement, la conscience en paix.

— Explique-toi ! Comment as-tu trouvé les clés ? Tu m'espionnes ?

— Papa, tu deviens complètement parano. J'ai cherché et j'ai trouvé. Ce n'était pas bien difficile. Dans le grenier, dans la boîte à bijoux.

Davis ne savait que penser. Mentait-il ? Il détestait l'idée que son fils l'espionne.

— Et tu fouilles souvent dans mes affaires ? Vais-je devoir mettre des cadenas sur tous mes dossiers ?

— Arrête. La première fois, je voulais juste faire un tour. Penny ne risquait rien.

— Tu l'as laissée seule une heure.

— Elle ment, je suis parti seulement dix minutes. Je te le jure sur la tête de maman, se parjura Raphael.

Davis préféra le croire.

— OK, mais pour aujourd'hui, tu n'as aucune excuse. Je t'avais formellement interdit de reprendre la voiture.

— Je voulais revoir Kelly. Tu n'as jamais été amoureux, toi !

— Ce n'est pas la question. Tu as dix-sept ans et tu agis comme un gamin inconscient. Si je t'ai puni, ce n'est pas par plaisir, mais pour que tu comprennes qu'il y a des règles à respecter.

— Je le sais. Je suis désolé, qu'est-ce que tu veux de plus ?

Davis voyait bien que Raphael ne prenait aucunement conscience de la gravité de ses actes.

— Aujourd'hui ma partenaire a failli mourir noyée. Tu as dû en entendre parler.

— Oui, dit Raphael sans conviction.

— Le garçon qui l'a jetée à l'eau les mains menottées a dit lui aussi qu'il était désolé. Elle a failli mourir. Elle a un petit garçon encore plus jeune que Penny. Tu crois que des excuses suffisent ?

Raphael comprit que son père était réellement troublé. Comment ne pas penser à la mort de sa mère ?

— D'accord, j'ai compris. Qu'est-ce que tu veux que je fasse ? Tu veux que je cherche un travail ?

Davis détestait réprimander son fils, mais il n'avait pas le choix.

— Non, je vais m'en tenir à ce que je t'ai dit hier. Plus de voiture jusqu'à la rentrée scolaire. Tu iras à la plage en vélo ou à pied.

Raphael soupira bruyamment. Il était clair que Kelly allait le larguer. Si seulement son père pouvait être un peu plus humain. Mais ce n'était pas la peine d'y compter. Il était flic, et croyait à l'ordre bien plus qu'à la compassion.

— Je vais dans ma chambre, et ne m'appelle pas pour manger, je n'ai pas faim.

— Raphael, n'inverse pas les rôles. C'est toi qui...

La sonnerie de l'entrée interrompit opportunément l'échange verbal.

— Reste ici, on n'en a pas fini.

Davis redescendit dans le grand hall d'entrée et jeta un coup d'œil sur l'interphone vidéo. Une jeune fille.

— Oui, qu'est-ce que vous voulez ? demanda-t-il sans préambule.

— Je viens voir Raphael, il a oublié son téléphone. Je viens le lui rapporter.

Davis eut envie de la renvoyer, mais la gamine n'y était pour rien.

— Je t'ouvre.

— C'était qui ? demanda Raphael qui l'avait rejoint.

— Devine. Tu n'aurais pas oublié ton portable, par hasard ?

— OK, je l'ai fait exprès. Mais papa, j'en ai marre que tu fasses ton flic avec moi. Tu décortiques tout ce que je fais comme si j'étais un suspect. C'est insupportable.

Pour le coup, Davis savait que c'était un défaut que lui reprochait souvent Charleen. Il décida de calmer le jeu.

— OK, elle peut rester un petit moment. On reprendra notre conversation plus tard.

— Merci, papa. Je ne te décevrai plus, je te le promets, dit Raphael qui n'en revenait pas que Kelly soit venue jusque chez lui.

Il avait fait exprès de laisser son portable dans le sac de Kelly, espérant qu'ils se revoient le lendemain. Mais à l'évidence, elle ne voulait pas attendre.

Elle remonta à pied toute l'allée gravillonnée. Davis et Raphael l'attendaient sur le perron du manoir.

— Vous avez une très belle maison, M. Davis.

— Merci. On vient juste d'emménager, elle n'est pas encore tout à fait prête.

— Moi, je la trouve super, dit-elle en sortant le portable de son sac. (Puis, s'adressant à Raphael) : Je me suis dit que ça pouvait te manquer.

— C'est clair. Tu es venue à pied ?

— Oui, sur Google Earth, ça avait l'air moins long.

— Entre. Tu veux boire quelque chose ? Jus d'orange, Coca ? lui proposa Davis.

L'adolescente était toute mignonne et paraissait bien élevée. Pantalon en toile, T-shirt à l'encolure ras-du-cou, léger maquillage, elle n'avait rien d'une bimbo comme il y en avait tant. Raphael semblait avoir attrapé le bon numéro.

— Je ne veux pas vous déranger.

— Bien sûr que non. Entre, je vais te faire visiter, dit Raphael.

Davis lui sourit et laissa passer l'adolescente.

— Wouah ! C'est super beau, s'enthousiasma Kelly dès qu'elle mit le pied dans le hall spacieux.

Des tableaux, des statuettes et ce majestueux escalier central de toute beauté.

— Viens, tu vas voir la cuisine.

Il l'entraîna dans tout le rez-de-chaussée. Kelly n'en revenait pas. Elle avait l'impression de se retrouver dans une de ces grandes maisons que l'on voyait dans les soap operas dont raffolait sa mère.

Ils allèrent ensuite à l'étage où Raphael lui montra sa chambre.

— Et voilà !

Kelly était sur un petit nuage. Cette chambre était au moins deux fois plus grande que la sienne.

— Tu as trop de la chance.

— Je sais, et si tu veux, tu peux en profiter, dit Raphael qui s'approcha tout près d'elle.

— Attends, je veux voir le reste.

Raphael était très excité mais il prit sur lui de ne pas la renverser sur le lit.

— Il faut que tu voies le grenier. Viens.

Il la prit par la main et ils montèrent les derniers étages pour arriver sous la trappe.

Raphael fit descendre l'échelle amovible et passa le premier.

— J'ai l'impression d'être dans un film d'horreur. Genre, il y a un cadavre caché là-haut.

— C'est exactement ça.

Kelly suivit Raphael et arriva en haut.

— Trop cool. C'est super mignon.

C'était comme dans une chambre d'époque, avec son toit mansardé et son œil-de-bœuf ouvrant sur l'extérieur.

— On se croirait dans Harry Potter, dit-elle, allant directement vers le piano. Un Steinway ?

— Je ne sais pas.

— Si, regarde, c'est écrit là. Tu sais combien ça coûte ?

— Non.

— Une fortune. Je peux essayer ?

— Tu sais jouer ?

— À ton avis ?

Kelly l'embrassa furtivement sur la bouche et s'assit sur le petit tabouret rembourré. Elle se recueillit quelques secondes, et soudain une douce mélodie emplit le grenier.

Raphael était stupéfait. C'était somptueux.

Kelly semblait transportée, ses doigts virevoltaient sur le clavier en ivoire.

Puis, reprenant pied, elle s'adressa à Raphael.

— Tiens, écoute ça. Dis-moi si tu connais.

Kelly se mit à chanter « Turning tables » d'Adele, s'accompagnant au piano. Elle avait une voix magnifique.

Quand elle lui avait parlé du groupe qu'elle formait avec sa sœur Madison, il avait pensé à du mauvais karaoké. Mais à l'évidence, Kelly avait un don. Elle chantait encore mieux que la véritable Adele !

Elle enchaîna avec « Someone like you », quand des bruits de pas se firent entendre.

Kelly tourna la tête tout en continuant de chanter et de jouer du piano. Par le trou de l'escalier apparut la frimousse d'une petite fille.

— C'est trop joli. Je la connais, c'est Adele, dit Penny, enchantée.

Elle finit de grimper l'escalier, suivie de Davis qui était époustouflé. Quand il avait entendu la musique, il était persuadé qu'elle provenait de la sono de Raphael.

À présent il était sous le charme, comme son fils et sa fille.

— Tu veux chanter avec moi ? demanda Kelly alors que Penny s'était accoudée sur le piano.

— Oui.

Kelly reprit au début et, en duo, les deux jeunes filles se mirent à chanter. La voix de Penny était moins puissante, mais l'effet des deux voix mêlées était extrêmement émouvant.

Davis sentit les larmes lui monter aux yeux. Si seulement Charleen avait pu les voir…

Il préféra redescendre et les laisser seuls.

⁂

Davis regarda l'heure. 19 h 55. Aussi difficile que soit sa décision, il devait intervenir.

Il alla frapper à la porte de Raphael. Il entendit des bruissements de vêtements et fit la moue. Trois minutes plus tard, Raphael ouvrit la porte, les cheveux tout ébouriffés.

— Quoi ?

— Raphael, je crois qu'il est temps pour Kelly de rentrer chez elle. Ses parents vont s'inquiéter.

— Mais non, ça va. Encore un peu, je t'en prie.

— Non, il est 8 heures, on va passer à table.

Kelly apparut à son tour.

— Je vais y aller. Je comprends.

— Papa, elle peut au moins rester pour dîner, s'il te plaît ?

— Je ne sais pas. Tu as appelé tes parents ? demanda Davis.

— Je vis avec ma mère, mais elle est très cool. Elle a l'habitude que je rentre tard.

— OK, je veux bien que tu restes, mais d'abord je la préviens, d'accord ?

Kelly eut l'air embarrassé.

— Donne-lui ton numéro. Comme ça tu pourras rester plus longtemps, suggéra Raphael.

— Je peux te ramener maintenant si tu préfères, dit Davis.

— Non, j'ai bien envie de me rendre compte par moi-même si vous êtes aussi bon cuisinier que Raphael le prétend.

— Je n'ai jamais rien dit de tel.

— Ça, je veux bien te croire, tu ne finis jamais ton assiette.

Davis sortit son portable et Kelly lui donna son numéro.

Trois sonneries plus tard, une voix atone répondit.

— Allô ?

— Bonsoir, madame, vous êtes la maman de Kelly ?

— Oui, qu'est-ce qu'elle a encore fait, cette idiote ?

— Je suis le père de Raphael. Je vous appelle pour vous demander l'autorisation de garder Kelly pour le dîner. Je la raccompagnerai juste après.

— Gardez-la tant que vous voudrez ! Ça me fera des vacances.

Davis fut choqué mais s'efforça de garder le sourire devant Kelly et Raphael.

— Donc, on est d'accord, je vous la ramène vers neuf heures, neuf heures et demie.

— Vous êtes bouché, je vous dis que j'en ai rien à foutre !

— Au revoir, madame, je vous remercie, dit Davis, réussissant l'exploit de garder son self-control. (Puis, s'adressant à Kelly) : Ta maman est d'accord. Elle m'a dit que tu pouvais dormir ici, si tu le souhaitais. C'est toi qui décides.

Kelly n'en revenait pas. Qu'est-ce que sa mère avait bien pu lui dire ?

— Oui, ça me fait plaisir, mais je ne veux pas abuser de votre gentillesse.

— Tu n'abuses de rien du tout, je vais te préparer une chambre. On a largement la place pour te loger.

Raphael lui fit les gros yeux mais garda le silence. Dès que son père aurait le dos tourné, il la rejoindrait dans son lit.

— Je reviens vous chercher quand on mange. D'ici une demi-heure.

— OK, c'est très gentil, dit Kelly.

⁂

— Tu crois que je serai aussi belle que Kelly quand je serai grande ? demanda Penny.

Davis venait tout juste de la mettre au lit.

— Encore plus belle.

— Tu es sûr ?

— Sûr et certain. Allez, ferme les yeux et fais de beaux rêves.

Dix heures et quart. Exception ne faisant pas loi, il avait laissé Penny avec Raphael et Kelly dans la salle vidéo où ils avaient regardé ensemble *Rio 2*. Maintenant il était temps de dormir.

Il éteignit la lumière, et ressortit de la chambre en laissant entr'ouverte la porte commune avec sa propre chambre.

Il avait préparé celle de Kelly. Étant séparée par une simple cloison de celle de Raphael, il ne lui faisait pas mystère que les deux jeunes gens iraient se rejoindre dès qu'il serait lui-même couché. Mais il était important de respecter les convenances.

Épuisé par sa journée de travail, il n'avait plus la force de travailler sur ses dossiers. C'est alors qu'il se rendit compte qu'il n'avait pas cessé de penser au sergent Bloom. Quand il avait cru qu'elle allait se noyer, il avait eu l'impression de revivre un horrible épisode de sa vie.

L'arrivée de Kelly avait été un heureux dérivatif. L'adolescente était d'une gentillesse extrême, pleine de vie et d'enthousiasme. Comment pouvait-elle avoir une mère aussi acariâtre ? Le rôle des parents était d'aider leurs enfants, pas de les maltraiter ! Une évidence que cette femme semblait totalement ignorer.

Il avait beaucoup de compassion et d'admiration pour cette jeune adolescente.

Davis s'étira et se posta à sa fenêtre. Les lumières de Pacific View illuminaient l'horizon nocturne.

42

Une ombre. Une silhouette.

Bloom tourna la tête et aperçut un homme dans sa chambre d'hôpital. Quelle heure était-il ? Les rideaux n'avaient pas été fermés. La nuit s'était posée sur la ville.

Elle maîtrisa sa respiration. Ne faire aucun mouvement. Se faire oublier.

Dans un rayon de lune, elle vit l'homme sortir un couteau. Lentement, il le leva et le posa sur son propre bras avant de l'entailler.

Bloom pouvait voir le sang couler, clapotant sur le sol de sa chambre.

Elle eut envie de hurler mais sa gorge serrée n'émit aucun son.

Qui était cet homme ? Que lui voulait-il ?

Malgré l'obscurité, elle crut reconnaître cette silhouette. Crâne rasé, stature imposante. Ryan Bonfire. Le Hells Angel recherché par le FBI !

Elle tenta de bouger une main, mais elle était tétanisée par la peur.

L'homme ne prêtait aucune attention à elle et continuait de s'entailler le bras sans émettre le moindre cri de douleur. Il s'arrêta soudain et redressa la tête.

Bloom le reconnut. C'était bien l'homme sur la photo du dossier de Rosie. Il allait la tuer, comme sa collègue.

L'homme posa un doigt sur sa bouche, et prononça un très léger « chut ».

Puis il posa ce même doigt sur ses plaies. Il sourit et, se retournant vers la fenêtre, il traça sur la vitre des lettres de sang.

D...O...N...'...T...F...

Bonfire n'avait pas besoin de finir, Bloom aurait pu le faire pour lui : « Don't fear the Reaper ».

Qui d'autre qu'un Hells Angel pouvait connaître cette référence ? C'est Ryan qui avait tué Garth Nolan.

Et comme lui, il allait la tuer !

Bloom tenta de hurler, mais ses poumons étaient vides. Elle suffoquait, de l'eau entrait par sa bouche, elle allait se noyer. Le visage de Bonfire se transforma en celui de Neil Pratter.

Bloom poussa un hurlement et se redressa dans son lit, le cœur battant à tout rompre.

Elle tendit le bras et renversa une bouteille d'eau avant de trouver l'interrupteur.

Les stores électriques étaient baissés. Elle était seule dans sa chambre. Aucune inscription sur la fenêtre.

Juste un mauvais rêve. Un simple cauchemar, se dit-elle, en sueur.

La porte s'ouvrit d'un coup.

— Vous allez bien ? s'inquiéta une des infirmières de nuit.

⁂

Faye n'arrivait pas à dormir. Qu'est-ce qu'il lui avait pris d'agir ainsi ? C'était une pure folie.

À la faible lumière qui passait entre les stores mal fermés de sa caravane, nue, elle se leva de sa couchette du bas, et attrapa une chemise d'homme. Attentive à ne pas faire de bruit, elle ouvrit la porte pour se retrouver à l'air libre, et marcher sur le sable.

La lune était haute dans le ciel. Elle se reflétait sur l'océan dont la crête des vagues était parcourue de reflets phosphorescents. Le paradis sur Terre. Alors pourquoi cherchait-elle à jouer avec l'enfer ?

C'était plus fort qu'elle. Elle n'était pas comme les autres filles. Elle ne pouvait se satisfaire d'un type normal, gentil. Non, il fallait toujours qu'elle tombe sur des cas.

Elle entendit du bruit derrière elle. Ce n'était pas Riggs. Elle ne se retourna pas. Les pas se rapprochèrent. Elle fut bientôt enlacée par-derrière, des lèvres effleurèrent son cou pour l'embrasser.

Elle se retourna enfin et fit face à Ryan.

Il avait quatorze ans de plus qu'elle, mais peu importait. Il était drôle, attachant et très touchant. Raisonnablement, elle aurait dû se méfier de lui comme de la peste, mais elle sentait de façon indicible qu'elle pouvait lui faire confiance. Ce n'était pas un tueur, du moins pas au sens commun du terme.

En d'autres temps, il aurait été un chevalier, un héros de légende. Simplement, Ryan n'était pas né à la bonne époque. Il était né pour être sauvage !

Dans le clapotement des vagues, à la lumière de la lune, elle accepta ses caresses avec délice. Ils s'allongèrent à même le sable et, sans aucune pudeur, elle ouvrit sa chemise et lui offrit à nouveau son corps.

⁂

Davis crut entendre du bruit. Il ouvrit un œil, se redressa et regarda sa montre. 2 h 45. Il tendit l'oreille. Toujours ce petit bruit agaçant. Comme quelqu'un qui frapperait sur une des cloisons.

Davis comprit très vite ce dont il s'agissait. Le bruit régulier d'un sommier qui craque avant d'arriver à l'extase.

Davis se leva, mal à l'aise. Il n'avait pas envie d'entendre ça. Même si Raphael avait dix-sept ans, il restait son petit garçon.

Il décida de se lever. En simple caleçon, sans allumer la lumière du couloir, il sortit de sa chambre et avança à tâtons pour atteindre l'interrupteur de l'escalier et descendre dans la cuisine se servir un verre de jus de pomme. Il ne voulait plus entendre ce bruit.

Étrangement, il eut bientôt l'impression qu'il venait d'en bas. Il plissa les lèvres. Pris d'un affreux doute, il revint sur ses pas, longea le couloir, et arriva devant la chambre de Raphael. Silence complet. Il avança jusqu'à celle de Kelly. Pareil.

Qu'est-ce que c'était que cette histoire ?

Il retourna dans sa chambre. Même si l'explication était toute simple : le bois qui craque, un animal qui gratte à la porte, Davis ne voulait prendre aucun risque. Il tira à lui un petit coffre en métal, caché au sommet de son armoire, ouvrit le cadenas et en sortit son arme de service.

On frappait toujours contre les cloisons.

Davis n'aimait pas ça du tout. Il prit sa petite lampe torche et s'avança vers les escaliers. Le bruit était plus fort.

— Raphael, c'est toi ? souffla-t-il.

Peut-être son fils, pris d'une petite faim, était-il descendu aux cuisines. Mais pourquoi frapper sur les cloisons ?

Ils ne faisaient pas l'amour dans le salon du bas, tout de même ?

Néanmoins, il prit soin de faire le moins de bruit possible en descendant l'escalier, le faisceau de sa lampe torche lui éclairant le chemin. Il avait évité d'allumer la lumière, préférant jouer sur l'effet de surprise si un rôdeur s'était introduit chez lui.

Le bruit n'avait pas changé. Une branche d'arbre qui viendrait cogner la paroi extérieure du manoir ?

Le rythme était trop régulier. Trop mécanique.

Arrivé en bas, le bruit lui parut résonner encore plus fort. Un frisson lui parcourut l'échine.

« Greg, tu as trente-huit ans, les fantômes n'existent pas ! » se sermonna-t-il.

D'un mouvement circulaire de sa lampe, il éclaira le hall dans ses moindres recoins. Et, l'espace d'une seconde, il distingua la silhouette d'un spectre contre l'un des murs.

Ses cheveux se hérissèrent sur sa tête. Il ramena cependant le faisceau lumineux dans la même direction. La silhouette était encore là !

Instinctivement, dans un geste de protection, Davis leva la main, alors que simultanément il découvrait sa méprise.

C'était Kelly. De dos, en petite culotte.

— Kelly ?

L'adolescente ne répondit pas. Davis, qui s'était approché, comprit la provenance de ce bruit inquiétant.

La pauvre enfant se frappait la tête contre un des murs du hall.

— Nom de Dieu !

Il posa une main sur son épaule.

— Kelly, arrête ça.

Doucement, il la fit pivoter vers lui pour la fixer droit dans les yeux. Un regard vide. Celui d'une somnambule.

Quel genre de cauchemar pouvait conduire une jeune fille à se frapper la tête contre un mur ?

À cet instant, il réalisa qu'il était en simple caleçon, et que Kelly n'était pas plus vêtue que lui. Il ne fallait surtout pas qu'elle se réveille et que Raphael les voie dans cette tenue.

43

Vendredi 8 juillet

— Tu as vraiment de la chance de vivre ici, dit Ryan.

Faye avait sorti la petite table pliante, et ils prenaient leur petit déjeuner sur la terrasse en bois qu'elle avait installée devant sa caravane.

— C'est ce que je me répète tous les jours.

Les lumières de l'aube éclairaient la plage et l'océan de tons contrastés.

— Comment as-tu pu avoir l'autorisation de te poser ici ? Tu n'as pas peur de te faire virer par la police ?

— Non.

— C'est-à-dire ?

— C'est compliqué, tu veux vraiment savoir ?

— Oui. Mais avant, je vais me chercher une bière.

Faye sourit et resta à regarder Riggs qui jouait à chasser les oiseaux qui venaient tenter leur chance sur le sable à la recherche de quelque nourriture.

La guitare d'Alex Lifeson se fit entendre. L'album « Power Windows » de Rush.

Ryan revint avec deux bières à la main.

— Très bon choix, lui dit Faye.

— La première fois que je l'ai écouté, j'ai détesté, mais je dois avouer qu'on s'y fait.

— Je parlais de la bière.

Ryan sourit et vint se rasseoir à ses côtés, regard tourné vers l'horizon.

— Alors, explique-moi ?

— J'ai été abandonnée à la naissance, dit-elle sans chercher à mentir.

Chaque fois qu'elle y pensait, toujours la même douleur.

— Je suis désolé.

— Il n'y a pas de problème. En fait, j'ai été adoptée.

— C'est mieux que l'orphelinat, dit Ryan.

— Pas pour moi. Ces gens étaient des monstres froids. Non pas qu'ils m'aient battue ou humiliée, mais jamais la moindre manifestation de tendresse, alors qu'il n'y en avait jamais assez pour leur propre enfant. Dès que j'ai eu dix-huit ans, je suis partie et je ne les ai plus jamais revus.

Ryan attrapa sa bière. Il avait de la peine pour elle. À croire que les vies brisées étaient faites pour se rencontrer.

— Tu n'as pas cherché à savoir qui étaient tes vrais parents ?

— Si, dit Faye en se souvenant de ses rêves de petite fille.

Elle était certaine que ses véritables parents l'attendaient quelque part. Elle ne connaissait pas la raison pour laquelle ils avaient dû se séparer d'elle, mais elle devait forcément être sacrément solide. Elle était persuadée qu'un jour ils lui diraient tout et qu'elle rattraperait la vie qu'on lui avait volée.

— Et alors ?

— J'ai retrouvé mon père, dit-elle en sentant une boule se former dans son estomac.

Jamais elle n'oublierait ce jour. Elle avait vingt-deux ans. Inscrite dans une école de journalisme à San Francisco, elle avait usé de certaines relations pour parvenir à consulter son dossier d'adoption.

Cela avait été un véritable choc quand elle avait découvert qui il était.

— Cet homme ne mérite pas d'être appelé « père », dit-elle.

Ryan s'en voulut d'avoir posé la question. Il se rapprocha d'elle et lui caressa furtivement la joue du bout des doigts.

— Laisse tomber. Oublie tout ça.

— Non, je ne peux pas oublier. Et si tu veux tout savoir, c'est lui qui m'a offert ce terrain. Il appartient à sa famille depuis des générations. Même si la zone n'est pas constructible, la municipalité m'a autorisée à y poser ma caravane.

— Ton père habite cette ville ?

Faye acquiesça et reprit une gorgée de bière.

Le pire dans toute cette histoire était qu'elle ne connaîtrait jamais sa mère. Une Française, jeune fille au pair. Florence Barjac. Faye n'avait jamais pu retrouver sa trace. À croire qu'elle s'était évaporée.

— Oui, mais il est mort, pour moi.

— Pourquoi tu ne vends pas ce terrain pour refaire ta vie loin de lui ? Même s'il n'est pas constructible pour l'instant, il peut valoir des millions pour un promoteur patient.

— Je sais, mais je ne veux pas fuir. Je suis née ici. Il m'a déjà abandonnée une fois. Je ne veux pas vivre ma vie en exil à cause de lui.

Ryan n'était pas le mieux placé pour donner des conseils, mais il se sentait l'âme d'un vieux sage.

— Tu as vingt-huit ans, tu n'es pas mariée, tu n'as pas d'enfant. C'est ça la vie dont tu rêves ?

Faye fit la grimace.

— Ça, c'est un coup bas.

— Non, je te fais simplement remarquer que tu fais tout pour rester une petite fille à ses yeux. Tu t'interdis de vivre une vie de femme normale.

— Arrête. Qui tu es pour me donner des leçons ? Un tueur sans foi ni loi, qui parcourt les États-Unis sans aucune attache. Tu ne manques pas d'air.

La réplique était partie toute seule. Il l'avait bien cherché.

— Je suis mort dans ma tête, Faye. Mais toi, tu es en vie. Ne la gâche pas, comme je l'ai fait.

Faye eut une idée inattendue.

— Tu serais prêt à partir avec moi ?

Ryan eut un petit rire. Oh oui, il adorerait refaire sa vie avec elle, mais il savait qu'elle se lasserait au bout de quelques semaines. Faye était une citadine qui avait besoin de son réseau d'amitiés. Elle n'était pas une solitaire comme lui, sans attache et sans but dans la vie, si ce n'était de survivre en attendant la fin.

— Tout le monde est prêt à vivre avec toi, Faye. Mais il te faut un vrai mec. Pas un type comme moi.

— Parce que toi, tu n'es pas un vrai mec ! ironisa-t-elle.

— Exactement, je ne suis qu'un type de passage, mais pas un compagnon de vie. Et tu le sais très bien.

Faye le regarda. Elle le trouvait tellement attachant. Ce n'était peut-être pas le meilleur moment pour en parler.

— Qu'est-ce que tu comptes faire pour Davis ?

Ryan s'étonna de ce changement brutal de sujet, mais préféra ça. À quoi bon rêver d'une vie meilleure ?

— Je ne sais pas. En général, je prends mon temps pour trouver une façon de m'approcher de ma proie. S'il est innocent, autant ne pas le brusquer.

— Est-ce qu'une seule des cibles que tes hommes en noir t'ont demandé de supprimer s'est avérée innocente ?

Là était bien la question.

— Non.

— Alors pourquoi tu ne leur fais pas confiance ?

— Parce que tout le monde peut se tromper. Si jamais je tuais un innocent...

Il laissa sa phrase en suspens.

— Tu as sûrement raison. Mais si Davis est un tueur, Rosie et Vero sont en danger. On ne peut pas attendre. Tu dois bien avoir un plan B ?

Effectivement, Ryan en avait un.

— Oui, mais je ne l'aime pas.

— Écoute, on n'a pas le choix. Dis-le-moi, et je te donnerai mon avis.

Ryan soupira et dit :

— Je le kidnappe et je l'oblige à parler.

Faye dut s'avouer que c'était pure folie. Si l'affaire tournait mal et que Ryan se faisait arrêter, elle serait accusée de complicité d'enlèvement. Pourtant, c'était la meilleure solution pour avoir des résultats.

— OK, mais ne le torture pas. Essaye de le faire parler sans trop de violence.

— Je ne peux rien te promettre. Moins tu en sauras, mieux cela vaudra.

Ryan vit qu'elle était très mal à l'aise.

— Je ne suis ni un sadique ni un pervers. Je ferai pour le mieux. Fais-moi confiance, comme je te fais confiance.

Que dire après cela ?

— Tu m'appelles dès qu'il a parlé ?

— Promis.

44

Davis ne savait pas quoi faire. Devait-il en discuter avec Raphael ou bien garder pour lui l'épisode de la nuit ? Kelly n'allait pas bien. Mais que pouvait-il faire ? Il avait eu du mal à s'endormir et avait dû prendre un somnifère pour retrouver le sommeil.

Il venait de sortir de la douche sans pour autant être mieux réveillé. Il s'habilla, et alla voir Penny. Elle dormait paisiblement. Il l'embrassa sur le front, et remonta le couloir jusqu'à la chambre de Raphael.

— Arrête, je crois que j'ai entendu des pas.

C'était la voix de Kelly, étouffée par l'épaisseur de la porte.

— Oui, c'est le fantôme du manoir. Tu n'en as jamais entendu parler ? répondit Raphael.

Davis se sentit de trop et préféra éviter de les déranger. Sur la pointe des pieds, il repartit en sens inverse.

Il descendit à la cuisine où il se prépara des tartines grillées au sirop d'érable et un bol de café.

L'aube éclaircissait le ciel. Le jardin étincelait de rosée en ce tout début de matinée.

Avec l'affaire Garth Nolan désormais élucidée, la vie allait pouvoir reprendre son cours normal. La vie d'un petit flic de province. Parfait.

Il restait pourtant plusieurs vérifications à faire. Particulièrement, les déclarations de la veuve du juge Darlington, concernant son planning et celui de Neil

Pratter. Vérifier que tout concordait. S'assurer que l'épouse du juge et Pratter n'avaient pas fomenté le meurtre de Darlington.

Mais bon, rien de bien compliqué. L'essentiel était d'avoir un dossier complet, et que la série de meurtres soit stoppée.

Davis entendit hurler. Son sang ne fit qu'un tour. Un nouveau cri. Cette fois, il en comprit la raison.

« Ne réveillez pas Penny », soupira Davis, très gêné par les râles de plaisir de la jeune adolescente.

Il finit son café et s'essuya les lèvres. 7 h 48. Il était temps de partir.

Intentionnellement, il fit claquer la porte, espérant que le bruit parvienne jusqu'à la chambre des tourtereaux et qu'ils prennent conscience qu'ils n'étaient pas seuls au monde.

⁂

Moins d'un quart d'heure après, il entrait dans le commissariat. Il monta directement à l'étage et frappa au bureau du shérif. Pas de réponse, mais quelques instants plus tard, la porte s'ouvrit sur Crawford qui, son téléphone collé à l'oreille, lui fit signe d'entrer.

Davis alla s'asseoir sur le fauteuil faisant face au bureau et attendit stoïquement.

— Évidemment, vous n'avez pas à vous en faire.

Davis n'entendait que la moitié de la conversation mais comprenait que Crawford était en ligne avec une huile quelconque qu'il tentait de rassurer sur les derniers événements.

— Très bien, on se voit à midi. J'y serai. Vous pouvez compter sur moi, monsieur le maire.

Crawford raccrocha.

— Ces politiques, vraiment des trous du cul ! grogna-t-il en allant se rasseoir.

Il ouvrit sa boîte à cigares et en choisit un.

— Bien dormi ? demanda-t-il, tout sourire.
— Oui, mentit Davis.
— Très bien. Aujourd'hui, je vous charge de recueillir le témoignage de Mme Darlington. Nous nous sommes entendus avec son avocat. Vous irez chez elle pour sa déposition. Autant lui éviter le déplacement jusqu'ici. La pauvre femme est traumatisée.
— On le serait à moins.
— Oui, allez-y mollo. Pas la peine de la brusquer. Elle a déjà tout avoué.
— Peut-être, mais peut-être pas, le reprit Davis.
Tandis qu'il allumait son cigare, Crawford lui lança un regard interrogatif.
— Je me disais qu'il n'était pas impossible que Mme Darlington ait subtilisé l'arme du juge, l'ait donné à Pratter et que ce ne soit pas un accident comme le dit ce dernier.
— Vous pensez à un guet-apens ?
— Allez savoir. Je vais aller interroger Pratter. Je pense que je pourrai le faire craquer. Quand je lui dirai que la veuve a tout avoué et qu'elle lui met tout sur le dos, on verra bien quelle sera sa réaction.
Crawford n'avait pas envisagé cette possibilité. Mais en réalité, cela ne changeait pas grand-chose pour la police. Accident ou vengeance, ils tenaient leur meurtrier.
— Est-ce que Pratter a dormi en cellule ou bien l'avez-vous fait transférer dans la prison de Folltown ?
— Il a été libéré sous caution hier soir. Je n'ai pas cru bon de vous le signaler. Vous méritiez de passer une soirée tranquille avec votre famille. Un bon flic est un flic en forme.
Davis le remercia d'un sourire et se garda bien de lui dire qu'il était aussi fatigué que lorsqu'il s'était couché.
— Si vous le permettez, je vais aller chez lui. Je crains que si nous le convoquons, il appelle Mme Darlington pour savoir ce qu'elle nous a dit.

— Si tant est qu'ils soient bien de connivence.

— C'est elle qui a envoyé à Pratter les photos compromettantes sur lesquelles elle se trouvait avec Garth.

— Je sais, avec la mention : « Venge-moi ». J'étais de l'autre côté de la vitre sans tain. Très mélodramatique, dit Crawford, qui tira sur son cigare et recracha une épaisse fumée grise.

Davis fit un petit bruit de bouche. Il détestait l'odeur des cigares.

— Foncez chez lui, et ramenez-le, dit Crawford. Prenez quelqu'un avec vous. Il ne faudrait pas qu'il essaye de s'enfuir s'il se doute qu'on le suspecte d'autre chose que d'un homicide involontaire.

— Bien sûr, dit-il en se levant.

Davis sortit du bureau et secoua la tête en voyant la personne qui avançait dans le couloir.

— Je peux savoir ce que vous faites là ?

— Mon travail. Ça vous pose un problème ? répondit Bloom d'un ton léger.

— Crawford vous a donné la semaine. Vous devriez être chez vous.

— Pourquoi ? Je n'ai rien. Les médecins m'ont dit que je pouvais sortir.

Davis n'arrivait pas à avoir l'air vraiment mécontent. En vérité, il était ravi de la revoir. Et surtout de voir qu'elle avait repris du poil de la bête.

— OK, c'est comme vous voulez, mais vous n'allez pas pouvoir me seconder aujourd'hui.

— Je comprends, dit Bloom.

Elle savait que son acte « héroïque » ne pouvait rester impuni. Elle avait désobéi aux ordres et devait en payer le prix. Elle avait espéré que Davis lui pardonnerait, mais apparemment ce n'était pas le cas.

— Non, vous ne comprenez pas, dit-il d'un ton radouci. Seulement, il faut que j'aille interroger Pratter, et je ne suis pas certain que vous ayez envie de vous retrouver face à lui.

Bloom le regarda avec étonnement. Rien à voir avec une quelconque mise à pied. Il se faisait seulement du souci pour elle.

— Au contraire, il faut que je le voie, que je le regarde dans les yeux, et qu'il s'explique. S'il vous plaît, j'en ai vraiment besoin.

Au cours de ses années passées à San Francisco, Davis avait vu nombre de victimes décidées à affronter leur bourreau s'effondrer dès la première confrontation.

— Je ne pense pas que ce soit une bonne idée.

— Laissez-moi en décider et faites-moi confiance.

— Ce n'est pas une question de confiance, mais vous êtes encore fragile.

— Diriez-vous la même chose si j'étais un homme ? le reprit-elle.

Davis prit un air gêné.

— OK, désolé. Vous conduisez ?

Bloom eut un large sourire.

45

— Salut, beauté, dit Chuck en voyant Faye entrer dans l'agence du *San Francisco Chronicle*.

— Salut, Chuck. Angelo n'est pas là ?

— Non, pas encore, et c'est tant mieux. Je ne le supporte plus.

Faye alla directement près de la machine à café. Si elle avait toujours trouvé Angelo insupportable, elle devait reconnaître qu'elle l'avait mal jugé et qu'il n'était pas aussi misogyne qu'elle l'imaginait.

— Toi, tu me caches quelque chose, dit Chuck, étonné par son silence.

— Non, je suis juste fatiguée.

— Tu couches avec lui ?

— Mais tu es malade ! Où tu vas chercher ça ?

— Il se passe quelque chose entre vous. Je le sens.

— Non. Mais toi, tu ne serais pas jaloux de lui, par hasard ? dit Faye.

Elle préférait en rire. Tant qu'il ne soupçonnait pas Ryan, tout allait bien.

— Jaloux d'un abruti pareil, tu plaisantes !

— Il n'est pas aussi abruti qu'il en a l'air. Mais si cela peut te rassurer, jamais je ne coucherai avec Angelo.

Chuck en doutait sérieusement.

— Tu veux dire qu'il t'a retournée comme une crêpe. Tu sais très bien que c'est un manipulateur. Il n'est ici que pour nous voler notre scoop. Tu as l'air d'oublier que tous les jours ce sont ses articles sur l'affaire Darlington qui sortent, alors que c'est toi la journaliste du coin. (Il prit le journal du jour et le lui mit sous les yeux.) Tu vois ton nom quelque part ?

Faye prit le journal et lut l'article. « Rebondissement dans l'affaire Darlington ».

Angelo racontait en détail les événements de la veille. Certes avec une plume léchée et efficace, mais ce n'était guère mieux que ce qu'elle aurait pu faire.

— Non, dit-elle, désabusée.

— Tu as passé la journée avec lui et pas une fois, il ne t'a dit qu'il travaillait sur l'article, n'est-ce pas ?

— Je croyais qu'on était sur Davis, Rosie et Bonfire.

— Faye, tu es trop naïve. Il suffit qu'un mec soit gentil avec toi pour que tu lui donnes le bon Dieu sans confession. Les hommes sont des salauds. Et je suis bien placé pour le savoir, j'en suis un !

Faye réussit à esquisser un sourire. Ces paroles la frappaient avec bien plus de dureté que Chuck ne pouvait l'imaginer. Elle se revit dans le bras de Ryan. Et s'il ne faisait que la manipuler et qu'il se jouait d'elle ? Un vrai pervers narcissique ?

— Hey, ne fais pas cette tête, ce n'est pas si grave. Mais je te préviens juste que c'est un enfoiré.

Ils entendirent la porte s'ouvrir. Angelo fit son entrée.

— Bonjour, Faye, Chuck, dit-il avant de perdre son sourire. Qu'est-ce qui ne va pas ?

— Rien. Mais dis-moi, c'est quoi, ça ? dit Faye en lui montrant le journal.

— Mon papier sur Darlington, pourquoi ?

— Tu aurais pu mettre son nom, au moins, intervint Chuck.

— Pourquoi ? s'étonna Angelo. J'assume tout ce que j'écris.

— Je croyais qu'on partageait tout. Je vois que je me suis trompée, dit Faye.

— OK, je l'ai rédigé hier soir, j'étais fatigué. On s'est quand même tapé un aller-retour San Francisco dans la journée. Je n'y ai plus pensé. Je n'ai pas l'habitude de travailler à deux.

— Dans ce cas, on arrête dès aujourd'hui notre collaboration.

— C'est toi qui vois.

Elle en resta bouche bée. Elle s'attendait à ce qu'il s'excuse ou du moins à ce qu'il lui demande de ne pas s'emballer. Mais non, il préférait la jouer solo.

— C'est tout vu. Chacun de son côté.

— Non, Faye, je suis seul à bosser sur cette affaire. Tu as un article sur une ferme biologique qui t'attend. Phil ne t'a pas laissé un message ?

— Je n'ai pas encore ouvert mes mails, mais je suis heureuse de voir qu'il te tient au courant de mon planning.

Angelo se renfrogna et perdit son calme.

— Faye, tu n'as pas idée de là où tu mets les pieds. Rosie est toujours portée disparue. D'ailleurs je me demande ce qu'a fait ta copine pour la retrouver. On est vendredi, cela va faire une semaine.

— Elle a failli mourir noyée hier ! Un peu de compassion serait trop te demander !

— Écoute, je ne compte pas garder ça pour nous. Je vais aller parler au shérif. Si tu veux venir avec moi, je n'y vois pas d'inconvénient. Mais, maintenant, fini les cachotteries.

Heureusement qu'elle ne lui avait pas parlé de Ryan. Sûr qu'il l'aurait dénoncée comme aux heures sombres du maccarthysme.

— Je me demande qui est le plus cachottier des deux, ironisa Chuck en reprenant le journal du jour.

— Je m'excuse, je te demande pardon, Faye, ça te va ?

— Des excuses, toujours des excuses, vous, les mecs..., le reprit-elle.

— Un resto ce soir. Où tu veux, c'est moi qui paye.

Il ne manquait vraiment pas de toupet. Mais compte tenu de ce que Ryan avait prévu de faire dans la soirée, ce n'était pas idiot de se trouver un alibi, si jamais tout venait à foirer et qu'on apprenait sa relation avec un tueur en exil.

— OK, mais d'abord, promets-moi qu'on écrit l'article du jour sur l'affaire Darlington ensemble ?

— Bien sûr, tout ce que tu veux.

Ils entendirent alors un claquement de mains qui s'accéléra. Ils se retournèrent vers Chuck qui applaudissait.

— Bravo, merci pour le spectacle. Un jour en couple et déjà la crise ! dit-il.

Il se leva et préféra s'enfermer dans son petit bureau plutôt que de voir la suite.

— Qu'est-ce qu'il lui prend ?

— Rien, il croit qu'on couche ensemble.

Angelo retrouva son sourire.

— Qu'est-ce que tu lui as dit pour qu'il le croie ?

— Rien du tout, et ne te fais surtout pas des idées.

— Loin de moi cette pensée.

« Très mauvais menteur », fut-elle tentée de répliquer. Mais, après tout, tant qu'il croyait qu'il avait ses chances, il serait de son côté.

— À quelle heure tu comptes aller voir le shérif ?

— Dans une heure. Là, j'ai juste besoin de me poser et de boire un café tranquillement.

— Tu m'en sers un ou c'est trop te demander ?

Angelo la frôla en lui faisant son sourire le plus charmeur, tandis qu'il allait vers la machine à café.

46

— On est arrivés, dit Bloom en garant la Taurus sur le parking de la résidence.

Comme Garth Nolan, Pratter habitait le quartier excentré de Little Angels avec ses multiples immeubles qui longeaient la côte bordée de palmiers. Si ce n'est que le sien, un petit immeuble de quatre étages, était un peu plus éloigné de la plage. À l'abri des cohortes de touristes.

— Vous vous sentez prête ?

— Oui, ne vous en faites pas.

Davis sortit de la voiture et se dirigea vers la porte d'entrée. En fait, c'était une résidence surveillée. Il montra son insigne et se fit ouvrir par le concierge.

— Vous êtes là pour Pratter, je suppose ? dit ce dernier.

— On ne peut rien vous cacher, répondit Davis. Vous pouvez nous conduire à son appartement ?

— C'est que je ne dois pas quitter mon poste.

— Nous sommes policiers. Si quelqu'un se plaint, vous nous l'enverrez.

L'homme marmonna quelque chose d'inintelligible et sortit de sa guérite.

— Suivez-moi, il est à l'autre bout.

Après être passés sous un porche, ils débouchèrent sur une large cour intérieure avec piscine et verdure.

La résidence, protégée des intrus, était en fait un carré de quatre immeubles avec au milieu un vaste patio.

« Une prison dorée », se dit Bloom qui s'avouait cependant que c'était plutôt pas mal.

Quelques rares résidents matinaux avaient repris possession des transats. Le gardien les salua.

— Neil n'est pas un tueur, intervint une mère de famille. C'est un garçon bien. Il a un travail. J'espère que vous ne venez pas l'arrêter ?

— Non, pas du tout, répliqua Davis.

Ils continuèrent leur chemin derrière le concierge, jusqu'au bâtiment qui leur faisait face.

Ils prirent l'ascenseur jusqu'au quatrième étage, puis longèrent un couloir et s'arrêtèrent devant la porte 422. De la musique techno s'échappait de l'appartement. Bloom plaignit les voisins, mais cela confirmait la présence de Pratter chez lui.

— Merci, vous pouvez retourner à votre poste, dit Davis.

— Je crois que je vais rester. Je lui ai déjà dit de ne pas mettre le son aussi fort. Il n'est pas tout seul ici.

— On lui en fera part, vous pouvez nous laisser, maintenant. Merci, répéta Davis d'un ton plus ferme.

Le concierge haussa les épaules et s'en retourna vers l'ascenseur.

Davis appuya sur la sonnette, espérant que Pratter l'entende malgré le volume sonore très élevé.

Quelques secondes plus tard, il sonna de nouveau.

Bloom, qui attendait à ses côtés, sentait la pression monter. Contrairement à ce qu'elle avait affirmé à Davis, elle n'était pas du tout sereine à l'idée de revoir l'homme qui avait tenté de la noyer.

— Bon, on va employer les grands moyens, dit Davis.

Il se mit à tambouriner sur la porte et tonna :

— Police, ouvrez cette porte !

La musique ne baissa pas d'intensité. Bloom colla son oreille contre la porte. Elle ne perçut aucun bruit autre que la musique.

— Ouvrez cette porte ! continua de crier Davis en frappant de plus en plus fort.

La musique ne s'arrêta pas pour autant mais des portes s'entrebâillèrent.

— C'est quoi ce boucan ? dit un vieux monsieur en peignoir de bain.

— Rentrez chez vous, monsieur, vous n'avez pas à rester ici.

— Vous venez chercher le gamin ? Vous avez raison, c'est un voyou. On n'aurait jamais dû le libérer.

Une autre porte s'ouvrit.

— Il faut lui dire d'arrêter, ça fait une heure qu'il a sa musique à fond, dit une jeune femme tenant son petit garçon par la main.

— On est là pour ça, madame, dit Bloom.

— Vous savez, il n'est pas aussi blanc que la télé le prétend. Il avait de drôles de fréquentations, intervint le vieil homme qui était resté sur le palier.

Une troisième porte s'ouvrit. Un homme malingre au regard éteint.

— Je crois qu'il tente de s'enfuir, dit-il d'une petite voix. Il est sur son balcon, il va sauter.

Davis ne perdit pas une seconde. Il visa la serrure et tira deux fois. Puis, donnant un grand coup de pied dans la porte, il se déporta au cas où Pratter l'attendrait, arme à la main. Rien ne se passa. Et toujours cette musique insupportable.

Il jeta un bref coup d'œil dans le couloir de l'entrée. Personne. Son arme braquée devant lui, il avança, priant pour que Pratter ne tente rien d'irraisonné.

Une chose était désormais certaine, le garçon avait forcément des choses à se reprocher, sinon pourquoi s'enfuir ?

— Neil, rends-toi, ça ne sert à rien de te cacher, dit-il en s'avançant dans l'appartement.

Il arriva dans le salon et découvrit un jeune homme inconnu au regard terrifié qui le fixait. Il était passé de l'autre côté de la rambarde du balcon, prêt à sauter dans le vide.

— Ne fais pas ça. Rends-toi ! tonna Davis, aussi surpris que le garçon.

— Non. Allez vous faire foutre !

Il sauta dans le vide. Mais au lieu de provoquer un terrible bruit mat, ce fut un énorme « plouf », suivi de hurlements de stupéfaction.

Davis bondit et traversa le salon pour se ruer sur le balcon.

Le jeune homme avait plongé dans la piscine de la cour intérieure.

Petit enfoiré ! grogna Davis qui hésita un instant, mais n'osa pas faire le grand saut. À un mètre près, il pouvait s'écraser sur les rebords de la piscine.

Les cris cessèrent, remplacés par l'indignation et la colère des baigneurs matinaux.

— Il a sauté ! constata Bloom, parvenue jusqu'au balcon.

— Restez là ! lui ordonna Davis.

Il retraversa l'appartement pour retrouver le couloir où il prit directement l'escalier dont il dévala les marches quatre à quatre.

Le souffle lui manquait. Il n'avait plus vingt ans. Il faillit glisser et se tordre la cheville.

« Il ne manquerait plus que ça ! » pesta-t-il intérieurement.

Il atteignit enfin le rez-de-chaussée et se rua hors de l'immeuble.

— Il est parti par-là ! lui indiqua une mère de famille vindicative.

Davis suivit la direction indiquée. C'était l'entrée du bâtiment par lequel il était arrivé.

Il longea en courant la piscine, autour de laquelle s'étaient agglutinés les résidents, sidérés par le plongeon du fuyard.

Il passa sous le porche de l'immeuble et se retrouva dans la rue. Sa proie était déjà à plus d'une trentaine de mètres devant lui.

« Je vais t'avoir », se dit-il en reprenant courage.

Le garçon avait fait une chute de plus de dix mètres, dans un bassin peu profond, peut-être était-il un peu amoché.

— Poussez-vous ! cria Davis aux rares passants qui étaient sur le trottoir.

Il ne devait surtout pas le perdre de vue. Le jeune homme se retournait régulièrement, mais ne faiblissait pas.

Davis avait les poumons en feu. Le fuyard tourna dans une rue adjacente. Davis arriva à son tour à l'intersection et l'aperçut courant en direction de l'océan, qui était à environ deux cents mètres au bout de l'avenue bordée de palmiers.

« Je vais t'avoir », se répéta-t-il en puisant dans ses réserves.

Bientôt, Davis gagna du terrain. Ses années d'athlétisme à l'université n'avaient pas été vaines.

Paniqué, le garçon perdait du temps en se retournant de plus en plus souvent.

— Rends-toi, tu n'as aucune chance ! hurla Davis.

Il n'était plus qu'à une vingtaine de mètres de lui.

Le garçon quitta le trottoir et se mit au milieu de la route. Un couple de touristes passait à vélo. Il attrapa l'homme par sa chemise hawaiienne, le fit tomber avant de le lui voler.

Davis n'était plus qu'à cinq mètres quand le jeune homme se mit en selle. Davis poussa un cri de guerre et dans un dernier effort, tenta de l'attraper. Ses doigts effleurèrent son t-shirt trempé sans réussir à trouver une prise.

— Prenez le mien ! dit la femme, choquée de voir son mari à terre.

Davis se saisit du vélo et se mit à pédaler avec toute l'énergie qu'il lui restait. Il arriva sur la promenade. Beaucoup moins attrayante et fleurie que celle du centre historique de Pacific View, elle était bordée par une route à quatre voies qui desservait les immeubles en enfilade et la plage.

Le fuyard avait repris de l'avance, mais Davis avait pour lui l'avantage de la colère et de la rage.

Des touristes s'affolèrent en les voyant passer.

De son côté, mètre après mètre, Davis récupérait son retard.

— Laisse tomber, tu ne peux pas fuir ! cria-t-il.

L'individu ne se retourna pas mais ses coups de pédale manquaient de vigueur, il allait l'avoir, c'était certain…

Une portière s'ouvrit. Davis ne dut qu'à un réflexe de ne pas la prendre en pleine figure. Il donna un coup de guidon qui le fit dévier et perdre l'équilibre.

Il tomba sur la route. Au même instant, il ressentit une douleur aiguë au bras. Une voiture l'évita de justesse.

Des coups de klaxons résonnèrent derrière lui. Il tenta de se relever, mais il ne put retenir un cri de souffrance qui le fit se courber en deux.

Il réussit à se redresser. Le garçon s'était arrêté à plus de vingt mètres. Il lui fit un doigt d'honneur et repartit aussitôt, pour disparaître dans les rues du centre de Little Angels.

Davis le perdit de vue.

Un homme s'approcha de lui.

— Vous n'avez rien ?

Davis avait du mal à respirer.

— Je suis désolé, je ne vous avais pas vu.

C'était le conducteur qui avait imprudemment ouvert sa portière.

— Vous voulez qu'on appelle un médecin ? s'inquiéta une femme bouleversée.

Elle avait cru qu'il allait finir sous les roues d'une voiture qui roulait bien trop vite.

— Non, j'ai juste besoin de m'asseoir.

Ses jambes ne le portaient plus. L'homme qui avait causé l'accident et un autre venant à la rescousse l'aidèrent à faire quelques pas jusqu'à la promenade et à s'asseoir sur un banc.

— Tenez, buvez, ça va vous requinquer.

C'était un serveur d'une des guinguettes qui bordaient la promenade. Haletant, en sueur, Davis le remercia d'un signe de tête et attrapa la bouteille d'eau fraîche. Il en but quelques gorgées. Il se sentait au bord de l'évanouissement. Il regarda la route, et maudit le ciel de lui avoir fait rater le fuyard.

⁂

Bloom vit Davis sortir de l'immeuble de Pratter et courir le long de la piscine à la poursuite de l'inconnu qui avait failli se tuer en sautant de ce quatrième étage.

Elle n'en revenait toujours pas. C'était pure folie. Il aurait pu s'écraser et mourir. Tout ça pour éviter de parler à la police.

Qui était-il ? Que faisait-il ici ? Et où était Pratter, se demanda-t-elle.

Elle quitta le balcon et retourna dans le salon. La première chose qu'elle fit fut d'éteindre la chaîne hi-fi. C'est alors qu'elle entendit très distinctement de l'eau couler en provenance de la salle de bains. Elle eut un terrible pressentiment.

— Pratter ?

Pas de réponse. Elle n'était pas rassurée de se retrouver seule dans l'appartement de celui qui avait failli la noyer la veille. Et s'il l'attendait pour finir le travail ?

Elle sortit son arme de service et avança dans le couloir jouxtant le salon, son arme braquée devant elle. De l'eau commençait à imbiber le sol.

Elle s'approcha de la salle de bains.

— Pratter, montrez-vous, dit-elle sans trop d'illusions.

Toujours pas de réponse. Quand elle fut à proximité de la porte, elle prit une grande inspiration et passa la tête dans l'entrebâillement. Le corps sans vie de Pratter était allongé dans sa baignoire.

Lèvres découpées, yeux crevés.

Elle eut envie de vomir et serra le poing sur son arme.

Elle se força à entrer, et à travers l'eau teintée de sang, elle vit que le sexe avait également été tranché. Comme pour Nolan.

Elle se tourna vers le lavabo, et découvrit sur le miroir, la même inscription : « Don't fear the Reaper ».

— C'est pas vrai ! s'exclama-t-elle.

Elle crut entendre alors un bruit suspect. Elle se ressaisit et braqua à nouveau son arme devant elle.

— Il y a quelqu'un ? demanda-t-elle, aux aguets.

Elle reprit le couloir et s'avança vers la chambre. Elle tendit l'oreille et crut discerner une espèce de chuintement. Un petit chien ou un chat ?

Elle continua à avancer, prête à faire feu tandis qu'elle s'approchait de la chambre de Pratter. Le lit était défait. Elle passa l'encadrement de la porte. Toujours personne. Le bruit avait cessé.

Elle s'approcha du placard, se positionna sur le côté et l'ouvrit brusquement.

Un hurlement de terreur retentit.

Bloom en resta tétanisée d'horreur. Une jeune fille était recroquevillée sur elle-même, totalement nue, le corps en sang.

La fille bondit du placard mais glissa et s'effondra sur le sol.

— Ne me tuez pas, je ne veux pas mourir, supplia-t-elle, terrorisée.

Bloom pouvait lire toute l'horreur dans les yeux de la jeune fille ensanglantée.

Elle attrapa une couverture et la posa avec délicatesse sur ses épaules.

— Je suis de la police, vous n'avez plus rien à craindre, c'est fini.

Elle prit son portable et appela aussitôt les urgences.

La jeune fille avait cessé de pleurer et la fixait de son regard désespéré.

47

Attablée dans la spacieuse et somptueuse salle à manger du manoir, Kelly était aux anges.

— C'est vraiment un délice, dit-elle alors qu'elle finissait d'avaler une part de gâteau.

Mme Chaffin faillit lui faire remarquer de ne pas parler la bouche pleine, mais elle était incapable de lui reprocher quoi que ce soit.

— C'est vrai. Mme Chaffin, c'est la reine des cuisinières, renchérit Penny.

Raphael se força à sourire tout en serrant les poings. Il ne supportait plus sa petite sœur qui ne savait plus quoi inventer pour plaire à sa nounou. Mais ce qui l'avait stupéfié, c'est de voir Kelly accepter de rester pour déjeuner quand Mme Chaffin leur avait proposé de leur préparer le repas. Pourtant, il avait briefé Kelly sur cette sorcière. « On se fait des sandwichs, et on va à la plage. »

Mais il avait bien vu que Mme Chaffin avait ensorcelé Kelly comme elle l'avait fait avec Penny. Et de fait, il n'avait pu que baisser les armes et accepter la mort dans l'âme de déjeuner à table avec elles.

— Je suis ravie que cela vous plaise. C'est une recette qui me vient de ma mère.

— Je peux vous poser une question ? demanda Kelly.

— Bien sûr, trésor, tout ce que vous voulez ?

— Votre accent, il vient d'où ?

Mme Chaffin eut un petit sourire.

— Il vient de Louisiane. De BelleTown.

— J'ai entendu parler de cette ville. Il paraît qu'elle est super jolie.

— Oui, ce sont les Français qui l'ont construite. Elle a un charme qu'on ne trouve que là-bas. Rien à voir avec Pacific View.

— Il y a plein de crocodiles et plein de dégénérés qui ne parlent même pas anglais. En plus, ils vivent dans les bayous ! se moqua Raphael.

— Les Cajuns ne sont pas des dégénérés, le reprit Mme Chaffin.

— Et ils parlent anglais, ajouta Kelly. J'ai vu un reportage une fois sur internet. Ils vivent à l'ancienne, à l'écart du monde, mais ce ne sont pas des sauvages.

— Exactement. Vous devriez apprendre à tourner votre langue dans votre bouche avant de nous servir vos préjugés, jeune homme.

— Je ne suis pas raciste ! se défendit Raphael. Je disais ça comme ça.

— Dans ce cas, il vaut mieux ne rien dire. Les préjugés raciaux sont ce qu'il y a de pire en l'homme.

— Mais les Cajuns ne sont pas une race ! rétorqua Raphael.

C'en était trop, il se leva de table et laissa son assiette à moitié pleine.

— Raphael, rasseyez-vous ! ordonna Mme Chaffin.

— Non, je suis chez moi et je fais ce que je veux. Il se tourna vers sa petite amie : Kelly, tu viens, on va dehors.

Mme Chaffin vit l'embarras de la jeune fille et décida d'apaiser tout le monde.

— C'est bon, vous pouvez vous lever de table, mais sachez, Raphael, que je ferai part à votre père de vos réflexions.

— Et moi, je peux vous assurer que c'est le dernier jour que vous travaillez pour nous.

— Non ! Je ne suis pas d'accord, s'écria Penny.
— Tu n'as rien à dire, c'est moi qui décide.
Mme Chaffin se retint de le reprendre une nouvelle fois. Ce jeune homme était rempli de colère. Elle devrait apprendre à l'apprivoiser.
— Non, je le dirai à papa.
Raphael renifla d'un air méprisant et quitta la salle à manger.
— Excusez-moi, dit Kelly en faisant une esquisse de sourire gêné.
— Vous n'avez pas à vous excuser, tout va bien, dit Mme Chaffin.
Kelly suivit Raphael qui marchait d'un pas vif.
— Attends-moi !
Mais il ne s'arrêta pas et grimpa précipitamment l'escalier.
Kelly fit la moue. Elle hésita à retourner dans le salon finir son gâteau. Mais il était clair qu'il risquait de lui en vouloir, à elle.
Elle décida de le suivre et monta au premier étage. Elle entendit une porte claquer. Elle s'avança, et frappa.
— Raphael, c'est moi.
Elle n'entendit rien. Elle tourna la poignée et entra.
Raphael était sur son lit, allongé sur le ventre, la tête enfoncée sous son oreiller.
Qu'est-ce qu'il lui prenait ? Kelly détestait ce comportement d'enfant gâté.
Elle vint s'asseoir à côté de lui.
— Raphael, c'est ridicule. Qu'est-ce qu'il t'arrive ?
Il resta sous son oreille. Kelly vit qu'il pleurait.
Elle le lui retira de force. Raphael lui adressa un regard rempli de larmes.
— Va-t'en, laisse-moi, dit-il d'un ton plaintif.
— Raphael, qu'est-ce qu'il se passe ? Ce n'est pas à cause de Mme Chaffin, n'est-ce pas ?
Il devait forcément y avoir une autre raison, se dit Kelly.
— Laisse-moi.

La veille, il lui avait parlé de la mort de sa mère et de son chagrin. Elle l'avait senti fragile prêt à craquer et en avait été émue. Peut-être que voir cette femme en lieu et place de sa mère était trop dur pour lui.

Elle lui passa une main dans les cheveux.

— Tu es sûr ?

— S'il te plaît, j'ai besoin d'être seul.

Il avait cessé de pleurer, mais avait l'air toujours aussi perdu.

— OK.

Elle sortit de la chambre et, plutôt que de retrouver Penny et Mme Chaffin, elle monta au deuxième étage et entra dans le salon. Un vrai décor de films d'époque, du mobilier jusqu'aux rideaux. Sans oublier la vue magnifique sur le jardin.

Elle avait toujours pensé qu'elle avait eu la pire des enfances. Père inconnu et mère indigne qui avait toujours traité ses deux filles avec bien moins d'attention que les hommes qui avaient jalonné sa vie.

Jamais elle n'oublierait les innombrables concours de mini-miss, suivis des non moins innombrables échecs. Le pire n'était pas tant les gifles de sa mère, que les paroles humiliantes qui les accompagnaient. Elle la traitait de bonne à rien, de fille ingrate incapable de donner un peu de bonheur à sa mère, elle qui avait raté sa vie à cause de ses enfants.

Kelly sentit l'émotion la saisir. Elle ne devait pas craquer. Elle n'avait que seize ans, mais se savait plus solide que n'importe qui.

Elle alla s'asseoir sur le canapé en cuir. Elle alluma la télévision, et passa en revue plusieurs chaînes. N'importe quoi pourvu qu'elle ne pense plus à rien.

Elle tomba sur les informations. Un « Breaking News » défilait sur le bas de l'écran. Elle monta le son.

— ... d'après des sources sûres, Pratter aurait été tué selon le même mode opératoire que Garth Nolan.

Kelly n'en revenait pas. Elle croyait que toute cette histoire s'était conclue la veille.

Elle resta stupéfaite devant l'écran. L'envoyée spéciale émit une foule d'hypothèses sur les mobiles de cette mort, sans formuler la moindre réponse. Puis une journaliste en plateau reprit.

— Nous apprenons que la victime vient d'arriver à l'hôpital. John, pouvez-vous nous en dire un peu plus ?

Un correspondant se tenait à présent devant l'entrée de l'hôpital, à proximité d'une ambulance.

— Oui, nous n'avons toujours pas l'identité de la victime, mais une chose est certaine, ses jours ne sont pas en danger.

Le journaliste disparut de l'écran et l'on vit en replay l'arrivée de l'ambulance et la sortie de la civière. Des infirmiers se précipitèrent pour la dissimuler à la vue de la meute de journalistes mais Kelly eut le temps de reconnaître ce visage.

— Madison ? murmura-t-elle, anéantie.

48

Davis se tenait dans le couloir du quatrième étage. Quand il vit arriver Parker et ses deux acolytes, il eut l'impression de revivre à l'identique sa journée du lundi.

— Salut Will, Mae, Dwayne,

Les trois agents de la scientifique le saluèrent en retour, et ils entrèrent dans l'appartement de Pratter.

— Désolé pour tous ces allers-retours. J'espère que c'est la dernière fois que je vous dérange.

— Espérons-le, dit l'agent Mae Lin. Vous avez une idée sur l'identité du fuyard ?

— Non. Mais il est foutu, on va le retrouver.

— Des caméras de surveillance dans l'immeuble ?

— Oui, mais aussi sur la promenade. Des agents sont en train de visionner les enregistrements. Dès qu'on aura une image claire de son visage, on la fera diffuser par les médias.

Parker hocha la tête, satisfait.

— Il ne pourra pas se cacher bien longtemps, valida Dwayne Mosley.

— Votre shérif nous a dit que vous aviez trouvé un préservatif sur le sol de la chambre ? La fille a été violée ? enchaîna Lin.

— On n'en sait rien, elle n'a pas dit un mot. Elle est sous le choc.

— C'est la copine de Pratter ? demanda Parker.

— Une de ses petites amies. Il en a une autre qui vit sur un voilier, et certainement d'autres encore.

— Il était barman, c'est ça ?

Tout le monde comprit le sous-entendu et des petits sourires retenus naquirent sur les visages.

— Bien, personne n'est entré, sauf toi et ton sergent ? demanda Parker.

— Et les infirmiers qui ont emmené la fille, mais mon sergent m'assure qu'ils n'ont touché à rien.

— Et toi, comment tu te sens ? demanda Parker.

— Ça va, je n'ai rien, une chute de rien du tout, dit-il alors que son épaule gauche le faisait terriblement souffrir.

— Tu as vu un médecin ?

— Non, je te dis que ça va.

— OK. Où est la salle de bains ?

Davis les y conduisit.

— Même mode opératoire, cela ne fait aucun doute, dit Lin en regardant le corps mutilé.

— Même écriture, enchaîna Mosley, en fixant l'inscription du miroir au-dessus du lavabo.

— Dwayne, Mae, vous restez là. Commencez les photos et les prélèvements, je vais dans la chambre, leur dit Parker.

Davis n'était pas mécontent de quitter la scène du crime. Il remonta le couloir jusqu'à la chambre de Pratter.

Parker s'approcha du préservatif. Il ouvrit sa mallette et en sortit une pince avec laquelle il le ramassa. Puis il l'observa.

— Liquide séminal. Si ton type a déjà un fichier ADN, on le tient.

Les agresseurs sexuels, avant de passer au meurtre, étaient souvent interpellés pour attouchements, exhibitionnisme, voyeurisme ou autre, et se retrouvaient forcément dans le fichier des délinquants sexuels.

Davis pria pour que ce soit le cas.

— Je sais que ça ne change rien, mais tu as une idée de l'âge de la fille ?

— Dix-huit, vingt ans. Comme je te l'ai dit, elle est sous le choc et n'a rien pu nous dire.

— Vous connaissez son nom ?

— Non, j'ai regardé dans ses vêtements. Pas de carte d'identité, dit Davis en désignant un tas de linge ensanglanté posé près du lit. J'avais mis mes gants. Ne t'inquiète pas.

— Tu crois que ça a un rapport avec la mort du juge Darlington, ou on s'est fourvoyés depuis le début ? demanda Parker en mettant le préservatif dans un petit sachet en plastique.

— Je n'en sais rien. Si c'était l'homme de main du juge, il s'en serait tenu à Garth Davis. Pourquoi tuer Pratter ?

— Parce qu'il a tué son boss.

— Dans ce cas, il s'agit de vengeance, pas de contrat. Et je n'ai pas l'impression que cette ordure fasse partie du cercle intime du juge.

Parker poussa un profond soupir. Il ne savait quoi en penser.

— Et si ce Pratter se tapait, lui aussi, la femme du juge ? Après tout, il était le meilleur ami de Nolan, non ?

Davis hocha la tête. Voilà une très bonne piste. Il s'en voulut de ne pas y avoir pensé lui-même, mais il enchaîna.

— Et c'est pour ça que Pratter a vu le juge, mercredi. Non parce qu'il voulait venger la mort de son ami, mais parce que le juge savait pour lui et son épouse.

— Ça se pourrait bien.

— Tu devrais être lieutenant, s'amusa Davis.

— Non, j'aime ce que je fais. Je crois plus à la science qu'aux déductions. Les meilleures preuves sont les preuves matérielles, bien mieux que les paroles, les aveux et les témoignages.

Parker regarda les traces de sang sur le sol.
— C'est le sang de la fille ?
— Oui, elle était dans ce placard. Quand Bloom l'a ouvert, elle s'est écroulée là, dit Davis en désignant la moquette tachée de sang.
Parker se gratta les sourcils.
— Et le couteau ? Tu l'as retrouvé ?
— Non, je te dirai que je n'ai pas vraiment cherché. Quand je suis revenu, après avoir coursé notre homme, j'ai fait appel à un sergent. Une fois la fille transportée à l'hôpital, je l'ai posté devant la porte et j'ai fait une enquête de voisinage avec deux autres sergents en vous attendant.
— Et ça a donné quoi ?
— Rien. Il y avait la musique à fond. Ils n'ont rien vu, rien entendu.
Davis serra les lèvres.
— Et ton sergent Bloom, elle est partie avec la victime ?
— Oui. Elle est à l'hôpital. Je veux qu'elle prenne sa déposition dès que ce sera possible.
— Ça peut durer des heures, voire des jours avant qu'elle puisse parler. Cette fille a frôlé la mort.
Davis n'arrêtait pas d'y penser. S'ils étaient arrivés quelques minutes plus tard, le tueur aurait fini sa besogne et nul doute que la fille aurait subi le même sort que Pratter.
— Si tu ne dois pas partir tout de suite, tu veux bien nous filer un coup de main ?
— Donne-moi des ordres pendant que tu y es !
— Tu m'as dit qu'il n'avait pas d'arme à la main quand il a sauté du balcon.
— Oui, mais il l'avait peut-être sur lui.
— Tu sauterais de dix mètres avec un couteau tranchant sous ton t-shirt ?
— Non.

Davis s'en voulut encore une fois de ne pas y avoir pensé plus tôt, mais il était fatigué de sa mauvaise nuit et de ses émotions matinales.

— Tiens, je te file des gants neufs, dit Parker en ouvrant sa mallette.

Avec le témoignage de la fille, l'arme du crime n'était pas vraiment nécessaire quand le procès aurait lieu, mais cela faisait toujours son effet quand elle était exhibée devant le jury.

Il commença par le salon, et décida de regarder sous les coussins du canapé.

Trois quarts d'heure plus tard, il n'avait toujours rien trouvé. Il venait de finir d'ouvrir tous les placards de la cuisine, y compris le four et le réfrigérateur.

Il ne restait plus que la machine à laver.

Davis soupira et ouvrit le hublot. Il sortit une serviette de bain, puis ses doigts entrèrent en contact avec une sacoche en cuir.

Il s'en saisit.

Il l'ouvrit et fut stupéfait par sa découverte. C'était bien mieux qu'une arme. Et ça changeait toute sa vision de l'affaire.

49

— Tu imagines cette gamine ? La pauvre, elle a dû avoir la peur de sa vie, dit Faye.

Angelo était au volant de sa Chrysler et roulait vers le commissariat central.

— Je préfère ne pas imaginer.

— En tout cas, moi, je n'y comprends plus rien. Qui est ce tueur ? Si c'était juste un tueur à gages, pourquoi violer cette fille ?

Même si aucune information n'avait filtré de la police, des sources anonymes proches de l'enquête avaient affirmé que la fille avait été retrouvée nue et ensanglantée. En entendant cela à la radio, Faye avait eu un sourire attristé. Les infirmiers étaient certainement la source anonyme. Le serment d'Hippocrate ne tenait jamais longtemps devant un petit paquet de billets verts à échanger contre des infos sur ce genre d'affaires.

— L'occasion était trop belle. Elle faisait l'amour avec son petit copain, l'autre a débarqué et les a maîtrisés, répondit Angelo.

— Peut-être, mais je me demande comment il a fait pour les surprendre, dit Faye.

— Deux jeunes gens complètement nus face à un pistolet. Je t'assure que tu peux tenir la dragée haute à plus de deux personnes dans cette situation.

— On ne sait pas s'ils faisaient l'amour. Si ça se trouve, il les a braqués, et a demandé à la fille de se déshabiller pour lui, et...

— On arrête là, la coupa Angelo.

— Désolée. Tu l'as dit, il vaut mieux ne pas imaginer.

Ils se turent, laissant la voix d'une journaliste commenter le peu d'informations qu'elle avait sur ce drame. Élaborant des hypothèses, revenant sur la mort du juge et celle de Garth Nolan, cherchant des liens, sans rien apporter de nouveau.

« Comment meubler l'antenne avec du grand vide », se dit Faye quand ils se garèrent enfin sur le parking du commissariat.

Elle sortit la première. Ses confrères étaient déjà dans l'attente de quelque scoop.

— On ne va jamais réussir à voir le shérif, dit Faye, dépitée.

Angelo sortit à son tour et posa ses avant-bras sur le capot.

— Yep, je crois qu'on va devoir utiliser le système D. Tu t'es réellement réconciliée avec ta copine sergent ?

— Oui, mais elle est en observation à l'hôpital. Elle ne va pas nous être d'une grande aide.

— Essaye toujours.

Faye prit son portable, retourna dans la voiture pour être plus tranquille et composa le numéro de Bloom. Au bout de deux sonneries, elle répondit :

— Salut, Faye.

— Salut, Vero, je peux te parler deux secondes ?

— Oui, je suis à l'hôpital.

— Je sais, tu sors quand ?

— Je suis sortie ce matin, mais je viens d'y retourner pour accompagner la victime de ce matin.

— J'ai entendu ça aux informations. Comment va-t-elle ?

— Elle est en état de choc et ne veut pas parler pour l'instant.

— Tu vas me dire que ça ne me regarde pas, mais vous avez une piste ?

— Malheureusement aucune. Et oui, cela ne te regarde pas.

Angelo ouvrit la portière côté conducteur pour s'asseoir, mais Faye lui fit signe de la laisser seule.

— OK, reprit-elle. Je sais que ce n'est pas le moment, mais il faut à tout prix que je parle au shérif.

— Pourquoi ?

— Rosie, ma collègue. On veut qu'il lance un avis de recherche. Au moins on sera fixés. Cela fait cinq jours qu'elle n'a pas donné de nouvelles, à part un mail, dont on n'est même pas sûrs qu'il soit bien d'elle.

— Écoute, je vais tâcher de t'avoir Crawford.

— Merci, mais tu peux essayer de lui dire de nous recevoir ? On est juste à l'entrée du commissariat.

— Oui, je te rappelle tout de suite.

Faye raccrocha et ressortit de la voiture.

La foule de journalistes attendait patiemment que quelqu'un apparaisse pour les tenir au courant de l'avancée de l'enquête.

— Alors, je peux savoir ce qu'elle t'a dit ? l'interrogea Angelo.

— Elle contacte le shérif et elle me rappelle.

Le téléphone de Faye sonna.

— Ça c'est du rapide, la félicita Angelo.

— C'est la meilleure. Allô ?

— Salut, c'est moi, dit Ryan à l'autre bout du téléphone.

Faye fronça les sourcils et s'écarta de la voiture.

— Écoute, ce n'est pas le moment. Je ne peux pas te parler.

— Ce n'est pas un problème, tu n'as qu'à m'écouter. Il faut que tu viennes me rejoindre, j'ai un cadeau pour toi.

— Je te remercie, et je te jure que cela me touche, mais je te l'ai dit, ce n'est vraiment pas le moment.

— Si, justement. Fais-moi confiance, et rejoins-moi à l'adresse que je vais t'envoyer par SMS.

— Je ne peux pas.
— Écoute, je suis très sérieux, il faut que tu viennes.
Faye hésita puis soupira et répondit.
— D'accord, j'arrive, mais je ne pourrai pas rester longtemps.
— Parfait, je t'attends.
Elle raccrocha et se retourna vers Angelo.
— Je dois y aller. Mon petit copain ne se sent pas bien. Il veut que je l'accompagne chez le médecin.
— Je ne savais pas que tu avais un mec.
— Tu ne me l'as pas demandé, et surtout cela ne te regarde pas.
— Et comment je fais avec le shérif ?
— Je vais rappeler ma copine pour qu'elle te joigne sur ton portable dès qu'elle a l'accord de Crawford.
Angelo fit la moue.
— Moi, je ne bouge pas d'ici. Si tu veux aller chercher ta voiture, tu prends un taxi.
Faye avait espéré qu'il lui prêterait la sienne, mais c'était sûr qu'il refuserait.
— Je me débrouillerai, dit-elle.
Elle prit son sac dans la voiture et partit à pied.

50

Quand Davis entra dans la chambre d'hôpital, il vit Bloom au chevet de la jeune fille. Les stores étaient à moitié baissés. Un plateau-repas était posé sur le lit.

— Bonjour, dit-il en s'approchant. Je suis le lieutenant Gregory Davis. Je suis un collègue du sergent Bloom.

— Bonjour, dit Madison d'une voix à peine audible.

Davis fut heureux de voir qu'elle avait recouvré la parole.

— Comment vous sentez-vous ? Les médecins m'ont assuré que vos blessures n'étaient que superficielles ?

Debout près du lit, Bloom lui fit les gros yeux.

— Il m'a violée et a failli me tuer, dit-elle avant de se mettre à pleurer.

— Excusez-moi, ce n'est pas ce que je voulais dire.

Il était sincèrement désolé. C'était un véritable crève-cœur que de devoir l'interroger.

Il attendit patiemment que la jeune fille se ressaisisse avant de lui demander d'une voix douce :

— Vous vous appelez bien Madison, n'est-ce pas ?

Bloom l'avait briefé par téléphone sur le peu qu'elle lui avait appris. Seulement un prénom et le fait qu'elle était une des petites amies de Pratter.

— Oui.

— Vous ne voulez pas nous dire votre nom ? Il faudrait qu'on prévienne votre famille.

— J'ai vingt ans, je suis majeure, dit-elle en reniflant, les yeux rougis.

— Je sais, mais vous ne tenez pas à les informer ?

— Je ne veux pas qu'ils sachent. Ils en mourraient.

— Ils vont l'apprendre d'une manière ou d'une autre. Il vaudrait mieux que ce soit par nous plutôt que par les médias.

— Non, je ne veux pas que la télé en parle. Je vous en supplie. N'en parlez pas.

Davis aurait aimé pouvoir le lui promettre, mais il y avait toujours des enfoirés pour laisser filtrer des informations.

— D'accord, on va faire comme vous voulez. Est-ce que vous vous sentez capable de répondre à deux ou trois questions ?

Madison ferma un instant les paupières, l'air perdu.

— Est-ce que vous pouvez nous parler des relations qui existaient entre Neil Pratter et Garth Nolan ?

La jeune fille parut ne pas avoir entendu la question. Davis allait la reformuler quand elle ouvrit enfin la bouche.

— C'étaient les meilleurs amis du monde. Ils n'auraient jamais fait de mal à personne. C'était des garçons gentils. Pourquoi il nous a fait ça ?

Madison se remit à pleurer.

Une minute passa avant que Davis ne pousse plus loin l'investigation :

— Vous saviez que Garth couchait avec l'épouse du juge Darlington ?

— Non, je n'en savais rien. Garth était surtout l'ami de Neil, il ne me faisait pas de confidence.

Davis laissa passer un instant de silence et continua :

— Excusez-moi de vous poser la question, mais êtes-vous certaine que Neil Pratter n'entretenait pas lui aussi une relation avec cette femme ?

Madison ouvrit de grands yeux.

— Qu'est-ce que vous racontez, Neil est le plus fidèle des hommes ! Pourquoi voulez-vous le salir ?!

— Madison, je cherche seulement à comprendre pourquoi on s'en est pris à vous. Si vous voulez que nous retrouvions l'homme qui vous a violentée et qui a tué Neil, nous devons tout savoir.

Madison renifla et baissa la tête.

— Pourquoi Neil s'est-il réfugié chez Jenny Twain après avoir tué le juge Darlington ? reprit Davis.

— Il m'a dit qu'il ne voulait pas m'impliquer dans cette histoire. Et si vous sous-entendez qu'il couchait avec Jenny Twain, c'est vraiment n'importe quoi. Elle était comme une sœur pour lui.

Davis n'y crut pas une seule seconde, mais à quoi bon briser les illusions de la jeune fille déjà si mal en point ?

— Je vous crois, Madison, je vous crois.

Davis avait une nouvelle question sur les lèvres, et espérait obtenir une réponse convaincante.

— OK, je vais vous poser une dernière question, mais il faut que vous me disiez la vérité, Madison. Vous me le promettez ?

— Pourquoi vous dites ça ? Je ne vous ai pas menti.

— Je sais, mais là c'est très, très important.

Madison déglutit avec difficulté puis s'essuya les yeux avant de répondre :

— D'accord.

Davis prit une respiration et demanda :

— On a retrouvé cent mille dollars dans la machine à laver de Neil…

— Quoi ? Mais pourquoi fouiller une machine à laver ? l'interrompit Madison, sidérée.

— On cherchait l'arme du crime. On a cherché partout. Absolument partout.

Madison eut un petit rire de dérision.

— Cent mille dollars ? Neil n'a jamais eu autant d'argent. Ce n'était pas à lui.

— Vous êtes certaine qu'il ne vous a rien dit ?

— Vous pensez que je suis coupable ? C'est ça ? dit-elle, réellement effrayée.

Elle se tourna vers Bloom, indignée.

— Je me suis fait violer, et vous n'en avez rien à...

Elle ne put terminer sa phrase. Sa voix se cassa, elle se remit à pleurer, son corps fut pris d'un soubresaut.

Davis comprit qu'il n'en tirerait rien de plus.

Bloom lui fit signe de sortir.

Les deux policiers quittèrent la chambre en silence.

— Qu'est-ce qui vous a pris de lui parler ainsi ? dit Bloom dès qu'ils furent dans le couloir.

— C'est notre témoin-clé. On a besoin de toutes les informations possibles. Je suis désolé, mais je ne fais que mon travail, sergent.

Davis avait évidemment raison, mais Bloom avait besoin d'exprimer ses sentiments. Pauvre gamine. Se faire violer par un monstre sanguinaire. Aucun homme ne pourrait comprendre les séquelles de ce traumatisme que Madison porterait tout au long de sa vie.

— Je sais, admit-elle en détournant le regard sur des infirmières qui les observaient d'un œil curieux. Mais c'est quoi cette histoire de cent mille dollars ?

— Je les ai trouvés en cherchant le couteau qui, soit dit en passant, était également dans le lave-linge.

— Une vraie fée du logis, dit Bloom dans une tentative d'humour.

Davis sourit. C'était peut-être déplacé, mais au moins cela fit baisser la tension après l'éprouvant interrogatoire de Madison.

— Oui, et cet argent explique beaucoup de choses.

— C'est-à-dire ?

— Je pense que Pratter nous a menti, ou tout du moins, ne nous a pas tout dit sur sa relation avec les Darlington.

— Vous pensez qu'il leur a extorqué cet argent ?

— Je le crois, et je crois aussi que si cet abruti n'avait pas cherché à mentir, il serait sûrement encore en vie à l'heure qu'il est et que sa petite amie ne se serait pas fait violer, ni larder de coups de couteau.

— Vous savez, vous aviez raison, dit Bloom. Les blessures sont superficielles. Notre tueur voulait simplement faire couler le sang. Pour l'impressionner et la calmer, je suppose.

— Oui, pour mieux la tuer au final, soupesa Davis. Une chance que nous soyons intervenus à temps.

— Ce n'est pas de la chance, mais du bon travail.

Davis sourit à nouveau.

— J'ai pris rendez-vous avec Elisabeth Darlington pour 18 heures. Vous venez avec moi ou vous préférez rester ici ?

— Je viens avec vous. Enfin, je vais d'abord en parler à Madison. Si elle tient à ma présence, je reste avec elle.

— OK, faisons comme ça.

51

Faye conduisit sa Mustang jusqu'au bout du chemin. Là, elle eut l'impression d'arriver en plein no man's land.

Rien en amont, rien en aval, si ce n'est un vieux bar miteux, planté au milieu de nulle part, dans la vallée qui menait à Los Angeles. Dans cet univers désertique, seules de vieilles voitures cabossées qui prenaient la poussière donnaient une illusion de présence humaine.

Elle gara sa voiture. Aucune Harley Davidson en vue.

Elle sortit sous un soleil écrasant, et entra dans le bar. Une musique country l'accueillit.

Un géant tout de jean vêtu et un homme plus petit, genre latino, jouaient au billard en fond de salle.

Une fille, habillée en cuir, se tenait près d'une fenêtre et buvait tranquillement une bière, tandis qu'un vieil homme en salopette se tenait derrière le comptoir. Accoudé au zinc, assis sur une chaise haute, se tenait un Hells Angel. L'homme se retourna.

— Salut, Faye.

— Salut, Ryan.

Le vieil homme intervint et demanda :

— Mam'zelle, prendra quoi ?

— Comme monsieur.

L'homme lui sourit, dévoilant par la même occasion une dentition répugnante.

— Alors, je peux avoir mon cadeau ? dit Faye en tendant la main.

— Ce n'est pas ce genre de cadeau.

Le vieux barman revint avec une bouteille de bière bien fraîche qu'il posa sur le zinc.

Faye trinqua avec Ryan, avant d'en boire une bonne gorgée.

Après plus d'une heure à rouler en direction du sud, elle mourait de soif.

— Tu aurais pu trouver moins loin pour un rendez-vous galant.

— J'aime bien cet endroit, on est à l'abri de tout.

— Ça, tu peux le dire ! On pourrait se faire trucider que personne n'en saurait jamais rien.

— C'est un peu l'idée, en convint Ryan.

Faye vit son œil briller. Ce qui lui rappela qu'il avait un nombre effroyable de meurtres à son actif.

— Je ne veux pas savoir.

Ryan eut un petit rire et se leva de sa chaise haute.

— Bon, il faut que je te présente mes associés. Lui, c'est Grand'pa, dit-il en lui désignant le vieux barman édenté.

Des associés ?!

— Enchanté, dit le vieil homme, en exhibant de nouveau ses chicots.

— Moi de même, dit-elle en faisant la grimace.

— Le géant là-bas, c'est Maxwell. Un Canadien, si tu vois ce que je veux dire, déclara-t-il.

Maxwell leva sa canne de billard et la salua.

— Le latin lover qui est à ses côtés, c'est Santiago. Un Colombien.

— Je suis Américain, le reprit-il en s'avançant vers eux. Heureux de faire votre connaissance, mademoiselle.

Il fit une courte révérence.

Faye lui trouva quelque chose de bizarre dans le regard.

— Et la fille qui boude à la fenêtre, c'est Lollipop.

— Je ne boude pas, je regarde le paysage. Je n'aime pas me sentir enfermée.

Faye la salua d'un hochement de tête.

— Allez, suis-moi, il faut que je te montre quelque chose.

Faye prit sa bière et lui obéit, tout en se demandant qui étaient ces gens et dans quelle mesure elle pouvait leur faire confiance.

Ils traversèrent le bar, et passèrent devant les joueurs de billard concentrés sur leur partie.

Ryan poussa la porte de derrière. Une clairière envahie par les ronces et les mauvaises herbes avait pris possession du paysage. De vieux bâtiments en bois et en taule se tenaient debout par miracle.

— Je disais ça pour rire quand je parlais d'endroit pour commettre un meurtre, dit Faye mi-amusée, mi-inquiète.

— Faye, tu crois que je serais capable de te faire du mal après la nuit qu'on a passée ensemble ?

— Il y a bien des tordus qui le pourraient.

— Je ne suis pas un tordu. Et tu vas me remercier quand tu vas voir ce que j'ai trouvé pour toi.

Un petit animal passa dans les herbes hautes. Faye préféra ignorer ce que c'était. Coyote, chacal, renard ou petit chat ?

Ryan s'arrêta devant une grange abandonnée dont il ouvrit la grande porte rouillée, provoquant un grincement assourdissant. Ryan passa le premier, Faye le suivit.

Une odeur de renfermé les prit à la gorge. L'intérieur était dans l'obscurité. Les quelques rais de lumière provenaient des interstices entre les planches de bois d'un bardage délabré.

— Ryan, je n'aime pas ça du tout.

Et soudain, elle s'affola.

— Ne me dis pas que tu as kidnappé Davis ?

— C'était ce qu'on avait conclu, non ? dit Ryan qui se planta devant elle.

— Non, enfin oui, mais je disais ça comme ça. Je ne pensais pas que tu le ferais.

Elle prenait pleinement conscience de la gravité de ce qu'ils avaient fait. Du moins de ce que Ryan avait fait. C'était de la folie.

— Relâche-le.

— Chut, dit Ryan sans se départir de son sourire. Viens voir. J'ai mieux que Davis.

Il s'avança jusqu'à un poteau. Un homme assis par terre y était attaché, les bras et le buste liés avec une corde. Son visage, caché sous un sac de toile noire, pendait sur sa poitrine.

— Attention, un, deux et trois, dit Ryan qui retira le sac.

L'homme, les yeux bandés au ruban adhésif, ne réagit pas.

— Qui est ce type ? Tu l'as tué ?

— Non, il n'est pas mort, je l'ai juste assommé. C'est plus pratique pour les longs trajets que quelqu'un qui remue sans cesse dans votre coffre.

— Tu es cinglé. Tu as idée de ce que tu as fait ?

Phrase totalement stupide face à un tueur chevronné. Mais Faye avait l'impression de s'enfoncer dans la quatrième dimension.

— Ce type que tu as l'air de prendre en pitié est l'homme qui a découpé en morceaux Garth Nolan et Neil Pratter. Et si j'en crois la radio, il aurait également violé la petite amie de ce dernier.

Faye eut un rire sans joie. Ce n'était pas croyable.

— Lui ? Tu veux dire que ce type est un tueur en série ?

L'homme ne payait pas de mine. Certes, il était plutôt baraqué, mais son visage était des plus banals. Il n'avait rien d'un monstre.

— Comment peux-tu être certain que c'est lui ? Il te l'a avoué ?

— Non, je n'ai pas encore commencé à l'interroger. Mais je peux t'assurer que c'est lui. Si tu as le temps, je peux tout te raconter, mais peut-être dois-tu partir, je crois que tu es pressée, c'est ça ?

— Plus maintenant, dit Faye qui ne pouvait détacher son regard du garçon.

Il devait avoir vingt ans maximum. Incroyable. C'était la première fois qu'elle était face à un tueur en série. Elle était aussi fascinée que révulsée. Puis, un regard sur Ryan lui fit corriger sa pensée. C'était le deuxième tueur en série qu'elle rencontrait.

Elle secoua la tête, se retourna et se sentit complètement étourdie. Il fallait qu'elle prenne l'air.

Elle marcha d'un pas rapide hors de la grange jusque dans un champ à l'abandon. Elle but trois gorgées de sa bière qu'elle avait gardée à la main, mais avait toujours la gorge aussi asséchée.

— Faye, ça va ?

— Oui, j'ai eu un coup de chaud. Ça va aller.

Ryan s'assit près d'elle, et posa son bras autour de ses épaules.

— Tu veux les détails ou tu préfères rentrer ?

Faye comprit qu'il n'était pas trop tard pour tout arrêter. Elle n'avait encore rien fait. Elle n'était pas complice, du moins pas à ses propres yeux.

« Retourne voir Angelo. Oublie Ryan. Reprends ta vie », se dit-elle. Si ce n'est que l'image de Rosie s'imposa à elle. Elle ne pouvait pas laisser tomber. Et cela d'autant moins que, étrangement, une partie d'elle-même était excitée par la situation.

— Non, dis-moi tout. Qu'est-ce qu'il s'est passé ?

Ryan lui prit sa bière des mains pour en boire une gorgée avant de tourner la tête vers la nature qui les entourait.

— J'ai juste fait ce qu'on a dit hier soir et ce matin, je suis allé me poster près du manoir de Davis. Je l'ai pisté toute la matinée dans l'attente du moment opportun pour l'attraper et le mettre dans le coffre de ma voiture.

Il lui expliqua que, après l'avoir suivi jusqu'au commissariat, il avait dû l'attendre une bonne demi-heure avant de le voir ressortir en compagnie de son amie sergent, et prendre une voiture de fonction pour se diriger vers Little Angels.

Il avait tout de suite compris que quelque chose d'anormal se tramait.

Il avait dû attendre encore un quart d'heure devant l'immeuble dans lequel étaient entrés Davis et son sergent quand, soudain, il avait vu surgir un jeune homme qui courait comme s'il avait le diable à ses trousses.

Il avait aussitôt remis le moteur en marche et s'était mis à le suivre. Bien lui en avait pris. Un instant après, Davis apparaissait à son tour, à la poursuite du fuyard.

Craignant de paraître suspect avec sa voiture qui roulait au pas, il avait pris de l'avance, persuadé que le garçon allait vers la promenade et la plage. Il n'avait pas eu tort. Peu après s'être garé sur le côté et avoir mis ses warnings, il vit arriver le fuyard sur un vélo, mais également Davis qui le suivait à bicyclette !

Ryan en avait ri de bon cœur et était reparti sur le boulevard longeant la promenade. Il avait assisté à la collision de cet idiot de Davis contre une portière. Il se l'était pris en pleine figure ! Tant pis pour lui. Ryan était passé devant sans s'arrêter et avait continué à pister le cycliste qui ne cessait de regarder derrière lui, trop heureux de s'en être sorti à si bon compte.

Le garçon avait continué un moment à vélo jusqu'au moment où il avait bifurqué dans une petite rue. À distance, Ryan l'avait vu s'arrêter. Le garçon s'était assis sur le trottoir pour reprendre son souffle. Il haletait comme un damné de la terre.

C'était trop facile !

Ryan s'était garé et avait remonté la rue déserte, l'air de rien. Le garçon avait levé les yeux dans sa direction, mais Ryan avait fait comme s'il ne l'avait pas remarqué et ce n'était que lorsqu'il l'avait croisé tout près de lui qu'il avait sorti le nerf de bœuf qu'il tenait sous sa veste et l'avait assommé d'un seul coup avant de l'embarquer dans son coffre.

— Et tu es venu directement jusqu'ici ?

— Ouais, tous ceux qui sont dans le bar sont de confiance.

— Tu en es certain ?

— Oui, tu peux me croire, aucun ne parlera. Eux aussi sont des justiciers.

Faye le crut sur parole.

Elle n'en revenait pas. Elle détenait l'ennemi public numéro un. C'était le scoop du siècle. Avec ça, c'était la une non seulement du *San Francisco Chronicle*, mais aussi de tous les médias de la côte Ouest et même de tout le pays !

— C'est un joli cadeau.

— Disons que c'est surtout la fin d'un bel enfoiré. Qui sait combien de personnes il aurait tué si je ne l'avais pas arrêté ?

— La police te doit une fière chandelle.

— Tu parles, s'ils me chopent, ils me feront griller, ça tu peux me croire.

— Ils ne te trouveront pas. Je te le promets.

Elle se pencha vers lui et l'embrassa, certaine d'avoir à ses côtés un chevalier des temps modernes.

— Qu'est-ce qu'on va faire maintenant ? demanda-t-elle quand elle eut reprit son souffle.

— Je te le laisse. Tu l'interroges, moi je retourne en filature sur Davis.

— Peut-être qu'on devrait s'arrêter là ? dit Faye.

— Si ta copine Rosie est entre les mains de Davis et qu'il la tue, tu regretteras toute ta vie que je ne sois pas intervenu, dit Ryan qui ajouta : pense à la famille des types que je viens de sauver en attrapant cette ordure. Imagine si je ne l'avais pas fait ?

— Oui, sauf qu'on n'est pas sûrs que Davis soit l'un de ces monstres.

— Dans ce cas, je le relâcherai, je te le promets.

Faye pinça les lèvres. Elle était un peu dépassée par la situation.

— Dans combien de temps tu penses qu'il va reprendre connaissance ?

— D'ici ce soir. Reste à ses côtés. Tu m'appelles quand il se réveille, d'accord ?

— Oui, mais tes associés, tu peux m'assurer qu'ils ne vont pas s'en prendre à moi ? Ils ont l'air trop bizarres.

Ryan éclata de rire.

— Au-delà du fait qu'ils travaillent pour les hommes en noir, ce sont des amis. Ils sont prêts à mourir pour te protéger.

— Tes amis ?

— Oui, tu peux leur faire confiance. Crois-moi.

Quel autre choix avait-elle ?

— Si tu le dis.

— Tu verras, tout va bien se passer.

Il lui caressa la joue et elle voulut croire qu'il disait vrai.

52

L'après-midi touchait à sa fin, Raphael et Kelly l'avaient passé devant la télévision à attendre des nouvelles. Mais pas un mot sur l'identité de la jeune fille retrouvée chez Pratter. Même si elle était certaine d'avoir reconnu le visage de Madison sur les images où l'on voyait la jeune fille allongée sur un brancard, elle avait quand même un doute, un espoir que ce ne soit pas sa grande sœur.

Kelly lui avait envoyé des dizaines de SMS, mais n'avait reçu aucune réponse. Elle avait supplié Raphael d'appeler son père pour en savoir plus.

Mais Raphael était tombé directement sur la boîte vocale. Il avait laissé un message lui demandant de le rappeler. Ce qu'il n'avait toujours pas fait.

— Rappelle-le, s'il te plaît, demanda Kelly.

Elle avait enlevé ses chaussures et était assise en tailleur sur le canapé du salon du premier étage.

— OK, mais tu sais, je le connais, il ne me dira rien.

À cet instant, Mme Chaffin fit son apparition en compagnie de Penny.

— Je suis désolée, mais je vais devoir y aller. Il est 18 heures.

Raphael se retourna vers elle.

— D'accord, dit-il simplement en se forçant à sourire.

Mme Chaffin les regarda et ne put s'empêcher de les mettre en garde.

— Ne faites pas de bêtises.
— On fait ce qu'on veut, dit-il par pure bravade.
Mme Chaffin le toisa d'un air mécontent, mais s'en retourna sans rien dire.
— Pourquoi es-tu aussi agressif ? dit Kelly.
— Je ne la supporte pas. Elle est toujours à me donner des conseils comme si j'étais un gamin.
— Tu ne devrais pas être comme ça avec elle. Elle fait tout pour être gentille.
— Je sais, mais je n'aime pas ses façons.
— Je peux rester avec vous ? demanda Penny qui se tenait toujours dans l'entrée du salon.
— Bien sûr, viens t'asseoir à côté de moi, dit Kelly.
Elle se sentait tellement bien avec Raphael, Penny et Mme Chaffin. Elle avait l'illusion de faire partie d'une vraie famille.
Son portable se mit alors à sonner, elle esquissa un sourire.
— Madison ? C'est toi ?
— Je suppose que tu as regardé les informations, chuchota Madison à l'autre bout du téléphone.
— Oui, j'ai essayé de t'appeler cent fois mais tu ne répondais pas.
Raphael comprit de quoi il en retournait. Il s'approcha tout près de Kelly pour écouter avec elle.
— Ils viennent juste de me rendre mon téléphone.
— Pourquoi tu parles si bas ? La police est à côté de toi ?
— Non, ils sont partis, mais je dois normalement rester en observation pendant plusieurs jours. Il faut que tu m'aides.
— C'est qui ? demanda Penny.
— Il y a quelqu'un à côté de toi ? s'inquiéta Madison.
— Oui, je suis chez Raphael, avec sa petite sœur.
Un long silence s'installa. D'un doigt sur les lèvres, Raphael fit signe à Penny de ne plus dire un mot.
— Madison, tu es là ?

— Oui, tu sais que c'est son père qui m'a sauvé la vie ?

— Non, je ne savais pas. Raphael a essayé de le joindre toute la journée mais il n'a pas répondu.

— Je lui dois une fière chandelle.

— Comment tu vas ? Aux infos, ils ont dit qu'on t'avait torturée ? demanda Kelly, qui craignait la réponse.

— C'est très exagéré, la reprit Madison. Je vais très bien, ne t'en fais pas, mais je ne peux pas en parler au téléphone. Est-ce que tu veux bien m'aider ?

— Bien sûr, dit Kelly soulagée.

— Dans ce cas, il faut que tu viennes à l'hôpital. Trouve des vêtements et mets-les dans un sac.

— Tu n'as pas les tiens ?

— Non. Ils m'ont rendu mon portable, mais les flics ont gardé mes habits pour rechercher l'ADN du tueur.

— Tu as le droit de partir ?

— Non. Écoute, je comprends que tu aies peur de m'aider. Ce n'est pas grave, je vais me débrouiller.

— Non, non, ne t'inquiète pas, j'arrive, mais comment on va faire ? Il y a des flics qui te surveillent, non ?

— Pas vraiment. Il y a juste un planton. Si je vais aux toilettes, on peut s'y rejoindre. Je me change et j'en ressors. Ni vu ni connu. Apporte une casquette.

— OK, j'arrive.

— Kelly ?

— Oui.

— Je t'aime.

Kelly avait les larmes aux yeux. Sa sœur avait vu la mort en face et s'était certainement fait violer. Pourtant elle tenait bon et n'avait pas craqué. Elle se devait d'être à la hauteur.

— Je t'aime aussi.

Un nouveau silence, puis Madison répondit :

— Il faut que je raccroche. Tu m'appelles quand tu es à l'hôpital, d'accord ?

— Oui, à tout de suite.

Elle raccrocha et se tourna vers Raphael qui la regardait d'un air inquiet.

— Tu ne peux pas faire ça. C'est un témoin capital dans une affaire de meurtre.

Kelly secoua la tête.

— Je n'en ai rien à faire. C'est ma sœur, et elle m'a demandé de l'aider alors je l'aide.

— Mais si jamais la police vous voit ?

Kelly émit un petit rire.

— Tu crois qu'ils vont nous mettre en prison avec des menottes ? Madison a peut-être été violée. Tu les vois la menacer de quoi que ce soit ?

— Mais toi ?

— J'aurai droit à un sermon. J'en ai connu d'autres.

Des dizaines de souvenirs douloureux affluèrent à son mémoire. Elle les chassa aussitôt.

— C'était qui ? demanda Penny qui comprenait que c'était grave.

— Ma sœur, elle a besoin d'aide.

— Elle est gentille ?

— Oui, je lui dois tout, dit Kelly qui effleura le nez de Penny du bout du doigt.

— Alors il faut l'aider, conclut Penny d'un ton définitif.

Kelly regarda Raphael en riant.

— La vérité sort de la bouche des enfants.

Ce fut au tour de Raphael de rire. Il eut soudain une idée, une idée totalement déraisonnable, mais il savait qu'il gagnerait le cœur de Kelly à jamais s'il tenait bon.

— OK, je viens avec toi. Tu es prête pour un tour en voiture ?

— Je croyais que ton père te l'avait confisquée ?

— Ouais, mais je m'en fous, dit-il avec détermination.

53

Davis se gara sur le côté de la route, face à la villa des Darlington.

— On y est, vous êtes prête ?

— Oui, mais ça me fait bizarre de revenir. Tant de choses se sont passées ici, dit Bloom.

Davis approuva. Une semaine complètement folle, et ce n'était malheureusement pas fini. Avec leur tueur en pleine nature, qui sait ce qui les attendait dans les jours à venir.

Ils sortirent de la voiture. Le vent de fin d'après-midi les accueillit, chaud et sec. Davis prit une grande inspiration et traversa la route.

Ils sonnèrent à l'entrée de la vaste demeure bordée par la plage et l'océan.

Une domestique vint leur ouvrir.

— Nous avons rendez-vous avec Elisabeth Darlington, dit Davis en montrant sa plaque.

— Madame vous attend.

Ils entrèrent et la suivirent jusqu'au premier étage. La domestique frappa à la porte de la chambre. C'est maître Kinsky, l'avocat de la famille, qui leur ouvrit et les invita à entrer.

Elisabeth Darlington était à demi-allongée dans son lit. Son teint était blafard. Son regard vide. Elle semblait avoir vieilli de dix ans en l'espace de deux jours.

— Mme Darlington, la saluèrent Davis et Bloom.

— Asseyez-vous, répondit-elle d'une voix éteinte.

Davis prit place sur une chaise et sortit un dictaphone de la poche de sa veste.

Bloom resta debout en retrait, tout comme maître Kinsky.

— Je suis sincèrement désolé de devoir vous importuner, mais vous avez dû apprendre que l'homme qui a tué Garth Nolan s'en est pris également à Neil Pratter. Vous comprendrez que nous nous posons beaucoup de questions.

— Vous comptez accuser ma cliente ? intervint Kinsky.

— Non, nous voulons seulement des précisions sur certains points. En particulier sur ce qui concerne vos relations avec Garth Nolan et Neil Pratter.

Mme Darlington eut un petit soupir de lassitude.

— Donald, vous pouvez nous laisser, dit-elle en s'adressant à son avocat.

— Mme Darlington, je ne crois pas que ce soit une très bonne idée.

— S'il vous plaît, laissez-nous seuls.

Kinsky ne bougea pas d'un pouce.

— Mme Darlington, permettez-moi d'insister. Vous m'excuserez, mais je préfère rester. Vous n'êtes pas en état...

— Je vais très bien, Donald, et je sais ce que je fais. Je vous en prie, sortez. Et ne vous inquiétez pas pour vos honoraires.

Kinsky prit un air outré.

— Il n'est aucunement question d'argent mais de votre avenir.

— Justement, je ne suis pas une mauvaise femme, je n'ai rien à cacher.

Davis perçut le désespoir contenu dans la voix de Mme Darlington. Il connaissait le genre de ragots que devait colporter la bonne société de Pacific View. L'épouse du juge, une femme frivole, avide des caresses de jeunes gens. Bien loin de l'image de l'épouse idéale.

— Nous avons tous des choses à cacher, il n'est pas bon de trop parler, la prévint Kinsky.

— Si je dois aller en prison, alors j'irai en prison, Donald. Je suis une femme qui assume tous ses actes. S'il vous plaît, laissez-moi réparer mes erreurs comme je l'entends.

Kinsky plissa les lèvres et braqua sur les policiers un regard sévère.

— Si jamais vous lui faites avouer n'importe quoi, je vous promets que je vous poursuis pour extorsion de faux aveux sur personne en état de fragilité morale.

Il sortit et referma la porte derrière lui.

— Ne l'écoutez pas. Je ne suis pas encore une femme sénile qui ne sait plus ce qu'elle dit.

— Je n'en doute pas, la réconforta Davis, heureux que tout cela soit enregistré.

Mme Darlington se redressa dans son lit. Bloom s'avança pour l'aider à repositionner son coussin dans son dos.

— Vous voulez tout savoir ? Eh bien je vais tout vous dire.

Davis garda le silence et pria pour qu'elle lui donne l'identité du tueur.

— Quand un mari ne vous honore plus depuis des années, et que vous savez qu'il passe ses nuits avec des jeunes filles qui ont l'âge d'être ses propres filles, il arrive un moment où vous avez envie de vous venger. Alors, oui, j'ai couché avec Garth Nolan, mais aussi avec son ami Neil, et avec bien d'autres encore. Mon époux n'était pas un homme que vous auriez aimé côtoyer. Il était dur, violent, méprisant.

— Pourquoi l'avoir épousé ? s'étonna Bloom.

— Les convenances. J'étais jeune et naïve. J'appartiens à la haute bourgeoisie de cette ville. Je me devais de trouver un époux digne de mon rang.

— Pourquoi ne pas avoir divorcé ?

Mme Darlington paru s'enfoncer dans son univers intérieur tourmenté, puis elle se ressaisit.

— J'ai essayé. Plusieurs fois. Mais chaque fois, il me promettait de changer, avant de me jurer qu'il ne me laisserait jamais partir. J'avais peur de lui.

— Il vous battait ? demanda Davis.

— Non, dit-elle avant de se corriger. Des gifles de colère de temps en temps. Rien de grave.

« Rien de grave ! » s'étonna Bloom. Il n'était pas né, l'homme qui porterait la main sur elle. Une femme n'avait pas à subir la moindre violence. Comment avait-elle pu le supporter durant des années ?

— Il savait que vous le trompiez ?

— Les jeunes gens avec lesquels j'ai des relations sont très bien payés pour savoir se taire. Mais je suppose qu'il s'en doutait, et me laissait faire, tout comme je le laissais faire.

— Comment les rencontriez-vous ?

— Il y a un site internet prévu pour ce genre de rendez-vous. Il est tout à fait légal. C'est un simple site de rencontres.

— Aucun de ces hommes n'a tenté de vous faire chanter ?

Mme Darlington eut un sourire triste.

— Garth Nolan. Durant des mois, je lui ai donné de l'argent contre son silence, mais il en voulait toujours plus. Quand je n'ai plus voulu payer, il a fait parvenir à mon mari des photos de nos ébats, la semaine dernière. Il exigeait cent mille dollars. Sinon il les envoyait à la presse.

— Et comment votre époux a-t-il réagi ? demanda Bloom.

— Il est devenu fou.

Mme Darlington souleva les manches de sa chemise de nuit. Ses bras étaient couverts d'ecchymoses.

— J'en ai d'autres sur tout le corps.

— Vous disiez qu'il ne vous frappait jamais ! s'exclama Bloom, révoltée.

— Je veux bien admettre que je méritais une leçon, mais pas de cette violence.

— Personne ne mérite d'être battu ! Votre mari aussi vous trompait. Vous n'êtes pas plus fautive que lui.

Mme Darlington haussa les épaules.

— Les hommes sont volages, c'est dans leur nature. Nous devons nous occuper des enfants. Malheureusement, je n'ai pas eu la chance d'en avoir.

Pauvre femme, qui avait subi la violence d'un mari qui devait lui reprocher sa stérilité et qui en usait pour l'humilier, se dit Davis qui préféra revenir à l'essentiel.

— Nous supposons que votre mari a payé un homme pour tuer Garth. Pourquoi cet homme s'en serait-il pris également à Neil Pratter ? Vous a-t-il fait avouer que vous aviez des relations également avec ce garçon ? Y en a-t-il d'autres que nous devrions protéger des foudres de votre défunt mari ?

— C'est ce à quoi je n'arrête pas de penser, se désola Mme Darlington. Oui, il y a eu d'autres garçons. Mais je ne comprends pas pourquoi l'homme qu'il a payé pour les tuer continue à honorer son contrat à présent que mon mari est mort.

— Un tueur à gages bien consciencieux, soupesa Davis, qui n'était pas vraiment convaincu.

Pourquoi tenir sa part du marché alors que le commanditaire était mort ?

— Parlez-moi des photos de vous et de Garth. C'est vous qui les avez envoyées à Pratter pour qu'il venge la mort de son ami ? intervint Bloom.

Mme Darlington la jaugea de longues secondes avant de répondre.

— Neil vous a parlé, n'est-ce pas ?

— Oui, il dit qu'on les lui a envoyées, et que dessus il était écrit : « Venge-moi », confirma Davis.

— C'est moi qui les ai mises dans sa boîte aux lettres en lui disant que le juge avait tué son ami.

— Vous lui avez demandé de tuer votre époux ?

— Non, mais j'y ai pensé très fort. Et si vous voulez tout savoir, j'ai d'abord envoyé ces photos à une journaliste pour qu'elle fasse éclater l'affaire au grand jour. Mais elle m'a trahie et n'a pas sorti son article. C'est pourquoi j'ai décidé de les envoyer à Neil en espérant que lui saurait en faire bon usage.

Bloom se retint de lui révéler que Faye leur en avait déjà parlé.

— Pourquoi ne pas avoir tout simplement appelé la police pour leur confier vos doutes concernant votre mari ?

— Le shérif Crawford est un ami intime de mon époux. Que pensez-vous qu'il aurait fait de ces photos ?

— Nous sommes ici et nous vous croyons.

Mme Darlington sembla se perdre dans ses pensées.

Davis la plaignait sincèrement. Une question s'imposa à lui.

— Si je peux me permettre, je n'arrive pas à comprendre comment une femme de votre condition a pu en arriver au point d'envoyer des photos qui ne pouvaient que nuire à son image.

— Mon mari a dépassé les bornes. Non seulement il m'a frappée, mais surtout il s'en est pris à Garth. Même s'il devait recevoir une punition pour avoir tenté de me faire chanter, il ne méritait pas de mourir ainsi.

— À moins que votre mari n'ait jamais organisé la mort de Garth et de Pratter, dit Davis.

— Qu'est-ce que vous voulez dire ? s'étonna Mme Darlington.

— Qui, plus que vous-même, avait de raisons d'en vouloir à Garth Nolan ?

Mme Darlington eut un petit rire.

Davis ne la lâcha pas des yeux. Il était persuadé d'être en présence d'une femme devenue folle à force de souffrance trop longtemps contenue.

— Je me demandais quand vous alliez m'accuser, répondit-elle. Que voulez-vous que je vous dise pour ma défense, si ce n'est que je vous ai dit toute la vérité ? Mais si vous voulez m'inculper, ne vous privez pas de ce plaisir. La seule chose que je souhaite est que vous protégiez les hommes avec lesquels j'ai pu avoir des relations. C'est tout ce que je vous demande.

Bloom ne savait que penser. Sans début de preuve matérielle, il allait être très difficile de prouver sa culpabilité sur la seule présomption d'un policier. Un avocat aura vite fait de pointer le doute raisonnable.

— On a retrouvé cent mille dollars dans l'appartement de Neil Pratter. Vous disiez que Garth avait demandé une telle somme à votre mari pour qu'il ne salisse pas l'honneur des Darlington dans la presse. Étonnamment, on retrouve cette même somme chez son meilleur ami, Neil Pratter.

— Mon mari a payé ?

L'étonnement paraissait sincère. Mais Davis savait depuis longtemps que les pires criminels pouvaient être d'excellents comédiens.

— Cela en a tout l'air. Je vais vous dire comment je vois les choses. Votre mari n'a pas fait tuer Garth Nolan, mais c'est vous qui avez payé Neil Pratter pour qu'il tue Garth et qu'il tue ensuite votre mari.

— Et qui a tué Neil dans ce cas si c'était lui le coupable ? dit-elle.

C'était bien là le chaînon manquant. Un second complice ? se dit Davis qui n'y croyait pas.

— Pensez ce que vous voulez, reprit Mme Darlington. Mais vous vous trompez. La vie de jeunes hommes est en danger. Si vous voulez bien m'accorder le bénéfice du doute, prenez mon ordinateur. Il y a le nom de chacune de mes relations. Je n'ai pas envie d'avoir leur mort sur la conscience. Je vous assure que c'est mon mari le coupable qui a payé un tueur consciencieux. Qui d'autre cela pourrait-il être ?

Elle, tout simplement. Mais Davis s'abstint de l'accuser une nouvelle fois.

Mme Darlington se leva de son lit et alla s'asseoir à son bureau. Elle ouvrit son ordinateur portable et se mit sur le site : Olds & Youngs.

Toutes les photos avaient ceci de particulier que les jeunes femmes et les jeunes hommes au sourire éblouissant étaient accompagnés de partenaires du sexe opposé qui affichaient bien plus de vingt ans d'écart d'âge.

Soudain Davis sursauta. Parmi les dizaines de visages, un lui sauta aux yeux : Madison !

Immédiatement, Bloom eut la même réaction. La jeune victime était une escort-girl. Une seule question s'imposa à eux. Était-elle aussi innocente qu'elle le prétendait ?

Était-elle leur tueur en série qu'ils recherchaient depuis le début de l'enquête ?

Davis regarda sa montre. 18 h 45. Il était temps d'aller refaire un tour à l'hôpital et d'en finir pour de bon avec cette histoire.

— Mme Darlington, je vous prierai de ne pas quitter Pacific View dans les jours qui viennent, dit Davis qui s'empara de l'ordinateur.

— Je n'ai pas l'intention de bouger. Promettez-moi seulement d'arrêter ce malade.

Davis se demanda alors pour qui travaillait Madison : le juge ou son épouse ?

54

— Putain, c'est pas vrai, grogna Maxwell.

— Je crois que la petite cachait bien son jeu, dit Lollipop, amusée.

Faye se redressa et fit un clin d'œil à la masse de muscles, longue barbe et blouson en jean, qui lui faisait face.

Elle prit le temps de bien tourner autour du billard et de choisir sa prochaine cible avant de se pencher sur la table. Elle ajusta sa canne et, d'un coup sec et millimétré, tapa la joue de la boule blanche qui alla frapper le numéro 8. Trois bandes plus tard, elle entrait dans un trou.

— Vous me devez un million de dollars, dit Faye, tout sourire.

Le visage de Maxwell s'empourpra et le géant serra les poings de rage. Instinctivement, Faye recula. L'homme saisit sa propre canne et la brisa en deux d'un coup de genou.

— Max, calme-toi, dit Lollipop d'un ton péremptoire.

La jeune fille repoussa ses longues mèches de cheveux rouges et bleues et se posta devant le grand gaillard.

— Je suis désolée, dit Faye.

Le géant était dans une colère noire. Les veines de ses tempes battaient à tout rompre. Son cou ressemblait à celui d'un buffle prêt à bondir.

— Mais non, Max est très soupe au lait. Il ne supporte pas de perdre, intervint Santiago qui lissa sa fine moustache.

— Va te faire foutre ! grogna Maxwell.

Une détonation retentit et tout le monde se retourna.

Grand'pa, muni d'une carabine, venait de tirer dans le plafond. Du résidu de plâtre tomba sur le zinc.

— Vous allez vous calmer, nom de Dieu ! tonna-t-il en gardant son arme braquée devant lui.

Faye douta sérieusement de leur santé mentale. Pourquoi Ryan l'avait-il abandonnée avec ces timbrés !

— Vous, les mecs, vous êtes vraiment de grands malades. Vous ne voyez pas que vous lui faites peur, dit Lollipop qui s'écarta de Maxwell pour s'approcher de Faye. Puis s'adressant à elle : Ne fais pas attention à eux. Ils se croient supérieurs parce qu'ils ont un spaghetti entre les cuisses !

Santiago partit d'un grand éclat de rire, tandis que Maxwell sortait. Au passage, il faillit dégonder la porte.

— Qu'est-ce que j'ai fait ? demanda Faye.

— Max est spécial, dit Santiago qui s'alluma une cigarette. On aurait dû te prévenir et te dire de faire exprès de perdre. Mais jamais de la vie on aurait imaginé que tu gagnes.

— J'adore le billard.

— Ça se voit, la félicita Lollipop.

Elle la frôla et eut un drôle de sourire. Une invitation à la luxure ?

— Je ne suis pas..., dit-elle, se sentant rougir.

— Dommage, moi non plus, mais tu es le genre de fille avec qui j'aurais bien essayé.

— La ferme ! intervint Grand'pa, dégoûté. Y a plus de morale dans notre bon vieux pays.

Il se servit un verre de whisky et le but cul sec avant de s'en resservir un autre.

— Ne l'écoutez pas, vous savez, avec l'âge..., dit Santiago qui fit un mouliné avec son doigt signifiant qu'il perdait la tête.

Faye ne sourit pas. Elle aurait tout donné pour rentrer à la caravane et quitter cette bande de cinglés.

Ils entendirent un cri qui résonna jusqu'à l'intérieur du bar décrépi.

— Ah, je crois que le moment est venu, s'enthousiasma Santiago. Je vous accompagne, très chère ?

Il lui tendit la main. Faye la saisit. Une paume chaude, douce et amicale.

Ils sortirent par la porte de derrière et traversèrent la cour ensablée jusqu'à la grange désaffectée.

— Je vous en prie, détachez-moi ! entendirent-ils hurler.

La petite troupe s'avança dans le bâtiment jusqu'au poteau où leur prisonnier était solidement ligoté.

Il était toujours assis mais ne cessait de gigoter en tous sens pour se libérer. La sueur qui ruisselait de son front glissait sur de larges bandes d'adhésif qui lui masquer les yeux.

— Bon, content que tu sois de retour parmi nous, dit Santiago qui attrapa une chaise qu'il fit basculer afin de pouvoir s'y accouder.

— Qui êtes-vous ? Qu'est-ce que vous me voulez ? Relâchez-moi, je vous en supplie.

— Tout doux, mon gaillard, on ne va pas te faire de mal, du moins tant que tu seras gentil avec nous.

Faye le vit alors sortir de sa poche un couteau à cran d'arrêt. Elle sursauta quand elle entendit le déclic de la lame rétractable.

— Vous n'allez pas..., commença-t-elle.

— Chut, intervint Lollipop. Laisse-nous faire.

Faye savait qu'elle ne supporterait pas que cet homme soit torturé sous ses yeux, aussi atroces qu'aient été les crimes qu'il avait commis... si tant est que Ryan ne se soit pas trompé de bonhomme. Car après tout, quelles preuves avait-elle qu'il ne lui avait pas menti ?

— Je peux me charger de lui, proposa Maxwell.

Le géant canadien venait tout juste de les rejoindre.

Faye sursauta.

— Tu vas le tuer. Laisse faire Santiago, dit Grand'pa.

Faye eut alors l'impression étrange d'être dans un remake de massacre à la tronçonneuse. Le père et ses enfants dégénérés.

— Qui êtes-vous ? Qu'est-ce que vous me voulez ? pleurnicha leur proie.

— Calme-toi. On n'a pas l'intention de te tuer. On veut juste que tu nous racontes une petite histoire. Tu crois que c'est possible ? demanda Lollipop d'une voix angélique.

Un large sourire éclairait son visage. Elle se pencha au-dessus de l'homme et lui traça une croix invisible sur le front.

— Arrêtez, je vous dirai tout. J'ai de l'argent, je peux vous payer. C'est ça que vous voulez ?

— Bien tenté, mais on n'en a rien à foutre de ton argent sale. On est des justiciers. Tu comprends ?

L'homme tenta une nouvelle fois de se détacher, mais en vain.

— Je vous jure que je peux le calmer, insista Maxwell qui se massait le poing gauche dans sa paume droite.

— Tu as entendu ? Tu tiens vraiment à ce qu'on en arrive là ? demanda Grand'pa.

— Non, non, geignit l'homme qui se calma à nouveau.

Faye avait la gorge sèche. Elle avait reculé de plusieurs pas et se tenait prête à partir en courant au moindre débordement de violence.

— Bon, très bien, reprit Santiago qui, assis devant le supplicié, jouait avec son cran d'arrêt. On va commencer par une question toute simple : quel est ton nom ?

L'homme baissa la tête et garda le silence.

Santiago se pencha et entailla d'un coup vif la joue de l'homme qui cria autant de surprise que de douleur.

— Alors ?

L'homme se reprit et après avoir dégluti difficilement marmonna :

— Chris, je m'appelle Chris.

Lollipop se retourna vers Faye.

— Il est à point, approche-toi.

Faye avait les yeux fixés sur la balafre sanguinolente. Elle avait envie de vomir mais réussit à se retenir et s'avança malgré elle.

— Chris comment ? demanda Santiago.

— Chris Reilly.

— Tu as quel âge, Chris ?

— 20 ans.

— Et tu fais quoi dans la vie ? reprit Santiago.

— Je n'ai pas de travail.

— Attention, ne nous mens pas, ou je te promets que je te coupe une oreille au prochain mensonge.

Faye n'en pouvait plus.

— Dis-leur tout, espèce d'idiot, tu ne comprends pas qu'ils vont te tuer ! lança-t-elle.

Quatre regards surpris se tournèrent vers elle. Malgré ses yeux bandés, Chris redressa la tête dans sa direction.

— Tu as entendu ? Il y a quelqu'un qui te veut du bien parmi nous. Moi, je serais toi, je l'écouterais si tu ne veux pas qu'on te charcute, dit Santiago.

L'homme élégant était devenu une bête assoiffée de sang. Un vampire, se dit Faye qui sentit une peur indicible monter en elle.

— Je vous jure que je ne travaille pas.

— Alors de quoi tu vis ?

Chris haussa les épaules, résigné.

— Je me fais entretenir.

— Avec la tête que tu as, ça m'étonnerait, se moqua Lollipop.

Faye ne le trouvait pas moche, mais se garda bien de donner son avis.

— Je couche avec des femmes mûres.

— Un petit gigolo, ricana Santiago qui reprit : Ça paye bien ?

— Pourquoi vous me demandez ça ? dit Chris d'une voix désabusée. Je vous dirai tout, mais je veux savoir ce que vous me voulez ?

Santiago lissa sa fine moustache avant de répondre.

— C'est toi qui as tué Garth Nolan ?

Chris eut un petit rire.

— En fait, ce n'est pas une question. On voudrait savoir comment ça s'est passé, et pourquoi tu l'as tué ? corrigea Lollipop.

— Je ne l'ai pas tué. C'était un accident.

Grand'pa se mit à glousser. Faye fit la moue. C'était la plus stupide des défenses.

— Tu veux dire que tu lui as coupé le sexe, les oreilles et les lèvres sans le faire exprès, ironisa Santiago.

— Non, mais il était déjà mort quand on l'a fait.

Faye nota aussitôt le « on ». Cette ordure avait un complice.

— Saloperie de pervers, dit Lollipop qui fit la grimace.

— Ce n'était pas mon idée. Je voulais appeler la police, je vous le jure.

— Bien sûr. Et pourquoi tu ne l'as pas fait ?

Chris baissa de nouveau la tête.

— Vous allez me tuer de toute façon. Je ne vois pas pourquoi je parlerais.

— Ce n'est pas faux, du moins en temps normal. Mais il se trouve qu'on a promis à un ami de te laisser en vie.

Faye pensa à Ryan et remercia les cieux. Il n'était pas comme eux. Pourtant, elle savait qu'il avait déjà tué des ordures, mais au moins avait-il la délicatesse de ne pas le faire devant ses yeux.

— Pourquoi vous croirais-je ?

— Tu n'as aucune raison de nous croire sur ce point-là, en revanche tu peux me croire si je te dis que je vais te faire très mal durant très longtemps jusqu'à ce que tu supplies qu'on t'achève si tu nous fais perdre encore notre temps.

Santiago entailla l'autre joue de Chris qui hurla de douleur. La plaie était bien plus profonde que la première.

Faye eut un haut-le-cœur et sentit son estomac se retourner. Elle ferma les yeux et réussit à ne pas vomir.

Ils attendirent que Chris reprenne son souffle avant que Santiago ne repose sa question.

— Dis-nous comment ça s'est passé. Ne m'oblige pas à te faire du mal.

— Laissez-moi le secouer. Je vous jure que je ne le tuerai pas, grogna Maxwell.

« Une gifle de ce monstre et c'est un billet direct pour la morgue », se dit Faye.

— Je vais tout vous dire, capitula Chris dont les joues tailladées ruisselaient de sang. C'était vraiment un accident. Garth était un gigolo, comme moi, et comme Neil.

— Garth et Neil travaillaient au Red Dolphin, intervint Faye.

La journaliste venait de reprendre le dessus sur la jeune femme terrorisée.

— Oui, mais c'était pour le fun, pour se taper des filles de leur âge.

— Et qu'est-ce qu'il s'est passé dimanche soir ? demanda Faye.

Santiago se leva de sa chaise, la remit à l'endroit et d'un geste élégant la proposa à Faye, qui l'accepta.

— Je devais rejoindre ma petite amie chez Garth.

— Tu étais où ?

— J'étais chez une cliente. Vous voulez son nom ?

— Non, continue.

Faye sentait monter l'excitation. Elle avait le contrôle de la situation et malgré toutes ses réticences de femme civilisée, elle adorait ça.

— Quand je suis arrivé chez Garth, c'est ma copine qui m'a ouvert. Elle était en panique. Elle venait de tuer cet abruti.

— C'est-à-dire ?

— Elle m'a dit qu'il avait essayé de la violer. Elle l'a repoussé et cet imbécile est tombé à la renverse. Il s'est tué en se cognant contre le coin d'un meuble.

— Pourquoi Garth aurait-il voulu la violer ?

— Il était bourré. Il ne l'a pas vraiment violée, mais il a juste essayé de la tripoter et cela ne lui a pas plu.

— Ça n'a pas l'air de beaucoup te choquer que quelqu'un veuille baiser ta copine ? s'étonna Santiago.

Chris eut un petit rire.

— Elle se tape plein de vieux porcs pleins aux as.

Trois gigolos et une prostituée. Un beau quartet, songea Faye, effarée.

— Pourquoi ne pas avoir appelé la police ? demanda-t-elle.

— Je vous l'ai dit, je voulais le faire, mais ma copine a refusé. Elle m'a dit qu'ils la mettraient en prison, que personne ne la croirait vu que justement elle couche avec plein de types.

Effectivement, il n'avait pas tort. Aucun jury ne donnerait foi aux paroles d'une prostituée qui dirait avoir été violée.

Faye leva les yeux vers la seule femme du groupe et eut l'impression que Lollipop était sur la même longueur d'onde qu'elle.

— OK, pourquoi ne pas être parti, tout simplement ?

— C'est ce que je voulais faire, mais elle m'a dit qu'ils allaient fouiller sa vie et comprendre que Garth était un gigolo et que de fil en aiguille, ils tomberaient sur nous.

— Il faut arrêter de regarder les séries télés. Les flics sont bien plus cons qu'on ne le croit, dit Grand'pa en s'esclaffant.

« C'est clair, sinon vous seriez tous depuis longtemps derrière les barreaux. Y compris Ryan », pensa Faye.

— Cela n'explique toujours pas cette mascarade macabre, préféra-t-elle dire.

— Elle pensait que si on déguisait l'accident en meurtre rituel, les flics penseraient aussitôt à un tueur en série, et oublieraient de chercher ailleurs. Il soupira et ajouta : C'était une super idée. D'ailleurs, tout le monde a marché.

Faye dut reconnaître qu'il avait raison.

— OK. Mais pour la mort du juge, qu'est-ce que tu peux nous dire ?

— Je n'y suis pour rien. C'était une idée de Neil. Garth était son meilleur copain. Évidemment, on ne lui a rien dit sur sa mort, mais mardi soir, il nous a annoncé qu'il avait reçu des photos compromettantes de Garth avec l'épouse du juge Darlington.

— Il a voulu le venger ?

— Vous plaisantez. Ça se voit que vous ne connaissiez pas Neil. Il a surtout voulu lui soutirer un paquet de pognon. Il avait l'intention de dire au juge qu'il était en possession de vidéos où l'on voyait sa femme s'envoyer en l'air.

— C'était vrai ? dit Faye qui repensa aux photos qu'elle avait reçues dans sa boîte aux lettres.

— Bien sûr. On en fait à chaque fois. Il suffit de cacher une minicaméra, ces vieilles peaux n'y pensent même pas. La technologie et elles, ça fait deux.

— Vous les faisiez chanter ?

— Moi, jamais. Trop risqué. En plus, elles payent bien sans qu'on ait besoin de ça. C'est plutôt une sorte d'assurance, au cas où les choses tourneraient mal pour nous.

— Donc, tu veux dire que Neil est parti voir le juge pour lui soutirer de l'argent, et après, qu'est-ce qu'il s'est passé ?

Chris haussa les épaules.

— Si ce qu'il dit est vrai, quand il lui a refilé la mallette, le juge a sorti une arme et l'a obligé à s'enfoncer dans la forêt. Profitant que le juge ait glissé, Neil se serait jeté sur lui et le coup serait parti. Après, il aurait trimbalé le corps du juge jusqu'à la voiture et y aurait mis le feu.

Ça se tenait, se dit Faye qui imaginait déjà la suite.

— Tu peux nous parler de ce matin ?

— C'est ma copine qui a eu l'idée. Puisque c'est elle qui avait tué Garth, après tout l'argent lui revenait. Alors on est allés chez Neil ce matin et on lui a demandé de partager l'argent en trois.

— Pourquoi l'aurait-il fait ?

— On lui a dit qu'on était aussi peiné que lui par la mort de Garth.

Faye laissa échapper un petit rire. Drôle de méthode d'extorsion de fonds.

— Lui aussi, il a rigolé, reconnut Chris. Moi, je n'étais pas très chaud. Mais avant que je dise quoi que ce soit, ma copine l'a poignardé en plein cœur. Je vous jure que c'est vrai. J'ai même cru qu'elle allait me tuer moi aussi.

Faye se passa la main dans les cheveux, mal à l'aise. Elle n'arrivait pas à se faire une opinion. Mentait-il ou non ?

— Elle m'a dit que cet argent nous revenait. Elle m'a dit aussi qu'on devait faire pareil que pour Garth, comme ça, l'hypothèse d'un tueur en série serait encore plus crédible et on penserait encore moins à nous. J'ai accepté.

Chris s'arrêta et secoua la tête en revivant la scène intérieurement.

— C'est là que ces putains de flics ont sonné à la porte. On avait juste fini. À deux minutes près, on s'en sortait.

« Pas si cons que ça, finalement, les flics, » corrigea Faye.

— Tu veux dire que la fille qu'on a retrouvée chez Pratter était ta petite amie ?

— Oui, c'est elle qui a eu l'idée. Quand je lui ai dit que la seule chance de s'en sortir était de sauter dans la piscine en se jetant du balcon, elle n'a pas eu le courage. Elle s'est déshabillée et m'a demandé de la taillader sur tout le corps. Je ne voulais pas, mais quand la sonnerie a retenti à nouveau, je n'ai plus réfléchi à rien. J'ai fait ce qu'elle voulait et je l'ai laissée. Ensuite, je suis allé sur le balcon. C'est là que j'ai vu un putain de flic entrer dans le salon. J'ai sauté et je me suis enfui. La suite, je crois que vous la connaissez.

En effet. Mais qui pouvait lui assurer que c'était la vérité ? Et si cette fille n'était pas coupable ?

Faye était partagée. Elle devait en parler à Bloom. Elle se leva et prit son portable.

Pas de réseau.

— Maintenant, vous savez tout. À vous de me dire qui vous êtes, demanda Chris.

Santiago revint s'asseoir face à lui.

— Des justiciers, simplement des justiciers.

Faye sortit du hangar, mais toujours pas de réseau.

— Cherche pas, il n'y a en a pas sur plusieurs kilomètres. Au moins, on est certain que personne ne peut appeler des renforts, dit Maxwell qui l'avait suivie.

— Je m'excuse pour tout à l'heure. J'aurais dû vous prévenir que j'étais plutôt experte au billard.

Elle n'avait qu'une trouille, c'est qu'il la frappe.

— C'est bon, vous n'y êtes pour rien. Des fois, je ne sais pas ce qu'il se passe dans ma tête, mais je perds les pédales. Les médecins disent qu'il n'y a rien à faire.

Un échappé d'asile, se dit Faye qui ne voulait pas le contrarier.

— Tu veux appeler qui ? demanda Lollipop qui venait de les rejoindre.

Le soleil se couchait à l'horizon sur la campagne environnante. Un décor qui aurait pu paraître bucolique, s'il n'y avait eu cette grange abandonnée renfermant ce malheureux supplicié ligoté à l'intérieur.

— La police, il faut qu'ils sachent pour la fille.

Lollipop fit « non » avec son index.

— On attend le retour de Ryan.

— Mais si Chris dit vrai, c'est elle la meurtrière. Je croyais que vous étiez des justiciers.

— On l'est, mais on est avant tout des soldats et on obéit aux ordres. Ryan a dit qu'on devait attendre son retour, y compris avec toi. Alors, tu ne bouges pas et tu attends, dit Lollipop qui reprit d'un ton plus doux : Cette gamine doit se croire très intelligente et tant qu'elle ne saura pas qu'on a chopé son copain, elle se croira invulnérable. Tu verras, demain elle sera toujours dans sa chambre d'hôpital.

Peut-être avait-elle raison, mais si elle se trompait ? Dans ce cas, Faye aurait la mort de la prochaine victime sur la conscience et elle ne le supporterait pas.

— Je vais aller tenir compagnie à notre gars, dit alors Maxwell.

— Ouais, et surtout tu l'abîmes pas trop, plaisanta Lollipop.

Faye préféra ne pas penser à ce qu'ils allaient lui faire.

55

À défaut d'avoir trouvé les clés de la Ferrari, Raphael avait réussi à dénicher celles de leur Jeep Cherokee. Ils avaient quitté le manoir depuis vingt minutes et, après être passés à l'appartement de Kelly pour prendre des effets personnels, ils étaient repartis vers le centre-ville.

Le rétroviseur extérieur pendait mollement et rappelait à Raphael leur arrivée mouvementée. Cela ne faisait même pas une semaine qu'il avait mis les pieds à Pacific View et sa vie avait changé du tout au tout.

Il était riche, avait un manoir, une Ferrari et sortait avec la plus belle fille du monde !

— Pourquoi tu souris ? demanda Kelly, assise côté passager.

— Je sais que ce n'est pas le moment, mais je pensais à toi, et je me disais que j'étais le plus chanceux des hommes.

— C'est gentil.

— Vous allez vous marier ? demanda Penny.

Elle était assise à l'arrière et ne ratait pas un mot de la conversation entre son grand frère et Kelly.

Celle-ci éclata de rire et se retourna vers elle.

— Bien sûr, et toi, tu seras notre demoiselle d'honneur.

Raphael sentit une vive émotion le saisir. Il était certain qu'elle était la femme de sa vie. Un mariage… et pourquoi pas !

— C'est quoi une demoiselle d'honneur ?

— Une amie qui va m'aider durant tous les préparatifs du mariage. C'est un rôle très important.

— Je ne sais pas si je saurai faire, dit Penny, penaude.

— Je t'expliquerai, tu verras.

Elle lui fit un sourire et se rassit face à la route. Elle aperçut alors l'hôpital plus loin sur la gauche.

— On y est, dit-elle en le désignant du doigt.

Raphael ralentit. Les camionnettes des journalistes stationnaient sur le bord du trottoir.

— Gare-toi un peu plus loin, il ne faut pas se faire remarquer.

Raphael acquiesça et conduisit la Cherokee dans une rue adjacente où il arrêta le moteur et défit sa ceinture.

— Tu es sûre de toi ? demanda-t-il.

— Oui, je peux te dire que je n'oublierai jamais ce que tu viens de faire. Tu es mon héros, dit Kelly qui l'embrassa sur la bouche.

— Beurk, pas devant moi ! dit Penny.

Les lèvres de Raphael et de Kelly se séparèrent.

— Tu comprendras quand tu seras grande, dit Raphael.

Kelly sortit son portable et le contempla un long moment.

— Tu es certaine de vouloir le faire ?

— Oui, c'est ma sœur. Je lui dois tout.

— OK, vas-y, je t'attends. Et surtout tu m'appelles si tu as un problème.

— Merci.

Elle l'embrassa furtivement et descendit de voiture. Elle fit le numéro de Madison tout en s'avançant vers l'entrée de l'hôpital.

— Tu es où ? chuchota Madison dès qu'elle décrocha.

— J'arrive, je suis presque à l'entrée.

— Tu as mes fringues ?

— Oui, j'ai tout, dit Kelly en resserrant le sac qu'elle portait de sa main libre.

— OK, tu vas au troisième étage. Dès que tu es dans les toilettes pour filles, tu laisses sonner deux fois et tu m'attends, d'accord ?

— D'accord.

Kelly arriva devant l'imposante entrée de l'hôpital Washington. Elle respira un grand coup sans ralentir son pas. Surtout avoir l'air naturelle. Celui d'une personne qui vient rendre visite à un proche.

Pourtant, dès qu'elle passa les doubles portes qui s'ouvrirent à son passage, elle sentit ses jambes fléchir. Elle s'efforça de garder un visage impassible et pria pour que personne ne la remarque. Plusieurs personnes étaient à l'accueil.

Kelly passa devant elles jusqu'aux ascenseurs. Deux hommes en blouse blanche, médecins ou infirmiers, discutaient ensemble. Kelly hésita à s'arrêter, mais cela aurait pu paraître suspect. Elle continua donc et se mit derrière eux.

Quand l'ascenseur s'ouvrit, Kelly suivit les hommes en blouse blanche.

— Où allez-vous ?

— Troisième étage, je viens voir ma mère, se justifia-t-elle.

L'homme appuya sur le bouton 3, puis sur le 5 avant de reprendre sa conversation avec son collègue.

Kelly avait le cœur qui battait à tout rompre. Elle n'allait pas y arriver. Elle était en sueur. La porte s'ouvrit.

Kelly sortit un peu trop précipitamment et trébucha. Elle se retourna et vit que les deux hommes n'y avaient même pas prêté attention.

Le couloir était vide. Un policier se tenait devant une porte au loin.

Jamais Madison n'allait s'en sortir.

Elle chercha un panneau indiquant les toilettes. Elle le vit sur sa gauche, dans la direction opposée à celle du planton. Ça, c'était un coup de chance.

Elle s'avança le plus naturellement possible. Personne à l'intérieur. Elle s'enferma dans une cabine et appela Madison. Elle fit sonner deux fois avant de raccrocher.

Les secondes parurent durer une éternité. Plusieurs fois, elle fut sur le point de rappeler mais parvint à se maîtriser, priant pour que tout se passe bien.

Soudain la porte s'ouvrit. C'était Madison, vêtue de la chemise bleu ciel réglementaire. Elle avait une tête à faire peur.

— Madison, dit Kelly bouleversée.

Elle se jeta dans ses bras. Les larmes coulèrent.

— Kelly, on doit faire vite. Tu dois te reprendre, dit Madison.

Kelly renifla un grand coup et hocha vigoureusement la tête.

Elle lui tendit son sac et en l'espace d'une minute, Madison avait retiré sa tenue, enfilé un jean, des ballerines, et un petit haut. Puis elle posa sa casquette des Dodgers sur la tête.

— Bon, tu es prête ? demanda Madison, après un coup d'œil dans la glace.

— Oui, dit Kelly, encore sous le choc à la vue des entailles sur le bras et le corps de sa sœur.

— Donne-moi ton portable.

Kelly ne posa pas de questions et le lui tendit.

— On va faire diversion. Tu sors et tu fais semblant de chercher quelque chose dans ton sac. De mon côté, moi je vais m'appeler sur mon portable que j'ai laissé dans la chambre. Dès que tu vois le flic y rentrer, tu me le dis, OK ?

— Tu es certaine qu'il va rentrer ? Il ne va pas plutôt venir te chercher ici ?

— Dans les toilettes des filles ? Ça m'étonnerait, mais disons que s'il vient, moi, je reste enfermée dans une cabine et je lui dis de répondre pour moi.

Pourvu que ça marche ! pria Kelly tandis qu'elle sortait des toilettes.

À l'autre bout du couloir, elle sentit que le planton la regardait.

« Il se doute de quelque chose », se dit-elle en baissant aussitôt les yeux vers son sac.

À cet instant, elle entendit la sonnerie du téléphone de Madison au loin. Elle releva un peu la tête et vit le planton entrer dans la chambre. Sans perdre une seconde, elle rouvrit la porte des toilettes.

— C'est bon, dépêche-toi.

Madison sortit dans le couloir et courut jusqu'à la porte des escaliers, Kelly juste derrière elle.

Elles dévalèrent les marches quatre à quatre et quand elles arrivèrent au rez-de-chaussée, elles reprirent rapidement leur souffle et sortirent en essayant d'avoir l'air naturelles.

Personne ne leur prêta attention. Elles repassèrent devant l'accueil sans être remarquées.

À l'extérieur, des journalistes patientaient sur le perron de l'hôpital, discutant entre eux ou fumant cigarette sur cigarette. Ils regardèrent passer ces deux jolies filles, ne pensant pas qu'elles puissent être des proies pour leurs caméras et leurs micros.

Parvenues sur le trottoir, Kelly et Madison accélérèrent le pas, puis se mirent à courir à toutes jambes.

⁂

L'œil sur le rétroviseur intérieur, Raphael vit Kelly et sa sœur déboucher dans la rue où il s'était garé. Il mit aussitôt le moteur en marche.

Madison monta à l'avant, Kelly à l'arrière.

— Roule, dépêche-toi ! ordonna Madison.

Dès que les portières furent claquées, Raphael appuya sur l'accélérateur.

Une certaine tension régnait dans l'habitacle. Personne ne parlait. On n'entendait que les respirations essoufflées des deux jeunes filles. Puis, quand ils se furent suffisamment éloignés de l'hôpital sans qu'aucune sirène ne hurle derrière eux, Madison laissa exploser un rire puissant de joie pure.

Elle avait réussi à s'échapper au nez et à la barbe de ces empaffés de flics !

Raphael lui aussi se mit à rire. Quant à Kelly, son rire était plutôt la manifestation d'un relâchement de la tension qui l'avait saisie depuis le début de cette folie.

Seule Penny ne participait pas à l'hilarité générale, cherchant encore quelle en était l'origine.

Raphael réussit tout de même à se reprendre et s'essuya les yeux.

— On a réussi, dit-il.

— Oui, on est les meilleurs, dit Kelly. N'est-ce pas, sœurette ?

— C'est clair. Je t'adore, dit Madison, qui ajouta d'un ton plus sec à l'adresse de Raphael : Tu prends à gauche au prochain feu. Après, je vais te guider jusqu'à un endroit où tu pourras me laisser.

— Désolé, mais je ne peux pas. J'ai ma petite sœur.

Madison se retourna et aperçut la fillette.

— Bonjour, dit Penny. Tu es la sœur de Kelly ?

— Oui. Sa grande sœur.

— Tu as quel âge ?

— Vingt ans, mais il faut que je parle à ton frère, tu permets ?

Le ton était doux, aussi gentil que celui de Kelly. Penny était ravie d'avoir une nouvelle copine.

— Oui, répondit-elle en restant sagement assise à l'arrière.

— Raphael, j'ai besoin d'un gros service. Le type qui s'en est pris à Garth et à Neil est toujours en liberté. Il faut que je me cache, tu comprends ?

— Oui, mais la police va vous protéger. Mon père est lieutenant, vous pouvez lui faire confiance. C'est un super flic.

— C'est vrai, Madison, je te jure que tu ne devrais pas t'enfuir. On va tous aller dans leur manoir, et on expliquera au père de Raphael que tu préfères rester dans une maison plutôt qu'à l'hôpital, et comme ça, on te garde en secret.

Madison eut un sourire triste. Malheureusement, cela ne pouvait pas se passer ainsi.

— C'est trop risqué pour vous. Si jamais il vous arrivait quelque chose à cause de moi, je ne me le pardonnerais jamais.

— Mais ce n'est pas ta faute, dit Kelly.

— Je sais, dit Madison (puis, se tournant vers Raphael :) Est-ce que tu peux me prêter la voiture ?

— Je suis désolé, mais déjà, si mon père apprend que je t'ai aidée à t'enfuir, il va me tuer…

Madison hésita. Elle n'avait pas vraiment de plan. Elle avait de l'argent placé sur le compte qu'elle avait ouvert en prévision des études de Kelly. Elle s'en servirait pour fuir le pays, certaine que dès que Chris serait arrêté, il la trahirait à la première intimidation. Elle n'avait qu'une seule chose à faire pour s'en sortir.

— Dans ce cas, on dépose d'abord Kelly et ta sœur chez toi. Ensuite tu m'accompagnes quelque part. Je te promets que tu seras de retour d'ici deux heures. Tu peux faire ça pour moi ?

— Oui, on n'a qu'à faire comme ça, dit Kelly. Je peux garder Penny, du moins si elle est d'accord.

Kelly se tourna vers Penny qui avait un petit air perdu.

— Mais papa, il va être en colère, non ?

Raphael savait qu'il avait déjà dépassé les bornes en aidant Madison à quitter l'hôpital, que risquait-il de plus en finissant ce qu'il avait commencé ?

— Non, je vais l'appeler, mentit-il. Ça te va si Kelly te garde un petit moment ?

— Oui, mais tu ne rentres pas tard, d'accord ?

— Je te le promets, dit Raphael en continuant à rouler en direction du manoir.

⁂

— Quoi ? Comment ça, elle est partie ? dit Davis.

Bloom était au volant de la Ford Taurus et roulait vers l'hôpital.

— OK, demandez à voir les caméras de surveillance. On arrive. On est là dans moins de cinq minutes.

Il raccrocha et se tourna vers Bloom.

— Madison s'est fait la belle.

— Comment ça ? Elle ne peut pas savoir qu'on sait ? s'étonna le sergent. Vous pensez que c'est la femme du juge qui l'a prévenue ?

Davis n'y avait pas pensé mais c'était la seule possibilité. Il serra les poings de rage. Il aurait dû faire coffrer la veuve du juge. Pourquoi n'avait-il pas osé ? Il allait le payer très cher à présent.

— Oui, c'est clair.

Bloom accéléra et passa Mortimer Avenue pour se retrouver très vite sur Palm Street. L'hôpital était en vue.

Ils se garèrent devant les journalistes alertés par la sirène accompagnant le gyrophare. Le visage fermé, ils sortirent du véhicule et se frayèrent un passage jusqu'à l'entrée de l'hôpital où, désormais, deux agents de police faisaient barrage.

— Lieutenant, sergent, les saluèrent-ils.

Davis et Bloom leur rendirent leur salut et leur demandèrent où se trouvait l'agent qui était en faction devant la chambre de Madison.

Au même instant, l'homme apparut, paraissant porter toute la misère du monde sur ses épaules.

— Je suis désolé, mais je ne pensais pas…

— Rentrons, vous me donnerez vos explications à l'intérieur, dit Davis d'un ton chargé de reproches.

Ils entrèrent et passèrent devant l'accueil. Un agent de la sécurité vint à leur rencontre.

— Bonjour, lieutenant. L'agent Cornfield m'a dit que vous souhaitiez voir nos bandes vidéo.

— Oui, vous pouvez nous les montrer ?

— Bien sûr, suivez-moi.

— Je suis vraiment désolé. Elle m'a dit qu'elle avait besoin d'aller aux toilettes. Jamais je n'aurais pensé qu'elle voulait s'enfuir, se lamentait Cornfield.

— C'est bon, Kurt, ça arrive à tout le monde, dit Bloom d'un ton conciliant.

Davis lui jeta un regard de biais et faillit la reprendre avant de comprendre qu'elle avait entièrement raison. Même lui n'avait pas imaginé qu'elle puisse s'enfuir. C'était lui le fautif, il aurait dû doubler les renforts. Il ne se le pardonnait pas.

Tout en mettant de l'ordre dans ses pensées, il avait suivi l'agent de sécurité dans un dédale de couloirs.

Ils arrivèrent dans la salle de sécurité. Trois moniteurs et deux sièges. L'agent de sécurité s'assit. Davis, Bloom et Cornfield restèrent debout à regarder les moniteurs.

— Tenez, je vous ai réglé la séquence.

Sur l'écran en haut à droite, l'heure et la date. On voyait Cornfield qui attendait, assis sur une chaise devant la porte d'une chambre. Puis il se levait, tandis que Madison sortait en chemise bleue en direction des toilettes.

L'agent accéléra la séquence jusqu'au moment où l'on distingua clairement deux silhouettes qui en sortaient. L'agent la recala et la mit au bon rythme. La caméra était trop éloignée pour qu'on puisse reconnaître les visages, mais il était clair que Madison était partie avec une copine.

— J'ai entendu le téléphone sonner dans la chambre. J'ai voulu répondre, je me disais que ça pouvait être de la famille.

— Vous avez bien fait, dit Davis. Ce n'est pas votre faute, ajouta-t-il en faisant amende honorable.

Bloom lui adressa un regard reconnaissant. Elle détestait les injustices et, jusqu'à preuve du contraire, Cornfield n'avait fait que son travail. Son rôle n'était pas de l'empêcher de s'enfuir mais de la protéger d'un agresseur extérieur.

L'image s'arrêta. L'agent montra une autre caméra.

Celle de la réception. Davis reconnut aussitôt Madison mais également un autre visage.

— Kelly ? dit-il à haute voix.

— Vous la connaissez ? s'étonna Bloom.

— Oui, c'est la petite amie de mon fils, dit-il stupéfait.

Il attrapa son téléphone et l'appela aussitôt.

⁂

Raphael ouvrit la porte du manoir. Le soleil était passé derrière les maisons plus bas sur la colline. Kelly et Penny entrèrent les premières. Penny alluma le hall.

Madison attendait dans la voiture.

Raphael avait gardé les clés de contact. Aussi innocente que paraisse Madison, il ne lui faisait pas une confiance aveugle sur ce coup-là.

Son portable sonna. Il le sortit de sa poche.

— C'est ton père ? demanda Kelly.

— Ouais. Je réponds ?

Kelly hésita, puis décida que c'était le mieux à faire.

— Oui, dis-lui qu'on est ensemble. Quand il arrivera je lui expliquerai que je t'ai demandé d'aider ma sœur.

Raphael hocha la tête et décrocha.

— Papa ?

— Oui, Raphael, est-ce que tu as vu Kelly aujourd'hui ?

— Oui, elle est avec moi. Tout va bien. Mme Chaffin est partie et on garde Penny ensemble, dit-il en s'efforçant de dissimuler son stress.

À l'autre bout du téléphone, Davis sentit son cœur rater un battement.

— Raphael, écoute-moi bien. Garde un air naturel et répète ce que je vais te dire. Dis : « Pas de problème papa. »

— Pas de problème, papa.

— C'est bien. Surtout n'aies l'air de rien, mais Kelly n'est pas celle que tu crois. Elle a une sœur.

— Papa, je le sais, le coupa-t-il.

— Non, je ne crois pas que tu saches que sa sœur est une meurtrière. Tu dois partir avec Penny.

Puis soudain Davis eut une intuition. Si Kelly avait fui avec Madison et que Kelly était avec Raphael, cela voulait dire que Madison avait quitté Kelly pour se faire la belle. Ou au contraire...

— Madison est avec vous ?

— Oui, dit-il, sentant ses joues rosir.

— Prends Penny avec toi et va-t'en. J'ai caché les clés de la Ferrari dans...

— Papa, c'est trop tard. Dépêche-toi, je t'attends.

Il raccrocha et se tourna vers Kelly qui le regardait d'un air abattu.

— Ils ont compris, c'est ça ?

— Oui, ils savent ce qu'on a fait.

Raphael n'arrivait pas à admettre que Kelly était au courant des agissements de sa sœur. Pourtant c'était sa sœur, pouvait-elle les ignorer ? Peut-être que son père se trompait et que Madison était bien une victime.

— Il t'a dit quelque chose d'autre ? s'inquiéta-t-elle.

— Kelly, est-ce que tu me fais confiance ?

— Bien sûr, pourquoi tu dis ça ?

— Ta sœur doit se rendre. C'est mieux pour tout le monde.

— Mais si le tueur la rattrape ?

Raphael maudit les cieux de le mettre dans une telle situation.

— Kelly, Madison n'est pas la victime mais la coupable.

— Qu'est-ce que tu racontes ? C'est ton père qui t'a dit cette idiotie ?!

— Oui, on doit rester là. Il va arriver. On ne risque rien.

— Bien sûr qu'on ne risque rien. Madison est innocente, espèce de crétin. Tu ne vois pas qu'elle est la coupable idéale ! Ils n'ont aucun suspect sous la main alors évidemment ils vont lui faire porter le chapeau.

— Kelly, je t'en supplie, fais-moi confiance.

Il lui prit le bras, mais Kelly se dégagea d'un coup sec, lui envoyant un regard assassin.

— Laisse-moi sortir, je ne veux plus jamais te revoir.

Kelly ouvrit la porte en grand.

Le ciel avait pris une teinte crépusculaire.

Dans sa précipitation, Kelly rata la première marche du perron et chuta en avant, glissant sur les six restantes.

Voyant cela, Madison jaillit aussitôt de la voiture, tandis que Raphael bondissait pour lui venir en aide.

La jeune fille était en larmes, non pas tant à cause de la douleur que de la trahison de Raphael.

— Excuse-moi, je t'en prie, dit ce dernier d'un ton misérable.

Madison, qui les avait rejoints, se pencha vers sa sœur.

— Ça va, tu n'as rien de cassé ?

Kelly releva la tête, ses yeux emplis de larmes.

— Va-t'en Madison, cet enfoiré a prévenu son père. Ils vont venir te chercher. Ils disent que c'est toi qui a tué tout le monde, bredouilla-t-elle dans un sanglot.

Madison redressa la tête et croisa le regard de Raphael. Celui-ci n'y lut aucun reproche seulement de la déception.

— Kelly, tu t'es fait mal ? demanda Penny qui s'approchait lentement.

— Rentre dans la maison tout de suite, lui ordonna Raphael.

Madison fut la plus prompte à réagir. Elle se redressa d'un coup et bondit sur Penny qu'elle attrapa à bras-le-corps, puis lui serra la gorge d'une poigne ferme.

Raphael se sentit défaillir.

— Je t'en prie, laisse ma sœur tranquille. Elle n'y est pour rien. Ce n'est qu'une petite fille.

— Je ne vais rien lui faire. On attend ton père. Et je te promets que je la libère.

— Lâchez-moi, s'il vous plaît, geignit Penny qui se mit à pleurer.

Kelly se redressa sur un coude, dépassée par les événements.

— Madison, ne fais pas ça. Tu es innocente. Dis-leur que tu es innocente.

— Bien sûr, petite sœur, mais personne ne va me croire. Tu ne peux pas faire confiance aux hommes. Je te l'avais pourtant bien dit.

Le ton était apaisé. Trop normal. Suicidaire ? se dit Raphael qui tremblait de tous ses membres.

Kelly essaya de se relever, mais une douleur vive lui arracha un cri. Elle s'était foulé la cheville. Raphael resta auprès d'elle.

— Tu promets que tu ne vas rien lui faire ?

— Oui. On attend ton père, et je la libère.

— Madison, relâche-la et sauve-toi, la supplia Kelly.

— Non, c'est trop tard. Ils vont m'abattre comme un chien. Je préfère les attendre.

Chacun se tut.

L'obscurité s'intensifiait. Seule la lumière provenant de l'intérieur du manoir les éclairait.

Bientôt, le hurlement d'une sirène déchira le silence.

⁂

— Ça va aller, lieutenant, j'en suis certaine, dit Bloom.

C'était totalement stupide, mais elle était tellement effrayée qu'elle avait besoin de se rassurer.

Le portail s'ouvrit.

Bloom conduisit la voiture sur encore quelques mètres, quand ses phares éclairèrent une scène surréaliste. Sur le perron du manoir, Madison tenait contre elle une petite fille, tandis qu'un garçon se tenait à côté d'une jeune fille assise au bas des marches.

— Non, non, hurla Davis qui bondit de la voiture, pistolet au poing.

— Lieutenant, baissez votre arme, ordonna Madison.

— Lâchez ma fille ou je vous jure que je vous tue !

— Non, c'est moi qui ai le contrôle. Vous allez faire exactement ce que je veux ou je vous promets que cela va mal finir.

Bloom sortit à son tour et braqua Madison.

Davis ne pouvait supporter cette vision d'horreur : sa petite Penny aux mains de cette tueuse.

— Papa, je ne veux pas mourir, pleurnicha Penny.

— Tu ne vas pas mourir, mon bébé, je te le promets, dit Davis d'une voix qui se fissura.

— Madison, relâche la petite. Ce que tu fais ne sert à rien. Tu n'as aucune chance de t'en sortir. Rends-toi, je t'en prie, dit Bloom.

— Écoute-les, dit Kelly qui souffrait terriblement. Je ne veux pas qu'ils te tuent.

Madison eut un petit rire proche de l'hystérie.

— Je suis déjà morte pour eux, dit-elle. Lieutenant, sergent, vous allez gentiment m'envoyer vos armes. Dès que j'en aurai une en main, je libérerai votre fille et vous me laisserez m'enfuir dans votre voiture.

— On ne peut pas faire ça, dit Davis qui se sentait envahi par une pulsion de meurtre.

Penny, sa petite Penny allait mourir ! Non, il ne pouvait y penser.

— Vous n'avez pas le choix. Si je suis le monstre que vous imaginez, alors je vais lui briser la nuque, mais si je ne le suis pas, dans ce cas, pourquoi je vous tuerais quand j'aurai vos armes ?

Davis était incapable de raisonner. Il savait seulement que s'il lâchait son arme. Penny, Raphael et lui-même étaient morts.

— D'accord, je démarre la voiture, dit Bloom.

Elle retourna vers la Ford, mit le contact et la laissa en marche. Puis elle prit son arme par le canon et la déposa avec précaution sur le tableau de bord.

— Allez à la voiture avec Penny, prenez mon arme et libérez-la, dit-elle à Madison.

— D'accord, mais pas de coup fourré, répondit la jeune fille qui ajouta : Lieutenant, n'oubliez pas que je tiens votre fille.

Lentement, Madison descendit les marches avec Penny dans ses bras.

Raphael et Kelly étaient abasourdis, incapables de parler. Ils virent Madison passer près d'eux puis, marchant de côté, elle prit soin de garder un œil sur Davis qui la braquait et sur Bloom qui l'avait rejoint.

Quand elle fut à la portière, elle s'arrêta.

— Baissez votre arme, lieutenant, et je libère Penny. Je vous le promets.

— Ne faites pas ça, lieutenant, intervint Bloom.

Mais Davis n'avait pas le choix. Il était dans une transe de terreur pure.

Il baissa lentement son arme vers le sol.

— Je veux maintenant que tout le monde rentre dans la maison. Sauf vous, lieutenant.

— Faites ce qu'elle dit, confirma Davis. Raphael, sergent Bloom, Kelly, rentrez et enfermez-vous.

Au moins ces trois-là seraient-ils sauvés. Et si Penny devait mourir, il tuerait Madison puis se tirerait une balle dans la tête dans la seconde qui suivrait, se dit-il en espérant que Raphael comprendrait son geste de désespoir.

— Papa, je ne…

— Fais ce que je te dis ! hurla-t-il.

Raphael n'insista pas.

Bloom regarda Davis et comprit qu'il essayait de sauver la vie de son fils, mais aussi la sienne et celle de Kelly. Un acte de bravoure qui risquait de finir dans le sang. Mais y avait-il une meilleure solution ?

— Lieutenant, promettez-moi une chose.

— Quoi ? tonna Davis sans quitter Madison du regard.

Elle tenait toujours Penny fermement serrée contre elle. Trop risqué de tirer.

— Promettez-moi que personne ne va mourir.

Davis s'attendait à tout sauf à une telle ineptie. Il explosa d'un rire sans joie.

— Rentrez à l'intérieur, sergent. Je peux juste vous promettre que vous allez vous en sortir.

Bloom trembla d'impuissance et comprit qu'il n'était plus capable de raisonner.

Madison et Davis se dévisagèrent le temps que la porte se referme sur les trois rescapés.

— Il n'y a plus que vous et moi, lieutenant. Je vais prendre cette arme et je vais relâcher Penny. Si vous ne faites pas de bêtise, dans une minute, vous serez tranquille.

— Qu'est-ce qui me dit que vous allez la libérer ? Quel meilleur otage qu'une petite fille de huit ans ?

— Parce que je ne suis pas une meurtrière, lieutenant. Je n'ai juste jamais eu de chance. Vous n'avez pas idée de ce que j'ai dû faire pour survivre, pas idée de ce que mon beau-père m'a fait subir, ce que j'ai dû accepter pour qu'il laisse tranquille ma petite sœur. Je suis une victime, mais ça, vous ne voudrez jamais l'admettre.

— Vous n'étiez accusée de rien avant de prendre ma fille en otage.

— Vous pensez vraiment que je suis innocente ?

— Je pense que vous êtes malade, et qu'il n'est pas trop tard pour que tout s'arrête sans violence. Relâchez ma fille et je vous promets un procès juste.

— Vous croyez que je vais vous faire confiance ? dit-elle désabusée. Je sais que je suis foutue, mais je ne finirai pas ma vie en prison. Dites à Kelly que je l'aime.

Madison relâcha Penny qui se mit aussitôt à courir vers son père.

Davis hésita un instant, mais n'osa pas tirer de peur de toucher sa fille.

Madison passa à l'intérieur de la voiture et attrapa l'arme de Bloom qu'elle plaqua sous son menton.

— Non ! hurla Kelly qui venait d'entrouvrir la porte du manoir.

Une terrible détonation retentit. La tête de Madison partit en arrière, projetant une longue gerbe de sang.

56

Faye regarda sa montre pour la énième fois. Que faisait donc Ryan ? Il fallait à tout prix qu'elle appelle sa rédaction.

Attablée au bar tenu par Grand'pa qui lui servait bière sur bière, Faye n'en pouvait plus d'attendre. D'autant moins qu'elle ne supportait pas les hurlements de Chris. Pourquoi s'acharner sur le jeune homme ? Il avait tout avoué. Que demander de plus ?

La porte arrière du bar s'ouvrit sur Maxwell et Lollipop. Les deux comparses avaient un sourire satisfait sur les lèvres.

De vrais psychopathes, se dit Faye.

— On a de nouvelles informations pour ton article, dit Lollipop qui s'assit sur une chaise haute, à côté de la sienne.

— Je vous avais dit qu'il fallait me le laisser. Personne ne me ment, dit Maxwell.

Du haut de ses deux mètres, avec ses poings ensanglantés, il était terrifiant.

— Qu'est-ce que vous lui avez fait ? demanda Faye, s'attendant au pire.

— Les mecs sont tous des lâches. Je n'ai pas vraiment cru à son histoire. Il s'est déchargé trop vite sur sa petite amie pour que ce soit l'exacte vérité, dit Maxwell.

Oubliait-il qu'il était lui-même un homme ?! Mais elle n'allait pas le froisser une fois de plus.

— Et alors ?

— Alors, il suffit de savoir s'y prendre et on obtient enfin la vérité, reprit-il en jetant un coup d'œil à Santiago.

Le latino était près du juke-box et savourait un cigarillo, l'air peu concerné.

— C'est-à-dire ?

— La fille a bien tué Garth par accident, mais c'est lui qui a eu l'idée de la mise en scène macabre.

— Il vous a dit ça, comme ça ?

— Non, il a fallu le pousser un peu. Mais quand quelqu'un comprend qu'il y a pire que la mort, il ne cherche plus à mentir, juste à éviter des souffrances qu'il n'aurait jamais pu imaginer auparavant. Et d'ailleurs, j'ai perdu un pari, j'aurai juré qu'il avait écrit « Don't Fear the Reaper » en hommage au Blue Öyster Cult.

— Et ce n'est pas le cas ?

— Non, ce con-là, il est juste fan du film « Scream ». Il paraît que c'est une des chansons du film.

Faye ne s'en souvenait pas, mais peu importait.

— Et pour Neil Pratter ?

— C'était aussi son idée. Il voulait récupérer le fric, mais la conversation a mal tourné et c'est lui qui a planté son pote. Étrange conception de l'amitié.

— Il faudrait que j'y pense, dit Santiago en regardant Maxwell.

— Ferme-la. À cause de toi, on a failli merder cette affaire, dit Lollipop.

Santioga tira sur son cigare et tenta de faire un rond de fumée.

— Mais pourquoi on a retrouvé sa petite amie nue et tailladée ?

— En fait, après avoir charcuté Pratter, il était tellement excité qu'il a voulu faire l'amour à sa copine, c'est juste là que les flics ont sonné. Il jure que c'est bien elle qui lui a demandé de la taillader. Pour passer pour une victime. Elle ne se voyait pas sauter du balcon du quatrième étage. Et je te jure qu'il dit la vérité. Personne ne ment quand on lui...

— Je ne veux pas savoir, taisez-vous ! lui ordonna Faye, néanmoins soulagée.

L'idée était certes sexiste, mais elle préférait que ce soit un homme qui soit à l'origine de cette horreur.

— S'il vous plaît, est-ce que vous pouvez me relâcher maintenant ?

— On ne vous retient pas, on vous protège, dit Grand'pa.

— De quoi ? Je veux seulement rentrer à Pacific View écrire mon article. Je ne dirai rien sur vous.

— Que pourriez-vous dire, de toute façon ? On suit les ordres de Ryan. Point final, reprit Grand'pa.

— Te bile pas, tu tiens le scoop de ta vie. Tu vas faire la une avec ça. De quoi tu te plains ? siffla Santiago.

— Vous avez bien un moyen de joindre Ryan ? Vous n'avez pas une ligne fixe ?

Lollipop fit la moue.

— Qu'est-ce que tu veux lui dire ?

— Je veux lui parler. C'est possible ?

Lollipop se pencha par-dessus le bar et attrapa un téléphone satellitaire.

— Je l'appelle et je te le passe.

Faye secoua la tête. Évidemment qu'il était joignable. Ils s'étaient bien moqués d'elle.

Lollipop composa le numéro et quand Ryan répondit, elle lui passa Faye.

— Ryan, c'est Faye, il faut que tu reviennes.

— Non, ce n'est vraiment pas le moment, chuchota-t-il.

— Si, je veux rentrer chez moi, je t'en supplie.

— Écoute, Faye, je fais ce que tu m'as demandé. Je suis en planque chez ton lieutenant depuis que je t'ai quittée, et tu n'imagineras jamais ce qu'il se passe ici.

Faye ne put croire que ce fût pire que dans la grange désaffectée.

— Dis-moi.

Il se mit à lui raconter...

En planque derrière des arbustes de l'immense parc du manoir, aidé par le crépuscule, il avait assisté à l'étonnante scène entre Raphael, Penny, Madison et Kelly. Il avait hésité à intervenir, mais tant que les choses ne dégénéraient pas, il avait préféré ne pas se faire connaître, et attendre le retour du lieutenant Davis qui était enfin arrivé avec Bloom.

C'est à cet instant que Faye l'avait appelé. Il remercia son souci du détail qui lui faisait toujours mettre son téléphone en mode vibreur quand il était en planque.

— Je vais devoir flinguer cette folle. Je ne vais pas la laisser partir avec la fille du lieutenant en otage, chuchota-t-il.

Ce serait bien la première fois qu'il tuerait une femme, mais il n'avait plus le choix. Voir cette petite fille en larmes face à son père complètement déboussolé était un supplice. Il devait arrêter cette horreur.

— C'est du bluff, elle ne va pas la tuer, dit Faye à l'autre bout du téléphone.

— Qu'est-ce que tu en sais ? Elle est la complice du type qu'on a chopé, non ?

— Justement, non. C'est une victime. Du moins si j'en crois les confidences que notre homme a faites à Maxwell.

Ryan tiqua. Personne ne mentait jamais à Maxwell. Cette Madison était-elle une victime ? Malgré lui, il ne put s'empêcher de penser à son propre procès. Accusé à tort de viol sur mineure.

Mais si Maxwell se trompait, c'était la petite Penny qui mourrait.

— Je te rappelle, dit-il.

Et il rangea son portable.

De sa position, il se remit à braquer Madison. Mais tant qu'elle tenait la petite c'était de la folie d'envisager la moindre intervention. Il n'était pas aussi bon tireur qu'un sniper professionnel.

Il entendit Madison négocier avec Davis. À la suite de quoi, les deux adolescents et le sergent Bloom (l'amie de Faye qu'il avait reconnue à son nom, quand Davis l'avait appelée) se précipitèrent dans le manoir, tandis que Madison et son otage se dirigeaient vers la Ford Taurus.

Ryan reprit sa respiration. Ne pas réfléchir, la jouer à l'instinct.

Quand Madison fut à proximité du véhicule, elle posa la petite Penny à terre, ouvrit la portière et monta dans la voiture.

Pendant un court instant, Ryan eut dans son champ de vision la petite qui courait vers son père.

Puis tout alla très vite.

Il vit Madison attraper l'arme, la placer sous son menton et tirer.

Ryan secoua la tête. Alors qu'il était prêt à l'abattre, il regrettait à présent ce geste désespéré.

Il serra les dents et chassa ces pensées. Il n'était plus question de kidnapper Davis. Pourtant, il voulait tenir sa promesse envers Faye.

Il sortit des fourrés et s'avança, arme à la main, tandis qu'au même instant, le sergent Bloom, en compagnie de Raphael et de Kelly, ouvrait la porte du manoir.

— Que personne ne bouge ! hurla-t-il en espérant que les renforts n'apparaissent pas trop tôt.

Davis, qui tenait Penny dans ses bras, n'arrivait pas à comprendre ce qu'il se passait. Il avait l'impression de sombrer dans la folie. Kelly s'effondra au bas des marches, sidérée par le suicide de sa sœur.

— Lâchez votre arme, lieutenant. Je ne veux tuer personne, sauf si vous m'y obligez.

— Mais qui êtes-vous ?

— Je suis l'homme que peut tuer votre famille ou vous laisser tous en vie. Je répète, lâchez votre arme et envoyez-la vers moi.

Bloom avait aussitôt reconnu le petit ami de Faye.

Faye était certaine que c'était un type bien. À l'évidence, elle s'était trompée du tout au tout.

Davis lâcha son arme et fit comme on le lui demandait.

Toujours sur ses gardes, Ryan se baissa pour la ramasser avant de reculer vers la voiture.

Il jeta un œil sur Madison. Définitivement morte.

— Je vais vous laisser, mais avant de disparaître, je vais vous poser deux questions. Vous n'avez pas intérêt à me mentir, OK ?

Bloom connaissait la lubie de Faye concernant la possibilité que Davis soit un meurtrier. Aussi abjecte que soit cette pensée, elle ne ferait rien pour empêcher Ryan de poser ses questions.

— Pourquoi avez-vous laissé mourir votre femme ?

Davis eut un petit rire nerveux. Certain d'avoir sombré dans la folie.

À quoi cela rimait-il ? Quel rapport avec la mort de Garth Nolan, Neil Pratter ? Pourquoi ce type lui parlait-il de Charleen ?

— Je n'ai pas tué ma femme. Qui êtes-vous ?

— Mauvaise réponse.

Ryan tira et la balle ricocha sur le sol à moins d'un mètre de Raphael qui tenait Kelly dans ses bras.

— La vérité, juste la vérité. Si vous tenez à la vie de vos enfants.

— Dites-lui, lieutenant, dites-lui ce qu'il veut savoir, le supplia Bloom.

Voilà que maintenant elle jouait le jeu immonde de Faye. Mais que faire ? Ryan, était-il capable de tuer Raphael et Penny ou n'était-ce que du bluff ?

— J'aimais ma femme comme vous n'avez certainement jamais aimé. Mais s'il faut que je m'accuse de l'avoir tuée pour sauver la vie de mes enfants, alors oui, je l'ai tuée ! Vous êtes content ?!

Non. L'homme n'avait pas l'air de soulager sa conscience.

— Qu'avez-vous fait de Rosie Montrose ?

— De qui parlez-vous ?

— D'une journaliste qui a disparu depuis quelques jours. Que lui avez-vous fait ?

— Je ne sais même pas de qui vous parlez. Je viens d'arriver dans cette ville. Je ne connais personne.

Une fois de plus, cela sentait le parfum de la vérité. Dommage que Maxwell ne soit pas là pour le pousser dans ses retranchements. Mais il n'avait pas le temps et devrait se contenter de son intuition.

— OK. Pas de bêtise, ne tentez pas de me suivre et tout se passera bien, d'accord ?

— Allez-vous-en, dit Davis.

Ryan regarda la jeune sœur de la morte. Elle était dans un état catatonique, tremblante, absente, le regard vide.

Il soupira et s'enfuit dans les fourrés.

— Lieutenant, ne faites rien, dit Bloom. Laissez-le partir. Nous avons les hélicoptères des pompiers, nous appellerons du renfort. Mais surtout, ne risquez pas la vie de vos enfants dans un acte héroïque.

C'était bien l'intention de Davis. Au diable ces criminels, qu'ils aillent se faire pendre ailleurs !

Portant Penny dans ses bras, il la serra un peu plus fort contre lui et s'approcha de son fils.

Épilogue – 1

Samedi 9 juillet

Faye entendit frapper à la porte de sa caravane. Riggs bondit sur ses pattes et se mit à aboyer.

— Riggs, couché ! dit Faye en se levant de sa couchette.

Elle prit son portable et regarda l'heure. 6 h 56. Les coups ne cessaient pas.

Les flics, le FBI, Bloom, Angelo ou Ryan ? se dit-elle en se demandant quelle était la meilleure option.

Elle se frotta les yeux et se leva avant de s'étirer en grognant. Tout lui paraissait irréel. Une journée de dingue qui s'était conclue vers les 2 heures du matin. Juste à temps pour rendre un article qui allait faire d'elle la star du jour.

Si, toutefois, le FBI ne venait pas l'embarquer pour entrave à la justice.

Quand elle ouvrit finalement la porte, l'espace d'une seconde, le visage qu'elle aperçut lui parut étranger.

— Salut, Faye.

— Salut, Ryan.

Elle avait failli ne pas le reconnaître. L'homme avait changé du tout au tout. Longue perruque blonde, costard cravate et plus de bouc au menton. En revanche, son regard était toujours le même, seulement souligné par de larges cernes.

— Mauvaise nuit, blondinet ?

Ryan eut un petit rire.

— Mouvementée. Tu m'offres une bière ?

— Entre.

Elle retourna dans la caravane. Au passage, elle aperçut son reflet dans la glace. Horrible. Les cheveux en bataille et les mêmes cernes sous les yeux.

À zombie, zombie et demi, se dit-elle.

Elle ouvrit le réfrigérateur et en sortit une bière avant de mettre sa machine à café en marche. Il lui en faudrait au moins trois ou quatre avant d'être totalement réveillée.

Ryan décapsula sa bière et en but une gorgée avant de s'asseoir à la table de la kitchenette.

— Ça va ?

Faye était restée debout près de la machine à café.

— Ouais, je n'arrive pas à croire à ce que j'ai fait hier. Tes amis sont de vrais fous furieux.

— Tous sont des victimes d'erreurs judiciaires. Ça laisse des traces.

Faye voulait bien le croire, mais étaient-ils aussi innocents qu'il le prétendait ?

— Qu'est-ce que tu vas faire maintenant ?

— Je suis l'ennemi public numéro un. Je vais devoir partir.

— On ne peut pas vivre dans la clandestinité toute sa vie. Un jour tu te feras rattraper.

— C'est possible, mais pas certain.

Faye avait des milliers de questions à lui poser sur l'organisation pour laquelle il « travaillait ».

Qui étaient ces hommes en noir qui lui donnaient les ordres ? Combien de personnes cela représentait-il ?

Mais aussi sur Davis.

Était-il vraiment innocent du meurtre de sa femme ? Pouvait-il réagir autrement devant ses enfants ? Était-il également innocent de la disparition de Rosie ?

Faye savait que Ryan ne pouvait plus rester en ville après ce qu'il s'était passé. C'était à elle seule qu'il incomberait de trouver les réponses.

Tout était si compliqué...

Elle sentit des mains lui enserrer la taille et des lèvres se poser sur son cou.

Elle soupira. Elle avait conscience que c'était la dernière fois qu'elle voyait Ryan de sa vie.

Autant finir sur un bon moment. Elle se retourna et accepta ses baisers et ses caresses, alors qu'une aube nouvelle se levait sur la plage dans une lumière évanescente.

⁂

Bloom se gara devant le domicile de ses parents. 7 h 15. Tout le voisinage dormait encore. Personne dans la rue. Les lampadaires venaient tout juste de s'éteindre. Elle sortit de sa voiture et remonta l'allée. Ses parents qui l'avaient entendue arriver se précipitèrent vers elle.

Sa mère avait les yeux rouges, son père, un teint blafard.

— Ma petite fille, dit Mme Bloom en la serrant très fort dans ses bras.

— Maman, tout va bien. Ce n'était pas aussi terrible que ce qu'ils ont dit à la télé. C'est le lieutenant Davis qui a risqué sa vie, pas moi.

Faute d'images et de témoignages directs, les journaux télévisés avaient brodé avec le peu qu'ils avaient, grossissant la prise d'otage perpétrée par Madison Levine.

— Tu dois arrêter. Ce n'est pas un métier pour une femme et encore moins pour une mère de famille, dit son père.

Elle resta dans les bras de sa mère mais par-dessus son épaule, elle regarda son père.

Spontanément elle eut envie de lui répondre qu'elle faisait ce qu'elle voulait de sa vie et qu'il n'avait pas d'ordre à lui donner. Mais de toute évidence, il était sous le choc. Elle savait qu'elle aurait la même réaction si Julian, un jour, voulait devenir flic.

— Papa, je ne risquais rien. Je tiens plus à vous et à Julian qu'à arrêter des criminels.

Son père prit un air dubitatif.

Pourtant, c'était la réalité.

Si elle avait été une vraie flic respectueuse des règles, elle aurait livré Faye à la police. Il ne faisait pas l'ombre d'un doute qu'elle avait participé d'une manière ou d'une autre à l'arrivée de Ryan dans la propriété de Davis.

Si Davis n'avait pas compris son irruption chez lui, Bloom, elle, avait toutes les réponses. Mais elle s'était bien gardée de les mentionner à son supérieur.

Quand Ryan avait demandé à Davis s'il était le meurtrier de sa femme et s'il avait enlevé Rosie, Bloom avait eu l'impression d'entendre Faye. Avec quel genre de personnages s'était-elle embarquée ? Des voyous, des repris de justice ? De toute façon, des êtres peu recommandables.

Pourtant, elle ne pouvait pas trahir son amie.

On ne trahit jamais les siens.

Avec Faye, le moment des réponses viendrait. Pour l'heure, une seule chose comptait.

Prendre Julian dans ses bras et lui dire qu'elle l'aimait plus que tout au monde.

⁂

Assis sur le tabouret du piano, dans le grenier du manoir, Davis n'arrêtait pas de faire passer un paquet de cigarettes entre ses doigts. Dix-huit ans qu'il avait arrêté. Une promesse qu'il avait faite à Charleen dès leur deuxième rencard. Il avait tout juste vingt ans. Un an avant la naissance de Raphael.

Mais la soirée qu'il venait de vivre avait fait chavirer toutes ses croyances.

La certitude que tout allait bien se passer. Que plus jamais il ne souffrirait comme il avait souffert. Que Raphael et Penny grandiraient dans le bonheur et l'amour.

Un nouveau frisson le saisit en revoyant Penny dans les bras de cette folle. S'il était désolé pour Kelly, il n'arrivait pas à éprouver la moindre compassion pour Madison.

Il pensa alors à ce cinglé qui avait surgi de nulle part.

Malgré les efforts de la police locale, aidée par les agents du FBI venus de San Francisco et de Los Angeles, personne n'avait retrouvé trace de Ryan Bonfire.

Suite à la description de l'homme qu'il avait faite auprès des services internes, Davis l'avait identifié quand le capitaine de la police de San Francisco, Mike Logan, l'avait appelé en urgence pour lui soumettre la photo de Ryan Bonfire. Un ancien repris de justice. Évidemment !

Mais pourquoi lui avait-il posé cette question au sujet de sa femme ? Pourquoi croyait-il qu'il l'avait tuée ? Pour qui travaillait-il ? Qui l'avait envoyé ? Et qui était cette Rosie dont il parlait ?

Il avait passé la nuit à chercher des réponses, sans comprendre, espérant qu'une lumière s'allumerait d'un coup. Mais non, rien n'était venu. À défaut de trouver le sommeil, il avait ressenti le besoin de venir dans le grenier. Devant le piano. Charleen lui avait souvent raconté que son oncle en possédait un sur lequel elle jouait une comptine.

Davis s'en souvenait comme si c'était la veille.

Elle la lui avait apprise. Quelques petites notes qui se répétaient à l'infini.

Il posa le paquet de cigarettes sur le bord du clavier et tâcha de s'en souvenir. Il en joua trois d'un coup mais fit une fausse note, avant de s'y reprendre une nouvelle fois. Finalement, il ferma les yeux et se concentra sur ce jour béni où elle lui avait appris cette ritournelle enfantine. Il revit les douces mains de Charleen se poser sur les touches.

Do, fa, ré... il les rejoua comme si elle était encore près de lui. Quand il eut terminé la série de notes, il entendit un craquement derrière lui.

Il avait dû réveiller les enfants, se dit-il, un sourire nostalgique éclairant son visage.

Il se retourna. Personne ne montait l'escalier ; en revanche, une porte s'ouvrait lentement dans le fond du grenier.

Qu'est-ce que c'était que ça ?

Venait-il de l'enclencher, tel un code secret reliant le piano à cette partie du mur ? Insensé ! Pourtant la porte était bien là, en train de s'ouvrir.

Davis s'avança et prit sa lampe torche. Qu'allait-il trouver ? Un cadavre dans le placard ?

Une odeur de renfermé le saisit à la gorge, mais pas celle fétide de la chair en putréfaction.

Il dut se baisser pour franchir la porte. C'est à cet instant que sa lampe mit en lumière la plus improbable des visions. Il s'avança et comprit qu'il avait tout à apprendre sur celle qui avait été sa femme.

Épilogue – 2

Rosie était terrifiée. Dans cette pièce obscure, elle avait perdu toute notion du temps. Trois jours, quatre jours, dix jours qu'elle était enfermée ? Elle n'en savait rien. De temps à autre la porte s'ouvrait pour lui livrer de quoi se nourrir et se désaltérer. Mais jamais son geôlier ne répondait à ses questions.

Rosie s'en voulait tellement. Pourquoi avait-elle accepté ce rendez-vous secret avec un homme qui jurait savoir des choses sur le lieutenant Davis ?

Elle aurait dû être plus prudente, en parler à Faye ou à ses collègues du Club des Détectives. Mais il est vrai qu'elle n'aurait jamais imaginé que quelqu'un puisse s'en prendre à elle.

Pourquoi, d'ailleurs ? Elle avait hurlé à son geôlier de lui dire ce qu'on lui voulait, mais n'avait obtenu aucune réponse.

La porte se rouvrit, un rai de lumière éclaira la pièce. Enchaînée à un anneau scellé dans le mur, Rosie réussit à s'avancer de quelques pas.

— S'il vous plaît, relâchez-moi, je vous en supplie.

L'homme, le visage masqué par une cagoule, la regarda intensément. Malgré l'obscurité de la pièce, elle crut voir le diable danser dans ses yeux.

— Je suis sincèrement désolé, dit l'homme qui sortit un pistolet de son étui.

— Non, hurla Rosie en tentant de se protéger avec ses mains.

La balle les transperça et s'enfonça dans son crâne.

Rosie cessa de hurler et s'effondra sur le sol.

L'homme savait qu'il devrait se débarrasser du corps, mais pour l'heure, il avait besoin d'un remontant.

Après être sorti de la pièce, il ôta sa cagoule. Face à lui, il y avait un miroir devant lequel il s'arrêta un instant.

Le shérif Crawford observa son reflet dans la glace et se détesta d'avoir dû tuer cette malheureuse. Mais on ne lui avait pas laissé le choix.

Il serra le poing aussi fort qu'il le put et fracassa le miroir qui s'éparpilla en mille éclats.

11004

Composition
FACOMPO

Achevé d'imprimer en Slovaquie
par NOVOPRINT SLK
le 30 mai 2017.

Dépôt légal mai 2015
EAN 9782290105016
L21EPNN000349B004

ÉDITIONS J'AI LU
87, quai Panhard-et-Levassor, 75013 Paris

Diffusion France et étranger : Flammarion